Zu diesem Buch

An diesem Morgen mit seinem Nieselregen sah die Siedlung noch trostloser aus als sonst. Kaum jemand war unterwegs. Ein Junge, höchstens acht, mühte sich, einen riesigen Traktorreifen die Straße hinunterzurollen, vermutlich zu einem Halloween-Freudenfeuer für die kommende Nacht. Ein magerer, schmutziger Junge in billigen, abgetragenen Kleidern. Beide Eltern wahrscheinlich arbeitslos, wahrscheinlich erst Mitte Zwanzig, aber bereits vom Schicksal gezeichnet. Ein Junge, von dem du ganz automatisch sagen würdest, daß er keine Chance hatte, bis du ihn schließlich einbuchtest, weil er eine alte Frau überfallen hat, und dein ganzes Mitgefühl verflogen ist.

Waterford an der irischen Südküste: Ein Container im Hafen soll einem Penner als dürftige Behausung für die Nacht dienen. Doch da liegt schon jemand, allerdings im Müllsack, ein blutiges X ins Gesicht geritzt, tot. Detective Inspector Carl McCadden, unrasiert, unorthodox und unbeliebt bei seinen Vorgesetzten, versucht herauszufinden, in welche Machenschaften Billy Power, Maschinenführer in einer Fabrik, Greyhoundzüchter und notorischer Schürzenjäger, verwickelt war – und warum er sterben mußte. Je tiefer McCadden mit seinen Ermittlungen gräbt, desto verwirrender gestalten sich Spuren, Hinweise und Querverbindungen, und der im Privatleben wenig erfolgreiche Polizist bekommt es dabei mit verhärmten Ehefrauen und militanten Scheidungsgegnern, Jugendlichen ohne jede Perspektive und reputierlichen Lokalpolitikern zu tun.

Jim Lusby wurde in Waterford, Republik Irland, geboren und lebt in Dublin. Er schrieb für die Bühne und den Rundfunk, seine Short Stories wurden mit dem Hennessy Award ausgezeichnet. *Eiskalte Abrechnung* ist Jim Lusbys erster Roman.

Jim Lusby

Eiskalte Abrechnung

Deutsch von
Michael K. Georgi

rororo

Rowohlt

rororo thriller
Herausgegeben von Bernd Jost

Deutsche Erstausgabe
Veröffentlicht im Rowohlt Taschenbuch Verlag GmbH,
Reinbek bei Hamburg, Juli 1996

Die Originalausgabe erschien 1995 im Verlag Victor Gollancz, London,
unter dem Titel «Making the Cut»

Umschlaggestaltung Walter Hellmann (Foto: Mauritius / Superstock)
Satz Bembo (Linotronic 500)
Gesamtherstellung Clausen & Bosse, Leck
Printed in Germany
1290-ISBN 3 499 43196 3

Für Carl, Ciara und David

1

Unter dem Schatten des hohen Krans, der die Frachtcontainer vom Schiff an Land und vom Land zum Schiff beförderte, schwappte der von einem Südostwind aufgerauhte Fluß geräuschvoll gegen die Kaimauern.

Eine Plastiktüte hatte sich irgendwo verfangen und flatterte jedesmal heftig, wenn der Wind sie erfaßte.

Und der Wind wehte auch das Lied eines einsamen Sängers von einem nahegelegenen Pub heran, seine süße, sentimentale Stimme elektronisch verstärkt.

Warst jemals du im alten Waterford, wo silbern fließt der Suir,
Wo grün das Gras das ganze Jahr, wo Luft ist mild und pur?
Mein innig Lieb' gehört dem Lande und der Stadt, getreu bis in den Tod hinein,
Besonders doch der Höh' Ballybricken, wo erstmals ich sog Atem ein.

Auf der anderen Seite des Flusses raste ein Streifenwagen mit heulender Sirene und kreisendem Blaulicht durch die belebten Straßen der Stadt.

Es war zweiundzwanzig Uhr fünfzehn. Samstag abend.

Vor der Hütte des Nachtwächters standen zwei Männer dicht beieinander, ohne sich zu berühren. Der eine war der Nachtwächter, der andere ein Pennbruder, der sich in den Docks ein Nachtquartier gesucht hatte.

Sie standen draußen, fröstelnd in der kalten Oktobernacht, obwohl es in der Hütte einen Ofen und Stühle und heißen Tee zum Aufwärmen gab.

Der Wachmann, der einen Marinemantel über seiner dicken Uniform trug, trat auf dem kalten Beton von einem Fuß auf den anderen und blies sich heftig in die Hände. Der Penner bewegte sich fast gar nicht, obwohl sein dünner Mantel nur von einer dünnen Kordel an der Hüfte zusammengehalten wurde und sein rechtes Hosenbein vom Aufschlag bis zum Knie aufgeschlitzt war.

Sie blickten beide den Fluß hinunter auf die Frachtschiffe, die wegen eines Streiks seit dem Vortag im Hafen festlagen.

Dann wandten sie sich um und spähten über den Fluß zu den Lichtern des Streifenwagens, der den Kai gegenüber entlangfuhr.

Auch als der Wagen außer Sicht geriet, nachdem er die Brücke überquert hatte, konnten sie seine Fahrt die Dock Road hinunter mit Hilfe des Widerscheins seines rotierenden Blaulichts am dunklen Nachthimmel verfolgen.

Und trotzdem schraken sie zusammen, als das Fahrzeug unvermittelt wieder auftauchte und seine Scheinwerfer sich ihnen rasch näherten, kaum hundert Meter entfernt.

Als der Streifenwagen gegenüber der Hütte anhielt, erloschen die Lichter, und vier Männer stiegen aus. Zwei waren in Uniform. Einer, kleiner als die anderen, trug einen Marinemantel und einen schwarzen Schal. Der letzte, mit brauner Wolljacke über einem Denimshirt mit offenem Kragen und hellblauen Jeans, hatte einen schwarz-stoppeligen Dreitagebart und einen dunklen Teint.

Der Nachtwächter und der Penner schauten nur auf den unrasierten Mann in den hellblauen Jeans, als die Vierergruppe aus dem Streifenwagen ausstieg und zögernd über den nassen Beton näher kam. Sie starrten ihn noch immer an, als er sie ansprach.

«Detective Inspector Carl McCadden», sagte er knapp, und seine laute Stimme zeigte weder Respekt vor der Stille noch vor dem Grauen dieser Nacht. «Das ist Detective Sergeant Liam de Burgh. Wo ist es?»

Aus irgendeinem Grund, vielleicht weil ihn McCaddens barsche Selbstsicherheit aus der Fassung brachte oder der Aufzug des Inspector ihn verwirrte, wurde der Nachtwächter plötzlich nervös und fing an draufloszureden, während er die beiden Detectives zwischen den Frachtcontainern hindurchführte, die am Kai standen.

«Er sollte eigentlich gestern schon verladen werden», sagte er. «Ich meine, gestern nacht hätte er eigentlich gar nicht dasein dürfen. Wissen Sie, was ich meine? Sie wollten ihn wahrscheinlich gerade verladen, als der Streik ausgerufen wurde. Das hat alles aufgehalten. Sehen Sie die vielen Schiffe da drüben? Sie warten alle darauf, beladen zu werden.»

Der Strahl seiner Taschenlampe fiel auf einen Container in der Nähe des hohen Krans und verharrte dort, wenn auch ein wenig zittrig. Die Tür des Containers stand einen Spaltbreit offen.

«Hier. Das ist er.»

McCadden nahm die Taschenlampe, trat vor und leuchtete durch die offene Tür.

In dem Container befand sich Torfmoos. Auf dem Boden, zwischen zwei Torfballen, konnte McCadden das aufgerissene Ende eines schwarzen Plastiksacks sehen. Der Kopf eines toten Mannes ragte durch den Riß. Es sah aus, als hätte er mit letzter Kraft geschafft, den Sack aufzusprengen, und wäre dann vor lauter Anstrengung gestorben. Der Rest des Körpers und des Sacks war nicht zu sehen. Die Leiche lag mit dem Gesicht nach oben und hatte eine Schnittwunde, die wie ein X oder ein Kreuz aussah, auf der rechten Wange, vom Auge bis zum Mundwinkel und vom Nasenloch bis zum Ohrläppchen. Der Mann war nicht mehr jung, vielleicht vierzig oder fünfundvierzig. Er hatte ein wenig Speck angesetzt, und sein schwarzes Haar war bereits schütter. McCadden vermutete, daß er Arbeiter war und in seiner Freizeit zuviel Guinness trank.

«Eine Weile her», sagte McCadden zu de Burgh.

De Burgh nickte. «Ja.»

«Wie lange?»

«Zwei, drei Tage», schätzte de Burgh. «Mittwoch oder Donnerstag vermutlich.»

«Schön», meinte McCadden. «Wir sperren das hier ab, da rüber, hinten herum, den ganzen Container. Wir müssen auf die Spurensicherung aus Dublin warten. Heute nacht kommen die nicht mehr.»

«Und morgen ist Sonntag.»

«Macht nichts», sagte McCadden. «Fertig?»

De Burgh nickte erneut. «Ja.»

«Gehen wir.»

In der Hütte des Nachtwächters roch es nach Brandy, und die Augen des Wermutbruders blickten ein bißchen lebendiger und wacher als vorher.

Der Nachtwächter schnüffelte kurz und betont geräuschvoll, als er hinter McCadden hereinkam. Das sollte zeigen, daß er überrascht war. Es sagte, daß er niemals Alkohol in der Hütte hatte und niemals im Dienst trank. Als niemand den Brandy erwähnte, tat er so, als hätte er Schnupfen, und schneuzte sich ein- oder zweimal in ein Stofftaschentuch.

Der Penner steckte sich eine neue Zigarette in den Mund und zündete sie an, während er die Kippe der vorherigen mit dem Schuh austrat. Sein Blick folgte dem Rauch, der zur Decke der Hütte aufstieg.

«Ich hab ein Streichholz angerissen», erzählte er Flynn, dem uniformierten Polizisten. «Es war mein letztes Streichholz. Ohne das hätte ich sein Gesicht nicht gesehen.»

«Das war, *nachdem* du den Sack aufgerissen hast, richtig?» knurrte McCadden.

«Es war mein letztes Streichholz», wiederholte der Penner, wiederum zu Flynn gewandt. «Ich dachte, er würde mich rausschmeißen. Verstehen Sie? Ich hab gemeint, er schläft auch dort. Er hatte die Augen offen.»

«Weißt du noch, wann du heute nacht hierhergekommen bist?» wollte McCadden wissen.

«Häh?»

«Kannst du dich erinnern, wo du heute nacht warst? Drüben in der Stadt? Bist du über die Brücke gekommen?»

Der Tippelbruder folgte dem Rauchfaden bis zu seinem Ursprung und sah fasziniert zu, wie Papier und Tabak zwischen seinen Fingern zu Asche verkohlten. Er zog nicht mehr an der Zigarette.

«Der arme Billy», murmelte er bedrückt.

«Was hast du gesagt?»

«Aber wer weiß», seufzte der Tippelbruder, «vielleicht geht es ihm jetzt besser.»

«Besser als was?»

«Der arme Billy».

McCadden zog sich einen Stuhl heran und setzte sich vor den Penner. «Willst du damit sagen, daß du den Mann im Container gekannt hast?»

«Hätte ich mich sonst so erschreckt? Mann, ich hab erst vor kurzem noch mit ihm gesprochen...»

Der Tippelbruder verstummte. Die Zigarette in seiner Hand verglühte, ein letzter Rauchfaden schwebte an seinem Gesicht vorbei nach oben und verlor sich unter dem Dach der Hütte. Er bemerkte es nicht. Er starrte ins Leere.

«Wann?» fragte McCadden. «Wann hast du mit ihm gesprochen?»

«Er hat Hunde gehalten», murmelte der Tippelbruder. «Aber sie haben nichts getaugt. Kein einziger. Das Beste, was er je hatte, war eine gefleckte Hündin. Rockmount Cages, glaub ich. Nein.»

«Wie war sein Name? Wie hat der Mann geheißen?»

«Rockmount Ages! Das war es. Sie hat sich allerdings nie vom Feld absetzen können. War immer links in der ersten Kurve und hat die Ziellinie doch nur als Dritte oder Vierte geschafft. Sie wurde immer nur Dritte oder Vierte.»

«Billy. Du hast gesagt: ‹Der arme Billy.›»

«Billy, ganz recht. Er hat daran gedacht, sie über fünfundsiebzig Yards laufen zu lassen.»

«Billy, und wie weiter? Wie war sein Familienname?»

«Power. Billy Power. John's Park. War mir entfallen. Von dort hat Billy gestammt. John's Park. Die Nummer weiß ich nicht.»

Der Wermutbruder hatte sich beim Sprechen nach und nach abgewandt, als sei ihm etwas an McCadden unangenehm, etwas, das seine Sinne beleidigte. McCadden rückte wieder direkt vor ihn.

Er fragte: «Warum hat man ihm das angetan?»

«Häh?»

«Billy Power», sagte McCadden. «Warum hat man Billy Power umgebracht?»

Der Kopf des Tippelbruders ruckte hoch, und durch die Bewegung fiel die Asche von dem Filter, den er noch immer zwischen den Fingern hielt.

«Wer?» fragte er dumpf. «Wer?»

«Waren es die Greyhounds?» forschte McCadden. «Haben sie es wegen der Greyhounds getan?»

Der Tippelbruder schüttelte den Kopf und senkte ihn erneut, ein Lächeln auf den Lippen unter den dichten Bartstoppeln. «Von

Greyhounds ist doch noch niemand ernsthaft verletzt worden, oder?»

McCadden seufzte, stand auf und bedeutete den anderen, ihm nach draußen zu folgen.

Er sagte zu Flynn, dem uniformierten Polizisten: «Unterhalte du dich mal mit ihm. Stell ihm keine Fragen. Rede einfach. Sieh zu, was du herausfinden kannst.»

Den anderen Uniformierten schickte er mit de Burgh los, um den Tatort abzusperren. Dann betrachtete er den Nachtwächter. Ein kleiner Mann, der Penner und Wermutbrüder schikanierte – und es genoß –, der aber auch das Dienern und Katzbuckeln beherrschte, das zu seinem Job gehörte. Überzeugt, daß McCadden die anderen nur weggeschickt hatte, um mit ihm allein zu sein, aber unsicher, ob ihn nun Lob oder Tadel erwartete. Der Ausdruck in seinen Augen schwankte zwischen Unterwürfigkeit und Angst.

McCadden, leicht irritiert, fragte scharf: «Wie haben Sie die Leiche gefunden?»

Die Schultern des Wachmannes bewegten sich in dem Mantel, als er tief Atem holte, ein Atemzug voller Wichtigtuerei.

«Na ja», sagte er, «ich kann die Vorschriften nicht einfach ignorieren, selbst wenn ich wollte. Verstehen Sie, ich...»

«Vergessen Sie's», unterbrach ihn McCadden. «Ist der alte Mann zu Ihnen gekommen, oder haben Sie ihn bei Ihrem Rundgang gefunden?»

«Er ist zu mir gekommen.»

«Er hätte abhauen können, nicht wahr?»

«Vermutlich», räumte der Wachmann ein. «Ich war in der Hütte. Sehen Sie...»

«Ja, schön», unterbrach ihn McCadden erneut. «Haben Sie irgend etwas angefaßt?»

«Nein, nein, das würde ich nie tun. Ich habe nur hineingeschaut, das ist alles.»

«Wie lange steht der Container schon auf dem Dock?»

«Na ja, da gibt's so viele, und sie sehen alle gleich aus, wissen Sie, und...»

«Sie wissen es also nicht?»

«Nein, ich weiß es nicht.»

«Wissen Sie, woher er kam, wohin er gehen sollte?»

«Nein, weiß ich nicht. Da müßten Sie im Büro nachfragen. Und die sind erst wieder am Montag da. Vielleicht nicht einmal das, weil gestreikt wird, verstehen Sie, und...»

McCadden verlor die Geduld und ging an den Rand des offenen Kais, während er auf de Burgh wartete. Er hörte dem Fluß zu, wie er an die Kaimauer unter ihm schwappte, dem Wind, der durch die Lücken zwischen den Containern fegte, der Plastiktüte, die immer noch an den Kabeln über ihm flatterte, und dem Gesang aus dem nahegelegenen Pub.

Wenn der Sheriff verdammt wäre, mit Hammer und Nagel,
All jene, die Lasterhöhlen besuchen, zusammenzufügen,
Wie würde da so manch edler Geselle zittern, wenn man ihn beim Namen nennt,
Wie viele ehrbare Köpfe wären da festgenagelt!

Er hörte de Burgh nicht zurückkommen.

Bis der Sergeant sagte: «Wir sind jetzt soweit. Delaney und Flynn bleiben hier. Sie haben um zwölf Dienstschluß, bis dahin können wir eine Ablösung organisieren. Sind wir hier fertig?»

McCadden nickte.

Dann klopfte de Burgh vorsichtig auf den Busch: «Brauchst du mich morgen?»

«Ja», erwiderte McCadden barsch.

Ohne zu fragen, ob es gelegen oder ungelegen war, ob möglich oder nicht.

2

Am nächsten Morgen machte McCadden einen kleinen Umweg.

Kurz nach halb zehn, auf dem Weg vom Polizeirevier in Ballybricken nach John's Park, sagte er, während sie die Green Street entlangfuhren, plötzlich zu de Burgh: «Bieg die nächste Straße rechts ab, Liam. Ich sag dir, wo du anhalten mußt. Es dauert nicht lang.»

Noch jemand, den er überprüfen mußte, bevor er mit Billy Powers Witwe sprach. Paul Hyland, ein Detective Sergeant, der ebenfalls in Waterford stationiert war. Hyland war allerdings mehr als nur ein Kollege. Vielmehr gewesen. Früher.

Hyland hätte am gestrigen Abend Dienst gehabt. Laut Dienstplan war er krank. Aber McCadden hatte bei ihm zu Hause angerufen und von seiner Frau Tracy gehört, daß er auf der Arbeit sei.

«Hier ist es, Liam», sagte McCadden zu de Burgh. Und noch einmal: «Es dauert nicht lang.»

Ein schwergewichtiger Mann mittleren Alters, hundertzehn, hundertfünfzehn Kilo, und nur mit einer gestreiften Pyjamahose bekleidet, öffnete die Tür, als McCadden läutete. Sein Kopf, nach oben verlängert durch einen neuen Stoppelschnitt, sah aus wie ein Ei, das einen Balanceakt vollführte, so als balancierte es verkehrt herum auf seinem enormen Torso und als ob es sich gleich nach beiden Seiten ausdehnen würde wie der Rest von ihm.

Sein Name war Vinnie Foley. Er arbeitete als Laufbursche für einen Buchmacher draußen an der Hunderennbahn in Kilcohan Park, notierte die Hunde und die Quoten und die Einsätze der Wetter gegen ihre Ticketnummern und informierte dann jeweils die Gewinner.

Foley zog die Brauen hoch, bat dann aber McCadden mit einer Handbewegung herein.

«Gibt's Neuigkeiten über Clarke?» fragte er.

«Überhaupt keine Neuigkeiten, Vinnie.»

«Nein?» beharrte Foley. «Peter Clarke, der Typ, der am Dienstag aus dem Mountjoy-Gefängnis ausgebrochen ist. Es heißt, ein Mörder kehrt immer an den Tatort zurück, nicht wahr? Ich meine, er hat sie nur ein kleines Stück von hier umgebracht. In der Poleberry haben sie gewohnt.»

«Ich bin für den Fall nicht zuständig», erklärte McCadden.

«Sie kennen doch die Frau, die er umgebracht hat, Theresa Cheasty? Es heißt, er will den Typ kaltmachen, mit dem sie zusammen war. Sie wissen doch, mit wem sie gebumst hat, nicht?»

«Power hat er nicht zufällig geheißen?» fragte McCadden ironisch. «Sag es Harry Boyce, Vinnie. Er bearbeitet den Fall. Ich bin an etwas anderem interessiert.»

In der Küche streifte Foley ein schwarz-goldenes Guinness-T-Shirt über, das seine Wampe allerdings nicht ganz bedeckte. Er warf eine einzelne Gabel vom Abtropfblech in den Spülstein und hielt einen Elektrokochtopf unter den Wasserhahn. «Wollen Sie eine Tasse Tee oder sonst was? Ich bin gerade erst aufgestanden.»

McCadden schüttelte den Kopf. «Hast du Paul Hyland gestern abend in Kilcohan gesehen, Vinnie?»

«Paul Hyland? Allerdings.»

«Hat er bei dir gewettet?»

Foley stöpselte den Stecker des Wasserkessels in die Steckdose und drückte auf den Schalter. Als seine Hände wieder frei waren, zeigte er mit beiden Daumen nach unten. «Schlechte Nachrichten. Beim letzten Rennen war er ungefähr zweihundert Pfund in den Miesen.»

McCadden seufzte. Hyland war ein guter Detective, witzig und sehr umgänglich, aber er neigte dazu, Wettverlusten hinterherzulaufen, von der Hunderennbahn zur Pferderennbahn, und von der Pferderennbahn zurück zur Hunderennbahn. Es machte ihn unzuverlässig, wenn er in solch einer Phase steckte.

Vinnie Foley grinste. «Im letzten Rennen hatte er allerdings einen guten Kandidaten im Visier.»

«Und, hat der Hund gewonnen?» fragte McCadden.

«Oh, Jesus, ein sicherer Gewinner. Besser als das. Ein absoluter Gewinner. Eine Hündin namens Dondory. Ein Außenseiter mit einer Quote von fünf zu eins, und die Tendenz war steigend.»

«Hat die Hündin gewonnen?» wiederholte McCadden.

Foley nahm eine Teekanne aus dem Spülstein und fischte zwei alte Teebeutel heraus. Er warf die durchweichten Beutel in den Spülstein und spülte die Kanne aus, wobei er die ganze Zeit redete. «Die Hunde waren draußen und wurden auf der Bahn vorgeführt, bevor sie in den Startkäfig kamen, und Paul stand direkt vor uns und wartete darauf, daß die Quote auf sechs zu eins oder gar sieben zu eins kletterte, da kam dieser aufgedonnerte fette Italiener, Mantel mit Wildlederaufschlägen und cremefarbenem Seidenschal, am Arm diese rothaarige Braut im Nerzmantel und...»

«Woher wußtest du, daß er Italiener ist?» unterbrach ihn McCadden.

«Er hatte einen dichten schwarzen Bart.»

«Woher wußtest du, daß es ein Italiener war?»

«Die erkenne ich doch überall. Meine Schwester ist mit einem Mann verheiratet, der Zeugs aus Italien importiert, und so wie es aussieht...»

McCadden, der sich ärgerte, daß er überhaupt gefragt hatte, unterbrach ihn. «Leg einen Zahn zu, Vinnie. Ich muß noch weiter.»

«Also, der Italiener kommt an und setzt fünfhundert Pfund auf Sieg auf Dondory, und bis Paul an die Reihe kam, konnte er lediglich noch hundertfünfzig setzen, Quote sechs zu vier. Die Mühe hätte er sich sparen können. Die Hündin hat ohnehin versagt. Sie hätten den Italiener und die rothaarige Braut sehen sollen. Die haben sich totgelacht. Sind Sie ihnen mal begegnet?»

«Nein», sagte McCadden.

«So viele sieht man jetzt nicht mehr hier», beharrte Foley. «Touristen. Wir haben Ende Oktober. In Tramore und Dunmore East ist alles schon geschlossen. Es gibt kaum mehr Ausländer hier.»

«Hmm, richtig», knurrte McCadden ungeduldig.

Als hätte er wenig Interesse an ausländischen Dingen, und am wenigsten an Italienern.

3

Aber eine Stunde später saßen McCadden und de Burgh im Wohnzimmer von Billy Powers Haus in John's Park, unterhielten sich mit Powers Witwe und versuchten, sich nicht gegenseitig dabei zu ertappen, wie sie auf eine teure italienische Vase starrten, die auf dem Kaminsims stand.

Das Zimmer war winzig und erdrückend braun. Mary Power, eine dünne, hagere Raucherin, saß auf der einen Seite in einem schweren Ohrensessel, zwischen einem Kamin aus billigen gelben Kacheln und Umbauregalen aus Preßspanplatten, auf denen Elektrogeräte und weiterer Zierat standen, aber keine Bücher. McCadden und de Burgh saßen ihr gegenüber auf einem dazu passenden rehbraunen Sofa, das sich über die gesamte Breite des Raumes erstreckte. Niemandem wäre es möglich gewesen, von der pilzfarbenen Tür zu den dünnen ockerfarbenen Vorhängen an dem schmalen Fenster zu kommen, ohne sich durch die drei Beinpaare zu winden.

Der Raum war dürftig eingerichtet und in schlechtem Zustand. Der Teppich war alt und abgetreten. Die Farbe schmutzig und abgesplittert. Die Rauhfasertapete an manchen Stellen eingerissen und an anderen vom Putz losgelöst. Als Kohlenschütte diente der Plastikeimer einer Großküche. Aber die Preßspanregale enthielten ein hochmodernes Fernsehgerät, einen HiFi-Videorecorder, zwei Fernbedienungen und eine teure Game-Console.

Der gleiche Kontrast fand sich auf dem Kaminsims, wo die teure italienische Vase stand, neben zwei Dalmatinerhunden aus Porzellan, zwei Porzellankobolden, einer Plastikrikscha, die von einem Kuli aus Plastik gezogen wurde, und einem rotgefiederten hölzernen Vogel, der auf und ab wippte und seinen Schnabel in ein Glas mit schmutzigem Wasser tauchte.

Vier Bilder hingen an den Wänden. Drei davon waren keine Überraschung. Ein gestelltes Familienfoto, gepfuscht von einem Schnappschußamateur. Ein Druck vom Papstbesuch in Irland 1979. Ein weiterer religiöser Druck, diesmal ein Kruzifix. Das vierte Bild, in naturfarbenem Eschenholz gerahmt, war ein originales Aquarell der Universität von Padua, von einem begabten Künstler gemalt. Der Name des Künstlers war Perrugia. G. Perrugia.

Bis jetzt war die Befragung zäh verlaufen. Nein, unmöglich. Nachbarn streckten ständig die Köpfe durch die Tür und sagten: *Ich wollte dich nicht stören, aber herzliches Beileid, Mary,* und Mrs. Power seufzte dann: *Ach, Hanna* oder: *Ach, Bridie,* und Hanna oder Bridie schoben sich weiter ins Zimmer hinein und murmelten: *Es muß ein fürchterlicher Schock für dich sein* und: *Weiß man schon, wer es getan hat* und: *Die armen Kinder tun mir ja so leid.*

Schließlich hatte McCadden vorgeschlagen, die Befragung entweder auf dem Polizeirevier fortzusetzen oder die Tür abzuschließen. Mary Power schloß die Zimmertür ab, ließ aber die Haustür offen und beauftragte ihre älteste Tochter Patricia, den Strom der Beileidsbesucher zu empfangen.

«Ihr Mann war in den letzten Tagen nicht mehr zu Hause, Mrs. Power», begann McCadden.

«Nein, war er nicht.»

«Seit wann?»

«Seit Donnerstag.»

«Warum haben Sie ihn nicht als vermißt gemeldet?»

«Inspector, ich weiß nicht, wie oft Billy schon... Wenn ich ein Pfund für jede Nacht bekäme, die er nicht unter diesem Dach verbracht hat, wäre ich reich genug, ihn zu vergessen.»

«Was genau ist am Donnerstag passiert?»

«Er stand auf wie gewöhnlich, und nachdem er gefrühstückt hatte, verließ er das Haus, um zur Arbeit zu gehen, wie sonst auch.»

«Wo arbeitet er?»

«Bei Byrne Plastics, hinter Kilcohan.»

«Gehört das Tom Byrne? Dem Stadtrat?»

«Ja, allerdings.»

«Als was war Ihr Mann dort beschäftigt?»

«Als Maschinenführer. Sie haben Formen hergestellt für Behälter und so. Mehr weiß ich auch nicht. Ich denke, Sie werden das herausfinden.»

«Er ging also zur Arbeit und kam nicht wieder nach Hause?»

«Nein, er kam nach Hause und aß, wie üblich...»

«Ich meine am Abend.»

«Das sage ich ja gerade. Er kam heim nach der Arbeit und trank wie gewöhnlich seinen Tee. Es muß gegen sieben gewesen sein, als Martin O'Shea und Henry Barry vorbeischauten. Er rasierte sich gerade, aber sie wollten nicht hereinkommen. Standen da wie bestellt und nicht abgeholt.»

«O'Shea und Henry Barry?»

«Arbeitskollegen.»

«Sind sie von hier?»

«Sie wohnen ein paar Straßen weiter.»

«Wo wollten sie hingehen?»

«Wo sollten sie schon hingehen? Ins Pub, vermute ich. Er hatte an diesem Abend nicht einmal die Greyhounds ausgeführt.»

«Greyhounds?»

«Es sind drei, hinter dem Haus, sie sind in ihren Zwingern, da wo eigentlich die Kinderschaukeln stehen sollten.»

McCadden dachte an die italienische Vase und das italienische

Aquarell und den Fernseher und den Videorecorder und die Game-Console und fragte: «Sind sie wertvoll? Gewinnen sie Rennen?»

Mary Power lachte. «Wollen Sie mich auf den Arm nehmen? Die tun nichts als fressen. Nur darin sind sie gut.»

«Hatte Ihr Mann jemals erfolgreiche Greyhounds?»

«Der nächste sollte immer der erfolgreiche sein.»

«Hat er die Hunde gefüttert, bevor er am Donnerstag abend ausging?»

«Er fütterte sie nie, bevor er sie nicht ausgeführt hatte.»

«Sagte er etwas, als er wegging? Wohin er gehen wollte. Wann er zurückkommen würde. Irgend etwas.»

«Kaum anzunehmen, nachdem er in den letzten sechs Monaten kein freundliches Wort für mich übrig hatte.»

«Können Sie sich erinnern, was Ihr Mann anhatte, als er letzten Donnerstag wegging?»

«O Gott... nein. Nicht genau. Es tut mir leid.»

«Denken Sie darüber nach, ja? Schreiben Sie alles auf, an was Sie sich erinnern. Trug er etwas Besonderes bei sich? Irgend etwas in seiner Brieftasche? Schmuck vielleicht oder dergleichen?»

«Ich vermute, er hatte seinen Master McGrath-Schlüsselring bei sich. Den trug er immer. Ich ließ den Ring speziell für ihn anfertigen, als wir noch zusammen ausgingen, nur daß er damals an einer Halskette war. Dies zeigt Ihnen, wie jung und naiv ich war. Aber natürlich wollte er um nichts in der Welt eine Halskette tragen, also hat er ihn wieder in einen Schlüsselring umarbeiten lassen.»

«Gold? Silber?»

«Er war aus Silber.»

«Sonst noch etwas?»

«Ich weiß nicht. Den Führerschein, nehme ich an. Sonst fällt mir nichts ein.»

McCadden erhob sich, um die Beine zu strecken. Aber in diesem winzigen Wohnzimmer konnte man nirgendwo hingehen. Doch er hatte Anstalten dazu gemacht, und de Burgh sah ihn erwartungsvoll an, deshalb mußte er sich nun etwas einfallen lassen, um sein Aufstehen zu rechtfertigen.

Er drückte sich an de Burghs Knien vorbei und studierte das italienische Aquarell an der Wand.

«Hübsch», sagte er. Hoffte, nicht fragen zu müssen, wo sie es herhatten. Hoffte, daß Mary Power Erinnerungen daran hatte, die sie gerne mitteilen wollte. «Das ist sehr hübsch, dieses Bild.»

Aber Mary Power zuckte nur die Achseln, zog die Brauen hoch und seufzte tief.

«Italien, nicht wahr?» bohrte McCadden.

«Kann ich Ihnen nicht sagen, um ganz ehrlich zu sein.»

«Muß von Ihrem Mann sein, natürlich. Haben Sie eine Ahnung, woher er es hatte?»

«Benidorm.»

«Benidorm?»

«Als wir in Benidorm auf Urlaub waren.»

«Er hat es in Benidorm gekauft?»

«Jedenfalls kam er damit eines Tages ins Apartment zurück. Oder ich kam zurück, und er war unterwegs, um es irgendwo zu besorgen. So war es.»

«Wann war das?»

«Diesen Sommer. Nein, ich lüge. Das war Griechenland. Ostern war es. Benidorm war an Ostern.»

«Haben Sie mehr als einmal im Jahr Urlaub auf dem Kontinent gemacht?»

«Billy war derjenige, der das wollte. Er hat die Kinder dafür begeistert. Ich weiß nicht, wie oft ich ihm sagte, daß mir vierzehn Tage am Strand von Woodstown viel mehr Spaß machen würden. Aber man hätte genausogut gegen die Wand reden können.»

«Und mehr als einmal im Jahr?»

«In den letzten beiden Jahren, ja.»

«Diese Vasen», sagte McCadden und zeigte auf den Kaminsims. «Haben Sie die auch aus Benidorm?»

«Nein, Teneriffa.»

«Teneriffa?» wiederholte McCadden.

Und de Burgh nickte mit unbewegter Miene: «Teneriffa.»

McCadden setzte sich stirnrunzelnd wieder hin. Er sagte: «Wenn es Ihnen nichts ausmacht, wüßte ich gerne, wieviel Haushaltsgeld Ihr Mann Ihnen gegeben hat.»

«In den letzten zehn Jahren», sagte Mary Power bitter, «hat sich alles erhöht, außer dem, was Billy Freitag abends hier auf den Tisch legte, um uns für eine Woche zu ernähren und zu kleiden. Das blieb gleich. Ich mußte selbst arbeiten gehen, um die Differenz auszugleichen.»

«Wo war das?»

«Draußen im Krankenhaus. Ardkeen. Als Küchenhilfe.»

«Jeden Tag?»

«Zwei Vormittage die Woche.»

«Wissen Sie, wie hoch der Lohn Ihres Mannes war?» fragte McCadden.

«Jedenfalls sehr viel mehr, als er mir abgegeben hat», sagte Mary Power. «Mehr weiß ich nicht. Seinen Lohnstreifen habe ich nie gesehen.»

«Haben Sie ihn nie danach gefragt?»

«Hätten Sie auch nicht, wenn Sie ein bißchen Ruhe und Frieden wollten.»

«Richtig», meinte McCadden. «Sagen Sie, es war Ihr Mann, der für die Urlaube bezahlte, nicht wahr? Er hat sie organisiert und so weiter?»

«Wie gesagt, ich hatte nichts damit zu tun, hier in Irland hätte mir's besser gefallen. Ich fuhr mit, weil die Kinder mitkamen, obwohl, weiß der Himmel, warum er die Kinder mitnehmen wollte, wenn er sich doch während des ganzen Urlaubs nicht im geringsten um sie kümmerte.»

«Und der, äh, Fernseher und die anderen Sachen», forschte McCadden. «Die hat auch Ihr Mann gekauft, nicht wahr?»

«Ich jedenfalls nicht», erwiderte Mary Power erbost. «Nicht von dem, was Sie in einer Krankenhausküche an zwei Vormittagen in der Woche verdienen. Das reicht gerade, den Kindern etwas zu essen auf den Tisch zu stellen, wenn sie morgens zur Schule gehen.»

4

Zu Mittag genehmigten sich McCadden und de Burgh Kaffee und Schinkensandwiches in de Burghs Haus im Cork Road Estate. McCadden hatte seinen eigenen Kaffee mitgebracht, Chapman's

Medium Blend aus seinem Lebensmittelladen an der Ecke, dazu einen Filter und ein Paket Filtertüten. Er fand, daß das meiste, was die Leute als Kaffee servierten, nicht trinkbar war.

«Sonntag», sagte McCadden, während er zu de Burghs Haustür ging, den eigenen Kaffee und den eigenen Kaffeefilter und das Paket Filterpapier in einer Plastiktüte. «Sonntag.»

Er blickte die Straße entlang, während de Burgh nach seinen Hausschlüsseln suchte. Der Wind hatte sich über Nacht gelegt, und es war nichts mehr davon zu spüren außer einer leichten Brise, die kaum die Baumwipfel bewegte. Ideale Wetterbedingungen für Sport im Freien. Einer von diesen frischen Herbsttagen, an denen sogar die Siechen manchmal ungeahnte Aktivitäten entfalten. Die Menschen gehen ihren Geschäften nach. Halten Schritt mit dem Hund beim Morgenspaziergang. Außer sonntags. Und weil heute Sonntag war, machte die Gegend den Eindruck eines öden, ausgestorbenen Dorfes. Hier und da ein älteres Paar, das gemächlich spazierenging. Ein paar gelangweilte Jugendliche, die an einer Ecke standen.

McCadden seufzte.

Er sagte: «Bekommst du auch manchmal den Eindruck, daß sich am Sonntagmorgen alle langweilen, Liam? Hast du jemals die Erleichterung am Abend in den Pubs gespürt, wo jeder froh zu sein scheint, daß alles vorbei ist und man sich jetzt wieder vergnügen kann? Aber dann am nächsten Tag, Montag, kommt die übliche lahme, widerwillige Rückkehr in die Knechtschaft des Alltags. Samstag ist der Tag der Befreiung. *Saturday Night Fever*. Ist also Sonntag der erste Tag der Woche oder der letzte? Und wie viele Songtitel oder Film- oder Buchtitel fallen dir ein, in denen das Wort Sonntag vorkommt?»

De Burgh drehte den Schlüssel im Schloß, um die Tür zu öffnen, und fragte gelangweilt: «Sonntag?»

«Du weißt schon», meinte McCadden, «wie *Sunday, Bloody Sunday* oder *Sunday in the Country.*»

«Ach so. Ja.»

«*Sunday Night and Sunday Morning, The Sunday of Life*. Sonntag ist der beste Tag.»

«Was ist das?»

«Häh?»

«Sonntag ist der beste Tag. Was ist das? Ein Film?»

«Es ist ein Standpunkt», sagte McCadden. «Hegel. Der Tag der Sonne, Quelle des Lichtes und deshalb des Lebens.»

De Burgh ging voraus zu der kleinen Küche im hinteren Teil des Hauses. Er füllte den elektrischen Wasserkessel und holte einen aufgeschnittenen Pfannkuchen aus dem Brotkasten sowie Milch, Butter und Schinken aus dem Kühlschrank, während McCadden am Türrahmen lehnte und angeregt weitersprach.

«Allerdings ist Sonntag nicht nur der beste Tag», sagte McCadden, «er ist auch der schlimmste. Charles Lamb zum Beispiel... Wie ging das noch mal? *Für mich liegt eine Düsternis über der sonntäglichen Stadt, eine drückende Atmosphäre.* Ein Tag, der nicht dem Licht und dem Leben geweiht ist, sondern dem Gegenteil. Auch wahr. Aber vielleicht ist Sonntag der Tag, an dem der normale Ablauf einfach ausgesetzt ist. Sonntagsfahrer. Sonntagsgolfer. Und natürlich findest du sonntags nirgends einen Softporno auf den Satellitenkanälen. Nie. Aber egal, ob der beste oder der schlimmste Tag, auf jeden Fall nicht sonderlich passend für den Beginn einer Morduntersuchung.»

«Das Wasser kocht», sagte de Burgh.

«Was?»

«Das Wasser kocht.»

«Hmmm. Okay.»

McCadden brühte sich eine Kanne Kaffee und folgte de Burgh ins Eßzimmer.

Er sagte: «Um bei der Morduntersuchung zu bleiben, von *was* reden wir eigentlich bei diesem Billy Power-Mord?»

De Burgh, der nicht gewohnt war, so eng mit McCadden zusammenzuarbeiten, murmelte abwehrend: «Ich würde lieber erst die Ergebnisse der Spurensicherung abwarten.»

«Ja, klar», sagte McCadden und wischte den Einwand mit einer Handbewegung weg. «Ich weiß, daß du lieber abwarten würdest. Das willst du immer.»

«Dann möchte ich zumindest bis nach dem Mittagessen warten.»

«Nein», erklärte McCadden, «die Ergebnisse kann ich dir schon jetzt sagen. Die Autopsie wird den Todeszeitpunkt auf irgendwann zwischen Donnerstag mittag und Freitag mittag festlegen, mit der üblichen Genauigkeit von Autopsien. Ich selbst könnte es enger eingrenzen. Sie werden uns sagen, daß die Waffe ein scharfes Instrument war, wahrscheinlich ein Messer mit einer Sechs-Zoll-Klinge. Hat nach einem heftigen Kampf das Herz durchbohrt. Blutergüsse an Gesicht und Unterarmen, Abschürfungen an den Handknöcheln. Sie werden Stoffasern an dem Plastiksack finden, die identisch sind mit Fasern, die wir irgendwann im Kofferraum des Autos entdecken, mit dem die Leiche zu den Docks transportiert wurde. Aber das hilft uns wenig bei der Suche nach diesem Auto. Hab ich recht?»

«Ja, wahrscheinlich.»

«Dann sag mir, wovon wir reden.»

Widerwillig legte de Burgh sein Sandwich weg, kaute zu Ende und sagte dann: «Geld.»

«Geld», wiederholte McCadden. «Richtig! Wir reden über Geld. Über Geld haben und Geld nicht haben. Über Geld haben und gleichzeitig kein Geld haben. Ein Einfamilienhaus in heruntergekommenem Zustand, die Kinder ärmlich gekleidet, die Mutter geht arbeiten ... wo?»

«Sie arbeitet stundenweise als Küchenhilfe im Ardkeen Hospital.»

«Die Mutter verdient kaum genug, um sich selbst zu ernähren. Und trotzdem ... und trotzdem leisten sie sich einen neuen Zwei-Liter-Wagen, einen neuen Geschirrspüler, Mikrowelle, Fernseher, Video, zwei Urlaube auf dem Kontinent im Jahr ... Zwei! Fährst du zweimal im Jahr auf den Kontinent, Liam? Machst du *einen* Urlaub auf dem Kontinent?»

«Nein.»

«Dann verrate mir, wo haben sie das Geld her?»

«Von ihm», sagte de Burgh. «Die Frau würde es für die Kinder und für das Haus ausgeben.»

«Also, wo bekommt *er* das Geld her?»

«Sein Lohn?» meinte de Burgh ohne große Überzeugung.

McCadden schüttelte den Kopf. «Als Maschinenführer? Da verdient er nicht genug. Wir werden es morgen feststellen, aber es kann nicht genug sein. Vergiß nicht, wir haben nicht einmal berücksichtigt, was er versoffen hat, und so wie es aussieht, hat er in Alkohol gebadet, und wir haben auch nicht berücksichtigt, was er sonst in seiner Freizeit ausgibt.»

«Er hat's beim Spielen gewonnen.»

Erneut schüttelte McCadden den Kopf. «Er ist bestenfalls ein Schmalspurspieler. Die gewinnen nicht mit der Regelmäßigkeit, die notwendig ist, um all das zu finanzieren. Und um mit den Großen zu spielen, brauchst du Kapital. Also Fehlanzeige. Woher hat er das Geld?»

«Er hat wertvolle Greyhounds gezüchtet und verkauft.»

«Möglich», räumte McCadden ein.

De Burgh lächelte und griff nach seinem Sandwich.

«Aber unwahrscheinlich», fuhr McCadden fort. «Erinnerst du dich, was der alte Mann gesagt hat, der gestern abend die Leiche fand?»

De Burgh machte ein skeptisches Gesicht hinter seinem vernachlässigten Sandwich. «Was? Der Wermutbruder? Careless?»

«Du weißt, warum sie ihn Careless nennen, den Unvorsichtigen?»

De Burgh schüttelte den Kopf.

«Draußen auf der Kilcohan-Rennbahn», sagte McCadden, «legte eines Abends vor ungefähr sechs Jahren ein Hund namens Careless Thoughts, der bisher nie etwas gewonnen hatte, einen Sprint hin bei Wetteinsätzen und Quoten, die den Buchmachern ziemlich weh taten. Ein Mann namens Ernest Furlong, der Bahnmanager, hatte seine Zeiten frisiert. Er hatte auch eine Menge anderer Zeiten frisiert, aber mit Careless Thoughts haben sie ihn erwischt. Und deswegen heißt Ernest jetzt Careless. Wenn dieser Mann sagt, daß Power mit seinen Greyhounds kein Geld verdient hat, dann sollten wir uns lieber anderweitig umsehen.»

McCaddens Kaffeekanne war leer und sein Kaffeebecher ebenfalls. Er stand auf.

«Ich hab noch einen Kessel aufgesetzt», meinte de Burgh. «Er muß gleich kochen.»

«Nein», sagte McCadden. «Kann ich dein Telefon benutzen?»

«Ja, klar. Bedien dich.»

Das Telefon stand im Flur, auf einem kleinen, wackligen Tisch direkt bei der Haustür. Es gab nirgends eine Sitzgelegenheit. McCadden bückte sich und wählte Paul Hylands Privatnummer, dann lehnte er sich an die Haustür und lauschte dem Klingelton.

Tracy Hyland nahm ab. Sie hörte sich an, als hätte sie geheult, bevor sie ans Telefon ging. Sie schniefte ein paarmal und schluckte geräuschvoll.

«Hallo?» sagte sie dann ängstlich.

«Tracy? Hier ist Carl McCadden.»

«Oh, hallo, Carl. Ich hole ihn.»

McCadden hielt den Hörer locker an die Schulter, bedauerte den Anruf ein wenig und fand, daß der Job zwischenmenschliche Beziehungen manchmal ganz schön belastete. McCadden zum Beispiel lebte getrennt von seiner Frau Jenny. Seit fünf Jahren. De Burgh war ebenfalls von seiner Frau getrennt. Und die Frau des Chief Superintendent, Nora Cody, lag gerade im Krankenhaus wegen Verdachts auf einen Tumor.

Und Tracy Hyland? Eine dieser schönen, intelligenten, fähigen Frauen, die sich häßlich und unfähig vorkommen, wenn ihre Männer sie kritisch anschauen. Sie besaß alles, außer Selbstvertrauen. Alles. McCadden war in den letzten Jahren nicht mehr allein mit ihr gewesen, ohne ihren Mann. Nach der Trennung von seiner Frau hatte sie ihm ungefähr ein Jahr lang geholfen, die Sache zu überwinden, traf sich mit ihm auf einen Drink oder zum Essen, Kaffee in seiner Wohnung, bis sie sich an die Bettkante geredet hatten, in eine Umarmung, die mehr als nur gegenseitige Sympathie beinhaltete. Nur einmal. Aber sie hatten es fertiggebracht, die Kleider anzubehalten und ihre Gefühle unausgesprochen zu lassen. Deswegen waren sie in den letzten Jahren nicht mehr zusammen allein gewesen.

Ein komischer Ausdruck, dachte McCadden. Zusammen allein.

Ohne Vorwarnung bellte Hyland ein ungeduldiges «Ja?» in den Hörer.

Und McCadden schrak zusammen. Schuldbewußt.

«Paul? Carl McCadden.»

Der Umschwung erfolgte prompt, zurück zu Charme und Mitgefühl und Interesse. «Hallo, Carl! Tracy hat mir nicht gesagt, daß du es bist. Stimmt was nicht?»

«Heute nachmittag findet eine Besprechung statt, Paul. Viertel nach zwei. Da brauche ich dich.»

«Um was geht's?»

McCadden erklärte es ihm, so rasch wie möglich, und unterbrach sofort danach die Verbindung. Gedankenverloren hielt er den Hörer in der Hand, legte ihn dann jedoch auf und zwang sich zu einem Lächeln, bevor er ins Eßzimmer zurückkehrte und de Burgh mit der Frage überfiel:

«Liam, warum schaffen es Filmstars nicht, amerikanische Filmstars, meine ich, stabile Beziehungen zu unterhalten?»

De Burgh starrte ihn ausdruckslos an, beschäftigt mit ganz anderen Gedanken. «Wer ist Master McGrath?» fragte er.

«Was?»

«Master McGrath», wiederholte de Burgh. «Der Schlüsselring, den Billy Power hatte. Wer ist das?»

«Nein», wehrte McCadden ab. «Hör zu. Ich hab neulich eine Radiosendung gehört über... Wie hieß er? Kann mich nicht erinnern. Jedenfalls irgendein Schriftsteller. Sie waren des Lobes voll über seine absolute Hingabe an die Kunst. Erinnerst du dich an Cyril Lamond, der hier in der Stadt das Zentrum für depressive und lebensmüde Menschen eingerichtet hat und dessen Frau aus Einsamkeit Selbstmord beging?»

«Ja», sagte de Burgh. «Aber Master McGrath. Master McGrath.»

«Master McGrath?» McCadden setzte sich seufzend wieder an den Tisch und beugte sich de Burghs Themenwechsel. «Master McGrath war ein berühmter Greyhound aus Waterford. Unschlagbar, wie alle Waterford-Greyhounds. Er gewann den Waterloo Cup, 1868 glaube ich, und das Jahr darauf, und zwei Jahre darauf noch einmal. Dreimal insgesamt. Hatte einmal eine Audienz bei Queen Victoria. Sie schrieben eine Ballade über ihn. Ich kann nicht singen, aber der Text ging so: *Und als sie in der großen Stadt London eintrafen, / Versammelten sich all die großen englischen Sportsleute, / Und einige der Gentlemen lachten Ha-ha / Und sagten: Ist das der großartige Hund, den man Master McGrath nennt?* Ziemlich holprige Verse, nicht? Außerdem haben sie ihm ein Denkmal aufgestellt, draußen in Cappoquin, wo jeden Tag immer noch die Wetter in Scharen hinpilgern und vor dem Heiligtum niederknien und um Glück bitten.»

«Verdammt viele Greyhounds in diesem Fall», knurrte de Burgh.

«Stimmt», gab McCadden zu. «Wieviel Uhr haben wir?»

«Fünf vor zwei.»

«Dann machen wir uns lieber auf den Weg. Cody wartet bestimmt schon auf uns.»

5

Chief Superintendent Daniel Cody stand gedankenversunken inmitten seines untadeligen Dienstzimmers, die Tür hinter sich weit offen, als McCadden den Kopf hereinsteckte. Cody, der die Hände tief in den Hosentaschen vergraben hatte, murmelte vor sich hin: «Eine gute Sache. Eine gute Sache.»

McCadden räusperte sich.

Cody fuhr herum und rief: «Ach ja!», setzte sich dann hinter seinen Schreibtisch und winkte McCadden zu dem harten Stuhl auf der anderen Seite, alles in einer einzigen verlegenen Bewegung. Er griff nach einer Pfeife im Aschenbecher und suchte in seinen Taschen nach Streichhölzern.

Cody war ein hochgewachsener Mann, etwa einsfünfundachtzig groß. Er sah älter aus als achtundfünfzig. Sein Haar war grau und bestand nur noch aus zwei sorgfältig frisierten Büscheln über und hinter den Ohren. Gewöhnlich, wie jetzt, hatte er den Mund fest um das Mundstück einer Pfeife geschlossen und verbarg so seine Gefühle.

Während er immer noch nach Streichhölzern suchte, fragte er McCadden: «Also? Ist Carroll schon eingetroffen?»

Leonard Carroll war der staatliche Pathologe. Bei Morden, Selbstmorden und sonstigen unklaren Todesfällen in der Provinz kam er gewöhnlich aus Dublin angereist, um die Autopsie durchzuführen.

«Er ist anscheinend vor einer halben Stunde angekommen», sagte McCadden. «Ich habe ihn aber noch nicht gesehen.»

«Was ist mit der Labortruppe?»

«Ebenfalls. Vor einer halben Stunde. Sie sind jetzt am Dock.»

Es war 15 Uhr 30, Sonntag nachmittag. Irgendwo in dem fast leeren Gebäude brachte ein Radio die nachmittägliche Sportsendung. Das Programm schaltete zwischen zwei Kommentaren hin und her, einem Hurling-Spiel im Dubliner Croke Park und einem Fußballspiel der Irischen Liga in Cork. Obwohl die Worte nicht zu verstehen waren, konnte man doch genau hören, um welches Spiel es sich jeweils handelte. Der Hurling-Kommentator war in einem Zustand permanenter Erregung, der Fußballberichterstatter klang maßvoll und analytisch. Die Übertragung drang laut und deutlich in das Büro des Chief Superintendent. An einem Wochentag hätte man es nicht gehört. Das geschäftige Treiben in dem Gebäude und der Straßenlärm hätten es übertönt. An einem Wochentag wäre ohnehin nichts zu hören gewesen, weil so etwas nicht toleriert worden wäre. Aber dies war ein Sonntag. Und Sonntage waren unwirklich, hatte McCadden entschieden.

Cody hatte seine Streichhölzer gefunden und zündete die Pfeife an. Er lehnte sich in seinem Drehstuhl zurück, stieß Rauchwolken aus und fragte: «Wie schwierig wird dieser Fall sein?»

«Ich weiß es noch nicht», bekannte McCadden. «Bis jetzt weiß ich nur, daß Billy Power wahrscheinlich Donnerstag nacht, vielleicht auch am Freitag morgen nach einem Kampf erstochen wurde. Eine Schlägerei, sollte man denken, wegen einer Frau, einer Beleidigung, Geld. Man hat ihm seine Kleider und all seine persönliche Habe weggenommen. Das würde auf Raub hinweisen. Nur haben sich die Täter die Mühe gemacht, ihm ein Kreuz oder ein X ins Gesicht zu ritzen, wahrscheinlich nach seinem Tod, denn es ist zu sauber ausgeführt, als daß er bei Bewußtsein hätte sein können. Also würde man sagen, das Kreuz ist irgendein Zeichen, eine Warnung oder so, nur haben die Täter die Leiche in einen Sack gesteckt und den Sack mit der Leiche in einem Frachtcontainer verborgen, wo niemand ihn sehen konnte, mit dem Ziel, die Leiche außer Landes zu schaffen. Unter normalen Umständen hätte ihnen das ungefähr eine Woche Zeit verschafft, bevor der Container in Frankreich geöffnet worden wäre. Der Bestimmungsort war übrigens Lyon. Durch den Streik hätte sich diese Zeitspanne sogar verlängert, wenn der Tippelbruder nicht darüber gestolpert wäre. Die Täter brauchten also ungefähr eine Woche, bevor die Leiche entdeckt wurde, und danach war es ihnen offenbar ziemlich egal. Einigermaßen merkwürdig.»

«Sie sprechen ständig von *Tätern*. Mehrzahl.»

«Stimmt», gab McCadden zu. «Sehen Sie, es ist natürlich möglich, daß ein einzelner Mann Power im Kampf überwältigt hat. Ein offener Kampf, meine ich, von Mann zu Mann. Es ist möglich. Aber irgendwie kann ich mir nicht vorstellen, wie ein einzelner Mann die Leiche in einen Sack steckt, sie in den Kofferraum eines Wagens wuchtet, dann die Schlösser an dem Frachtcontainer aufsprengt und die Leiche darin versteckt. Auch das ist theoretisch möglich, aber ich kann es mir schwer vorstellen. Wenn es ein einzelner Täter gewesen wäre, hätte er sich vermutlich eine andere Methode ausgesucht.»

«Wie wollen Sie weiter vorgehen?»

«Ich behalte Liam de Burgh bei mir, wenn es Ihnen recht ist.»

Cody beugte sich vor, die Ellbogen auf den Schreibtisch gestützt. «Nicht Hyland?»

«Nein», sagte McCadden. «Nicht bei diesem Fall.»

«Hmm. Hyland ist ein guter Mann.»

«Nun ja», meinte McCadden, «de Burgh hat gestern abend mit mir angefangen, deshalb will ich ihn jetzt nicht ablösen. Paul Hyland war krank. Er war heute bei der Besprechung, sah allerdings nicht sehr gesund aus.»

Cody zögerte. Wollte nur ungern ein erfolgreiches Gespann wechseln. Aber schließlich sagte er: «Okay, ich bin einverstanden. Wenn Hyland krank ist. Wen brauchen Sie noch?»

«Ich dachte, ich und de Burgh vernehmen heute nachmittag die beiden Freunde von Power, Barry und O'Shea. Morgen würde ich gerne mit John Widger und ein paar Uniformierten zu den Docks gehen, um die Frachtreederei zu befragen, die Geschichte dieses Containers zu überprüfen, den Streik im Hafen, herausfinden, wo der Tippelbruder in jener Nacht überall war, alles von Interesse, was um die Mordzeit herum abgelaufen ist.»

«Ach ja, Widger», unterbrach Cody plötzlich. «Ein patenter Junge. Ruhig. Hat sich gut gemacht...»

McCadden hörte nicht mehr zu. Seit fünf Tagen, seit Dienstag, als Codys Frau ins Krankenhaus eingeliefert worden war, hatte er Schwierigkeiten mit dem Chief Superintendent. Der Mann driftete in Nebensächlichkeiten ab, plapperte manchmal richtigen Unsinn.

«Sonst noch etwas?» fragte Cody.

«Ja», antwortete McCadden. «Für die ersten paar Tage brauche ich Andy Laffan und Jerry Tobin.»

Cody runzelte die Stirn. Er nahm seine Pfeife auseinander und betrachtete die Einzelteile.

«Hmmm», murmelte er. «Wir dürfen uns nicht zu sehr verzetteln. Wir stehen unter erheblichem Druck wegen dieses Typs, der aus Mountjoy geflüchtet ist.»

«Peter Clarke?» sagte McCadden. «In Waterford ist er doch noch nicht gesichtet worden, oder?»

«Die Bevölkerung macht sich Sorgen, Inspector.»

Deswegen, weil die Polizei überreagiert, dachte McCadden. Statt dessen sagte er: «Ich will ja niemanden von Harry Boyces Leuten. Er hat Frank Ryan, er hat...»

«Ich weiß, wen er hat», unterbrach Cody. «Ich werde mir Ihren Vorschlag überlegen. Ist das klar?»

So ging es jetzt seit fünf Tagen. Cody verwechselte Diskussion mit Gehorsamsverweigerung. Dachte, der Rest der Welt ginge in Stücke, nur weil sein Privatleben am Zusammenbrechen war. Empfindlich. Sentimental. Ein Gefängnisausbruch traf irgendeinen Nerv bei ihm und brachte alle anderen Ermittlungen im Bezirk durcheinander.

«Okay, Sir, okay», sagte McCadden geduldig.

Cody baute seine Pfeife wieder zusammen, suchte nach dem Reinigungsbesteck und wartete, bis McCadden aufgestanden war. Dann sagte er: «Ach ja, äh, bevor Sie gehen...»

«Ja?»

Cody räusperte sich. «Ich weiß, es ist Sonntag, und Sie haben nicht damit gerechnet, heute hierherzukommen, so wenig wie ich, aber...»

«Ja, Sonntag», unterbrach ihn McCadden fröhlich. «Sonntag hängt davon ab, woher Sie kommen, nicht wahr? Charles Lamb zum Beispiel...»

«Ja», sagte Cody ungeduldig, «ganz recht. Aber wenn Sie im Dienst sind, könnten Sie vielleicht etwas mehr... etwas weniger salopp...»

McCadden, wieder in Jeans, wieder mit einem Denimhemd, hielt seinen Ärger immer noch im Zaum. Codys Frau war vielleicht schwer erkrankt, dachte er. Möglicherweise todkrank. Der Mann suchte nach beruhigenden und tröstlichen Dingen. Ein sauberer Haarschnitt und ordentliche Kleidung werden die Welt vom Krebs befreien. Ein gepflegter Anzug wird uns von Aids erlösen. Uniformen werden die Kriminalität von unseren Straßen fernhalten.

McCadden kehrte im Geist vierhundertfünfzig Jahre zurück, zu Martin Luthers Warnung an die deutschen Fürsten, daß extravagante Kleidung ein Zeichen von Verderbnis sei, und zu Calvin, der gegen Schlitze in den Hosen wetterte, weil er dachte, sie seien ein Einlaß für den Teufel.

McCadden versuchte nicht zu lächeln.

«Einen Anzug zum Beispiel», murmelte Cody.

Ein Anzug, dachte McCadden. Ein Anzug. Tüchtigkeit. Rechtschaffenheit. Zurückhaltung. Staatsmänner, Politiker und Gangster würden eher sterben, als keinen Anzug zu tragen.

«Ja, natürlich», sagte McCadden so überzeugend, wie er nur konnte, und verdrückte sich schleunigst aus dem Zimmer. Rasch ging er durch die hallenden Korridore, die Stimme des Sportkommentators wurde immer lauter, bis er die Tür zu dem Büro öffnete, das er mit den anderen Inspectors teilte, und sah, daß der geräuschvolle Ghettoblaster mit dem Sportprogramm Paul Hyland gehörte, der an McCaddens Schreibtisch saß und offensichtlich auf ihn wartete.

Hyland hielt den Zeigefinger hoch, weil er den gerade laufenden Angriff des Hurling-Matchs zu Ende hören wollte. Dann, als das Team keinen Punkt machte, drehte er mit einer ärgerlichen Handbewegung die Lautstärke herunter.

«Warum läßt du mich nicht an dem Fall arbeiten?» erkundigte er sich.

«Die Frage kannst du dir selbst beantworten», erwiderte McCadden.

Die letzte Gelegenheit, mit der Wahrheit herauszurücken. Hatte nichts mit ihrer Freundschaft zu tun. Nichts mit Berufsethos oder Pflichtbewußtsein oder Ehre oder Prinzipien. Es ging lediglich darum, ob man sich auf jemanden verlassen konnte oder nicht.

Aber Hyland ignorierte die Chance. Weigerte sich sogar, das Angebot als solches zu erkennen.

Statt dessen beklagte er sich: «Du hättest mich nicht anrufen müssen. Warum hast du angerufen, wenn du mich nicht brauchst? Ich hätte zu Hause bleiben können, statt mir den ganzen Tag zu verderben. Jetzt hängen Tracy und die Kinder in der Luft.»

In der Besprechung hatte McCadden wiederholt gesagt: «Ausländer. Ich möchte, daß ihr euch über Ausländer Gedanken macht. Wir haben einen Container, der nach Frankreich gehen sollte. Wir haben eine merkwürdige Sammlung von italienischen Kunstwerken in Billy Powers Haus».

Hyland hatte kein Wort über den Italiener an der Hunderennbahn gesagt.

Nun ging McCadden zu seinem Schreibtisch, schaltete den Radiorecorder aus und sagte in die plötzliche Stille: «Du warst gestern abend bei den Hunden, Paul.»

Hyland lächelte. Perfekte Zähne in einem glänzenden, beinahe poliert wirkenden Gesicht. Immer zu sauber, um wirklich echt zu sein.

Er sagte: «Ich war auf der Rennbahn, richtig. Du gehst selbst gelegentlich hin. Du kennst dich aus. Ein bißchen Spaß, ein bißchen Aufregung, ein bißchen Unterhaltung. Und weiter?»

«Wieviel hast du verloren?» fragte McCadden.

«Mann, du traust mir wohl gar nichts zu! Ich habe überhaupt nichts verloren. Gewonnen allerdings auch nicht. In den ersten sieben Rennen hatte ich fünf Gewinner, Carl. Fünf Sieger! Ich lag neun Punkte vorn.»

«Wieviel hast du gesetzt?»

«Ein paar Pfund», sagte Hyland wegwerfend. «Aber du kennst mich ja, ich liebe das Risiko und habe alles auf diesen sicheren Tip im letzten Rennen gesetzt. Eine gefleckte Hündin. Dondory.»

Hyland lachte schallend. Man hätte schwören können, daß es ihm nicht das geringste ausmachte.

Noch immer lachend, fuhr fort: «Wie es hieß, hatte man sie in den letzten drei Rennen ein bißchen zurückgehalten. Nur wenige wußten davon. Ihre Sponsoren. Der Besitzer. Der Trainer. *Moi.* Ich kenne den Trainer. Sie war im Startkäfig Nummer drei. Ist recht gut gestartet, als zweite oder dritte, und hat in der ersten Kurve Tempo zugelegt. Der Hund auf der Innenbahn wurde etwas nach außen getragen und hat ihr in die Hinterbacken getreten. Sie drehte sich um. Sie hat noch immer in die falsche Richtung geschaut, als der Rest des Feldes durch die Ziellinie ging.»

Hylands Gelächter erstarb beinahe unwillig in der Stille.

McCadden sagte: «Hör auf, Geschichten zu erzählen, Paul. Du hast wieder gespielt. Ein paar Pfund, ein paar Pence. Ist im Grunde genommen egal. Du spielst, und du schaust dir verstohlen über die Schulter, weil du Angst hast, daß Cody oder Tracy oder sonst jemand dich dabei erwischt. Das ist nicht gut. Du machst nur Fehler, wenn du nicht nach vorne schaust.»

Hyland schnaubte abfällig. «Verstehe. Hast du mich deswegen hierher zitiert? Nur um mir das zu sagen?»

«Mehr oder weniger.»

Hyland stand auf, griff nach dem Ghettoblaster und sagte: «Danke.» Mit triefender Ironie fügte er hinzu: «Kumpel!»

An der Tür drehte er sich noch einmal um und fragte: «Wer arbeitet mit dir? Liam de Burgh?»

McCadden nickte.

«Liam ist zuverlässig», sagte Hyland. Es hörte sich vernichtend an. «Liam ist solide. Du weißt, was du mit soliden, zuverlässigen Leuten bekommst? Solide, zuverlässige Resultate.»

Er seufzte tief. Die Aussicht war zu langweilig, um auch nur einen Gedanken daran zu verschwenden.

Und dann war er gegangen, wobei er erneut den Radiorecorder einschaltete.

6

Henry Barry und Martin O'Shea wohnten in der gleichen Sackgasse in John's Park, zwei Straßen weiter von Billy Powers Haus.

Als die Siedlung gebaut wurde, Mitte der fünfziger Jahre, hatte die Stadt dort kommunale Bedienstete und ihre Familien untergebracht, in einer ziemlich abgeschotteten, intimen Gemeinschaft. Vor fast vierzig Jahren. Gegen Ende der damaligen Depression. Durch die blühenden Sechziger bis Anfang der Siebziger. In eine neue Rezession. Jeder Pendelausschlag der Wirtschaft hatte seine Spuren hinterlassen. Und trotzdem hatte sich die Gegend einen Hauch dieser beinahe idyllischen Atmosphäre, ihrer Ursprünglichkeit bewahrt.

Um fünf Uhr an diesem Sonntagnachmittag spielten ein paar junge Burschen Fußball in der Stichstraße, in der Barry und O'Shea wohnten. Als Torpfosten hatten sie ihre Sweatshirts genommen. Ein paar Frauen standen in den kleinen Vorgärten, schwatzten mit den Nachbarn oder riefen sich über die Straße etwas zu. Ein paar junge Mädchen träumten in einer Ecke von romantischen Abenteuern, in einer anderen spielten noch jüngere Hüpfen.

Dann schlug irgendwo eine Uhr, und ein Streifenwagen rollte in die Stichstraße, und das Leben veränderte sich dramatisch.

McCadden, der auf dem Beifahrersitz saß, beobachtete die Veränderung, während de Burgh den Ford Sierra vor Henry Barrys Haus anhielt. Es war immer das gleiche. Immer dieses trotzige Verschwinden normalen Lebens. Immer die gleiche mißtrauische Stille. Immer das gleiche vorsichtige Abwarten.

Es hatte ihn eigentlich nie gestört.

Er öffnete die Tür und stieg schwungvoll aus.

«Komm mit, Liam. Gehen wir.»

Bei den Barrys wuchsen dunkelrote und pinkfarbene Rosen und Bartnelken im Vorgarten, und die Wände im Inneren waren gestrichen, nicht tapeziert, aber ansonsten sah das Haus fast genauso aus wie das von Power, das McCadden ein paar Stunden zuvor besucht hatte. Die kleinen Zimmer vollgestopft mit zu wuchtigen Möbeln. Die vielen, zu vielen, schweigenden und neugierigen Kinder. Die

Nachbarin zu Besuch, eine schmale, nervöse Frau aus dem Haus nebenan, die verlegen im Flur stand, im Kommen oder im Gehen begriffen, das wußte man nicht genau, und sie wußte es wohl auch nicht mehr. Der Trödel und Nippes auf allen Wandregalen. Die Porzellantiere. Die Sporttrophäen. Die Urlaubsandenken. Und dann, natürlich, die sauber gerahmten Aquarelle von italienischen Universitäten in dem kleinen Vorderzimmer. Die Terrakottafigur eines Bauern mit seinem Esel auf dem Kaminsims. Das teure Keyboard. Der Camcorder... Die Anzeichen eines willkommenen, aber unerklärlichen Wohlstands.

Henry Barry, übergewichtig, der sogar in seinen leichten grauen Hosen und einem Levi's-501-T-Shirt noch schwitzte, saß am Küchentisch, mit dem Tee beschäftigt.

Als McCadden in den Raum trat, vermeinte er, eine einfache Erklärung für den rätselhaften Wohlstand zu sehen. Auf der kunststoffbeschichteten Küchenanrichte stand zwischen grellfarbenen Ziertellern ein handgeschliffenes Waterford-Kristallglas. Die verschlungenen Arme eines Mannes und einer Frau, die Hände liebevoll verschränkt. Offensichtlich ein Original. Wenn Barry und Power bei Waterford Glass gearbeitet und bei einem der freiwilligen Personalfreisetzungsprogramme mitgemacht hatten, konnte es um Abfindungen von zehn- oder zwanzigtausend Pfund gehen. Vielleicht noch mehr. Jedenfalls genug, um all die teuren Sachen zu erklären. Trotzdem blieb diese ungewöhnliche Vorliebe für italienische Kunstgegenstände, aber dennoch...

McCadden deutete auf die Glasskulptur und fragte: «Haben Sie früher bei Waterford Glass gearbeitet?»

Barry schaufelte sich Ei und Schinken und Toast in den Mund, während er redete. «Nein», sagte er. «Nein. Das war ein Hochzeitsgeschenk für meine Schwester, aber sie hat kalte Füße bekommen und gekniffen, bevor unser Vater sie in die Kirche schleifen konnte. Ich bin gewissermaßen drauf sitzengeblieben. Konnte es ihr nicht geben. Sie verstehen. Es hätte sie nur ständig daran erinnert.»

Ein stolzes Geschenk, dachte McCadden.

Er nickte und sagte: «Enttäuschend.»

Barry zuckte die Achseln, und die Fleischwülste auf seiner Brust schwabbelten, als er die Schultern wieder sinken ließ. «So ist das nun mal. Für sie war's enttäuschender als für mich. Wollen Sie ins Vorderzimmer kommen? Ist vielleicht ein bißchen gemütlicher. Bring die beiden Herren ins Vorderzimmer, Annie. Schmeiß die Kinder raus. Die hocken vor der Glotze», fügte er entschuldigend hinzu.

«Nein», sagte McCadden. «Nein. Das ist okay hier. Essen Sie nur fertig.»

Annie Barry, ebenfalls übergewichtig und kurzatmig und dazu noch überarbeitet, setzte sich schwer an den Tisch neben ihren Mann. Dann erhob sie sich plötzlich wieder, vor Anstrengung stöhnend, und fragte: «Möchten Sie eine Tasse Tee oder sonst was?»

Als McCadden und de Burgh den Kopf schüttelten, setzte sie sich erneut und griff nach ihrem Teebecher und einem dick mit Butter bestrichenen Früchtebrot.

«Sie wissen, warum wir hier sind?» fragte McCadden.

«Na klar», erwiderte Barry. «Der arme Billy Power, nicht? Gott hab ihn selig.»

Annie Barry wedelte mit der rechten Hand vor dem Gesicht, was man andeutungsweise als Bekreuzigung ansehen konnte, und trank aus ihrem Becher.

«Wann haben Sie Billy Power das letzte Mal gesehen, Mr. Barry?» fragte McCadden.

Barry legte sein Messer und seine Gabel auf den leeren Teller und spülte den letzten Bissen mit einem Schluck Tee hinunter. Seine Frau stand erneut auf und holte den Teekessel vom Herd an den Tisch. Schweigend goß sie Barry und sich nach.

«Donnerstag abend», sagte Barry, während er mit der Zunge nach letzten Essenskrümeln zwischen Gaumen und Oberlippe fahndete. «Donnerstag abend. Billy habe ich zum letztenmal am Donnerstag abend lebend gesehen.»

«Würden Sie uns bitte erzählen, was an diesem Abend geschehen ist?»

«Also, ich bin um die übliche Zeit von der Arbeit zurückgekommen, gegen halb sechs...»

«Wo arbeiten Sie?»

«Bei Byrne Plastics. Kennen Sie den Laden? Die Straße hinunter. Tom Byrnes Fabrik. Der Stadtrat.»

«Was genau machen Sie dort?»

«Maschinenführer. Wir bauen Formen, Gehäuse und so Zeugs. Billy und ich waren Maschinenführer.»

«Okay. Sie sind um siebzehn Uhr dreißig nach Hause gekommen.»

«Hab Tee getrunken. Dann die Füße vor der Glotze hochgelegt. Hatte nicht die geringste Lust, noch mal wegzugehen. Stimmt's, Annie?»

Seine Frau schüttelte den Kopf. «Henry geht nicht oft weg.»

«Aber dann kam Martin O'Shea rüber», erklärte Barry, «gegen Viertel vor sieben, glaube ich, und meinte, wir könnten mal bei Billy vorbeischauen. Bis ich meine Schuhe wieder anhatte und den Mantel angezogen und Martin eine Tasse Tee getrunken, muß es nach sieben gewesen sein, bis wir uns schließlich zu Billy aufmachten.»

«Ich habe die Uhr schlagen hören», meldete sich Annie Barry. «Sieben. Da wart ihr beiden noch nicht weg.»

«War das üblich?» fragte McCadden.

«Was?»

«Daß Sie sich mitten in der Woche gegenseitig besucht haben?»

«Na ja, ungewöhnlich war's jedenfalls nicht. Wenn es ein schöner Abend war, haben wir manchmal einen Spaziergang gemacht, Billys Hunden ein bißchen Auslauf gegeben, bevor sie gefüttert wurden.»

«Wo sind Sie am letzten Donnerstag hingegangen?»

«Über die Landstraße Richtung Tramore.»

«Welche Route genau?»

«Also, wir sind durch die Siedlung hier gegangen, auf die Ballytruckle Road, sind links abgebogen, am Kilcohan Park vorbei, an der Fabrik vorbei, Byrne Plastics, und dann geradeaus weiter.»

«Hat irgend jemand euch drei gesehen?»

«Ja, allerdings», sagte Barry rasch.

Zu rasch, dachte McCadden. Viel zu rasch. Zu sehr auf Stichwort. Zu gut einstudiert.

«Mossy Fennelly», fuhr Barry fort. «Er wohnt nebenan. Sie haben seine Frau hier im Flur gesehen. Mossy ist uns an diesem Abend entgegengekommen.»

«Wie weit draußen?»

«Ein ganz schönes Stück, würde ich sagen. Genau weiß ich's jetzt nicht mehr.»

«Haben Sie die Hunde mitgenommen?»

«Billy hatte sie vorher schon ausgeführt.»

«Sie sind den ganzen Weg bis nach Tramore gegangen?»

Barry lachte schallend und schlug sich mit der Handfläche auf den Bauch. Offenbar erheiterte ihn die Vorstellung, dieses Gewicht vierzehn Meilen weit zu schleppen. «Nein, natürlich nicht. Nur ein Stück die Straße entlang, wissen Sie.»

«Und dann was?»

«Na ja, wir haben umgedreht und sind zurückgegangen. Es muß ungefähr Viertel vor neun gewesen sein, als wir wieder hier waren. Ich war sehr für ein paar große Flaschen Guinness und Martin auch. Billy allerdings nicht.»

«War das ungewöhnlich?»

«Na ja, erstaunt hat's uns schon. Billy mochte seine Flasche.»

«Warum, glauben Sie, hat er an diesem Abend nicht mittrinken wollen?»

Barry zuckte die Achseln und blies die dicken Backen auf. «Das kann ich Ihnen auch nicht sagen. Schätzungsweise hatte er noch was zu erledigen. Gefragt hab ich ihn allerdings nicht.»

«Sie haben sich dann also von ihm getrennt?»

«Wir haben uns gegen neun von ihm verabschiedet, vor *Shefflin's Pub* in der Manor Street.»

McCadden runzelte die Stirn. Die Manor Street, die die Cork Road und die Tramore Road Richtung Stadtzentrum verband, befand sich fast zwei Meilen entfernt, entgegengesetzt zu der Richtung, wo die drei ihren abendlichen Spaziergang gemacht hatten.

«Wie haben Sie es bis um neun in die Manor Street geschafft?» erkundigte sich McCadden.

«Wir haben auf dem Rückweg Martin O'Sheas Wagen geholt.»

«Oh», sagte McCadden. «Verstehe. Sie sind zu Fuß hierher zurückgekommen, haben Mr. O'Sheas Wagen geholt und sind dann zur Manor Street gefahren.»

«Ganz genau.»
«Haben Sie da in Ihre Häuser hineingeschaut?»
Annie Barry lachte abfällig. «Die?» rief sie. «Die hätten doch Angst, nicht mehr rausgelassen zu werden.»
Barry lachte pflichtschuldigst mit. Dann wurde er wieder ernst.
«Jedenfalls», sagte er, «gingen ich und Martin ins *Shefflin's*, und der arme Billy, Gott hab ihn selig, ging irgendwo anders hin.»
«Wohin, hat er nicht gesagt?»
«Wir haben ihn nicht gefragt. Einem Kumpel schnüffelt man nicht in seinen Angelegenheiten herum.»
«Haben Sie irgendwelche Bekannte im *Shefflin's* gesehen?»
«Klar, Sie brauchen dort nur irgendeinen von den Barkeepern zu fragen.»
«In welche Richtung ist Mr. Power gegangen?»
«Richtung Stadt, die Parnell Street hinunter.»
McCadden nickte verständnisvoll. «Sie und Mr. Power waren enge Freunde?»
Barry hob die rechte Hand und drückte zwei seiner Wurstfinger fest zusammen. «So eng», bestätigte er. «Ich und Billy. So eng.»
«Sind Ihre Familien zusammen in Urlaub gefahren?»
«Sind wir, sind wir. Annie und die Kinder, und Mary Power und ihre Kinder, und der arme Billy und ich, wir alle fahren immer nach... Wie heißt dieser Ort in Cork, Annie?»
«Trabolgan.»
«Wir fuhren immer zusammen nach Trabolgan. Verlängerte Wochenenden. Manchmal sind wir im Sommer zum Camping gegangen, wenn das Wetter gut war.»
«Nein», unterbrach ihn McCadden. «Ins Ausland, meine ich. Urlaub auf dem Kontinent. Spanien? Griechenland?»
Barry schüttelte den Kopf. «Nein, nein. Sehen Sie, Billy hatte zu anderen Zeiten als ich Urlaub. Die Fabrik hat nicht für ein paar Wochen dichtgemacht, wie das manche andere tun, also war der Urlaub immer gestaffelt.»
«Haben Sie Urlaub auf dem Kontinent gemacht?» fragte McCadden.
«Das gehört sich doch so», rief Annie Barry. «Schon wegen den Kindern. Wenn man's sich überhaupt leisten kann.»

«Wann waren Sie das letzte Mal in Urlaub?»

«Was haben wir jetzt?» überlegte Barry. «Oktober. Es war im August. Ende August. Wo waren wir im August, Annie?»

«O Gott, fragen Sie mich nicht nach dem Namen, Inspector. Irgendwo in Griechenland. Ich hole Ihnen den Prospekt, wenn Sie wollen.»

«Nein, nein», wehrte McCadden ab. «Es ist nicht so wichtig.»

McCadden und de Burgh erhoben sich. Henry und Annie Barry blieben am Tisch sitzen und sahen sie erwartungsvoll an.

McCadden sagte: «Eine letzte Frage. Sie brauchen jetzt nicht zu antworten. Denken Sie darüber nach. Hatte Mr. Power Ihres Wissens irgendwelche Feinde?»

Barry hob die Hände. «Das ist mir wirklich ein Rätsel. Die ganze Sache ist so rätselhaft, nicht wahr? Sie finden hier niemanden, der auch nur ein böses Wort über Billy Power sagen würde, nicht einmal *hinter* seinem Rücken. So ein Typ war er.»

Im Flur auf dem Weg nach draußen, flankiert von den Barrys, blieb McCadden stehen und deutete durch die offene Tür des Vorderzimmers auf die beiden Gemälde an der Wand.

«Sie müssen in Italien gewesen sein», sagte er.

Barry machte ein verständnisloses Gesicht. «Italien?»

«Dieses Aquarell», sagte McCadden. «Nein, das andere. Das ist die Universität von Rom, nicht wahr?»

Barrys schlaffes und kummervolles Gesicht hellte sich zu einem Lächeln auf. «Klar, wir waren 1990 alle drüben bei der Fußballweltmeisterschaft. Ich. Martin. Der arme Billy.»

«Ach so», murmelte McCadden. «Die Fußballweltmeisterschaft. Ja klar.»

«Waren Sie auch dort?»

«Nein, nein. Ich mußte arbeiten.»

Und McCadden ging, wobei er vor sich hin brummte. Er kam sich wie ein Idiot vor. Warum war ihm das nicht vorher eingefallen? Warum hatte *de Burgh* nicht daran gedacht? Italien 1990. Die Republik Irland im Viertelfinale, nachdem sie Rumänien 5:4 nach Elfmetern geschlagen hatten und dann durch ein unglückliches Tor gegen die Gastgeber verloren. Halb Irland war in diesem Sommer in Italien gewesen.

7

Eine Stunde später im Haus gegenüber, nachdem McCadden ungeduldig noch einmal die Story von dem Spaziergang die Straße entlang Richtung Tramore gehört hatte, die Rückkehr, um den Wagen zu holen, und die Trennung vor *Shefflin's Pub*, fühlte er sich ein bißchen besser, etwas mehr wie ein Eindringling und etwas weniger wie ein Beileidsbesucher. Denn diesmal hatte McCadden Glück. Diesmal hatte er ein Ehepaar vor sich, das sich gründlich haßte.

Die O'Sheas hatten die Wand zwischen der Küche und dem winzigen Vorderzimmer herausgerissen. Das Ergebnis war fragwürdig. Es war keine Küche mehr. Es war kein Wohnzimmer. Ein Eßzimmer war es auch nicht. Es war nicht einmal eine Kombination aus allen dreien. Der einzige Vorteil war, es gab dem Paar mehr Raum, seiner Beziehung Ausdruck zu verleihen.

Evelyn O'Shea, dunkelhaarig, mit scharfen Zügen, scharfem Witz und scharfer Zunge, immer noch attraktiv in ihren späten Dreißigern, saß am Eßtisch in der alten Küche und rauchte viel und aggressiv. Ihr Reich. Keiner der O'Sheas hatte den Besuchern irgend etwas zu essen oder zu trinken angeboten, und es sah so aus, als sei in letzter Zeit überhaupt wenig gekocht worden. Aber die Küche war nach wie vor Evelyns Reich. Im Besitz der Küche, konnte sie ihrem Ehemann gleichzeitig das Essen verweigern und ihm vorwerfen, daß er ihr nie beim Kochen half.

McCadden hatte so eine Ahnung, daß ihr Leben zu einem guten Teil von solchen psychologischen Machtspielen bestimmt war. Er hatte eine Ahnung, daß Evelyn darin ihrem Mann weit voraus war.

O'Shea, das Haar schon stark ergraut, das Gesicht schlaff und gerötet von zuviel Alkohol, das einstmals attraktiv-männliche Aussehen vielleicht noch ein oder zwei Jahre erkennbar, saß so weit von seiner Frau entfernt wie möglich, in einem Lehnstuhl neben dem Vorderfenster. Auch er rauchte, aber verdrießlich.

Der Kontrast in ihrem Verhalten war faszinierend.

Sie schnappte nach der Zigarette wie ein übellauniger Terrier und füllte ihre Lunge erst nach acht oder neun hektischen Bewegungen.

Er zog sehr lange am Filter und rauchte die Zigarette mit zwei oder drei langen Zügen auf, wie ein satter Vampir.

Ihre Haltung und ihre Gesten besagten, daß er dumm und tolpatschig und kindisch war, ein typischer Mann. Seine Haltung und seine Gesten besagten, daß sie neurotisch war und doppelzüngig und gefährlich, eine typische Frau.

McCaddens Haltung besagte lediglich, daß er sich amüsierte. Aber niemand außer de Burgh, der neben ihm auf dem bequemen Sofa saß, hätte das bemerken können.

McCadden sprach die beiden bewußt als Paar an, als Einheit, weil er sie dazu bringen wollte, sich unabhängig voneinander zu äußern: «Sie waren beide sehr gut befreundet mit Mr. Power, nicht wahr?»

Denn Evelyn hatte bis jetzt keiner einzigen Aussage ihres Mannes widersprochen. Und McCadden gefielen einige davon überhaupt nicht. Sie hatte zwar O'Sheas Intelligenz in Frage gestellt. Sein Urteilsvermögen verächtlich abgetan. Sich über seine Männlichkeit lustig gemacht. Seinen Sex verhöhnt, ohne sich im geringsten bei McCadden oder de Burgh dafür zu entschuldigen. Aber das brachte nicht viel. Es war amüsant, aber nutzlos. Weil sie seinem Bericht über jenen Abend in keinem einzigen Punkt widersprochen hatte.

«Sie waren beide sehr gut befreundet mit Mr. Power, nicht wahr?»

Evelyn O'Shea warf den Kopf zurück und stieß ein kurzes, übertrieben höhnisches Lachen aus. Sie knipste das Feuerzeug an und hielt die Flamme an die Zigarette, die ihr zwischen den Lippen baumelte.

«Billy Power», sagte sie giftig, sog heftig am Filter und blies den Rauch wieder aus. «Billy Power war die schlimmste Drecksau, der ich je begegnet bin.»

«Er ist tot, Mädchen», fuhr O'Shea sie an. «Laß den Mann in Frieden ruhen.»

«Billy Power hat versucht, sich mit jedem in John's Park zu prügeln, wenn er Alkohol im Bauch hatte. Hab ich recht, oder hab ich unrecht? Sag mir, daß ich unrecht habe.»

O'Shea wich ihrem Blick aus.

McCadden blickte vom einen zum anderen, in demonstrativer Verwirrung, sagte nichts und ließ die beiden weitermachen.

«Der harte Mann», höhnte Evelyn O'Shea. «Billy Power, der harte Mann. Der Traum eines jeden kleinen irischen Jungen, wie ein richtiger Mann auszusehen hat.»

Sie steckte die Zigarette in den Mund, hielt die Finger der linken Hand hoch und zählte mit dem Zeigefinger der anderen Hand die Anklagepunkte ab. «Die großen Flaschen Guinness, sechs oder sieben, jeden Abend in der Woche. Die Hunde, Kilcohan Park zweimal die Woche. Die Pferde. Golf in Tramore samstags und sonntags. Kartenspielen jeden Freitag und Samstag und Sonntag abend...»

«Jedenfalls hat er sein Leben genossen», unterbrach sie O'Shea.

«Was man von seiner Frau und seinen Kindern nicht gerade behaupten kann.»

«Er hat was aus seinem Leben gemacht. Nicht wie gewisse andere.»

«Er hatte ein langes und glückliches Leben», höhnte Evelyn O'Shea. «Ein glückliches Leben. Und wenn jemand etwas anderes behauptet, wird Billy Power, der harte Mann, aus seinem Grab steigen, fünf oder sechs große Flaschen bei *Shefflin's* trinken und ihm eine aufs Maul hauen. Es sei denn, es wäre eine Frau.»

«Halt den Mund, Evelyn!»

«Wenn du eine Frau bist», fuhr Evelyn O'Shea fort, «wenn du eine Frau bist, wird Billy Power aus seinem Grab steigen, fünf oder sechs große Flaschen bei *Shefflin's* trinken und versuchen, dich zu besteigen, ob du's willst oder nicht, und dir nur dann ein paar in die Fresse schlagen, wenn er keinen hochkriegt. Der harte Mann! Ha!»

«Halt den Mund, Evelyn!»

Mit einer wütenden Bewegung drückte sie ihre Zigarette im Aschenbecher aus, wo sie weiter vor sich hin qualmte. Unvermittelt stand sie auf und warf dabei den Stuhl um. Sie zog den kurzen schwarzen Rock hoch, knäuelte ihn unordentlich um die Taille, dann streifte sie ihre schwarze Strumpfhose herunter und zeigte die Innenseite ihres linken Oberschenkels. Ein großer runder, grünlich verfärbter Bluterguß kam zum Vorschein.

«Sehen Sie das? Sehen Sie das? Das war mein Geschenk von diesem harten Billy Power, nur weil ich letzte Woche im Pub neben ihm gesessen und plötzlich seine große Pranke unter meinem Rock gespürt habe.»

Tränen traten ihr in die Augen, als sie schrie: «Und dann hat dieser Scheißkerl auch noch behauptet, es mache mir Spaß, weil ich geheult habe!»

Schweigen senkte sich über den Raum. Nur Evelyn O'Sheas heftige Atemzüge waren zu hören und ihre verzweifelten Bemühungen, das Schluchzen zu unterdrücken. Sie zog die Strumpfhose wieder hoch, ein wenig verlegen, und ihre Wut legte sich etwas. Sie richtete ihren Rock und setzte sich wieder. Aus der Schachtel auf dem Tisch griff sie sich eine Zigarette und knipste das Feuerzeug an. Nachdem sie drei oder vier Züge geraucht hatte, sagte sie in ruhigerem Ton: «Wissen Sie, was mein Rambo hier getan hat?» Sie deutete auf ihren verärgerten Mann, der ebenfalls eine brennende Zigarette in der Hand hielt. «Rambo hier ist an die Theke gegangen und hat eine weitere Runde bestellt, bis die Luft wieder rein war.»

Wieder zog sie heftig an der Zigarette und starrte durch das Küchenfenster in den verwilderten Garten hinaus, das Gesicht von den drei Männern abgewandt. Sie drehte den Kopf nicht, als sie sagte: «Hören Sie, Inspector. Wenn Sie herausfinden wollen, wer Billy Power umgebracht hat, dann fragen Sie jeden Mann mit ein bißchen Mumm in John's Park, der eine Frau oder eine Tochter hat, die von unserem Obermacho betatscht worden ist. Und wenn Sie ihn finden, werde ich ihm auf Knien dafür danken. Fragen Sie jeden Mann hier, der noch ein bißchen Rückgrat hat. Und fragen Sie auch Tom Byrne.»

«Evelyn...»

Diesmal war McCadden ehrlich überrascht. «Tom Byrne?» wiederholte er.

«Der Stadtrat», sagte Evelyn O'Shea. «Byrne Plastics. Wo sie alle arbeiten. Fragen Sie Tom Byrne, was der harte Mann seiner Tochter Tina angetan hat.»

8

McCaddens Wohnung befand sich im obersten Stock eines hohen viktorianischen Gebäudes in der Manor Street, gegenüber dem Railway Square und nur ein paar Schritte entfernt vom *Shefflin's Pub*, wo Martin O'Shea und Henry Barry an dem Abend getrunken hatten, als Billy Power ermordet wurde.

Vor elf oder zwölf Jahren, als McCadden zum Detective Sergeant befördert und nach Waterford versetzt worden war, hatte ihm ein Kollege, der dort arbeitete, mehrere Wohnungen angeboten: in der Nähe des Clock Tower, bei der alten Irrenanstalt oder gegenüber dem Railway Square. McCadden hatte sich für den Bahnhofsplatz entschieden, wo sie 1845 die Eisenbahnlinie gebaut hatten, um die Postkutsche zu ersetzen, die Waterford mit dem dreißig Meilen entfernten Kilkenny verband. Da brauchte er nach einer Reise sein Gepäck weniger weit zu schleppen, sagte er sich, und der Auszug ginge auch viel schneller, wenn er sich wieder einmal veränderte.

Die Ironie dabei war, daß sie schon vor langer Zeit den Bahnhof auf die andere Flußseite am Fuß des Mount Misery verlegt, die alten Gebäude abgerissen und die Geleise auf dem Bahnhofsplatz entfernt hatten.

Jetzt besaß McCadden natürlich sein eigenes Auto. Auf die Eisenbahn war er nicht mehr angewiesen. Und den Drang, woanders hinzuziehen, hatte er auch nicht mehr.

Seine Wohnung wies ein geräumiges Wohnzimmer auf, das auf die Manor Street hinausging, dahinter eine Küche mit Eßecke und ein Schlafzimmer unter dem Dachgiebel, das man über eine hochklappbare Stiege erreichte. Im Wohnzimmer hatte McCadden die Bodendielen abgeschliffen, versiegelt und dann zum Teil mit handgewebten Teppichen ausgelegt. Die Möbel, die er über die Jahre gesammelt hatte, waren fast alle aus heller Eiche aus der Arts and Crafts-Periode Ende des neunzehnten Jahrhunderts. Ein Eßzimmerstuhl mit Armlehnen. Ein kleiner Beistelltisch. Ein Schreibsekretär. Die einzigen Ausnahmen waren ein Futonsofa und ein bequemer moderner Lehnsessel.

Die Bücher, in den Nischen zu beiden Seiten des gekachelten viktorianischen Kamins, an der gegenüberliegenden Wand und oben unter dem Dach, waren hauptsächlich Paperbacks, vor allem Politik, Philosophie und Romane, die meisten mit deutlichen Benutzerspuren. Eine kleine Videosammlung – alles Klassiker, bis auf Peter Weirs modernen Thriller *Der einzige Zeuge* – füllte ein Regal im Schlafzimmer. *Manche mögen's heiß*, die 1938er Verfilmung von *Robin Hood, König der Vagabunden* mit Errol Flynn und Olivia de Haviland, *Citizen Kane, Der diskrete Charme der Bourgeoisie.* Darunter befand sich eine verwirrende Sammlung von LPs und CDs. Bach und Scarlatti, Dizzie Gillespie und Louis Stewart, Ewan McColl und Peggy Seeger und Fairport Convention, Neil Young und Paul Simon. Ansonsten befanden sich an den Wänden lediglich gerahmte Schwarzweißfotografien, Aufnahmen aus dem neunzehnten Jahrhundert von dörflichen und städtischen irischen Szenen, und Zeitungsfotos von berühmten Zeitgenossen, die der Fotograf in einem unbewachten Moment abgelichtet hatte. Es gab keine Drucke, keine Reproduktionen, keine Aquarelle. Nichts sonst. Bis auf ein gerahmtes russisches Plakat aus dem Jahre 1920, eine muskulöse Hand mit einem Gänsekiel, die einen Stapel alter Bücher auf eine gekrümmte Kette drückte, welche am Zerbrechen war, wobei sich die Bruchstücke zu einer Inschrift auf russisch fügten: *Wissen sprengt die Fesseln der Sklaverei.* Alles zusammengenommen, das Bild, die Unterschrift, der historische Zusammenhang, drückte ziemlich genau McCaddens Einstellung zu den meisten Dingen im Leben aus.

Spät am Abend, kurz nach neun, saßen McCadden und de Burgh in der von Kerzen erhellten Küche von McCaddens Wohnung, verdrückten den Rest einer Lasagne, dazu einen Salat und eine Flasche herben italienischen Rotweins aus Piemont.

McCadden sagte gerade: «Also gab es zwei Billy Power. Einen, den die Männer liebten. Einen, den die Frauen haßten. Liebten ist wahrscheinlich das falsche Wort. Wahrscheinlich haßten sie ihn ebenfalls. Wir brauchen eine Frau, Liam.»

De Burgh, der den Rest der Sauce mit einer Scheibe Brot auftunkte, fragte mit charakteristischer Direktheit: «Wo ist übrigens Sarah?»

«Ah!» entfuhr es McCadden.

Die halbe Flasche Rotwein tat bereits ihre Wirkung und versetzte ihn in eine etwas lüsterne und sentimentale Stimmung, wie immer bei zuviel Alkohol. Seine derzeitige Gesellschaft war in dieser Beziehung ziemlich unbefriedigend. De Burgh war für gewöhnlich viel zu nüchtern, um auch nur annähernd sentimental zu werden. Und er besaß das falsche Geschlecht.

«Sarah», sagte McCadden. «Sarah hat vor sieben oder acht Wochen eine Stelle als Lehrerin in Dublin angenommen. Anfang September.»

«Auf Dauer?»

«Auf Dauer.»

«Bemühst du dich um eine Versetzung?»

«Nein», sagte McCadden. «Nein, ich glaube nicht. Aber zurück zum Thema. Es gibt also zwei Billy Power. Die große Frage ist...»

«Welcher ist der echte», soufflierte de Burgh.

«Beide sind echt, Liam.»

«Klar, das weiß ich.»

McCadden stellte das Weinglas, nach dem er gerade gegriffen hatte, wieder auf den Tisch zurück. «Du mußt einfach deinen Hang zum Absoluten aufgeben, Liam. Du mußt aufhören zu glauben, daß es nur eine einzige Wahrheit gibt. Du mußt deinen blauäugigen Glauben an Experten aufgeben. Besonders jetzt, nachdem der Kommunismus sich gerade verflüchtigt hat.»

«Ich hab nur Spaß gemacht», sagte de Burgh verzweifelt.

Was man ihm allerdings unmöglich glauben konnte. Sein Gesicht war düster, beinahe zerknirscht.

«Nein, nein», fuhr McCadden fort, «die große Frage ist, welcher der beiden wurde ermordet. Billy, der echte Mann und Kumpel, der mit anderen Männern das tat, was ein Mann so zu tun hat, und dabei ums Leben kam. Oder Billy, der Frauenheld, Opfer eines eifersüchtigen Ehemannes oder erbosten Vaters. Nun?»

«Ich weiß es nicht», gab de Burgh zu.

«Ich auch nicht», sagte McCadden. «Möchtest du noch eine Flasche Wein?»

«Ich weiß nicht», wiederholte de Burgh. «Später vielleicht?»

«Machen wir sie jetzt auf», beharrte McCadden. «Laß den Wein atmen. Wir trinken sie später.»

McCadden stand auf und holte die letzte Weinflasche aus dem

kleinen Holzregal neben der Tür zum Wohnzimmer. Nachdem er die Flasche entkorkt und auf den Tisch gestellt hatte, setzte er sich wieder.

Er sagte: «Was ist mit Barrys Nachbar? Fennessy?»

«Fennelly.»

«Fennelly. Sagt er was Interessantes?»

De Burgh schüttelte den Kopf. «Nichts. Er sagt, er hat die drei getroffen, irgendwann zwischen sieben und Viertel vor acht, als er nach Hause kam. Es war allerdings nicht sehr weit draußen.»

«Barry hat uns einen anderen Eindruck vermittelt.»

«Nur zehn Minuten zu Fuß von John's Park.»

«Das heißt, Fennelly hat sie um neunzehn Uhr fünfunddreißig getroffen.»

«Nein. Er ist noch stehengeblieben und hat sich mit jemand anderem unterhalten.»

«Großartig. Was ist mit dem Barkeeper im *Shefflin's*?»

«Barry und O'Shea kamen gegen neun in die Kneipe. Vielleicht auch halb zehn. Um diese Zeit, zwei Stunden vor der Polizeistunde, schaut in einem Pub niemand auf die Uhr. Dem Barkeeper ist nichts Ungewöhnliches an den beiden aufgefallen.»

«Morgen werden wir uns die anderen Gäste dieses Abends vornehmen, und wir machen einen Aufruf, ob irgend jemand Power an diesem Abend allein gesehen hat. Glaubst du, die beiden sagen die Wahrheit?»

«Barry und O'Shea? Nein.»

«Ich auch nicht. Es bedeutet, daß an diesem Abend noch etwas abgelaufen ist, lange bevor Power umgebracht wurde. Ob es etwas mit dem Mord zu tun hat oder nicht, ist eine andere Frage.»

«Es wäre allerdings ein recht komischer Zufall, wenn es nichts damit zu tun hätte, nicht wahr?»

«Allerdings. Was glaubst du übrigens, was an ihren Stories nicht stimmt?»

«Na ja», meinte de Burgh, «das offensichtlichste ist die Sache mit den Hunden. Ich kann mir einfach nicht vorstellen, daß Power einen Spaziergang mit den zwei Jungs macht, einfach nur einen Spaziergang, ohne seine geliebten Köter mitzunehmen. Die Hunde waren an diesem Tag noch nicht ausgeführt worden.»

«Aber Power», unterbrach ihn McCadden, «Power hat offenbar den beiden erzählt, daß die Hunde schon ausgeführt worden *waren*. In dieser Beziehung werden die beiden wohl kaum lügen. Es ließe sich zu leicht bei Powers Witwe nachprüfen. Außerdem gibt es keinen ersichtlichen Grund dafür. Verstehst du? Sie machen einen Spaziergang, aber als sie das Haus verlassen, weiß nur Power, daß es noch um etwas anderes geht. Deswegen wollte Power die Hunde wahrscheinlich nicht mitnehmen.»

De Burgh, der den gleichen Gedanken verfolgte, fügte hinzu: «Außerdem waren die Hunde noch nicht gefüttert, und Power hinterließ seiner Frau keinerlei Instruktionen, ihnen Futter zu geben. Was für mich den Schluß nahelegt, daß er damit rechnete, für eine Weile auszugehen, eine Stunde vielleicht, irgendwelche Geschäfte zu erledigen, zurückzukommen, dann die Hunde auszuführen und zu füttern, und *dann* auf ein paar Bier wegzugehen. Irgend etwas muß geschehen sein, das diesen Plan über den Haufen warf.»

«Richtig», sagte McCadden. «Richtig. Ich glaube übrigens nicht, daß die *Frauen* lügen.»

«Nein, das glaube ich auch nicht.»

«Also sind die Jungs tatsächlich von zu Hause weggegangen...»

«Das ist eine weitere Ungereimtheit», unterbrach de Burgh. «Ich glaube nicht, daß sie nach John's Park zurückgekehrt sind und O'Sheas Wagen geholt haben, ohne jemandem zu sagen, was sie vorhatten.»

McCadden zog die Brauen hoch. «Warum nicht?»

«Die Frau schaut aus dem Fenster und sieht, daß das Auto verschwunden ist. Große Panik.»

«O'Sheas Frau?» rief McCadden.

«Na ja, du weißt, was ich meine.»

«Du machst wohl Witze, Liam», sagte McCadden. «Du gerätst nur in Panik, wenn dir jemand etwas bedeutet. Evelyn O'Shea würde eine Münze werfen, ob der Wagen gestohlen und gegen einen Baum gefahren oder gestohlen und angezündet wurde, in beiden Fällen hätte es ein paar Wochen Kummer und Ärger für ihren Mann bedeutet. Aber nicht für sie. Nein, nein, da sehe ich kein Problem. Diese Typen sind sehr unabhängige Burschen. Sie erzählen ihren Frauen kaum etwas.»

Doch de Burgh blieb hartnäckig. «Power und O'Shea vielleicht», meinte er. «Aber nicht Barry. Barry und seine Frau sind eng verbunden. Hast du gesehen, wie sie zusammen fett und alt geworden sind? Powers Frau und O'Sheas Frau sind schmal und hager, während die beiden Jungs rund und wohlgenährt sind. Ich denke, Barry hätte kurz reingeschaut, um seiner Frau zu sagen, wohin er ging.»

«Das ist ein Argument», räumte McCadden ein. «Aber du vergißt etwas. Gruppendruck. Der verhindert gewöhnlich solch nette kleine Gesten. Was mich viel mehr interessiert, wo haben die drei das viele Geld her? In welche linken Sachen waren sie verwickelt?»

«Wir können sie ja fragen.»

«Werden wir, werden wir. Möchtest du vorher einen Verdacht äußern, um was es sich handeln könnte? Drogen? Betrug? Industriespionage? Schwarzmarkt? Einbruch? Willst du mal raten?»

«Nein», sagte de Burgh fest, beinahe steif.

McCadden lachte. «Okay, okay, wir werden sie fragen. Zuerst jedoch wollen wir uns mal ansehen, wo sie gearbeitet haben. Morgen früh. Byrne Plastics. Du kennst Tom Byrne?»

De Burgh schüttelte den Kopf. «Nein. Jedenfalls nicht persönlich.»

«Ein Freund von Cody. Sie trinken zusammen im *Munster Lounge*. Singen zusammen Operetten. Gilbert and Sullivan. Ein Polizistenleben ist kein glückliches. Rodgers und Hammerstein. William Vincent Wallace, der Lokalmatador, nur ein paar Straßen weiter geboren. Er schrieb *Maritana* und *Desert Song* und *Amber... Witch*, nicht wahr? *Amber Witch*?»

«Keine Ahnung.»

McCadden schüttelte den Kopf und gab die Suche auf. «Ich hatte auch noch nicht das Vergnügen, Tom Byrne persönlich kennenzulernen. Egal. Wir beide nehmen uns morgen früh die Fabrik vor. Widger die Docks. Tobin und Laffan können die Knochenarbeit um John's Park herum organisieren. Vielleicht finden sie heraus, was die drei Amigos so alles getrieben haben.»

«Gut. Was ist mit Paul Hyland?»

McCadden schüttelte den Kopf und blickte de Burgh fest in die Augen.

Worauf de Burgh hastig fragte: «Was ist mit Tina Byrne, der Tochter des Stadtrats, die angeblich Powers sexuelles Interesse erregt hat?»

McCaddens Blick wurde wieder freundlich. Er griff nach der neuen Weinflasche, roch am Hals, schenkte dann de Burgh und sich ein und sagte: «Ich habe sie schon getroffen.»

«Was? Wegen unserem Fall?»

«Nein, nein. Vor fünf Tagen.»

McCadden lachte, aber de Burgh war zu sehr mit seinen eigenen Gedanken beschäftigt.

«Ich habe sie draußen in Woodlawn Grove getroffen», sagte McCadden. «Diese Straßennamen in den kleinen Wohnsiedlungen sind schon merkwürdig. Der Crescent, der eigentlich ein Sichelmond sein sollte, ist immer ein schnurgerader Weg; der Rise, bei dem du einen Hügel erwartest, führt dich unweigerlich eine Senke hinunter; und im Grove findest du nie Bäume oder Strauchwerk.»

De Burgh seufzte. «Ja», meinte er ungeduldig. «Aber was ist mit Tina Byrne?»

«Tina Byrne», sagte McCadden langsam, trank einen Schluck Wein und füllte sein Glas nach. «Tina Byrne. Es gab eine Protestdemonstration vor John Kirwans Haus in Woodlawn Grove. Du kennst Kirwan? Bruder von Patrick Kirwan, dem Landrat, beide politische Gegner von Tom Byrne.»

«Ich habe von ihm gehört, ja.»

«Da war dieser Junge», erinnerte sich McCadden, «zwölf oder dreizehn, in einem alten Anorak und mit einem Plakat, das seine Mutter ihm gemacht haben muß. SCHEIDUNG – NEIN DANKE stand darauf. Zwanzig oder dreißig andere, Teens, Anfang Zwanzig. Weitere Plakate. Abtreibungsgegner. Pillengegner. Jemand hatte einen Stein in Kirwans Fenster geworfen und seine alte Mutter am Kopf getroffen. Die alte Frau war nicht geschieden und hatte nie eine Abtreibung, muß also Safer Sex praktiziert haben.»

«Bitte!» sagte de Burgh.

«Ganz vorne stand ein junges Paar», fuhr McCadden fort, «offenbar die Anführer. Der junge Bursche hatte rotes Haar, eiskalte Augen – intelligente Augen allerdings – und ein ziemlich zerschlagenes Gesicht. Muß ihn mal fragen, in wessen Faust er gelaufen ist. Heißt Ian Wilkins. Schon mal was von ihm gehört?»

«Nein.»

«Ich brauchte ihn nicht einmal nach seinem Namen zu fragen. Er hat ihn mir genannt, während er meinen eigenen wissen wollte. Ich mußte ihm allerdings sagen, daß er sein Maul halten sollte. Du kennst dieses Spielchen. Wir verstoßen gegen kein Gesetz. Demonstrationen sind nicht verboten. Abtreibung ist Mord. Wir haben das Recht, dagegen zu protestieren. Das Mädchen bei ihm war eine ziemlich scharfe Blondine.»

«Und?»

McCadden nahm sein Glas in die Hand und schwenkte behutsam den Wein. «Zuerst wollte sie mir ihren Namen nicht sagen. Aber jetzt kommt das Interessante. Wilkins ging los, um irgendeinen Hitzkopf zu beruhigen, und während er weg war, verfiel sie in eine... na ja, kokette Pose, würde man es nennen. Du weißt, wie sie einladend den Oberkörper ein bißchen zurücklehnen, den Kopf ein bißchen zur Seite neigen, wie sie träge und sinnlich das Haar aus dem Gesicht streichen. Zart und feminin, erotisch verlockend, die Prinzessin in Nöten. Das war Tina Byrne.»

McCadden erinnerte sich lebhaft. De Burgh tat es mit einer Handbewegung ab. «Das hast du dir nur eingebildet.»

McCadden schüttelte den Kopf. «Nein, nein. Ich stehe überhaupt nicht auf so was.»

«Ach ja?»

«Ich hätte es nicht einmal bemerkt, ehrlich...»

«Frauen reagieren immer so auf dich.»

«... aber als Wilkins zurückkam, schaltete sie unvermittelt wieder um auf trotzig. Und auch das war Tina Byrne. Zwei Billy Power. Und zwei Tina Byrne. Sie war wie eine Kinderpuppe mit ein paar Standardposen.»

«Du hast dir das nur eingebildet», wiederholte de Burgh. «Wie lange ist es her, seit Sarah dich verlassen hat? Zwei Monate? Du hast dir das nur eingebildet.»

McCadden lehnte sich in seinem Stuhl zurück und sagte: «Ich möchte nur zu gerne wissen, mit wem sich Wilkins geprügelt hat. Und welche der beiden Tinas er dabei beschützen wollte.»

9

Die Spurensicherer vom Hauptquartier und der staatliche Pathologe waren gekommen und gegangen, hatten ihre Meinungen hinterlassen und baldige Berichte versprochen.

Andy Laffan und Jerry Tobin plagten sich in John's Park ab, suchten nach jemandem, der Power und O'Shea und Barry an dem Abend gesehen hatte, als Billy Power erstochen wurde, wobei die beiden genau wußten, daß ihre Informanten sich nicht mehr so genau zurückerinnern könnten, daß sie nicht sicher wären, ob es nun am Mittwoch oder am Donnerstag gewesen war, daß ihnen ohnehin nicht viel aufgefallen war. Es sei denn, jemand hätte etwas wirklich Bemerkenswertes gesehen oder gehört, etwas, das durch Klatsch und Tratsch lebendig gehalten worden war und noch frisch im Gedächtnis steckte, wenn auch mittlerweile leicht koloriert. Eine schwache Chance. Aber man mußte auf sie setzen.

John Widger und zwei Uniformierte grasten die Docks auf der anderen Flußseite ab und suchten nach Augenzeugen. Widger hatte gerade erfolgreich mit einem Gewerkschaftsfunktionär verhandelt und durfte die Streikposten passieren, damit er im Büro der Reederei die Frachtpapiere des Containers einsehen konnte.

Und geographisch etwa in der Mitte zwischen diesen beiden Punkten, im Polizeirevier auf dem Ballybricken Hill, saß McCadden an seinem Schreibtisch und wartete, daß Liam de Burgh auftauchte. Außer ihm saß nur noch ein uniformierter Inspector im Zimmer und tippte an seinem Computerterminal.

Es war zehn Uhr an einem grauen, regnerischen Montagmorgen.

McCadden, der die Nachwirkungen des am Vorabend genossenen Weins spürte, stand vorsichtig auf und schlich zum Fenster, um ein bißchen frische Luft hereinzulassen. Aber es gab keinen Luftzug, nur eine drückende Stille, die in einen Sturm auszubrechen drohte, und den beharrlichen, deprimierenden Nieselregen, der lautlos fiel. Wie jeder andere Polizist und Feuerwehrmann in der Stadt hoffte McCadden auf ergiebigen und langandauernden Regen. Nicht für heute. Für morgen. Dienstag, der 31. Oktober. Halloween. Regen, um die Freudenfeuer zu löschen. Regen, um die Verrückten von der Straße zu treiben.

Kein sehr freundlicher Wunsch.

Aber bei jedem Halloween in den letzten fünf Jahren war jemand in der Stadt ums Leben gekommen oder schwer verletzt worden.

Weil sie alles ins Feuer schmissen. Autoreifen. Sprayflaschen. Holzpaletten. Gasflaschen. Ausrangierte Möbel. Manchmal sogar nichtausrangierte Möbel. Nach Einbruch der Dunkelheit grillten Jugendliche in den Problembezirken auch manchmal Autos auf den Freudenfeuern. Irgend jemand geriet dann in Panik und rief die Feuerwehr. Die Feuerwehrleute wurden unweigerlich mit einem Steinhagel empfangen, ebenso unweigerlich riefen sie zu ihrem Schutz die Polizei, und ebenso unweigerlich krachte es dann...

Es war allerdings mehr als nur ein Spiel. Nach einigen Stunden solch einer Nacht bekam man das unheimliche Gefühl, daß die Flammen alles bedrohten, alles und überall.

McCadden schloß das Fenster, blickte auf die Uhr – acht Minuten nach zehn – und wollte gerade eine Nachricht für de Burgh schreiben, als Michael Terry in einem langen schwarzen Umhang mit weißem Schal, was ihn wie einen Dracula-Lehrling aussehen ließ und was bedeutete, daß er mal wieder Geld für irgend etwas sammelte, ins Zimmer schwebte und auf McCaddens Schreibtisch zusteuerte.

Terry war ein ortsansässiger Auktionator und Taxator, der manchmal Tips über gestohlene Antiquitäten gab.

«Carl», sagte er mit theatralischer Betonung. Er blieb stehen und studierte mit ausgestrecktem Arm ein Blatt Papier. «Nein», sagte er. «Nein, du stehst nicht auf meiner Eintreibungsliste.»

«Für was?» fragte McCadden mißtrauisch.

«Für das jährliche Benefiz-Dinner der Freunde der Brockenshaw-Sammlung.»

«Das was?» fragte McCadden.

«Nächsten Samstag abend», fuhr Terry ungerührt fort, «im *Tower Hotel*. Ist dein Chief Superintendent im Hause? *Er* steht nämlich auf meiner Liste. Und dein Inspector Boyce? Ebenfalls auf meiner Liste. Und dein Sergeant Hyland? Auch auf der Liste.»

Er drehte sich um, ohne eine Antwort abzuwarten. In der Tür

stieß er beinahe mit de Burgh zusammen, der ins Zimmer gestürmt kam, und mußte ihn aus seinem wehenden Umhang befreien.

De Burgh würdigte ihn keines Blickes.

«Tut mir leid, daß ich so spät komme», sagte er.

McCadden zuckte die Achseln und schüttelte den Kopf, dann zog er eine Grimasse. Er hatte leichte Kopfschmerzen, und es war nicht klug, sich zu schnell zu bewegen.

De Burgh fuhr fort: «Ich habe heute morgen mit Jerry Tobin gesprochen, und er gab mir einen Tip, dem ich nachgehen wollte. Das Ergebnis war, ich habe etwas Interessantes über Wilkins ausgegraben.»

«Wilkins?» wiederholte McCadden gedankenversunken.

«Der rothaarige Bursche mit dem zerschlagenen Gesicht, der letzte Woche mit Tina Byrne vor John Kirwans Haus demonstriert hat. Gestern abend hast du mir von ihm erzählt.»

«Ach ja», murmelte McCadden. «Wilkins. Was ist mit ihm?»

«Du wolltest herausfinden, mit wem er sich geschlagen hat.»

«Ich weiß das, Liam», brummte McCadden irritiert. «Was noch?»

De Burgh setzte sich und sagte triumphierend: «Er ist schon öfter wegen Gewalttätigkeiten auf Demos aufgefallen.»

McCadden wurde etwas freundlicher. Er beugte sich vor, legte den Ellbogen auf den Schreibtisch und stützte das Kinn auf die Hände. «Tatsächlich?»

«Du erinnerst dich an den Antiabtreibungsmarsch im letzten Jahr, wo sie Schläger mit Baseballschlägern angeheuert haben, die vorneweg marschiert sind und Andersgläubige aus dem Weg geprügelt haben?»

«Ja, richtig.»

«Nun, unser Ian war in der vordersten Linie, mit seinem Baseballschläger. Sein Foto kam sogar in die Zeitung. Zwei Wochen darauf wurde er wegen Störung der öffentlichen Ordnung angeklagt, nachdem er mit ein paar Kumpanen einen Demonstrationszug der Scheidungsbefürworter überfallen und ein paar Leute krankenhausreif geprügelt hat, darunter ein alter Mann mit Schädelfraktur und ein zehnjähriges Mädchen mit einem gebrochenen Arm. März dieses Jahres wurde er wegen Körperverletzung angeklagt, aber freigesprochen, weil er Notwehr geltend machte. Er hatte einem vierzigjährigen Mann, der zufällig Wahlhelfer für Tom Byrne ist, zwei Rippen gebrochen, von Prellungen und sonstigen Schrammen gar nicht zu reden.»

«Ich dachte, sie sind auf der gleichen Seite?»

«Nicht wenn es um Taktik geht. Oder um Tom Byrnes Tochter.»

«Er hat dabei aber nie ein Messer benutzt, oder?» fragte McCadden.

«Nein, er hat nie ein Messer benutzt.»

«Und seit März hat er sich still verhalten.»

De Burgh verzog das Gesicht. «Verdächtig still.»

McCadden knurrte.

«Nein», beharrte de Burgh, «Jerry Tobin, der sich mit solchen Fällen beschäftigt, hat eine Liste so lang wie dein Arm mit nächtlichen Überfällen auf Scheidungsbefürworter, Abtreibungsbefürworter, Liberale, Linke, auf jeden, der nicht Mitglied bei den Knights of Columbanus ist oder bei der Legion of Mary. Eingeworfene Scheiben. Aufgeschlitzte Autoreifen. Tote Katzen. Du kannst selbst spekulieren, wer daran beteiligt war.»

«Und warum hat er dann Billy Power ermordet?» fragte McCadden. «Denn dahin führt ja deine Spekulation.»

«Ah!» rief de Burgh triumphierend. «Da habe ich eine Theorie.»

«Nein», wehrte McCadden ab. «Entschuldige, daß ich gefragt habe. Ich hab das nicht ernst gemeint. Es ist noch viel zu früh. Wilkins drehen wir später durch die Mangel, okay?»

«Okay. Aber bevor wir gehen...»

«Ja?»

«Hast du schon mal von den Young Salamanders gehört?»

«Den was?»

«Young Salamanders», wiederholte de Burgh.

«Wer sind die?»

De Burgh konsultierte sein Notizbuch. «Es sind kleine Drachen, auf Abbildungen leben sie meist in Feuerflammen.»

«Ja, Liam», seufzte McCadden, «aber...»

«In den alten Mythen», fuhr de Burgh fort, «saß auf irgendwelchen Schätzen meist ein Drache, und so wurde er zum Symbol des

Wächters von Schätzen. In diesem Fall besteht der Schatz ganz offensichtlich aus den moralischen Werten der Nation.»

«*Wer* sind sie, Liam?»

«Es ist die junge, konservative, katholische Interessengruppe, gegen Kondome, gegen Scheidung, gegen Abtreibung, der Tina Byrne und Ian Wilkins angehören.»

«Danke», murmelte McCadden sarkastisch.

«Sie benutzen ein stadteigenes Haus in Ballybeg als Hauptquartier und Büro. Ich habe dir die Adresse aufgeschrieben. Dort findest du Tina Byrne.»

McCadden nahm das DIN-A4-Blatt mit der Adresse an sich und starrte blicklos darauf. Noch lief alles zu schnell für ihn – normalerweise schrieb er die Stunden vor elf ab. «Ich frage mich, was Tinas alter Herr über die ganze Sache denkt», murmelte er.

Tom Byrne wurde ihm einmal beschrieben, ganz ernsthaft, als strikter Mann der Mitte, als Politiker, der es jedem recht zu machen versuchte und der sich heftig gegen alle Versuche verwahrte, ihn mit Charakter, Prinzipien oder politischen Überzeugungen auszustatten. Jede Andeutung von Extremismus brachte ihn zur Weißglut.

«Da dürfte einiger Zündstoff liegen», sinnierte McCadden.

«Harry Boyce hat ihn übrigens gestern abend getroffen», sagte de Burgh.

«Wen getroffen?»

«Tom Byrne. Auf einem Empfang in *Jury's Hotel*. Er hält nicht viel von ihm.»

«Hält er ihn für fähig, einen Mann zu töten?»

«Er fand, daß Byrne ein unehrlicher Mensch ist.»

McCadden seufzte. «Liam, es gibt zwei Sorten von Menschen auf der Welt», sagte er. «Die einen geben vor zu glauben, wir sollten das praktizieren, was wir predigen. Die anderen geben vor zu glauben, wir sollten das predigen, was wir praktizieren. Dich würde ich genau in der Mitte der ersten Gruppe einordnen, und ich passe mit Ach und Krach in die zweite. Aber Detective Inspector Harold Boyce ist eine Ausnahme. Harry Boyce glaubt *wirklich* daran, daß wir das praktizieren sollten, was wir predigen.»

«Ich glaube nicht, daß es das ist», widersprach de Burgh todernst. «Ich denke, Harry ist allgemein mies drauf. Weißt du, wahrscheinlich schiebt er einen Haß auf Politiker und öffentliche Empfänge. Cody schikaniert ihn wegen dieser Peter Clarke-Sache.»

McCadden machte eine ungeduldige Handbewegung. «Cody schikaniert im Moment jeden.»

«Nein», sagte de Burgh und ließ sich von seinem Eifer mitreißen. «Nein, diese Peter Clarke-Sache ist interessant, verstehst du, weil Harry Boyce selbst...»

De Burgh blickte auf, sah McCaddens Gesichtsausdruck und brach unvermittelt ab. «Tut mir leid», murmelte er. «Ich hab nicht daran gedacht.»

«Gehen wir», sagte McCadden müde. Er stieß seinen Stuhl zurück, stand auf und kramte geistesabwesend in seinen Taschen. «Gehen wir. Auf zu neuen Ufern. Stadtrat Byrne erwartet uns.»

10

Wie sich herausstellte, wirkte Tom Byrne auf McCadden so, wie alle Politiker auf ihn wirkten. Byrne, entschied er, war ein Opportunist.

Nicht daß Byrne bis jetzt auch nur ein Wort zu McCadden gesagt hätte. Aber da war er jetzt, kam in seinem Büro im Verwaltungstrakt von Byrne Plastics auf McCadden zu, wie ein Jünger, der sich innerlich auf eine Audienz beim Messias vorbereitet, den rechten Arm zum Gruß weit ausgestreckt, auf dem Gesicht einen Ausdruck von – Ekstase, anders konnte man es nicht nennen.

Vom Äußeren her erinnerte er McCadden an Tina. Nicht das sandfarbene, leblose Haar, aber die schmalen, strengen Lippen und die hohen Wangenknochen. Sein Gesicht hatte irgendwie einen blutleeren, nichtssagenden Ausdruck. Was er an Charakter und Persönlichkeit besaß, drückte er mit seinem Körper aus. Genau wie seine Tochter. Er war ein großer Mann, mit kräftiger Figur, und hatte höchstens ein paar Pfund Übergewicht. Trotz seiner dreiundfünfzig Jahre hielt er sich offenbar körperlich fit.

«Detective Inspector McCadden», sagte er mit lässiger Vertrautheit. Man wäre nie darauf gekommen, daß er den Namen gerade zum ersten Mal gehört hatte, von seiner Sekretärin über die Sprechanlage. «Und Detective Sergeant de Burgh, richtig? Wie geht's? Kommen Sie rein, kommen Sie rein. Nehmen Sie doch Platz.» Seine Stimme schwenkte unvermittelt von heiterem Geplauder zu getragenem Ernst, genau als die beiden Besucher sich setzen wollten. «Ich verstehe natürlich, weshalb Sie hier sind. Der arme Billy Power.»

McCadden beschloß, diese Vorstellung zu beenden. Das geheuchelte Bedauern, das exakte Timing des Stimmungsumschwungs, dieses *ich verstehe* des Politikers. Es brachte ihn auf die Palme.

«Richtig», sagte er scharf. «Der arme Billy Power.»

Byrne hörte den feindseligen Ton, behielt aber sein Lächeln bei. Es war ein aufgesetztes Lächeln, ein Lächeln, wie es Politiker an sich haben, die durch demokratischen Mehrheitsentscheid gewählt werden. *Wenn Sie sich nicht überwinden können, mir Ihre Erststimme zu geben, dann denken Sie bitte bei der Zweitstimme an mich. Oder bei der Drittstimme oder Viertstimme, ja?*

«Power hat hier als Maschinenführer gearbeitet, richtig?» fragte McCadden.

Byrne setzte sich langsam hinter seinen Schreibtisch. «Das ist richtig, ja», sagte er ernst und legte wiederum zuviel Bedeutung in die Worte. «Wir stellen Plastikformen her. Plastikkoffer für Kameras, für Ärzte. Alle möglichen Etuis für Instrumente und Geräte. Präzisionsarbeit. Billy war einer unserer besten Maschinenführer.»

«Seit wann hat er hier gearbeitet?»

«Seit zehn Jahren. Seit wir angefangen haben.»

«War er ein guter Arbeiter? Zuverlässig?»

«Er war sehr erfahren. Sehr zuverlässig. Kam gut mit seinen Kollegen aus. War beliebt.»

«Sie hatten nie Probleme mit ihm?»

«Welcherart, Inspector?»

«Jeglicherart, Mr. Byrne.»

«Nein, keinerlei Probleme.»

«Wie es scheint, wurde er Donnerstag nacht umgebracht», sagte McCadden. «Haben Sie ihn an diesem Tag gesehen?»

«Vermutlich habe ich ihn hier in der Fabrik gesehen. Aber genau kann ich mich nicht erinnern.»

«Haben Sie ihn zu einem späteren Zeitpunkt noch gesehen? Als Sie vom Büro nach Hause gefahren sind, zum Beispiel. Oder später am Abend, falls Sie noch aus waren?»

«Nein», antwortete Byrne langsam. Er dachte erkennbar nach. «Nein. Wir hatten ein Familienessen an diesem Abend, ich war also nicht weg, nachdem ich gegen sechs nach Hause kam. Ob ich ihn bei der Heimfahrt gesehen habe, da kann ich mich nicht erinnern.»

«Nehmen Sie mir's nicht übel, aber würden Sie die Löhne hier als schlecht, durchschnittlich oder gut bezeichnen?»

Byrne lachte. «Das ist kein Geheimnis, Inspector. Ich zahle Tariflöhne für alle Arbeitsgruppen und alle Stufen. Als Politiker kann ich schlecht weniger zahlen, ohne meine Wähler zu verärgern, aber auch nicht mehr, ohne meine Glaubwürdigkeit zu verlieren, in diesen schwierigen Zeiten, mit all den Rotstiftexperten und Parteistrategen. Mit Tariflöhnen sind alle zufrieden. Sie finden seine Einstufung und Kopien der Lohnstreifen in seiner Personalakte.»

«Das heißt, niemand hat hier ein Vermögen verdient», meinte McCadden.

«Aber zu hungern braucht hier auch niemand, Inspector.»

«Hmm», brummte McCadden. «Übrigens, hatte Power öfter Fehlzeiten?»

«Nein, höchst selten.»

«Hat er sich dann jeweils hier gemeldet mit einer Entschuldigung oder einem ärztlichen Attest?»

«Soweit ich mich erinnere, ja. Das war allerdings Sache meines Vorarbeiters. Sie können ihn ja fragen. Ich habe nie Klagen von ihm in dieser Hinsicht gehört.»

«Warum hat sich niemand darum gekümmert, als Power am letzten Freitag unentschuldigt fehlte?»

Byrne runzelte die Stirn und dachte angestrengt nach. «Hat nicht Martin O'Shea etwas erwähnt?» Hilfesuchend blickte er McCadden an und dann de Burgh. Als keine Reaktion kam, ließ er die Frage einfach in der Luft hängen. «Ich kann mich wirklich nicht erinnern. Jedenfalls nahm mein Vorarbeiter vermutlich an, daß Billy sich verspätet hatte, und vergaß dann später die Sache. Freitags ist bei uns ziemlich viel los. Wenn Billy zwei Tage hintereinander gefehlt hätte, wäre das natürlich aufgefallen, aber wegen dem Wochenende...»

«Er ist auch heute morgen nicht erschienen.»

«Ja, klar, aber inzwischen hatten wir natürlich alle von der schrecklichen Tragödie erfahren...»

«Ja», sagte McCadden. «Hätten Sie was dagegen, wenn ich Ihnen ein paar Fragen über Ihre Tochter stelle?»

«Welche, Inspector?»

McCadden zwinkerte irritiert. Darauf war er nicht gefaßt gewesen. «Wie bitte?»

«Meine ältere Tochter Catherine oder meine jüngere Tochter Tina? Ich habe zwei.»

«Ich bin an Tina interessiert.»

Byrne lachte herzlich, viel lauter, als es der Situation angemessen war. «Ja», sagte er, «das war mir eigentlich von Anfang an klar, wissen Sie. Es ist immer Tina, für die sich die Leute interessieren. Ob es die Polizei ist oder das Finanzamt, die Presse oder ihre jeweiligen Freunde. Immer ist es Tina. Sie wissen sicherlich, daß sie derzeit bei einer radikalen christlichen Fundamentalistengruppe eine führende Rolle spielt. Aber so ist sie schon immer gewesen. Schon als Kind. Viel rebellischer als Catherine. Aber letztendlich hat sie sich doch immer meiner Sichtweise angeschlossen. Auf eigenen Wegen natürlich.»

Er lachte, aber die arrogante Art, mit der er überzeugt war, seine Tochter unter Kontrolle zu haben, war erschreckend. Immerhin war sie zweiundzwanzig Jahre alt, keine launenhafte Zwölfjährige mehr.

«Mich interessiert eigentlich mehr, ob sie Billy Power gekannt hat», sagte McCadden.

Byrnes Lächeln verflog. Mit hochgezogenen Brauen sah er McCadden an. Die Mimik war übertrieben. «Verzeihung?»

«Ich frage mich, ob Ihre Tochter Tina Billy Power kannte.»

«Ja nun», sagte Byrne leichthin, «Tina hat letztes Jahr hier im Büro gearbeitet, in der Buchhaltung. Natürlich kannte sie ihn als Kollegen, wenn auch von der anderen Seite des Schreibtisches aus.»

«Kannte sie ihn auch privat?»

«Nein.»
«Sind Sie sicher?»
«Natürlich bin ich mir sicher.»
Danach herrschte Schweigen.
Beide ließen es eine Weile andauern. McCadden drückte damit aus: *Du lügst, stimmt's?*, während Byrne an seinem Nein festhielt und sagte: *Ist mir scheißegal, ob Sie mir glauben oder nicht, Inspector. Wenn ich sage, daß es die Wahrheit ist, dann ist es die Wahrheit.*
Schweigen.
Aber Byrne brach es als erster.
«Möchten Sie sich mal kurz umschauen, Inspector? Billys Arbeitsplatz sehen? Wenn Sie jemand vom Personal befragen wollen, steht Ihnen selbstverständlich mein Büro zur Verfügung.»
Er war auf den Beinen und deutete durch die gläserne Trennwand zu der Seite des Büros, von wo aus man in die Fabrikhalle hinunterschauen konnte.
McCadden stand ebenfalls auf und trat zu dem Fenster. Wie geprügelte Straßenköter blickten Martin O'Shea und Henry Barry verstohlen zu ihm hinauf. Na ja, vielleicht ein geprügelter Köter und ein etwas einfältiger Bernhardiner.
Aber da gab es noch jemanden, der McCadden beobachtete. In einer Ecke der Fabrikhalle stand ein großer, schwarzhaariger junger Mann, angelegentlich damit beschäftigt, Dreck vom Fußboden in eine Abfalltonne zu schaufeln, während seine Blicke zwischen dem Büro und dem Dreck zu seinen Füßen hin- und hergingen.
«Wer ist der junge Mann, der dort drüben saubermacht?» fragte McCadden.
«Sein Name ist Eddie Hayes», antwortete Byrne. «Er arbeitet hier sechs Monate lang als Praktikant unter einem FAS-Beschäftigungsprogramm. Seine Zeit ist fast zu Ende. Nächste Woche, glaube ich. Vielleicht behalte ich ihn.»
Nachdem du jetzt eine offene Stelle hast, dachte McCadden.
«Er ist ein guter Arbeiter», erklärte Byrne.

11

Tina Byrne nahm eine blonde Locke zwischen Daumen und Zeigefinger ihrer rechten Hand und drapierte sie sorgfältig hinter das rechte Ohr, wobei sie den Kopf senkte, so daß sie Carl McCadden schräg von unten anblicken mußte, mit schüchternen, koketten Augen.

«Ich habe Sie am letzten Dienstag gesehen, stimmt's, Inspector?»

«Allerdings.»

Sie stand vor ihrem Schreibtisch im Wohnzimmer des Hauses in Ballybeg, das die Young Salamanders als Hauptquartier und Büro benutzten, die Hüfte an den Schreibtisch gelehnt, aber nicht so fest, daß die natürlichen Körperrundungen beeinträchtigt wurden. Das Hauptgewicht ruhte auf ihrer linken Hand, die sie auf die Schreibtischplatte stützte. Der Rest ruhte auf ihrem rechten Bein, das Knie leicht gebeugt, die Zehen in den Teppich gekrallt. Das andere Bein war ausgestreckt, mit der Ferse auf dem Boden.

Eine klassische Pose.

Noch eine klassische Pose, dachte McCadden unfreundlich. De Burgh und er hatten bereits die sitzende Pose über sich ergehen lassen, diejenige mit zurückgelehntem Oberkörper in dem Drehstuhl hinter dem Schreibtisch, wobei die gespreizten Finger ihrer erhobenen Hand rhythmisch durch die blonden Haare strichen und sich ihre Brüste mit der Bewegung hoben und senkten. Und er wußte, daß es noch mehr Posen gab. Besonders jetzt, nachdem de Burgh auf die Suche nach Ian Wilkins gegangen und McCadden allein mit ihr war.

Tina Byrne war eine eher große Frau, mindestens ein Meter siebzig. Ihr Gesicht war nicht besonders schön, zumindest nicht in dem Hochglanzstil, den sie erstrebte. Ihre Backenknochen und ihr Kinn waren zu kräftig ausgeprägt und ihre Lippen zu schmal. Aber sie hatte eine herrliche Figur und war mit erlesenem Geschmack gekleidet, heute in einer blendendweißen Bluse mit breitem Kragen und einer auffälligen orangeroten Pluderhose mit einem breiten schwarzen Gürtel.

Fast ein bißchen widerwillig nahm McCadden den Blick von ihr, während sie die Haarlocke ordnete. Er hatte eigentlich nichts dagegen, sich ganz privat eine Frau anzuschauen, wenn sie sich ihm attraktiv darstellte. Nicht einmal, wenn er im Dienst war. Aber er hatte etwas gegen diesen unausgesprochenen Bestechungsversuch, gegen die Einladung, die Augen vor allem zu verschließen, was nicht erfreulich war.

Er trat ans Fenster, rieb mit dem Zeigefinger ein rundes Guckloch in die beschlagene Scheibe und spähte hinaus. Der Blick, der gleiche wie von jedem anderen Vorderzimmer in dieser Sozialwohnungssiedlung, war deprimierend. Der eigene schmale und eintönige Vorgarten, die Straße, die Rückfronten von zahllosen anderen Häusern, jedes eine exakte Kopie des eigenen Hauses. Hin und wieder unbebaute Flächen, die wohl ursprünglich als Spielplätze gedacht waren, jetzt voller Unkraut und Müll. Einige Häuser standen leer und waren verwüstet. Andere verfielen bereits. Das schlimmste war die Eintönigkeit, die dich gleichgültig werden ließ gegenüber dem desolaten Zustand.

Und an diesem Morgen mit seinem Nieselregen sah es noch trostloser aus als sonst. Kaum jemand war unterwegs. Ein Junge, höchstens acht, mühte sich, einen riesigen Traktorreifen die Straße hinunterzurollen, vermutlich zu einem Freudenfeuer für die kommende Nacht. Ein magerer, schmutziger Junge in billigen, abgetragenen Kleidern. Beide Eltern wahrscheinlich arbeitslos, wahrscheinlich erst Mitte Zwanzig, aber bereits vom Schicksal gezeichnet. Ein Junge, von dem du ganz automatisch sagen würdest, daß er keine Chance hatte, bis du ihn schließlich einbuchtest, weil er eine alte Frau überfallen hat, und dein ganzes Mitgefühl verflogen ist.

Der Anblick und der Gedanke machte McCadden noch gereizter gegenüber Tina Byrne.

Als er sich wieder umdrehte, sah er allerdings eine andere Person vor sich, eine bedrückte, unsichere junge Frau, der Körper schlaff, der leere Blick zu Boden gerichtet; und er verstand, daß sie von ihm Sicherheit gesucht hatte, daß sie ihren Körper eingesetzt hatte, um ihr Selbstbewußtsein zu stärken. Eine gefährliche Angewohnheit. Viel schlimmer als bei ihrem Vater. Der setzte seinen Körper ebenfalls ein, aber nur, um demonstrativ Selbstbewußtsein zu zeigen.

«Können wir uns nicht setzen?» fragte McCadden, deutete auf

ihren Drehstuhl, holte sich ebenfalls einen Stuhl und nahm vor ihrem Schreibtisch Platz.

Während sie zu ihrem Drehstuhl trat, nahm sie einen Filzhut vom Schreibtisch und setzte ihn keck aufs Haupt. «Er gehörte meinem Vater, wissen Sie», sagte sie. «Er hat ihn mir geschenkt, weil er meinte, daß er mir besser steht als ihm. Kennen Sie ihn, Inspector? Tom Byrne, den Stadtrat?»

«Ich habe von ihm gehört», erwiderte McCadden.

Sie lachte, während sie sich setzte. «Oh, *jeder* hat von ihm *gehört.*»

Ohne jede Ironie, richtiggehend mit Stolz. Nachdem sie jetzt überzeugt war, daß sie es mit einem Stockfisch zu tun hatte, versuchte sie auf ihre soziale Stellung zu pochen.

«Weswegen wollten Sie mich sprechen, Inspector?» fragte sie.

Auch wie sie seinen Dienstgrad benutzte, dadurch Schwäche ausdrückte, sich verletzlich machte, um sich unter den Schutz des Titels zu begeben und damit ihre Beziehung auf eine konventionelle Ebene zu stellen. Und er konnte sie nicht stoppen, konnte nicht riskieren, die Dinge noch schlimmer zu machen, indem er ihr anbot, ihn mit dem Vornamen anzureden.

«Mich interessiert, wo Sie am Donnerstag abend waren», sagte McCadden. «Nach achtzehn Uhr.»

«Ich müßte Sie eigentlich fragen, warum Sie das wissen wollen, aber ich nehme an, Sie werden es mir ohnehin sagen. Mal überlegen. Am letzten Donnerstag?» Sie runzelte die Stirn und zog die Nase kraus. «Ich weiß. Ich war bei meinen Eltern, zum Abendessen. Ich kam ungefähr um halb sieben an, irgendwann nach Mitternacht hat mich dann mein Vater hierher zurückgefahren.»

«Sie wohnen nicht bei Ihren Eltern?»

«Nein, ich wohne hier.»

«Allein?»

«Nein. Das Haus ist vom Präsidenten der Young Salamanders gemietet.»

«Wer ist das?»

«Sein Name ist Ian Wilkins. Sie haben ihn letzten Dienstag ebenfalls kennengelernt. Er stand neben mir.»

«Ja, jetzt erinnere ich mich.»

«Ich teile das Haus mit Ian.»

«Wer war noch bei diesem Abendessen?» fragte McCadden.

«Mein Vater. Meine Mutter natürlich. Meine Schwester Catherine und ihr Mann Robbie. Robbie Hearne. Und ich. Mehr Familienmitglieder gibt es nicht.»

«Mr. Wilkins haben Sie nicht eingeladen?»

«Inspector!» entrüstete sie sich kokett und schlug in gespieltem Entsetzen die Augen nieder. «Meinem Vater würde der Bissen im Hals steckenbleiben, wenn Ian im Zimmer wäre. Und außerdem haben Ian und ich nicht so eine Beziehung.»

«Was für eine Beziehung?»

«Wir sind kein Liebespaar, Inspector. Wir sind Verbündete.»

«Aha, verstehe», brummte McCadden. Dann fuhr er fort: «Am vergangenen Donnerstag wurde hier in Waterford ein Mann ermordet.»

«Glauben Sie, ich hätte irgend etwas damit zu tun?»

«Nein, darum geht's nicht. Je nachdem, wo Sie zu diesem Zeitpunkt waren, können Sie möglicherweise etwas gesehen haben, was uns weiterhilft. Wir müssen jeden befragen, der das Opfer gekannt hat. Sie wissen doch, um wen es sich handelt?»

«Ja», sagte Tina Byrne. «Billy Power. Er hat für meinen Vater gearbeitet. Ich hab's heute morgen in der *Irish Times* gelesen. Eine kleine Meldung auf Seite vier.»

Die lokalen Provinzzeitungen erschienen erst gegen Ende der Woche, Donnerstag oder Freitag. Die aktuellen Ausgaben konnten noch nichts davon berichten.

«Kannten Sie Mr. Power gut?» erkundigte sich McCadden.

«Nicht besser und nicht schlechter als die anderen Betriebsangehörigen meines Vaters. Letztes Jahr habe ich dort eine Weile im Büro gearbeitet. Worauf wollen Sie hinaus, Inspector?»

McCadden blickte ihr einen Moment lang schweigend in die Augen, bekam aber keine Reaktion außer zuckenden Wimpern, also sagte er geradeheraus: «Ich will darauf hinaus, daß er Sie sexuell belästigt hat.»

Tina Byrne lachte schrill, aber es war unmöglich zu sagen, ob aus Verlegenheit oder Angst. Sie beschäftigte sich einen Moment mit einer vorwitzigen Locke und nahm dies als Vorwand, um den Blick zu senken. Dann meinte sie mit einem Achselzucken: «Warum sollte mich jemand sexuell belästigen?»

McCadden betrachtete sie erneut und war versucht, ihr darauf eine Antwort zu geben, fragte dann aber lediglich: «Hat er oder hat er nicht?»

Sie holte Atem. Hielt die Luft einen Moment an. Der Atemzug besagte, so unangenehm dies auch sein mochte, sie würde es hinter sich bringen, es war ihre Pflicht.

«Nein», sagte sie fest. «Er hat mich nicht belästigt. Er machte mir lediglich mal einen unsittlichen Antrag, das war alles.»

«Welchen Inhalts?»

Erschöpft schloß sie die Augen. «Bitte, Inspector!»

«Wann machte er Ihnen diesen Antrag?»

«Vor zwei Wochen ungefähr.»

«Wo?»

«Vor der Fabrik meines Vaters. Ich hatte meinen Vater besucht.»

«Wie war Ihre Reaktion?»

«Ich war natürlich empört. Ich habe ihm keine Antwort gegeben.»

«Haben Sie Ihrem Vater davon erzählt?»

«Nein, natürlich nicht.»

«Warum nicht?»

«Inspector, mein Vater und ich sind in politischen Dingen nicht immer der gleichen Meinung, und ich glaube, er hätte es lieber, wenn ich als Wahlhelfer für ihn arbeiten würde, statt Sekretärin der Young Salamanders zu sein, aber ich kann Ihnen versichern, daß er mich innig liebt und immer noch starke Beschützergefühle hegt. Wir haben eine ganz besondere Beziehung. Er hätte Mr. Power auf der Stelle rausgeschmissen.»

«Hatten Sie Angst vor Mr. Power?»

«Natürlich nicht. Ich wollte nicht, daß er die Arbeit verliert wegen so einer blöden Anzüglichkeit, das war alles. Er hatte Frau und Kinder, nicht wahr?»

«Hatte er?»

«Na ja, nehme ich an.»

«Haben Sie Power jemals Geschenke gemacht?»

Sie lachte. «Was?»

«Waren Sie jemals in seinem Haus?»

«Nein.»

«Mal sehen, ob ich Sie richtig verstanden habe. Sie erzählten Ihrem Vater nichts von Powers unsittlichem Antrag, weil Sie die Sache für zu trivial ansahen und sie nicht hochspielen wollten. Ist das korrekt?»

«Genau.»

«Aber Sie haben Wilkins davon erzählt, nicht wahr?»

Sie zuckte zusammen und wirkte einen Moment lang sehr ängstlich. Dann senkte sie den Kopf und sagte leise: «Nein, Ian habe ich nichts erzählt. Warum sollte ich? Es war eine persönliche Sache.»

«Haben Sie Ihrer Schwester Catherine davon erzählt?» fragte McCadden.

«Nein, ich habe niemandem davon erzählt.»

«Sie haben niemandem davon erzählt.»

«Nein.»

«Und es ist vor der Fabrik passiert, ohne Zeugen?»

«Ja.»

«Wie kommt's dann, daß ich davon weiß?»

«Was?»

Und McCadden wiederholte: «Wie kommt's, daß ich davon weiß, wenn Sie es niemandem erzählt haben und es keiner gesehen hat?»

12

Tina Byrnes ältere Schwester, Catherine – «Catherine *Hearne* jetzt», wie sie sich selbst immer wieder erinnerte –, hatte diese seltsame Angewohnheit, einen Satz als ungebundene Frau zu beginnen und sich dann mitten im Satz daran zu erinnern, daß sie nur jemandes Frau war, jemandes Mutter.

«Inspector, darf ich Ihnen etwas... Was meinst du, Robbie?»

McCadden, der sie beobachtete, konnte das Kind sehen, das sie einst war, die spontane Begeisterung, die ängstliche Zurückhaltung, die sie irgendwann und irgendwie auf die harte Art gelernt hatte. Das Kind, das sie in vieler Beziehung immer noch war, obwohl sie schon auf die Dreißig zuging.

Ihre Züge waren nicht so scharf und ihre Figur nicht so attraktiv wie bei ihrer Schwester. Drei Kinder und eine freizügige Hand mit Kuchen und Schokolade hatten fast alles an ihr weichgezeichnet. Sogar die Angst. Die war nur einen Moment in ihren Augen zu sehen, dann wurde sie mit einem beschwörenden Blick zu ihrem Mann hin wieder verbannt.

«Ich bin froh, daß Sie jetzt vorbeigekommen sind, Inspector», sagte sie zu McCadden. «Jetzt, wo Robbie zum Mittagessen da ist.»

Und sie meinte es auch so.

Sie saßen in der Küche des geräumigen Bungalows der Hearnes in Glenview, einer der besseren Wohngegenden. Ein Modellpaar. Catherine, die so aussah, als hätte sie auf Besuch gewartet und sich darauf vorbereitet, die blonden Haare frisch gestylt und schulterlang geschnitten, die malvenfarbene Halskette und die Ohrringe passend zum Kleid, das Gesicht ein bißchen blaß vom Make-up, saß auf der einen Seite des großen Mahagoni-Eßtischs. Ihr Mann Robbie, Ursprung und Mittelpunkt all dieser Besitztümer, einschließlich seiner Frau, saß ihr gegenüber. Robbie war groß und kräftig, in seiner Jugend wahrscheinlich ein guter Rugbyspieler. Jetzt war er dreißig, sah aber, ganz stilgemäß, zehn Jahre älter aus, wie ein Mann im gesetzten Alter, der sich schon vor langer Zeit auf einen Lebensstil festgelegt hat und noch nicht dazu gekommen ist, deswegen verbittert zu sein. Wie bei den meisten Rothaarigen wies seine Haut eine natürliche Blässe auf.

McCadden, der zwischen ihnen am Kopfende des Tisches saß, mit dunkler Haut und noch ein wenig zerknittert von der letzten Nacht, fand, daß er aussah wie eine grob geschnittene Scheibe aus durchgebratenem Roastbeef zwischen zwei Weißbrotschnitten.

«Tut mir leid», sagte McCadden. «Ich wollte Sie nicht beim Mittagessen stören.»

«Nein», erwiderte Hearne, «ich bin schon fertig.»

«Was machen Sie übrigens beruflich, Mr. Hearne?» fragte McCadden.

«Ich habe mein eigenes Unternehmen. Mehrere, um genau zu sein. Zwei Mini-Märkte, ein Café und eine Stahlwarenfabrik.

Wir stellen Bestecke her, Küchenutensilien, verschiedene Werkzeuge...»

«Und Messer», soufflierte McCadden.

«Und Messer», bestätigte Hearne.

Er schien den Hintersinn allerdings nicht zu kapieren.

Catherine Hearne sagte unvermittelt: «Inspector, darf ich Ihnen etwas... Was meinst du, Robbie? Kaffee?»

«Nein», log McCadden. «Ich trinke keinen Kaffee.»

«Es ist Java, von *Bewley's Café.* Wir mahlen die Bohnen selbst.»

«Ah», sagte McCadden.

«Er trinkt einen Kaffee mit», prophezeite Hearne. «Weswegen wollten Sie uns sprechen, Inspector?»

Catherine Hearne war vom Tisch aufgestanden und zum Küchenschrank gegangen. Sie schüttete die scharf gerösteten Kaffeebohnen in eine elektrische Kaffeemühle und schaltete das Gerät ein.

McCadden schnüffelte. Ein herrliches Aroma.

«Verzeihung», murmelte er. «Was haben Sie gesagt?»

«Weswegen wollten Sie uns sprechen?» wiederholte Hearne geduldig.

«Also, vergangene Woche wurde in dieser Stadt ein Mann ermordet. Wahrscheinlich Donnerstag nacht.»

«Ach ja. Billy Power.»

«Kannten Sie ihn?»

Catherine Hearne verschüttete Wasser beim Eingießen in die Kaffeemaschine und warf ihrem Mann einen verstohlenen Blick zu.

Ihr Mann sagte: «Wir haben ihn nie kennengelernt, nein.»

«Ich...»

«Ja, Mrs. Hearne?»

«Wir wissen natürlich, daß er bei Catherines Vater gearbeitet hat», fügte Hearne hinzu. «Nicht wahr, Catherine?»

Seine Frau nickte und konzentrierte sich wieder auf den Kaffee.

McCadden machte sich nicht einmal die Mühe, fragend von einem zum anderen zu blicken. Er sagte zu Hearne: «Dies ist reine Routine, lediglich zur Bestätigung anderer Aussagen. Können Sie mir sagen, wo Sie am Abend des letzten Donnerstag waren?»

«Donnerstag? Wir haben im Haus von Catherines Vater zu Abend gegessen.»

«Gehen Sie oft dorthin? Privat, meine ich?»

«Sehr selten.»

«Wann war das letzte Mal?»

«An Weihnachten.»

«Hmm. Okay. Gab es einen besonderen Grund für die Einladung am vergangenen Donnerstag?»

«Nicht daß ich wüßte, nein.»

«Sie hatten also keinen, äh, gesellschaftlichen Umgang. Sie und Ihr Schwiegervater.»

Catherine Hearne kam zum Tisch zurück, stellte McCadden einen Becher Kaffee und eine Schale mit Plätzchen hin, ihrem Mann ebenfalls einen frischen Becher Kaffee und sagte: «Robbie...» Sie tat so, als wollte sie seine Aufmerksamkeit auf den Kaffee lenken, flehte ihn jedoch in Wirklichkeit an. Nun hatte *sie* Einwände gegen irgendwelche Eröffnungen. Aber sie hatte nicht die Kraft, sich durchzusetzen.

Hearne starrte in den schwarzen Kaffee und sagte: «Ich will ganz offen mit Ihnen sein, Inspector. Ich habe wirklich nicht viel Zeit übrig für Tom Byrne. Und ich sage Ihnen auch, warum. Tom Byrne ist ein scheinheiliger Scheißer.»

«Robbie...»

Hearnes Dialekt kam stärker zum Vorschein, wurde härter, seine Wortwahl weniger zurückhaltend, als er sich in Wut redete. «Nein, Catherine, es ist mal an der Zeit. Ich gebe Ihnen ein Beispiel, Inspector. Catherine trug ein neues Kleid, das sie in Dublin gekauft hatte, als wir am letzten Donnerstag zu dieser Farce gegangen sind. Als wir zur Tür hereinkamen, sagt Byrne zu ihr, die Farbe steht dir, Catherine. Nichts daran zu beanstanden, würden Sie denken. Der Mann macht lediglich seiner Tochter ein Kompliment, wie es jeder anständige Vater tun würde. Aber es war der abfällige Ton, mit dem er es sagte. Sie würden es nicht mitbekommen und Icky-Ocky auch nicht.»

Icky-Ocky? wunderte sich McCadden.

«Aber ich und Catherine haben es sehr wohl verstanden. Es war ein Schlag ins Gesicht. Er sagte damit, die Farbe sei das *einzige*, was Catherine an dem Kleid gut stünde. Es paßte nicht richtig und hatte nicht die richtige Länge, es war das falsche Muster, und vermutlich hatten wir zuviel dafür bezahlt, und wenn *er* irgend etwas damit zu tun hätte, würde sie besser aussehen, als sie eigentlich verdiente, statt schlechter. Verstehen Sie, was ich meine? Immer diese abfällige Bitterkeit. Immer macht er Catherine runter, obwohl es schwierig ist, genau herauszuhören, wie er es eigentlich anstellt, bis man ihn besser kennt.»

Hearne trank seinen Kaffee und blickte gleichzeitig auf die Uhr, beides mit abgehackten, wütenden Bewegungen.

«Wann sind Sie am Donnerstag nach dem Abendessen weggegangen?» fragte McCadden beiläufig.

«Früh. Gegen zehn.»

«Nur Sie beide?»

«Das ist richtig.»

McCadden, der während Hearnes Ausbruch unbeirrt seinen Java getrunken und mehrere Schokoladenriegel gegessen hatte, leerte jetzt seinen Becher und stand auf. «Sie haben mir sehr geholfen, Mr. Hearne. Könnten Sie mir Ihre Telefonnummer geben, falls mir noch weitere Fragen einfallen? Ihre Privatnummer und auch die Geschäftsnummer bitte.»

Vor dem Haus winkte er fröhlich zu den halbgeöffneten Vorhängen im Vorderzimmer hin, stieg in seinen Wagen und fuhr davon. Er bog links in die Dunmore Road ab, fuhr am Ardkeen Hospital vorbei und die drei Meilen bis zur Woodstown-Kreuzung, wo er eine Kehrtwendung machte, wieder am Krankenhaus vorbeikam und erneut nach Glenview hineinfuhr. Er parkte vor dem Haus der Hearnes, diesmal ein bißchen näher an der Vordertür, weil Hearnes Wagen nicht mehr in der Auffahrt stand, und drückte auf die Klingel. Catherine Hearne, die Augen noch tränenfeucht, öffnete die Tür und sah ihn bestürzt an.

«Tut mir leid, Sie noch einmal zu stören», sagte McCadden munter. «Aber ich habe vergessen, Sie etwas zu fragen.»

In ihren Augen konnte er die Last dessen sehen, was sie vor ihm verbarg.

«Ist Ihr Mann weggefahren?» fragte er mit geheuchelter Überraschung. «Macht nichts. Sie können mir auch Auskunft geben.»

Er schlüpfte an ihr vorbei in die Diele und schnüffelte.

«Gibt's noch mehr von diesem fabelhaften Kaffee?»

In der Küche sah er ihr zu, wie sie sich mit den Kaffeebohnen und der Kaffeemühle und dem Filterpapier abmühte. Als der Kaffee in die Glaskanne tropfte, sagte sie schließlich: «Was wollten Sie noch fragen?»

«Icky-Ocky», sagte McCadden.

«Was?»

«Ihr Mann sagte, Icky-Ocky würde nicht mitbekommen, was Ihr Vater im Schilde führte. Was meinte er damit?»

Sie starrte ihn an. Sie sah aus, als wollte sie lachen, vor Erleichterung, weil sich die Spannung plötzlich gelöst hatte.

«Es ist nur eine Redewendung, Inspector. Ich glaube, er war ein Original aus der Gegend, der sich für ein Pferd hielt. Den Spitznamen bekam er wegen der Geräusche, die er von sich gab, wenn er die Straße entlanggaloppierte. Icky-Ocky. Die Leute sagen es, wenn sie wollen... wenn sie meinen, daß Sie etwas nicht verstehen.»

McCadden ließ sich einen Becher Kaffee von ihr geben, goß Milch hinzu und rührte bedächtig, wobei er die ganze Zeit die Stirn in Falten legte. «Verstehe, ja. Wie dumm von mir.» Er trank einen Schluck Kaffee und lobte ihn überschwenglich. Dann sagte er unvermittelt: «Was wollten Sie mir über Billy Power erzählen, das Ihr Mann nicht hören sollte?»

Und wieder konnte McCadden das Kind in ihr sehen. Sie stand mit gebeugtem Kopf da und wollte ihm nicht in die Augen sehen. Hoffte, daß er weggehen würde, wenn sie ihn nicht anschaute. Und wußte doch, daß er nicht gehen würde. Zerrissen zwischen Bürgerpflicht und Loyalität zu ihrem Mann.

McCadden hatte kein Mitleid mit ihr. Mitleid war in seinem Beruf eine nutzlose Emotion. Aber er wollte es nicht schlimmer für sie machen als unbedingt nötig.

«Es geht darum, daß Billy Power Ihre Schwester Tina sexuell genötigt hat, stimmt's?» sagte er.

Jetzt blickte sie ihn an, mit weit aufgerissenen Augen. «Ja.»

«Ich wußte es bereits», erklärte McCadden. «Ihr Vater hat mir's gesagt, als ich mich heute morgen mit ihm unterhielt.»

Die Augen wurden noch größer. «Mein Vater?»

«Sie haben es ihm doch erzählt, nicht wahr?»

«Ja, aber...»

«Und Sie dachten, er hätte vielleicht das Gesetz in die eigene Hand genommen und Vergeltung geübt, oder zumindest hatten Sie Angst, ich könnte das denken. Keine Sorge. Ihr Vater hat mehr Verstand. Wer hat Ihnen übrigens von Powers Belästigung erzählt? Tina selbst?»

«Nein.»

«War es Wilkins?»

«Ian Wilkins? Nein.»

«Wer dann?»

«Es war ein Angestellter meines Vaters, der alles mit angesehen hat.»

«Ah! Verstehe.»

«Hayes», sagte Catherine Hearne. «Eddie Hayes. Der junge Mann, der als FAS-Praktikant draußen in der Fabrik arbeitet.»

McCadden nickte und hob seinen Becher, aber der Kaffee, unberührt seit dem ersten Schluck, hatte seine Anziehungskraft verloren.

13

Drei Uhr nachmittags, und Tina Byrne wirkte wieder ganz anders als die Version von ihr, die McCadden am Vormittag erlebt hatte. Sonst war fast alles gleich geblieben. Sie befand sich immer noch in dem Haus in Ballybeg Estate, das die Young Salamanders als Hauptquartier benutzten. Sie war immer noch im Vorderzimmer dieses Hauses. McCadden und de Burgh, seit einer Stunde wieder da, waren erneut ihre Zuhörer. Aber nun war sie energisch. Hart und unfreundlich, ganz die tüchtige Sekretärin. Nun ließ sie deutlich durchblicken, daß sie Männer nicht mochte und ihnen nicht traute, insbesondere flirtenden Polizeibeamten. Der einzige Unterschied gegenüber der früheren Szene war, daß sich jetzt auch Ian Wilkins im Zimmer befand.

De Burgh hatte drei Stunden nach Wilkins gesucht und ihn schließlich in einer Vorlesung am Regional Technical College aufgespürt, nur um ihn erneut zu verlieren, denn kaum hatte sich de

Burgh vorgestellt, flitzte Wilkins durch die belebten Korridore und hängte ihn ab. Höchst untypisch für ihn, laut Wilkins' Dozenten. Ungewöhnlich. Hätten sie dem Jungen nicht zugetraut. Anscheinend war Wilkins ein ausgezeichneter Student, ein hellerer Kopf als die meisten anderen, der geborene Organisator, immer anwesend, kam nie zu spät zu den Vorlesungen...

McCadden hatte geduldig de Burghs detailliertem Bericht gelauscht, obwohl ihn die Informationen nicht interessierten und er das meiste für irrelevant hielt. Wilkins' Problem war sein Übereifer. Seine Entschlossenheit, die Wahrheit zu predigen. Vor allem aber seine Überzeugung zu wissen, was die Wahrheit war. Das machte ihn natürlich nicht einzigartig. Genausowenig wie seine Überzeugung, daß die meisten Leute dumme und irrige Ansichten hatten. Es war der Fanatismus, der ihn ungewöhnlich machte, sein Einsatz von Fäusten und Baseballschlägern als Überredungsmittel.

Und die Ironie dabei war, dachte McCadden, daß Tina Byrne unter Wilkins' Augen von einer Pose in die andere schlüpfte. Soviel zum Thema Wahrheit. Und zu seinem Absolutheitsanspruch. Aber an Menschen, die immer nur die eine Seite einer Sache sehen konnten, war Ironie einfach verschwendet.

«Sie werden mich fragen, warum ich Ihrem Sergeant davongelaufen bin», meinte Wilkins, bevor ihn McCadden noch begrüßen konnte. «Sehr einfach. Ich wollte Tina sehen, bevor ich mit einem von Ihnen redete. Ich wollte herausfinden, was Sie sie gefragt haben und was sie darauf geantwortet hat.»

Seine Miene war finster und entschlossen um die Kratzer und Blutergüsse herum. Sie besagte: *Was wollen Sie jetzt machen?*

«Hmm», sagte McCadden. «Ist das Zimmer oben frei?»

Ein Schlafzimmer im Obergeschoß, dessen offenstehende Tür vom Treppenaufgang her zu sehen war, wurde offenbar als Versammlungsraum benutzt. Fünf Reihen harter Stühle standen vor einem bequemen Lehnsessel am Kopfende des Zimmers.

McCadden stellte sich hinter den Sessel, die Hände auf die Lehne gelegt, weil er diesen beherrschenden Platz nicht Wilkins überlassen, sich aber auch nicht hinsetzen wollte. Wilkins setzte sich in die erste Reihe vor ihm. De Burgh blieb an der Tür stehen.

«Haben Sie Billy Power gekannt?» fragte McCadden.

«Ja, habe ich.»
«Wie kommt's?»
«Ich habe mich für ihn interessiert.»
«Erklären Sie mir das.»
Wilkins saß kerzengerade auf seinem Stuhl, weder entspannt noch nervös, lediglich wachsam und selbstbewußt. «Billy Power hat sich bei Tina der sexuellen Nötigung schuldig gemacht», sagte er. «Ich weiß...»
«Nötigung?» unterbrach ihn McCadden.
«Er wollte, daß sie sexuell mit ihm verkehrt, nur hat er das wesentlich ordinärer ausgedrückt.»
«Woher wissen Sie das?»
«Von Tina.»
«Okay. Weiter.»
«Ich weiß, Tina hat Sie irregeführt, als sie Ihnen sagte, sie hätte mir *nichts* erzählt. Natürlich hat sie mir's erzählt. Sie hatte lediglich Angst, daß Sie falsche Schlüsse daraus ziehen könnten.»
«Wie wahr», bemerkte McCadden trocken.
«Vor allem», fuhr Wilkins fort, «weil ich mit Billy Power am Montag abend eine Prügelei hatte, am Montag vor seinem Tod. Ich verlangte von ihm, sich bei Tina zu entschuldigen, und...»
«Wo war das?»
«Ich habe ihm nach Feierabend aufgelauert. Wir kämpften auf einem Stück Brachland in der Nähe der Fabrik.»
«Hat jemand zugesehen?»
«Nein, niemand. Auf jeden Fall machte ich einen Fehler. Ich hätte nicht allein gehen sollen. Er war viel stärker als ich. Wie Sie noch immer sehen können», fügte er hinzu und deutete auf die Blutergüsse und Kratzer um Augen und Mund. «Ich habe verloren.»
«Aber Sie haben ihm damit etwas demonstriert.»
Wilkins schnaubte abfällig. «Ich wollte ihm nichts demonstrieren, Inspector. In diesem Fall hätte ich ihm einen Brief geschickt. Aber Typen wie Billy Power lassen sich durch so etwas nicht beeindrucken. Und selbst wenn, hätte er trotzdem meinen Standpunkt kaum verstehen können. Das Ziel der Aktion war, ihm weh zu tun und ihn von einer Wiederholung abzuschrecken. Ich habe versagt.»
Am Montag abend, dachte McCadden.

«Zumindest habe ich es nicht geschafft, ihm ernsthaft weh zu tun», verbesserte sich Wilkins. «Vielleicht ist es mir gelungen, ihn abzuschrecken, und wenn auch nur, weil er wußte, daß wir viele sind.»

«Wie würden Sie Ihre Rolle sehen?» erkundigte sich McCadden. «Vorwiegend als Beschützer von Tina Byrnes Ehre oder eher als mittelalterlicher Ritter, der die Ehre *aller* christlichen Frauen verteidigt?»

Wilkins verzog den Mund, bevor er antwortete, ließ ansonsten jedoch nicht erkennen, ob er sich über die Frage ärgerte. «Sie machen sich lustig über mich, Inspector.»

«Nein, Mr. Wilkins. Das ist nicht meine Absicht.»

«Ist auch egal», sagte Wilkins. «Ich bin das gewohnt. Sie können wahrscheinlich nicht verstehen, Inspector, daß Tina sehr verletzt ist. Sie hat ein Trauma erlitten. Es wird Ihnen nicht entgangen sein, daß Tina sehr schön ist. Körperlich, meine ich. Was Sie natürlich nicht bemerkt haben, Tina ist außerdem sehr bescheiden und wohlerzogen.»

De Burgh an der Tür trat unruhig von einem Fuß auf den anderen.

Wilkins redete sich jetzt in Rage, und seine Stimme wurde lauter. «Unsere Gesellschaft setzt die Frauen unter Druck, behandelt sie als Objekte, als sexuelle Besitztümer, und Billy Powers widerliches Verhalten war ein Beispiel dafür... Es geht darum, Inspector, daß wir wieder zu den traditionellen Werten der Familie zurückkehren müssen, wo Frauen nicht als Spielzeuge angesehen werden, nicht als Objekte männlicher Befriedigung, sondern wo sie geliebt und verehrt werden, wo sie der Eckpfeiler sind...»

McCadden ließ die Moralpredigt über sich ergehen und dachte derweil an Tom Byrnes Familie, wo die Frauen so wenig Selbstvertrauen besaßen, daß sie sich entweder hinter soliden Ehemännern versteckten oder ausschließlich ihre körperlichen Vorzüge einsetzten, um ein bißchen Selbstsicherheit zu gewinnen. Die traditionellen Werte der Familie. Das Heim. Nebenbei ein beschönigender Ausdruck für das Grab, für eine geschlossene Anstalt, eine Klinik und eine Klapsmühle.

Doch schließlich hatte McCadden genug von dem Sermon und

unterbrach Wilkins: «Was unternehmen Sie gegen all diese Mißstände?»

«Bitte?»

«Vertreten Sie öffentlich Ihren Standpunkt?»

«Ja, natürlich.»

«Protestdemonstrationen?»

«Ich denke, Sie kennen die Antwort darauf.»

«Gewalt? Die Antwort darauf kenne ich ebenfalls, nicht wahr?»

«Nur weil ich in einem ganz speziellen Fall...»

«Also gut. Wie wär's dann mit Mord?»

«Inspector...»

«Wie stehen Sie zu dem Gesetz, Mr. Wilkins? Finden Sie, der Staat tut genug für Sie, oder betrachten Sie ihn als Teil jener sündhaften Verderbnis? Würden Sie sich außerhalb des Gesetzes stellen? Ich meine, weiter als Sie bisher schon gegangen sind. Würden Sie töten?»

«Sie beziehen sich offensichtlich auf Billy Power.»

«Offensichtlich», bestätigte McCadden trocken. «Was haben Sie am Donnerstag abend gemacht, als Tina Byrne im Haus ihres Vaters war?»

«Ich war hier, habe gearbeitet.»

«Mit jemandem zusammen?»

«Nein. Ich war allein.»

«Irgendwelche Besucher? Anrufe? Hat Sie irgend jemand hier gesehen?»

«Ich habe kein Alibi für Donnerstag abend, Inspector.»

«Eine letzte Frage, Mr. Wilkins. Sie sagten, es sei ein Fehler gewesen, Billy Power allein gegenüberzutreten. Haben Sie diesen Fehler am Donnerstag abend korrigiert? Sind Sie mit ein paar muskelbepackten Getreuen und mit Baseballschlägern bewaffnet auf die Suche nach Billy Power gegangen?»

«Ich habe Billy Power nicht umgebracht», erwiderte Wilkins ruhig. «Ich hätte es zu gerne getan, Gott vergib mir, aber ich war's nicht.»

14

Eddie Hayes, der Praktikant, der im Rahmen des Beschäftigungsprogramms für Jugendliche für Tom Byrne arbeitete, wohnte mit seinen Eltern in einem kleinen Einfamilienhaus in der Poleberry Street im Süden der Stadt. Die Häuser in dieser Straße besaßen keine Vorgärten. Vom Gehweg trat man auf eine Stufe und stand vor der Haustür.

Um sechs Uhr, nachdem McCadden Hayes von Byrne Plastics aus verfolgt hatte, betätigte er den Türklopfer und betrachtete seine ungewöhnliche Form – ein Schild mit den drei Segelschiffen aus dem Stadtwappen und dem Waterford-Motto *Urbs Intacta Manet* darunter –, als eine stämmige ältere Frau öffnete und ihm in die braunen Augen starrte. Hayes' Mutter. Sie führte ihn aufgeregt in das Vorderzimmer – ein kalter, offenbar selten benutzter Raum, der genau für solch einen Besuch reserviert schien – und machte sich auf die Suche nach ihrem Sohn.

Hayes kam nach einer guten Minute in das Zimmer. Etwas widerstrebend. Die Backen gerötet, wahrscheinlich von dem Versuch, seine Mutter zu überzeugen, daß er nichts angestellt hatte.

McCadden stand mit dem Rücken zum kalten Kamin.

«Du hast mich erwartet, nehme ich an?» sagte McCadden.

«Ich glaube schon», gab Hayes zu.

«Setz dich, mein Sohn.»

In dem Zimmer gab es zwei alte Sessel und einen Eßzimmerstuhl aus Mahagoni. Keines der Sitzmöbel sah besonders einladend aus. Hayes nahm sich den Stuhl, saß aufrecht darauf, aber mit gesenktem Kopf. Sein dichtes schwarzes Haar, das ihm unordentlich in die Stirn fiel, verbarg seine Augen, wahrscheinlich noch mehr, als er selbst beabsichtigte.

«Wieso hast du mich erwartet?» erkundigte sich McCadden.

«Was?»

«Du sagtest, du hättest mich erwartet. Wieso?»

Hayes hob den Kopf und blickte ihn aus gehetzten Augen an. «Ich... äh... ich nahm an, Sie haben gehört, ich hätte etwas gesehen, richtig, Sir?»

«Ist das richtig?» forschte McCadden. «Was hast du gesehen?»

Hayes wand sich. «Es ... es kann eigentlich nichts anderes sein, nehme ich an. Oder?»

«Ich weiß es nicht», antwortete McCadden. «Sag du mir's.»

«Es muß sich also um Billy Power handeln. Ja?»

«Ja?» fragte McCadden mitleidlos. «Ich weiß nicht.»

«Na ja, ich ... ich habe gesehen, wie Billy Power Tina Byrne angegriffen hat. Ich habe Tinas Schwester davon erzählt. Catherine. Catherine Hearne heißt sie jetzt. Sie muß es Ihnen gesagt haben. Das ist alles, was ich gesehen habe. Also muß es sich darum handeln.»

Schweigen. Hayes wartete nervös mit hängendem Kopf. Er schien mit Vorwürfen zu rechnen, ob er nun etwas getan hatte oder nicht.

«Wann ist das passiert?» fragte McCadden. «Dieser Angriff.»

«Am Donnerstag vor einer Woche war das.»

«Vor elf Tagen. Wo?»

«In der Fabrik. Nach Feierabend.»

«Okay», nickte McCadden. «Weiter.»

Hayes sprach jetzt flüssiger, hob gelegentlich den Kopf und sah McCadden in die Augen, um den einen oder anderen Punkt zu unterstreichen: «Es war nach der Arbeit. Ich war in der Fabrikhalle und habe saubergemacht. Es war niemand mehr da. Der Vorarbeiter, Richie Morrissey, befand sich oben im Büro beim Chef, Tom Byrne. Die Tochter war auch da, Tina, hat ihren Vater besucht. So um zehn nach fünf kam plötzlich Billy Power zurück, hatte vielleicht was vergessen, und im gleichen Moment kam Tina Byrne die Treppe runter. Power stand da und versperrte ihr den Weg. Ich konnte hören, wie er einen Kuß von ihr verlangte, damit er sie vorbeiläßt. Als ich hinter der Maschine vorgelinst habe, packte er sie gerade um die Taille, drehte sie um, drückte sie an sich und griff ihr zwischen die Beine.»

Hayes verstummte und zuckte die Achseln.

«Wie lange ging die Rangelei?» fragte McCadden.

«Nicht sehr lang. Ein paar Sekunden. Er hat sie dann losgelassen. Hat dabei gelacht. Sie allerdings nicht. Sie hat geweint. Power ging die Treppe hinauf zum Büro, und sie lief aus der Tür.»

«Hat einer von ihnen dich gesehen?»

«Power auf jeden Fall nicht. Tina auch nicht, glaube ich.»

«Warum hast du es Catherine Hearne erzählt?»

«Ich wußte, daß sie Tinas Schwester ist. Ich hatte die beiden zusammen gesehen, als sie Byrne besuchten.»

«Catherine Hearne besucht ihren Vater? In der Fabrik?»

«Das ist richtig, ja.»

«Wie oft?»

«Ich würde sagen, alle zwei Wochen. So ungefähr.»

«Sag mal, warum hast du es nicht Tom Byrne erzählt?»

Hayes schüttelte den Kopf. Ein Lächeln spielte jetzt um seine Lippen. «Ach, dazu müßten Sie wissen, was da draußen los ist. Was da gespielt wird.»

«Erzähl.»

«Ich bin erst seit sechs Monaten da. Die anderen wissen viel besser Bescheid als ich.»

«Du siehst aber gar nicht dumm aus», sagte McCadden, aber die Ironie war wieder einmal verschwendet. «Ich bin überzeugt, du bekommst in sechs Monaten mehr mit als andere in sechs Jahren.» Dann, etwas schärfer: «Also, spuck's schon aus.»

«Na ja», sagte Hayes, «Power, verstehen Sie, Billy Power war der Goldjunge da draußen. Der Liebling. Obwohl es einen Vorarbeiter gab, konnte Power machen, was er wollte. Und das hat er die meiste Zeit auch getan. Hatte ein richtig kumpelhaftes Verhältnis zu Byrne. War ständig auf einen Schwatz im Büro. Und so wie das aussah, wußte ich natürlich nicht, ob ich mir einen Gefallen tat, wenn ich dem Boss irgendwas über Power erzählte. Und wenn Byrne es ihm weitersagte, würde Power hinter mir her sein, nicht wahr? Also fand ich es besser, mich da nicht einzumischen.»

«Aber du hast dich eingemischt.»

«Was?»

«Warum hast du den Vorfall nicht einfach vergessen? Warum hast du es überhaupt jemandem erzählt?»

«Na ja, ich mag Tina Byrne irgendwie.»

«Hmm. Verstehe.»

McCadden dachte intensiv nach und hielt seine geöffneten Hände nach hinten in die imaginäre Wärme des imaginären Kaminfeuers.

Er fragte: «Hat Tom Byrne nach dem von dir geschilderten Vorfall mit Power gesprochen?»

Hayes überlegte. «Nein, nicht daß ich wüßte. Jedenfalls nicht bis Donnerstag.»

«Donnerstag letzter Woche?»

«Das ist richtig, ja.»

«Im Büro?»

«Richtig. Ich dachte, Byrne hätte ihn gerufen, um ihn zu feuern, nachdem er von dem Vorfall gehört hatte. Vielleicht hat er es getan. Vielleicht auch nur versucht. Aber ich will Ihnen was sagen, Power kam lachend aus dem Büro heraus und ging zu seiner Maschine zurück, als hätte er eine Lohnerhöhung bekommen.»

«Hmm», sagte McCadden.

15

Liam de Burgh, Jerry Tobin, Andy Laffan und John Widger saßen um McCaddens Schreibtisch im Inspector's Office. Niemand sagte viel. Es war neunzehn Uhr vierzig, und sie waren zu müde und zu erschöpft, um noch weitere fünf Minuten dieses Tages mit Geschwätz zu verplempern. Die meisten von ihnen wollten schon längst woanders sein. Tobin war verheiratet und hatte einen Fünfjährigen, der noch wach und quengelig sein würde, und eine Zweijährige, die mit etwas Glück schon eingeschlafen war, wenn er nach Hause kam. Laffan und Widger hatten Freundinnen. Im Augenblick zumindest.

Hinter seinem Schreibtisch studierte McCadden einige Papiere, darunter eine Liste mit den Kleidungsstücken, die Billy Power in der Nacht, als er verschwand, getragen hatte. Jeans, Denimjacke, ein irisches Fußball-T-Shirt, Adidas-Turnschuhe. Alles Massenware. In dieser Kombination so beliebt, daß es schon fast eine Uniform war. Wenn man eine Beschreibung mit diesem Aufzug herausgab, hätten ihn garantiert einige hundert Leute am Donnerstag abend angeblich gesehen.

McCadden seufzte und legte die Papiere weg. Er griff nach einer

Notiz, die der diensthabende Sergeant ihm hinterlassen hatte. Paul Hylands Frau Tracy hatte nach ihm gesucht. Er würde sie später anrufen und feststellen, um was es ging. Wenn er Zeit dazu hatte. Wenn er daran dachte. Wenn er dann noch in der Stimmung war, mit jemandem zu reden.

Er rieb sich die Augen und sagte: «Wir werden es kurz machen. Jerry?»

«Ja?»

«Du fängst an.»

«Okay», sagte Tobin. «Wir sind in John's Park, in der Gegend, wo Power wohnt, von Haus zu Haus gegangen, und ich denke, wir haben ein bißchen Glück gehabt. Wir fanden einen recht interessanten Zeugen. Mrs. Marsh, die gegenüber von Martin O'Shea wohnt, auf der gleichen Straßenseite wie Henry Barry, hat am Donnerstag abend im Garten Unkraut gejätet. Es muß Donnerstag gewesen sein, weil sie ihre Schwester aus Dublin erwartete. Die Schwester kam erst um zehn. Es muß nach acht gewesen sein, weil sie sich im Fernsehen eine Seifenoper bis zu Ende angeschaut hat. Möglicherweise war es Viertel nach acht, halb neun, Viertel vor neun. Sie weiß es nicht mehr genau. Vor neun muß es allerdings gewesen sein. Um neun ging sie wieder ins Haus, sah sich die Nachrichten auf RTE 1 an und ging anschließend nicht wieder hinaus. Also, sie kam mit ihrer Harke aus der Tür ...»

«Um Viertel nach acht», unterbrach ihn McCadden.

«Was?»

«Es muß Viertel nach acht gewesen sein», sagte McCadden. «Oder früher. Sie kam aus dem Haus. Zehn Minuten höchstens, um ihren Gartenkram zusammenzusuchen, nachdem das TV-Programm um acht zu Ende war.»

«Sie sagt, sie sei mehrmals zwischen Haus und Garten hin- und hergegangen.»

«Mit einer Harke?» wandte McCadden ein. «Nein. Wenn du ins Haus zurückgehst, läßt du die Harke im Garten irgendwo stehen. Du schleppst sie nicht mit dir herum. Was hat sie gesehen?»

«Sie sah, wie O'Sheas Wagen wegfuhr», sagte Tobin. «O'Shea war am Steuer. Barry saß daneben. Ob hinten jemand saß, konnte sie nicht sehen.»

«Sagen wir mal, Power *saß* hinten», überlegte McCadden. «Viertel nach acht. Höchstens fünf Minuten zu *Shefflin's Pub*. Tatsächlich tauchen sie erst vierzig Minuten später in dem Pub auf. Wenn er *nicht* hinten saß, lügen sie trotzdem noch. Niemand kann die Aussage der Gartenliesel bestätigen, oder?»

«Nein.»

«Alles ziemlich sonderbar. Sonst noch was?»

«Nein, das war's. Ansonsten Fehlanzeige.»

«Okay», sagte McCadden. «John?»

Widger kramte in seinen Notizen.

Er hatte seit zehn Minuten darin gekramt. Geräuschvoll. Und ungeduldig.

Er redete sehr schnell. «Ich hab was Interessantes. Der Container mit Torfmoos wurde am Donnerstag nachmittag in Kilkenny beladen. Dreißig Meilen von hier über die Landstraße. Schön. Aber wartet. Der Lastwagen mit dem Container verließ Kilkenny *erst um sieben Uhr am Freitag morgen.*»

«Was?» riefen die anderen wie im Chor.

«Er wurde am Freitag morgen gegen neun in Waterford entladen», fuhr Widger fort. «Er sollte am Samstag morgen nach Frankreich gehen, aber die Arbeitsniederlegung an den Docks gegen die Mittagszeit am Freitag eskalierte bis zum Nachmittag zu einem offiziellen Streik. Niemand konnte den Container verladen. Wie ihr seht, stand der Frachtcontainer Donnerstag nacht gar nicht am Dock.»

«Der Todeszeitpunkt», sagte de Burgh, «war am Donnerstag zwischen neunzehn Uhr und Mitternacht. Offiziell. Inoffiziell schätzt Carroll auf acht oder acht Uhr dreißig.»

«Am Donnerstag getötet», sagte McCadden, «und am Freitag versteckt.»

«Solomon Grundy», murmelte Andy Laffan.

McCadden warf ihm einen schrägen Blick zu.

«Wenn Carrolls Schätzung stimmt», sagte de Burgh, «acht oder halb neun, dann ist Power nie mit O'Shea und Barry zurückgelaufen, und Jerrys Zeugin...»

«Mrs. Marsh», ergänzte Tobin.

«Was Mrs. Marsh gesehen hat, paßt dann ebenfalls.»

«Halt, wartet», unterbrach McCadden. «Versteift euch nicht so sehr auf Carrolls Schätzung. Macht keine *Tatsache* daraus. Es ist lediglich eine Möglichkeit. Jetzt haben wir zwei wesentliche Fragen. Warum bis Freitag warten, Freitag nacht offensichtlich, um die Leiche wegzuschaffen, wenn in der Nacht zuvor die gleichen Bedingungen herrschten? Das ist Nummer eins. Zweitens...» Er senkte den Kopf, rieb sich erneut die Augen und murmelte: «Was zum Henker war die zweite Frage?»

«Tom Byrne?» schlug de Burgh vor.

«Byrne!» rief McCadden. «Ja, klar. Wir wissen, daß Byrne von Powers Angriff auf seine Tochter wußte. Nun, egal ob er deswegen etwas unternahm oder nicht, es bleibt ein Problem für uns. Wenn er etwas unternommen hat, was war es? Hat er ihn getötet? Wenn er nichts unternommen hat, warum hat er uns eine so wichtige Information verschwiegen? Vor was hatte er Angst?»

«Nach allem, was hier gesagt wurde», überlegte Tobin, «scheint mir, daß Byrne richtige Klimmzüge gemacht hat, um sich mit dem Abendessen ein Alibi zu verschaffen, während er Billy Powers Ermordung arrangierte.»

«Und wer soll ihn ermordet haben?» wandte McCadden ein.

«O'Shea und Barry, würde ich sagen.»

«Das kann ich mir nicht vorstellen», widersprach de Burgh. «Byrnes Alibi stinkt irgendwie – dieses Familienessen kommt allzu gelegen –, aber ich kann mir nicht vorstellen, daß O'Shea und Barry ihren besten Kumpel abgemurkst haben sollen. Denn das war er schließlich.»

«Es sei denn, da wäre noch irgend etwas dazugekommen», meinte McCadden. «Etwas Persönliches. Der handfeste Annäherungsversuch bei O'Sheas Frau vielleicht. Obwohl O'Shea darauf kaum so extrem reagieren würde. Hat Barry nicht auch eine Tochter? Wenn es mehrere derartige Vorfälle gab, hat es die beiden vielleicht zusammengebracht. Entweder das oder Geld.»

De Burgh reagierte wie ein programmierter Computer: «Wir haben sie immer noch nicht gefragt, woher sie das ganze Geld haben.»

McCadden richtete sich auf und sagte: «Okay. Morgen tun wir folgendes. Wir nehmen O'Shea und Barry in die Mangel. Offensichtlich lügen die uns an. Offensichtlich haben sie sich darin abgesprochen. Also setzen wir sie unter Druck. Zusammen und jeden einzeln.

Jerry, du verhörst O'Sheas Frau. Nummer eins, wo O'Shea überall gewesen ist. Nummer zwei, wie sie sich all die Luxusgüter leisten können. Alles, was du in Erfahrung bringen kannst. Mach ihr klar, daß du weißt, daß O'Shea gelogen hat, daß du sogar weißt, in welcher Beziehung er gelogen hat. Aber sag ihr nichts Konkretes. Und geh früh hin. Warte, bis O'Shea zur Arbeit geht, lauf dann an ihm vorbei und sorge dafür, daß er dich sieht und daß er weiß, was du vorhast. Dann wird er sich den ganzen Tag bei der Arbeit Gedanken machen.

Andy, du nimmst später O'Shea hoch, wenn er aus der Fabrik kommt. Um fünf. Laß ihn hier ein paar Stunden schwitzen. Barry lassen wir ebenfalls schwitzen. Den ganzen Tag. Die ganze Nacht. Wir kümmern uns nicht um ihn.

Okay, das war das.

Jetzt haben wir hier eine Liste mit Gästen, die laut Aussage des Barkeepers im *Shefflin's* am Donnerstag abend in der Kneipe waren. John, das übernimmst du.

Außerdem müssen wir den Zeitraum, wo jemand vielleicht etwas Verdächtiges bei den Docks beobachtet hat, von Donnerstag nacht auf Freitag revidieren. Am Freitag, möglicherweise Freitag abend, vermutlich Freitag nacht, hat jemand den Container aufgebrochen und die Leiche hineingeworfen. Andy, du kümmerst dich darum. Und du auch, Jerry, sobald du mit O'Sheas Frau fertig bist. Ihr beide verbringt den Rest des Tages an den Docks. Und vergeßt nicht, daß ihr um fünf oder kurz vorher bei Byrne Plastics sein müßt.

Ich werde mir noch mal Byrne vorknöpfen. Ich und Liam. Wir konfrontieren ihn mit den Fakten. Mal sehen, was seine PR-Berater ihm beigebracht haben, wie er damit umgeht, wenn er beim Lügen erwischt wird. Irgendwelche Fragen? Kommentare?»

Es gab keine Fragen, keine Kommentare.

Sie sagten sich gute Nacht und standen auf. Aber danach verließen sie schweigend das Zimmer. Es gab nichts, worüber es sich aufzuregen lohnte, nichts zu besprechen, nichts zu diskutieren.

Jeder hatte das Gefühl, daß der Fall irgendwie feststeckte.

McCadden saß noch eine Weile an seinem Schreibtisch, unfähig, etwas zu den Ermittlungen beizutragen, aber auch nicht fähig, es damit bewenden zu lassen. Er fühlte sich müde und hilflos.

Er konnte nicht glauben, daß Tom Byrne Killer angeheuert hatte, um die Ehre seiner Tochter zu schützen. Er konnte nicht glauben, daß O'Shea und Barry sich in Messerstecher verwandelt hatten, sei es im Auftrag von jemandem, sei es aus eigenen dunklen Motiven. Und an Wilkins als Täter konnte er schon gar nicht glauben.

Aber er wußte, daß alle vier ihm die Hucke vollogen.

Nur wußte er nicht, womit genau und warum und in welchem Ausmaß.

Er stand auf, um seinen Schreibtisch aufzuräumen, und fand die Notiz mit Tracy Hylands Anruf, also setzte er sich wieder und wählte Hylands Privatnummer. Tracy nahm selbst ab. Prompt. Als hätte sie neben dem Telefon gesessen. Ihre Stimme klang merkwürdig. Verschüchtert. Oder ängstlich. Oder krank.

«Hallo?»

«Tracy? Carl McCadden. Hast du nach mir gesucht?»

«Ah... nein, Carl. Nein, habe ich nicht.»

«Dann hat das wohl jemand verwechselt. War es Paul?»

«Carl...»

«Ja?»

Tracy schwieg. Ein derart lastendes, aufgeladenes Schweigen, daß es McCadden an ein anderes Schweigen zwischen ihnen erinnerte, vor fast vier Jahren, als sie auf der Kante seines Bettes im Dachgeschoß gesessen und sich den Kopf zerbrochen hatten, was sie jetzt tun und vor allem, was sie sagen sollten.

Aber Tracy Hyland sagte jetzt: «Paul... Paul hat keine Nachricht hinterlassen, nein.»

«Ist er zu Hause?»

«Nein. Nein, im Augenblick nicht, Carl.»

Wieder gab es ein drückendes Schweigen, sechs Sekunden lang, bis McCadden sagte: «Richte ihm bitte aus, er soll mich anrufen, wenn er Zeit hat. Okay, Tracy?»

«Gute Nacht, Carl.»

Dann wurde die Verbindung unterbrochen.

Das war um zwanzig Uhr vierzehn. McCadden hatte nicht viel Zeit, darüber nachzugrübeln. Eine Minute später, um Viertel nach acht, kam Frank Ryan, ebenfalls ein Detective Sergeant, ins Zimmer gestürmt. Er hatte genauso schlechte Laune wie McCadden.

Ryan war ein großer, breitschultriger Mann, der stets zerknittert aussah. Man sagte ihm nach, er schliefe in seinen grauen Anzügen und seinen weichen grauen Hüten – sie waren so zerknautscht, daß man diesem Gerücht direkt Glauben schenken konnte. Er war Kettenraucher mit nikotingelben Fingern, überall in den Knitterfalten seines Anzugs hing Asche, und an den Schuhsohlen klebten die Kippen. Wenn er vor Gericht eine Aussage machen mußte, rümpfte der Richter wegen seines Erscheinungsbildes immer die Nase.

«Hallo, Carl!» rief Ryan. «Wie läuft's?»

McCadden zuckte abwehrend die Achseln. Er wollte sich nicht auf große Diskussionen einlassen.

Ryan arbeitete jetzt mit Harry Boyce. Sie versuchten diesen Peter Clarke aus Waterford wieder einzufangen, der am vergangenen Dienstag aus dem Gefängnis geflüchtet war. Und McCadden wollte nicht wieder alte Wunden aufreißen, die dieser Fall geschlagen hatte.

Nein. Die Wunden waren noch immer offen. Er wollte lediglich vermeiden, daß sie sich wieder entzündeten.

Die Probleme, die McCadden mit seinem Job hatte, ließen sich auf den Tag im März 1990 zurückführen, vor dreieinhalb Jahren, als Peter Clarke seine Freundin Theresa Cheasty umgebracht hatte, indem er ihr mit einem Rasiermesser erst die Wangen aufschlitzte und dann die Kehle durchschnitt. Obwohl McCadden damals im Urlaub gewesen war, der Beginn seiner Probleme mit dem neuen Superintendent, Daniel Cody. Weil es der Beginn des Ärgers mit Codys Protegé, Harry Boyce, war.

In diesem Frühjahr war der Fall Peter Clarke an Harry Boyce gefallen. Boyce hatte Clarke zu lebenslänglich verholfen und vom Chief Superintendent ein dickes Lob kassiert. Aber Boyce hatte nie den Grund für den Mord herausgefunden.

Als McCadden aus dem Urlaub zurückkam, machten alle auf der Polizeistation makabre Witze über den Baby-Killer. Peter Clarke hatte zu seiner Verteidigung vorgebracht, die Getötete sei schüchtern gewesen und hätte sich an ihn geklammert, sie sei zu schwach, um allein zu überleben, und sie hätte die ganze Zeit geheult. Und McCadden, der nicht widerstehen konnte, warf dummerweise seinen Fehdehandschuh in den Ring.

«Ja, ja», sagte er einmal vor den anderen, nach einem langen Disput mit Boyce, «eines Tages wirst du herausfinden, was das Motiv war, Harry. Zu spät.»

Harry Boyce ließ ihn für diese Einmischung disziplinieren.

«Jesus!» rief McCadden. «Das war doch nur eine Meinung, Harry. Als hilfreiche Anregung gedacht.»

«Ich lasse mich nicht vor allen lächerlich machen, McCadden.»

«Also, was hat er dann mit einem Rasiermesser gemacht?»

«Er hat sich rasiert, McCadden. Hat sich rasiert.»

«Jeden Tag?»

«Jeden Tag.»

«Und was war so anders an diesem bestimmten Tag, daß er sie geschnitten hat statt sich selbst?»

«Warte den Prozeß ab, McCadden.»

Es war jetzt dreieinhalb Jahre her, und diese Kleinigkeit zwischen ihnen, dieser stille Kampf um die Vorherrschaft auf dem Polizeirevier, diese unterschiedlichen Blickwinkel, mit denen sie die Welt betrachteten, all das trat deutlicher zu Tage als je zuvor.

Nein, McCadden wollte nicht in die Jagd auf Peter Clarke verwickelt werden. Genügend eigene Probleme türmten sich vor ihm auf.

Doch Frank Ryan brauchte keine Einladung, hatte keine Antenne für Reserviertheit.

Er schlenderte zu McCaddens Schreibtisch hinüber, setzte sich umständlich und klagte: «Es ist Scheiße, Carl! Weißt du das? Echte Scheiße. Wir wissen nicht einmal, ob Clarke in Waterford ist oder nicht. Wir ziehen morgens los und folgen unseren Ärschen. Keine Spuren. Keine Hinweise. Ich hasse es, Zeit zu verplempern. Ich weiß, der Druck kommt direkt von Cody, ich weiß, Cody steht selber unter Druck, die Leute haben Angst, daß ein rasiermesserschwingender Clarke zurückkommt, aber, mein Gott, Carl, Harry Boyce ist bei diesem Fall genauso verbissen wie Cody selbst.»

Nach diesem Eröffnungsangebot wechselte McCadden rasch das

Thema. «Weißt du, Frank», sagte er, «du wirst immer feststellen, daß der Typ, der nach dem Chefsessel strebt, sich irgendwann genauso benimmt wie sein Chef. Deswegen funktioniert auch unsere Demokratie nie. Die Qualitäten, die du brauchst, um eine Machtposition zu erringen – Eigennutz, die Fähigkeit, zu imitieren und sich lieb Kind zu machen, Mangel an Originalität –, sind genau das Gegenteil von den Qualitäten, die du brauchst, um eine Nation zu führen.»

«Weißt du, was dein Problem ist?» erwiderte Ryan. «In dir steckt zuviel Scheiße, als daß du ein Sergeant sein könntest.»

Lächelnd stand McCadden auf. «Nein», sagte er, «mein Problem ist, daß ich zu intelligent für den Posten eines Superintendent bin. Wir sehen uns.»

«Viel Glück.»

McCadden stand schon an der Tür, als er sich noch einmal umdrehte. «Hast du Paul Hyland gesehen, Frank?»

«Er ist krank», erklärte Ryan. «Krank geschrieben.»

«Ist er selbst vorbeigekommen? Oder seine Frau?»

«Himmel noch mal, keine Ahnung. Ist das wichtig?»

«Kommt drauf an.»

«Wahrscheinlich er selbst. Du kennst Pauls Geschichten. Krankschreibung bedeutet, daß er zwei oder drei Tage lang weder zur Arbeit noch nach Hause zu kommen braucht.»

«Ja. Wir sehen uns.»

«Viel Glück.»

16

Um zehn Uhr am Dienstag morgen griff McCadden nach der Notiz des Diensthabenden, marschierte im Eilschritt zum Fuhrpark, holte sich den Ford Sierra und schaltete die Sirene ein, sobald er auf der Straße war. Die erste wirkliche Bewegung in dem Fall, und er wollte schnell an Ort und Stelle sein.

Fast die ganze Strecke trat er das Gaspedal durch, den gleichen Weg, den er am Vortag mit de Burgh gefahren war, und versuchte sich auszumalen, was ihn am Ziel erwartete. Vielleicht hatte ihn ein spielendes Kind gefunden, an der Stelle, wo er zu Boden gefallen war nach Billy Powers Todeskampf. Vielleicht ein Barmann aus irgendeinem Pub. Oder eine Kinoplatzanweiserin. Wer auch immer ihn entdeckt haben mochte.

Das Haus sollte am Ende von Ballybeg Estate liegen, weit weg von der Durchgangsstraße und am Rande der brachliegenden Felder, wo Waterford aufhörte.

McCadden bremste und schaltete die Sirene ab, als er die Abzweigung nach Ballybeg erreichte. Da Schulferien waren, liefen zu viele Kids ohne nach rechts und links zu schauen über die Straße. Und zu viele aggressionsgeladene Halbwüchsige.

Er schaltete in den zweiten Gang, kroch die Straße entlang und suchte nach Straßenschildern, fand aber zuerst keine Anhaltspunkte. Dann, als er eine Kreuzung passierte, fand er etwas, womit er überhaupt nicht gerechnet hatte. Am Ende der Querstraße, vielleicht fünfhundert Meter entfernt, befand sich eine Menschenmenge, dort standen ein Krankenwagen mit Blaulicht und mehrere Streifenwagen, ebenfalls mit Blaulicht. Eine Halloween-Meute? Ein außer Kontrolle geratenes Freudenfeuer? Kaum. Dafür war es acht Stunden zu früh.

McCadden setzte zurück, bog in die Querstraße ein und stellte fest, daß er jetzt genau den Anweisungen des diensthabenden Sergeant folgte. Er rollte bis zum Ende der Menschenmenge und bremste sanft. Niemand drehte sich zu ihm um. Niemand machte ihm Platz.

Die Menge bestand zum Teil aus Kindern und Halbwüchsigen, die offenbar an ihrem Freudenfeuer gebaut hatten, als sich die Nachricht von dem Ereignis herumsprach. Es gab Erwachsene, Männer und Frauen, die wahrscheinlich nur neugierig waren. Aber ihre Neugier hatte einen gespannten, aufgebrachten Unterton. Und sie waren still. Sehr still.

Der Krankenwagen schaltete seine Sirene ein und fuhr weg. Die Menge machte widerwillig Platz. McCadden ließ den Krankenwagen vorbei und zwängte dann den Wagen durch die entstandene Lücke.

Die Adresse, die der Sergeant ihm gegeben hatte, war das letzte von drei nebeneinanderstehenden leeren Häusern am Rande der Siedlung. Die ganze Gegend war verwahrlost. Die Gärten und Hecken und Rasenflächen wucherten wild. Auf den Fußwegen wuchs Unkraut. Die Straßenlaternen waren zerstört. Überall lagen leere Cider-Flaschen, zerdrückte Bierdosen und Glasscherben herum. Alle Wände waren mit Graffiti besprüht.

Die Türen und Fenster der leerstehenden Häuser waren verbarrikadiert, nicht mit Betonblöcken, wie meist, sondern mit aufgeschraubten Stahlplatten. Am letzten Haus war die Stahlplatte an der Tür entfernt worden.

Und in dieser offenen Tür, hinter einem Schwarm Uniformierter und neben einem jungen Detective mit einer offen zur Schau getragenen Uzi-Maschinenpistole, stand Detective Sergeant Frank Ryan, den Mantel falsch zugeknöpft und den zerknautschten Hut auf dem Hinterkopf.

Als McCadden ihn sah, hätte es bei ihm Klick machen müssen. Tat es aber nicht.

Er stieg aus und ging auf das Haus zu, wobei er an etwas anderes dachte. An das leise, bösartige Murmeln, das plötzlich von der Menge hinter ihm kam.

Ryan begrüßte ihn mit einem Winken und einem Lachen. «Noch mehr Scheiße, Carl?»

McCadden lächelte und trat an ihm vorbei, aber es war ein Lächeln, wie man es aufsetzt, wenn jemand gerade eine Bemerkung gemacht hat, die du ums Verrecken nicht verstehst. Lieber lächeln. Ein Lächeln hat eher Aussicht, für eine intelligente Reaktion gehalten zu werden.

Jemand hatte von der Batterie eines Streifenwagens ein Kabel gezogen, um eine Handlampe im Inneren des dunklen Hauses damit zu speisen. McCadden folgte dem Kabel, dann dem Lichtschein. Er landete in einem Raum im hinteren Teil des Hauses, der einmal die Küche gewesen sein mußte. Bis auf einen einsamen Oberschrank, der noch an zwei Schrauben und halb herausgerissenen Dübeln hing, war von der Kücheneinrichtung nichts übriggeblieben.

Ein junger Polizist, der die Handlampe hielt, stand mitten im Raum auf dem nackten Betonfußboden. Und neben ihm, untersetzt und mit finsterem Gesicht, stand Detective Inspector Harry Boyce.

McCadden kapierte noch immer nicht.

Boyce war ein humorloser Mann, glücklich verheiratet mit einer Frau, die zu schrillem Lachen neigte. Das schien allerdings das einzige zu sein, womit er zufrieden war. Ansonsten war er eher mißmutig. Nur sechs Jahre älter als McCadden, sah er mit einundvierzig schon beinahe pensionsreif aus. Er war kahlköpfig und trug einen buschigen, finsteren Schnurrbart.

McCadden ging durch das Zimmer und sah dann, daß die Fenster an der Rückseite aufgebrochen worden waren.

Er sagte zu Boyce: «Jemand ließ mir eine Nachricht zukommen, du hättest den Master McGrath-Schlüsselring gefunden.»

Wortlos, mit melancholischer Miene, griff Boyce in die Tasche, holte einen Plastikbeutel mit Patentverschluß hervor und überreichte ihn McCadden.

Das silberne Modell des Greyhound Master McGrath, alles, was noch übrig war von Billy Powers Schlüsselring, befand sich in dem Plastikbeutel. Der Ring und die Schlüssel waren verschwunden. Die Metallschlaufe, an der sie einst befestigt gewesen waren, war zerbrochen, vermutlich hatte jemand draufgetreten. Auf der Rückseite der linken Vorderpfote war WP eingraviert. William Power. William. Dieser Anflug von Formalität, wie ihn junge Paare gerne aufrechterhalten, zu einem Zeitpunkt, wo du noch überzeugt bist, daß das Leben dich nicht zu einem simplen Billy reduziert. MM war auf der Rückseite des rechten Hinterlaufs eingraviert. Mary McGrath. Ihr Mädchenname.

MM. Master McGrath. Mary McGrath.

Die Träume einer jungen Frau aus der Arbeiterklasse mußten jetzt siebzehn, achtzehn Jahre her sein. Sie mußte die größte Liebe seines Lebens gewesen sein. Nicht die einzige, das gibt es nicht, aber die größte. Doch Powers Liebe für den toten Hund hatte sich besser gehalten als die Liebe zu seiner Frau.

«Ryan hat ihn gefunden», knurrte Boyce plötzlich.

Boyce wandte sich zum Gehen, der junge Polizist mit der Lampe folgte ihm, und McCadden war gezwungen, ihnen ebenfalls zu folgen, wenn er nicht im Finstern zurückbleiben wollte. Er schloß auf, überholte den Polizisten, weil er Boyce noch etwas fragen wollte, aber dann, im Hausflur, kurz bevor sie die Tür zum Vorderzimmer erreichten, breitete er plötzlich die Arme aus, um die beiden anderen zu stoppen. Boyce seufzte und wollte das Hindernis wegschieben. Doch McCadden trat vor ihn hin und bückte sich. Und einen Moment später kauerte der Polizist mit der Lampe ebenfalls nieder und beleuchtete den Fußboden. Ein matter roter Fleck war auf dem rohen Betonboden erkennbar, direkt vor McCaddens Füßen, unter seinem ausgestreckten Finger. Blut. Ganz offensichtlich Blut. Seit ein paar Tagen eingetrocknet. Der Fleck war kreisrund, aber an der einen Seite ein bißchen verschmiert, in Richtung auf die Tür zum Vorderzimmer.

McCadden folgte dieser Richtung, über die Türschwelle in den Raum, winkte dem Lampenträger, ihm zu leuchten. Der nackte Betonboden im Zimmer, links von der Tür und fast unter dem verbarrikadierten Fenster, war sauber geschrubbt und dann wieder mit Dreck und Unrat bestreut worden.

«Dort hat Ryan den Schlüsselring gefunden», sagte Boyce von der Tür her. «Am Fenster.»

Und plötzlich verstand McCadden, daß Billy Power hier getötet worden war.

In diesem Haus, *hier* war Power umgebracht worden.

«Hast du die Stahlplatte von der Haustür entfernen lassen?» fragte er Boyce. «Oder war es jemand anderes?»

«Wir haben sie abgeschraubt», erwiderte Boyce. «Aber der Zugang war schon vorher möglich.»

Ja. Ja. Billy Power kam an jenem Donnerstagabend durch die Vordertür. Jemand erwartete ihn im stockfinsteren Flur. Er war direkt in das wartende Messer gelaufen, hatte sein Herz an der Klinge aufgespießt. Und selbst dann hatte er noch gekämpft, obwohl die abgeschürften Knöchel wohl eher von der Wand oder dem Fußboden stammten. Danach war die Leiche ein kleines Stück weggezerrt und dann ins Vorderzimmer geschleppt worden.

Wer immer Billy Power von diesem Haus in den Container verfrachtete, hatte dort aufgewischt, wo Power unter dem Fenster im Vorderzimmer verblutet war.

Aber diejenigen, die ihn transportiert hatten, hatten ihn nicht umgebracht, hatten nicht einmal mit dem Mörder gesprochen. Weil sie nicht wußten, wo er gestorben war. Sie wußten nichts von dem Blutfleck im Flur. Sie waren direkt darüberspaziert. Zweimal. Einmal auf dem Hinweg, um die Leiche abzuholen, und erneut auf dem Rückweg, als sie den schwarzen Müllsack trugen.

Aber um welche Zeit am Donnerstag war Power umgebracht worden? Nach neun, als O'Shea und Barry schon in *Shefflin's Pub* waren? Oder vorher? Und wer hatte die Leiche wegtransportiert? Und warum? Und warum am Freitag?

McCadden stand auf und drehte sich zu dem Licht, um Harry Boyce eine Frage zu stellen. Er schützte die Augen mit der Hand, konnte Boyce jedoch trotzdem nicht sehen.

«Wer war hier drin?» fragte er. «Hinter wem warst du her?»

Das Schweigen dauerte sehr lange an. So lange, daß McCadden dachte, Boyce wäre bereits gegangen. Als er jedoch an der Lampe vorbeitrat, stand Boyce noch an der Tür und starrte ihn aus traurigen und trotzigen Augen an.

Und dann machte es auf einmal Klick. Jetzt kapierte McCadden.

Harry Boyce, der dienstälteste Inspector des Reviers, hatte bis jetzt alles richtig gemacht auf seinem Weg zur Beförderung. Alles, bis auf eine Sache. Vor dreieinhalb Jahren. Als er einen Mörder hinter Gitter brachte, ohne das Motiv verstanden zu haben. Ein Mörder, der sich selbst entlassen hatte und nach Waterford zurückgekommen war.

«Peter Clarke», sagte McCadden langsam. «Es war Peter Clarke, nicht wahr?»

Frank Ryan und der junge Detective mit der Maschinenpistole waren von der Straße hereingekommen und standen jetzt im Flur direkt an der Haustür.

Ryan sagte: «Wir haben seine Gefängniskleidung unter Brombeersträuchern im Hintergarten gefunden.»

«Ich verrate dir, was er jetzt trägt», sagte McCadden impulsiv.

«Vor fünf Sekunden wußtest du nicht einmal, wer hier war», meinte Boyce sarkastisch. «Jetzt kannst du uns schon verraten, was er anhat.»

In dem gespannten Schweigen blickte Ryan von einem Inspector zum anderen und wartete auf den nächsten Spielzug.

McCadden machte ihn. «Jeans. Hellblau, noch keinen Monat alt. Ein T-Shirt mit Opel-Irland-Aufdruck. Denimjacke. Adidas-Laufschuhe.»

Boyce lachte. Ein kurzes, unfreundliches Lachen.

McCadden sagte: «Peter Clarke hat Billy Power hier umgebracht oder dabei geholfen. Er zog Powers Kleider an und versteckte seine eigenen. Das hat Billy Power in der Nacht angehabt, als er starb.»

«Du hast ein paar Blutflecken», erwiderte Boyce und zählte die Punkte an den Fingern ab. «Du hast Bruchstücke von einem Schlüsselring. Du hast eine Garnitur Knastklamotten. Wenn ich du wäre, würde ich lernen, auf mehr Beweise zu warten, bevor ich voreilige Schlußfolgerungen ziehe. Andernfalls könnte es peinlich für dich werden.»

Er drehte sich um und ging, wobei er darauf achtete, den Blutfleck im Flur nicht zu berühren. Als er draußen war, rief er ungeduldig: «Sergeant!»

Frank Ryan wandte sich McCadden zu. «Was hatte Peter Clarke mit Billy Power zu schaffen, und dazu an solch einem Ort?»

Er stellte die Frage, wartete aber nicht auf eine Antwort. Es war klar, daß McCadden keine hatte.

17

Einer der Nachteile, Polizist zu sein, sagte sich McCadden gegen acht Uhr an jenem Abend, war, daß du wertvolle Zeit mit Typen verbringen mußtest, die dir nicht gefielen, und keine Zeit für jene hattest, mit denen dir das Zusammensein Spaß machte.

McCadden hatte heute schon über drei Stunden für O'Shea und Barry aufgewendet, seit er sie nach Feierabend beim Verlassen von Byrne Plastics verhaften ließ. Alles in allem hätte er es vorgezogen, mit Barry stundenlang im Regen zu stehen, als mit O'Shea in einem Ferienort ein Wochenende zu verbringen.

Barry saß einfach da. Der Mann war ein bißchen unterbelichtet. Ein bißchen langsam. Nicht intelligent genug, schnell oder scharf formulierte Fragen zu verstehen, und die Strategie dahinter kapierte er schon gar nicht. Aber er war die Ruhe in Person. Er wußte, er konnte sich auf seine Frau zu Hause verlassen. Sie würde ihn schon hier herausholen. Wenn du ihm sagen würdest, du hättest sie stundenlang gegrillt und sie sei schließlich zusammengebrochen und hätte ihn reingeritten, würde er dir einfach nicht glauben. Die Frau und er waren Partner.

Deshalb änderte McCadden seine Taktik.

«Du willst doch deine Frau nicht enttäuschen, Henry, nicht wahr?» sagte er sanft.

Barry runzelte die Stirn und verschränkte die Arme vor der feisten Brust. Ganz ernsthaft erwiderte er: «Nein, das würde ich nie tun.»

«Du weißt, daß wir dich wegen Behinderung der Ermittlungen und wegen versuchter Strafvereitelung belangen müssen?»

«Ich wüßte nicht, warum.»

«Weil du uns irregeführt hast. Du hast uns Lügen aufgetischt.»

«Was für Lügen?»

«Über Billy Power. Über den Donnerstagabend.»

«Jemand anders hat Ihnen Lügen erzählt, Inspector, nicht ich.»

«Und möglicherweise ist es viel schlimmer als nur Irreführung. Was würde deine Frau sagen, wenn wir dich ein paar Jahre hinter Gitter bringen?»

«Ich schätze, sie wird das sagen, was sie immer sagt», murmelte Barry ohne jede Ironie. «Wie schaffe ich es nur, ein bißchen Verstand in deinen Kopf hineinzuprügeln?»

McCadden seufzte.

Die Frau war Barrys starke Flanke. Seine schwache Flanke war Martin O'Shea. Andererseits wußte Barry natürlich, daß diese Flanke schwach war. Er hatte das akzeptiert.

Irgendwann holte sich McCadden einen Kaffee, und als er zurückkam, sagte er: «Es sieht nicht gut aus, Henry.»

Barry hatte sich in der Zwischenzeit um keinen Zoll bewegt. Er schien nicht zu wissen, was Nervosität war. Jetzt wandte er den Kopf und blickte McCadden aus großen unschuldigen Kinderaugen an.

«Was Sie nicht sagen.»

«O'Shea rückt langsam mit der Wahrheit heraus», sagte McCadden. «Seine Story hört sich jetzt anders an, Henry.»

«Stimmt das?»

«Er schiebt jetzt dir die Schuld zu. Du bist an allem schuld, Henry.»

«Erzählen Sie weiter.»

Das Problem war, McCadden mochte Henry Barry. Der Mann hatte die zwei oder drei wichtigsten Dinge in seinem Leben herausgefunden und war glücklich und zufrieden, daran festzuhalten. Was mehr war, als McCadden fertiggebracht hatte. Barry war gute Gesellschaft. So überließ ihn McCadden nach einer halben Stunde Jerry Tobin und konzentrierte sich statt dessen auf Martin O'Shea.

O'Shea, der gesehen hatte, wie Beamte an diesem Morgen sein Haus aufsuchten, machte sich den ganzen Tag lang Gedanken – ganz wie McCadden prophezeit hatte –, was seine Frau ausgesagt haben mochte. Und jetzt hatte er eine weitere halbe Stunde lang geschwitzt und sich den Kopf zerbrochen, was Barry wohl sagte.

O'Shea schwitzte, weil O'Shea allen mißtraute. Er mißtraute ihrer Loyalität. Er mißtraute ihren Nerven. Er mißtraute ihrer Intelligenz. Niemand war ganz so clever, niemand hatte so starke Nerven, niemand konnte sich so gut aus gefährlichen Situationen herauswinden wie Martin O'Shea. Wenn er Probleme hatte, waren immer andere daran schuld. Seine neurotische Frau. Seine schwachköpfigen Freunde. Seine Familie, der er nicht ausweichen konnte. Er war einer jener Typen, die ständig den Spruch auf den Lippen führen: *Wenn etwas erledigt werden muß, dann mach es selbst.* Er war auch einer jener Typen, die nie ihren eigenen Rat zu beherzigen schienen.

Als O'Shea mit einem Uniformierten aus dem Wartezimmer kam, ging es ihm erkennbar nicht gut. Unter dem ergrauenden Haar war seine Kopfhaut trocken und schuppig nach den Tagen der Nervenanspannung. In seinem geröteten Gesicht traten die Adern bläulich hervor. Seine Hände waren ruhelos und zitterten leicht, wenn er sie verschränkte und wieder löste.

Das erste, was er zu McCadden sagte, war: «Kann ich eine Zigarette haben?»

«Später», erwiderte McCadden. «Wenn wir fertig sind. Das ist eine Nichtraucherzone.»

In dem kleinen Vernehmungszimmer saß McCadden O'Shea gegenüber, zwischen ihnen der Schreibtisch. Liam de Burgh stand an der Tür. Ohne etwas zu sagen, vertiefte sich McCadden in das Blatt Papier, das de Burgh ihm gerade gereicht hatte. Gelegentlich ging er zu de Burgh, um leise einen Punkt zu klären. Gelegentlich murmelte er vor sich hin. Gelegentlich wechselte er einen stummen Blick mit de Burgh.

Es war alles Theater. Das Papier war eine interne Dienstanweisung zum Thema Überstunden von Chief Superintendent Cody.

Aber die Show zerrte erneut an O'Sheas Nerven. Der Mann mochte es nicht, stillsitzen zu müssen. Er liebte es, sich mit abgehackten, nervösen Bewegungen in Szene zu setzen. Dramatische Aktionen, wie eine Tür zuknallen oder in seiner Küche einen Stuhl umwerfen. Aktionen, die viel Lärm machten, die zeigten, was er von dir hielt, die seine Stärke und Rücksichtslosigkeit demonstrierten. Hier konnte er nichts weiter tun, als seine Beine übereinanderzuschlagen und wieder zu strecken, seine Arme zu verschränken und wieder zu öffnen, seine Hände zu falten und zu entfalten. Gesten, die wenig Eindruck auf sein Publikum machten.

Schließlich legte McCadden das Blatt weg, mit der Schrift nach unten, und starrte O'Shea an, bis der verstohlen den Kopf hob, McCadden ansah und sofort wieder den Blick abwandte. McCadden hatte die Stirn gerunzelt.

Er sagte: «Mr. O'Shea, in Ihrer Aussage haben sich ein paar, äh, Ungereimtheiten ergeben, die wir klären müssen.»

O'Shea fuhr sich über die Lippen und räusperte sich. «Ungereimtheiten?» wiederholte er.

«Ganz recht.»

«Wie meinen Sie das?» wollte O'Shea wissen. «Wie meinen Sie das, Ungereimtheiten? Was für Ungereimtheiten?»

«Nun, wir gehen später in die Einzelheiten», sagte McCadden beiläufig. «Jetzt schildern Sie uns bitte noch einmal genau, was am vergangenen Freitag passiert ist.»

«Am Freitag?» wiederholte O'Shea. Er schluckte. «Sie meinen Donnerstag.»

McCadden sprach de Burgh an, indem er einen Finger hob. «Hat Henry Barry nicht Freitag gesagt, Liam?»

Aber er ließ O'Shea nicht aus den Augen. O'Sheas Mund stand offen, und seine Augen waren schmal geworden. Seine Miene drückte nichts als Verwirrung aus.

«Freitag, ganz recht», bemerkte de Burgh. «Genau das hat Barry gesagt.»

«Hören Sie», sagte O'Shea, «ich weiß nichts über den Freitag. Ich weiß nicht, wovon Henry gesprochen hat. Es war am Donnerstag, als wir Billy Power besucht haben, und um Ihnen die Wahrheit zu sagen, ich habe es jetzt wirklich satt, das immer und immer wieder durchzukauen.»

«Warum *haben* Sie Billy Power besucht, nachdem Sie es gerade erwähnen?» fragte McCadden.

O'Shea rieb sich mit dem Handrücken über die Nase und spähte mißtrauisch über seine Finger. «Was?»

«Sie haben Barry besucht», sagte McCadden. «Ist das richtig?»

O'Shea nickte vorsichtig. «Ja.»

«Und dann haben Sie beide Power aufgesucht.»

«Das ist richtig, ja.»

«Also muß es Ihre Idee gewesen sein, da Sie den Ball ins Rollen brachten. Was hatten Sie im Sinn?»

O'Shea lächelte jetzt, erleichtert, und nahm die Hand vom Gesicht, um es zu zeigen. «Klar, Billy hat mich gebeten, ihn zu besuchen.»

«Irgendein besonderer Grund?»

«Sie brauchen keinen Grund, um einen Freund zu besuchen, oder?»

«Bei einem *Freund* nicht», betonte McCadden. «Es braucht keinen besonderen Anlaß, um einen Freund zu besuchen. Was haben Sie übrigens am Freitag gemacht?»

O'Shea lachte nervös. «Am Freitag?» Er rutschte auf dem Stuhl herum, entflocht seine Beine und sagte erneut: «Wie meinen Sie das, am Freitag?»

«Aus reiner Neugier», erklärte McCadden. «Freitag, den ganzen Tag.»

O'Shea runzelte die Stirn und mußte in seiner Erinnerung forschen. Für die Einzelheiten des Donnerstagabends hatte er nicht zu suchen brauchen. Sie waren ihm glatt über die Lippen gesprudelt, wie eine Bandaufnahme von Henry Barrys Aussage, nur rückwärts.

«Freitag», sagte O'Shea, diesmal ohne das Fragezeichen. «Am Freitag bin ich wie üblich zur Arbeit gegangen. Kam dort zu meiner normalen Zeit an. Habe dort mein Lunch gehabt. Nach Feierabend bin ich wie üblich nach Hause gefahren. Habe zu Abend gegessen. In die Glotze geschaut. Und dann bin ich gegen neun ins *Shefflin's* gegangen. Ich blieb dort bis zur Polizeistunde. Was ist daran so interessant?»

«Sagen Sie mir's», schlug McCadden vor.

«Ich kann Ihnen nichts sagen, was ich nicht weiß, oder?»

«Nein», räumte McCadden ein. «Vermutlich nicht. Beschäftigen wir uns also wieder mit dem Donnerstagabend.»

O'Shea war offensichtlich überzeugt, daß er ein paar Punkte gutgemacht hatte. Er lehnte sich zurück und fragte großspurig: «Sind Sie jetzt sicher?»

«Donnerstagabend», wiederholte McCadden, «Sie und Henry haben Billy Power um sieben Uhr aufgesucht.»

«Das ist richtig.»

«Sie haben einen Spaziergang mit ihm die Straße entlang gemacht.»

«Das ist richtig.»

«Aber Sie sind ohne ihn zurückgekommen.»

Diesmal spürte McCadden ohne hinzuschauen, daß er den Nagel auf den Kopf getroffen hatte. O'Sheas Schweigen sagte ihm alles. Barry würde ihn gefragt haben, wo er solch einen Unsinn gehört hatte. Aber O'Shea stellte sich selbst die Fragen. Wer hatte geplaudert? Wer hatte ihn aufs Kreuz gelegt? Wer hatte ihn verpfiffen? Hatte ihn seine Frau gesehen, als er nach John's Park zurückkam, um den Wagen zu holen, und hatte die Schlampe bei der Polizei ausgepackt? War Henry Barry zusammengebrochen? Hatte dieser Waschlappen alles zugegeben?

Im Moment war O'Sheas Welt mit nichts als Verrätern bevölkert. Das Aufzählen, das Formulieren der Vorwürfe gegen sie, die Analyse der Indizien, all das ließ ihm keine Zeit, McCaddens Frage zu beantworten. Und es war sein eigenes Schweigen, kein anderer, was ihn verriet.

Als er alle potentiellen Abtrünnigen durchgegangen war und einen möglichen Schuldigen gefunden hatte, wollte er endlich etwas sagen. Doch McCadden schnitt ihm das Wort ab.

«Hören Sie», fuhr ihn McCadden an. «Hören Sie gut zu, O'Shea. Sie können eine Mordanklage haben, Sie können eine Anklage wegen Beihilfe zum Mord haben, oder Sie können eine Anklage wegen Falschaussage und Irreführung der Behörden bekommen, weil Sie mich verladen haben. Sie dürfen sich's aussuchen. Aber machen Sie dabei keinen Fehler. Ich weiß, Sie sind mit Billy Power zwei Meilen die Straße hinuntergelaufen und dann ohne ihn zurückgekommen. Zwei Meilen. Nicht mehr. Nicht weniger.»

O'Shea ballte die Fäuste und trommelte entnervt auf dem Tisch. Er atmete schwer, den Mund wutverzerrt. Sein wilder Blick sagte, es war Barry, es muß Barry sein, der zusammengebrochen ist. Nur zwei andere wußten, wie weit sie an jenem Abend gegangen waren, und einer von denen war tot.

Es war aber nicht Barry. Es war McCadden, der ein bißchen gerechnet und einen Versuchsballon gestartet hatte. O'Shea und Barry waren an jenem Donnerstagabend um acht Uhr fünfzehn nach John's Park zurückgekommen, als Mrs. Marsh sie von ihrem Garten aus gesehen hatte. McCadden war sich jetzt über die Zeit sicher. Also, eine halbe Stunde Hinweg, eine halbe Stunde Rückweg. Bei einem normalen Spaziergang brauchte man ungefähr fünfzehn Minuten für eine Meile.

McCadden sagte: «Ich möchte jetzt, und diese Chance bekommen Sie nur einmal, daß Sie mir genau bestätigen, was am vergangenen Donnerstag passiert ist, bevor Sie ohne Billy Power zurückgekommen sind.»

Bestätigen?

De Burgh warf ihm einen zweifelnden Blick zu.

McCadden zwinkerte ihm zu. Er war begeistert von dem Wort. Ein schönes Wort, bestätigen.

Es war allerdings unnötig. Und die Drohung ebenfalls. Weil O'Shea bereits am Boden lag. Besonders zäh war er ohnehin nie gewesen, im Grunde war er ein Angeber und Schwadroneur, der viel Wind machte, aber das alles war jetzt wie weggewischt. Mit gesenktem Kopf saß er da und ließ die Arme schlaff zwischen den

Knien herabhängen. Als er schließlich aufblickte, bettelten seine toten Augen und seine gequälte Miene um Mitleid und Verständnis.

Sie sagten: *Na ja, nachdem Sie doch schon alles wissen, kann ich ja auch...*

«Wir gingen ein Stück die alte Landstraße nach Tramore hinunter», sagte er langsam und leise, «wo wir Mossy Fennelly getroffen haben, soweit stimmt es, aber dann liefen wir zur neuen Straße nach Tramore hinüber und von dort aus quer über die Felder nach Ballybeg Estate zurück. Dort hat uns Billy gesagt, daß er sich mit diesem Peter Clarke treffen wollte, der am Dienstag aus dem Mountjoy-Gefängnis geflüchtet ist, und er wollte, daß wir ihn begleiteten und ihm gewissermaßen Rückendeckung gaben.»

«Rückendeckung? Hat er mit einer Auseinandersetzung gerechnet?»

«Muß er wohl. Zumindest war das mein Eindruck.»

«Haben Sie Peter Clarke gekannt?»

«Nur was ich in der Zeitung über den Mord an seiner Freundin, Theresa Cheasty, gelesen habe und über seinen Ausbruch letzte Woche.»

«Kannte Billy Power Clarke?»

«Ich möchte es nicht beschwören, aber ich glaube nicht.»

«Hat er jemals von ihm gesprochen? Ihn irgendwie erwähnt?»

«Nein, nicht daß ich mich erinnern könnte.»

McCadden nickte. «Fahren Sie fort. Sie waren am hinteren Ende von Ballybeg Estate angelangt.»

«Henry Barry wollte unter keinen Umständen mitkommen», sagte O'Shea, «nicht für Geld und gute Worte, und um die Wahrheit zu sagen, auch ich hatte meine Bedenken. Jedenfalls haben wir eine Weile darüber debattiert, mit dem Ergebnis, daß ich mit Barry zurückgegangen bin, ohne Billy. Das ist das letzte, was wir von ihm gesehen haben. Wir gingen nach John's Park und holten das Auto. Aber dann hatten wir irgendwie ein schlechtes Gewissen, Billy allein zu lassen, also fuhren wir nach Ballybeg zurück, über die Hauptstraße, weil man von hinten nicht mehr reinfahren kann. Wir dachten, wir würden Billy dort irgendwo treffen. Als wir ihn nirgends sehen konnten, fuhren wir ins *Shefflin's*, weil wir dachten, wir würden ihn dort treffen. Wir waren gegen neun in dem Pub.»

«Hattet ihr euch mit Power in dem Pub verabredet?» fragte McCadden.

«Nein, das hatten wir nicht.»

«Also», fuhr McCadden fort, «wann habt ihr euch das erste Mal Gedanken gemacht, ob irgendwas vielleicht schiefgelaufen sein mochte?»

«Na ja, am Morgen, am nächsten Morgen, Freitag, als Billy nicht zur Arbeit kam.»

«Aha. Und was haben Sie unternommen? Haben Sie bei Power zu Hause angerufen? Sind Sie in der Mittagspause zurückgefahren? Haben Sie im Büro nachgefragt, ob Billy sich krank gemeldet hat? Sind Sie nach Ballybeg gegangen, um nach ihm zu suchen? Was haben Sie unternommen?»

O'Shea schüttelte den Kopf und senkte erneut den Blick. «Nein.»

«Sie haben nichts unternommen?»

«Nein.»

«Warum nicht?»

Offensichtlich hatte O'Shea darüber noch nicht nachgedacht. Auch jetzt fiel ihm das Denken schwer.

«Ich weiß es nicht», sagte er. «Ich weiß es nicht.»

McCadden zuckte die Achseln und meinte: «Diese Story, daß Sie Power um neun vor dem Pub abgesetzt haben. Wer hat sich das ausgedacht?»

«Niemand hat sich das ausgedacht.»

«Wer hat Ihnen gesagt, daß Sie dieses Garn spinnen sollen?»

«Niemand. Niemand hat uns etwas gesagt.»

«Uns?» wiederholte McCadden. «Das heißt im Klartext, jemand hat es sowohl Ihnen als auch Barry gesagt. Wer? Wo?»

«So hab ich das nicht gemeint.»

«Letzte Chance. Wessen Idee war es? Und weshalb?»

«Es war alles Billy Powers Idee», platzte O'Shea heraus. «Ganz allein seine Idee.»

«Powers Idee?» meinte McCadden skeptisch.

«Gerade als wir uns trennen wollten, bevor er sich mit Clarke in Ballybeg traf, da dreht er sich um und sagt zu uns, wenn jemand euch wegen heute abend fragt, ganz egal was passiert, wir haben einen Spaziergang die alte Straße nach Tramore entlang gemacht und sind dann direkt ins *Shefflin's* gegangen.»

«Was ist mit dem Wagen?» fragte McCadden. «Die Story, daß ihr mit Power zurückgegangen seid, um den Wagen zu holen? Wer hat sich das ausgedacht?»

«Na ja, das mußten wir doch sagen, so wie es gelaufen ist, nicht wahr?»

«Power wußte, daß er in dieser Nacht sterben würde», sagte McCadden spöttisch. «Und er wollte seinen Mörder decken, also hat er euch eine Story für die Polizei eingeimpft, durch die die Identität des Killers im dunkeln bleiben würde. War's so?»

«Ich sage die Wahrheit», versicherte O'Shea.

McCadden seufzte. «Na klar, aber am Sonntag haben Sie mir auch die Wahrheit erzählt.»

«Am Sonntag war es für Billy», sagte O'Shea heftig, als verteidige er eine heroische Geste. «So hat Billy es gewollt.»

«Hören Sie zu», sagte McCadden langsam. «Wenn *Clarke* am Donnerstag umgekommen wäre statt Power, dann hätte ich Verständnis dafür, daß Sie an Ihrer Story festhalten. Sie würden damit Power schützen. Wenn Power *verletzt* worden wäre, würde ich Ihnen ebenfalls glauben. Sie würden ihn nach wie vor schützen. Aber Power ist gestorben. Am Freitag befürchteten Sie bereits, daß er tot sei. Am Sonntag wußten Sie es definitiv. Sie konnten ihn nicht mehr decken. Also *wen* decken Sie?»

«So wollte es Billy, daß wir es der Polizei erzählen.»

«Okay, okay», knurrte McCadden. «Wie Sie wollen. Dann sagen Sie mir folgendes: Was meinen Sie, warum Sie und Barry und Power am Donnerstag abend zusammen weggegangen sind?»

«Was?»

«Ihr drei wart am Ende von Ballybeg Estate, gegenüber dem Haus, wo Clarke sich versteckte, bevor Power euch den wirklichen Zweck dieses Spaziergangs eröffnete. Richtig?»

«Dort hat er's uns erzählt. Sagte ich doch schon, nicht?»

«Bis dahin dachten Sie offensichtlich, daß etwas anderes angesagt war. Aber was? Die Greyhounds ausführen?»

«Billy hat an diesem Abend die Hunde nicht mitgenommen.»

«Genau», bemerkte McCadden. «Und Sie sagten zu ihm an der

Haustür: Nimmst du die Hunde nicht mit, Billy? Und er sagte: Nein, ich erzähl's euch unterwegs. Also, was haben Sie geglaubt, was er Ihnen erzählen würde?»

«Nichts. Ich dachte, wir würden einfach einen Spaziergang machen.»

«Ohne die Hunde?»

«Ja, ohne die Hunde.»

«Habt ihr das jemals zuvor getan, einen Spaziergang gemacht ohne die Greyhounds?»

«Na ja...»

«Ja oder nein?» drängte McCadden.

O'Shea schwieg.

«Hören Sie zu», fuhr ihn McCadden an. «Sie sollten folgendes bedenken. Ich weiß, wieviel Sie verdienen. Ich weiß, was Ihre Hausrenovierung und die teuren Geräte, die dort stehen, gekostet haben. Das paßt nicht zusammen. Von Ihrem Lohn allein können Sie sich nicht solch einen kostspieligen Lebenswandel leisten. Und Sie sollten noch etwas bedenken. Ich weiß, in was für eine Gaunerei ihr drei verwickelt wart. Was ich *nicht* weiß, ob ihr es nur regional getrieben habt oder nicht. Und ob Clarke daran beteiligt war oder nicht. Ob die Sache groß genug war für einen Mord.»

O'Shea warf ihm einen leicht spöttischen Blick zu, wollte nichts riskieren, hatte zuviel Angst vor der Reaktion, trotzdem verzogen sich seine Lippen zu einem hämischen Lächeln. So daß McCadden dachte: Nein, nicht Peter Clarke. Das war ein Fehlschluß. Zumindest soweit es O'Shea betraf. Wenn Clarke beteiligt war, dann wußte O'Shea nichts davon. Und um Waterford ging es auch nicht. Sonstwo? Im Ausland?

Doch O'Shea sprach bereits weiter. «Ich möchte niemandem Ungelegenheiten bereiten, Inspector, aber wenn ich die Wahl habe zwischen meiner Haut und dem guten Ruf von anderen Leuten, dann möchte ich nichts zurückhalten. Ich und Billy Power und Henry Barry, wir arbeiteten schwarz für Tom Byrne. Manchmal kam ein Auftrag von einer großen Firma mit einer sehr kurzen Lieferfrist. Zehn Tage oder so. Entweder du schaffst es zu diesem Termin, oder du kannst den Auftrag vergessen. Andererseits willst du deine kleineren regulären Kunden nicht hängenlassen, also läßt du deine besten Leute Überstunden machen. Witzlos, weiteres Personal einzustellen, denn die mußt du erst anlernen, und genauso witzlos, es durch die Bücher laufen zu lassen, weil die Jungs nicht für das arbeiten würden, was das Finanzamt ihnen übrigläßt. Da war für uns alle eine Menge Geld zu verdienen.»

«Nun», meinte McCadden, «wir können das ja bei Mr. Byrne überprüfen.»

«Ja, tun Sie das.»

Und McCaddens Zuversicht, zumindest in diesem Detail, begann sich gerade zu verflüchtigen, als jemand an die Tür des Vernehmungszimmers klopfte.

De Burgh machte auf, wechselte draußen einige Worte und kam dann zurück, um McCadden zu sagen, daß der diensthabende Sergeant ihn sprechen wollte. Dringend.

McCadden ging nach draußen.

Der Diensthabende sagte: «Man hat Peter Clarke gefunden, Sir. Sergeant Ryan bat mich, es Ihnen auszurichten.»

«Danke», erwiderte McCadden. «Wo?»

«Wieder draußen in Ballybeg, Sir», sagte der Sergeant. Und fügte dann hinzu, fast beiläufig: «Und diesmal hat er eine Geisel genommen, Sir. Eine junge Frau.»

18

An diesem Morgen war McCadden aus einem dunklen, blutbefleckten Haus in Ballybeg ans Tageslicht zurückgekehrt. Nun verließ er die künstliche Helligkeit des Polizeireviers, um erneut nach Ballybeg zu fahren, und stellte fest, daß es draußen dunkel war.

Es hatte bis jetzt noch nicht geregnet, obwohl der Himmel seit dem Morgen grau und verhangen war. In der Dunkelheit war es unmöglich, die Wetterentwicklung abzuschätzen. Aber bis jetzt hatte es noch nicht geregnet.

Vom Polizeirevier auf dem Hügel von Ballybricken konnte McCadden überall in der Stadt den Schein der Halloween-Feuer sehen und die schwarzen Rauchwolken. Lärmende Kinder, als Hexen und Teufel und Skelette kostümiert, schwärmten wie Ameisen um den Hügel und sammelten alles ein, was ihnen angeboten wurde. Münzen. Nüsse. Obst.

Es war das gleiche auf der Fahrt nach Ballybeg, entlang der Green Street, Manor Hill hinunter, auf der Cork Road. Qualmende Freudenfeuer. Lärmende Kinder. Laute Halbwüchsige mit Bierdosen. Gelegentlich explodierte Feuerwerk am Himmel.

Entlang der Green Street. Manor Hill hinunter. Auf der Cork Road.

Aber nicht in Ballybeg.

In Ballybeg gab es auch Lichter. Aber es waren nicht die Lichter von Freudenfeuern oder von Feuerwerkskörpern. Es waren die Suchscheinwerfer von Streifenwagen.

Und in Ballybeg war es still. Beängstigend still.

Eine Gruppe junger Burschen, vielleicht zwanzig insgesamt, lungerte an der Hauptzufahrt von der Cork Road in die Siedlung. Sie blockierten nicht direkt die Straße. Aber sie liefen auf der Fahrbahn herum, und zwar so geschickt, daß nie Platz genug war für ein Fahrzeug. Wenn man passieren wollte, mußte man sie entweder über den Haufen fahren oder anhalten und auf die Hupe drücken und dann warten, was passierte.

De Burgh, der den Sierra steuerte, kurbelte das Seitenfenster herunter und rief einem der Jungs etwas zu. Nur seinen Namen, nur einen Gruß, aber der Rest der Bande verdrückte sich und machte den Weg frei.

«Fußball», erklärte de Burgh und fuhr in die Siedlung hinein. «Ich trainiere dort eine Jugendmannschaft.»

«Hmm, ach so», brummte McCadden. «Ein guter Spieler?»

De Burgh schüttelte den Kopf. «Nein», sagte er. «Die guten Spieler haben es nicht nötig, höflich zu sein. Er möchte gern in die Mannschaft aufgenommen werden.»

Als McCadden von seinem morgendlichen Besuch in Ballybeg zurückgekommen war, hatte er den Grund für all die Feindseligkeit und die Spannung in der Wohnsiedlung erfahren.

Vor einigen Tagen hatte Cody eine Aktion gegen Joyriders angeordnet, Jugendliche, die Autos klauten und mit ihnen ziellos durch die Gegend kurvten. Ein Zivilfahrzeug der Polizei hatte in der vergangenen Nacht zwei junge Leute aus Ballybeg die Tramore Road hinunter verfolgt. Die beiden Jungs bauten einen Unfall und wurden schwer verletzt. Und es war ihr eigener Wagen, den sie ganz legal gefahren hatten.

De Burgh fuhr langsam und vorsichtig durch die Siedlung zu der angegebenen Adresse und der unvermeidlichen Menschenmenge dort, behielt aber gleichzeitig die Schatten rechts und links im Auge. Die Straßen waren fast ausgestorben. Aber dauernd tauchten einzelne Nachzügler aus den Schatten auf, spurteten über die Straße und verschwanden wieder in der Dunkelheit.

«Dort», sagte McCadden plötzlich und deutete eine Seitenstraße hinunter zu den Scheinwerfern.

Sie rollten langsam auf die Belagerungsszene zu, weil sie niemanden unnötig reizen wollten. Als sie die Menge erreichten, stellte McCadden sofort fest, daß es nur vereinzelte junge Mädchen in der riesigen Menschenmenge gab, weder Frauen noch Kinder waren zu sehen. Nur Männer. Männer und Jugendliche, in Jacken und Sweatshirts mit Kapuzen, die schweigend nebeneinander standen. Die meisten waren unbewaffnet. Einige trugen Spazierstöcke oder Hurlingschläger, die Art von Waffen, die man ganz legal mitführen durfte. Aber es gab keine Frauen. Und es gab keine Kinder. Denn die Frauen hatten bereits ihre Kinder nach Hause gebracht, weil sie wußten, daß es Ärger geben würde.

Und McCadden sah auch sofort den Grund für ihre Angst. In der Mitte der Polizeiabsperrung, rechts von dem Haus, in dem sich Clarke offenbar verschanzt hatte, stand der große Halloween-Scheiterhaufen. Er brannte nicht. Rauchfäden stiegen von angekohlten Hölzern an der Basis des Scheiterhaufens auf, aber es gab keine Flammen. Er war offensichtlich angezündet und dann rasch wieder gelöscht worden.

In dieser Siedlung hatten nur wenige einen Job. Sie hatten wenig Geld. Sie hatten praktisch keine Stimme. Der Unfall mit den beiden Jugendlichen aus der Gegend hatte ihren Zorn angeheizt. Und nun kristallisierte sich ihre Unzufriedenheit um ein Halloween-Feuer, das nicht brannte.

Für McCadden war es auch offensichtlich, daß die Zeit für Diskussionen, für gutes Zureden längst vorbei war. Denn aus der riesigen Menschenmenge drang kein Laut. Keine Parolen. Keine Kampfschreie. Keine Pfiffe. Keine Verwünschungen. Keine abfälligen Bemerkungen. Nichts. Nur ein beunruhigendes Schweigen.

Hier und da drängten ein paar Jugendliche mit wutverzerrten Gesichtern gegen den Polizeikordon, testeten ihre eigene Entschlossenheit und die Entschlossenheit der Polizisten.

Als de Burgh durch die Gasse von Uniformierten auf der anderen Seite des Kordons fuhr, bemerkte McCadden linker Hand einen Zug Bereitschaftspolizei in voller Kampfmontur. Rechts, direkt gegenüber dem Haus, in dem Clarke sich verschanzt hatte (ein hübsches Häuschen mit einem winzigen Garten und rotgestrichenen Fensterläden und Türen), standen Chief Superintendent Cody und Detective Inspector Boyce. Neben ihnen die Stadträte Tom Byrne und Patrick Kirwan, zwei weitere Lokalpolitiker und einige Ortsbeiräte aus der Gegend.

De Burgh wurde von einem Uniformierten nach links dirigiert. McCadden war es recht. Er stieg aus und schlich davon, um Frank Ryan zu finden, bevor ihn einer von den anderen sah.

Ryan, der einen fettigen Hamburger verspeiste, zusammen mit Ketchup in eine Papierserviette eingewickelt, stand mit zwei anderen Detectives hinter einem Streifenwagen. Die beiden anderen waren schwer bewaffnet, der eine mit einer Uzi-Maschinenpistole, der andere mit einem Präzisionsgewehr mit Zielfernrohr. Ryan begrüßte McCadden mit dem gleichen Spruch wie am Vormittag: «Noch mehr Scheiße, Carl, wie?»

Nur diesmal kapierte McCadden ein bißchen schneller. «Was ist passiert, Frank?»

Ryan biß ein Stück von seinem Hamburger ab und redete mit vollem Mund. «Also, wir haben hier in der Siedlung eine Haus-zu-Haus-Befragung gemacht, nachdem wir heute morgen Clarkes ehemaliges Versteck fanden. Vor allem haben wir nach leerstehenden Häusern gesucht. Hausbewohner in Urlaub. Derzeit keine Mieter. Du weißt ja. Jedenfalls kamen wir gerade hier an, hatten gerade mit dem ersten Haus dort drüben angefangen, als wir diese Frau bemerkten. Sie schien auch von Haus zu Haus zu gehen, nur daß sie aus der entgegengesetzten Richtung kam.»

«Wie hat es ausgesehen?»

«Die Kids hatten gerade das Feuer hier angezündet, und sie ging daran vorbei. Andernfalls hätten wir sie kaum gesehen. Möglicherweise trug sie etwas in der Hand. Flugblätter. Keine Ahnung. Sie ist schätzungsweise Mitte Zwanzig, nicht viel älter. Groß. Rothaarig. In Jeans und schwarzer Lederjacke. Jedenfalls sah sie so aus, als machte sie Wahlwerbung oder eine Sammlung oder als verteilte sie Flugblätter. Etwas in der Richtung. Wir versuchten sie zu stoppen. Ich selbst habe sie angerufen. Offenbar hörte sie mich nicht, oder aber sie drückte einen Sekundenbruchteil, bevor ich rief, auf die Klingel oder klopfte an die Tür. Wir liefen auf sie zu, als sich die Tür öffnete. Und da stand Clarke in der Tür, hell beleuchtet von dem Feuer.»

«Wieso hat er die Tür geöffnet?»

«Das habe ich mich auch gefragt. Siehst du, zuerst dachte ich, er hätte uns nicht gesehen. Aber er muß uns gesehen haben. Er muß gewußt haben, daß wir auf dem Weg zu ihm waren. Er zerrte die Frau ins Haus und schlug die Tür zu. Also dachten wir, klopfen wir einfach auch. Ich schickte ein paar Uniformierte hinter das Haus, falls er sich durch den Hintereingang verdrücken wollte. Unsere Überlegung war, wenn er die Tür aufmacht, packen wir ihn einfach. Aber wie gesagt, er muß gewußt haben, wer wir sind. Als er die Tür öffnete, hielt er die Frau vor sich, den Arm um ihren Hals gelegt und ein Messer an ihrer Kehle. Er machte Anstalten, aus dem Haus zu kommen. Wir wichen zurück und machten ihm Platz. Doch dann besann er sich anders. Vielleicht hat ihn das Feuer und der Krach nervös gemacht. Zu der Zeit gingen immer noch Feuerwerkskörper hoch. Oder vielleicht dachte er, daß sein Rücken zu ungeschützt wäre, daß wir ihn von hinten erschießen würden. Ich weiß es nicht. Jedenfalls ging er wieder ins Haus zurück, immer noch die Frau als Schutzschild vor sich.»

«Ist sonst noch jemand in dem Haus?»

«Nein, niemand.»

«Steht es leer?»

«Nein. Es gehört einer Familie Donovan. Er arbeitet zur Zeit in Spanien. Sie ist seit drei Wochen mit ihren zwei Kindern bei ihrer Mutter in Dublin.»

«Haben wir irgendwelchen Kontakt mit Clarke?»

«Das Telefon im Haus ist angeschlossen, und sie haben eine direkte Verbindung zum Superintendent hier draußen geschaltet, aber Clarke hat bis jetzt mit niemandem sprechen wollen.»

«Was ist mit dem Freudenfeuer passiert?»

«Als wir die Sache per Funk gemeldet haben, schickte der Superintendent die Feuerwehr. Ich sag dir, eine Weile hat es ziemlich gefährlich ausgesehen. Nur ich und Walsh hier und die Feuerwehr. Wir versuchten die Kids zu überzeugen, daß es besser wäre, ihr Feuer zu löschen.»

«Aber dann kam Cody höchstpersönlich angeprescht und hat euch gerettet.»

«Ha!» rief Ryan, stopfte sich den Rest Hamburger in den Mund und versuchte die Hände an dem ketchupverschmierten Papiertuch abzuwischen. «Und wie!»

«Hat's schon Ärger gegeben?»

«Nein, noch nicht. Die waren alle zu schnell da. Jeder ist bewaffnet. Jesus, wenn einer hier etwas anzettelt, muß er Angst haben, von Maschinenpistolen zersiebt zu werden. Da überlegt er sich's doch zweimal. Ich würde allerdings nicht darauf wetten, daß der Frieden anhält. Die Chancen sind gut, daß jemand den Kopf verliert. Falls nicht etwas mit Clarke passiert, was sie ablenkt.»

19

Um neun Uhr fünfzehn warf jemand aus der Menge den ersten Stein.

Der Stein landete harmlos zwischen dem äußeren Kordon und den Bereitschaftspolizisten in Kampfmontur, schlug eine Schneise in die Brennesseln und den Sauerampfer. Der nächste, etwa eine Minute später, war ein bißchen besser gezielt, prallte gegen einen Schild und veranlaßte die Bereitschaftspolizisten zu ein paar nervösen Bewegungen. Ein Jubelschrei ertönte aus der Menge. Einige in der ersten Reihe führten einen kleinen Tanz auf und imitierten damit die Ausweichbewegungen der Bereitschaftspolizisten. Ein weiteres Wurfgeschoß. Zu kurz gezielt. Gefolgt von einem enttäuschten Stöhnen. Und einem weiteren Stein. Offenbar gab es da, geschützt von der Menge, eine kleine Gruppe, die sich einen Spaß daraus machte.

Tom Byrne, ein weiterer Politiker und ein paar Ortsbeiräte eilten hinüber und sprachen zu der Menge in der Nähe des Unruheherds. Die Steine flogen weiter über ihre Köpfe. Nach einer Weile besprachen sich Byrne und die anderen und verschwanden dann in der Menge, um sie zur Vernunft zu mahnen. Als sie wieder herauskamen, war alles ruhig.

Stolzgeschwellt gesellte sich die kleine Gruppe wieder zu Chief Superintendent Cody und Inspector Boyce, von wo aus sie das Haus mit der roten Tür beobachteten.

Und zwei Minuten später warf wieder jemand einen Stein...

So ging es die halbe Nacht lang. Es beruhigte sich nie ganz, wurde aber auch nicht so schlimm, daß es die Bereitschaftspolizisten zu einem Ausfall provoziert hätte. Das Muster war ungefähr so aufregend wie ein Uhrwerk. Ein paar Steine. Gutes Zureden der Politiker. Eine Pause. Ein paar Steine. Zweimal jedoch wurde der Rhythmus unterbrochen.

Neun Uhr sechsundvierzig. Jetzt kam endlich der Regen. Ohne jede Vorwarnung. Ein paar vereinzelte Tropfen, die auf die Windschutzscheibe eines Streifenwagens fielen und im Scheinwerferlicht aufglänzten, dann goß es wie aus Kübeln. Kein Wind, der den Regen in die eine oder andere Richtung geweht hätte. Die Tropfen fielen senkrecht nach unten, dick und schwer und beharrlich.

Eine Weile stand die Menge still und ruhig in dem Regenguß. Das Wasser lief ihnen aus den Haaren und den durchnäßten Kapuzen, prallte von ihren Nasen und Schultern, durchweichte ihre Jakken, Jeans und Turnschuhe. Dann machten sich einige davon. Allein oder zu zweit. Schweigend. Hinter ihnen blieb der Rest jedoch unverdrossen stehen, obwohl das Feuer nicht einmal mehr qualmte und nie mehr entfacht werden würde.

Und zehn Minuten nach Beginn des Regenschauers warf wieder jemand einen Stein...

Um zehn Uhr achtzehn griff Peter Clarke im Haus endlich nach dem Telefonhörer und verlangte den Boss all dieser Bullen da draußen zu sprechen.

McCadden, der ein Stück hinter der Kommandogruppe stand, hörte nur Codys Teil der Unterhaltung. Es war allerdings nicht schwer, sich die andere Hälfte zusammenzureimen.

Cody nahm die feuchte, kalte Pfeife aus dem Mund, räusperte sich und stellte sich vor: «Hier spricht Chief Superintendent Daniel Cody.» Er lauschte eine Weile und sagte dann: «Ja, er ist hier.» Dann: «Einen Moment, ich hole ihn ans Telefon.» Er nahm den Hörer vom Ohr und hielt ihn dem Mann neben ihm hin.

Clarke wollte den Stadtrat Tom Byrne.

Byrne machte ein erschrecktes Gesicht. Er hob die Hand, um den Hörer entgegenzunehmen, doch dann zögerte er, und seine Hand zitterte erkennbar.

«Er will mit dir sprechen, Tom», sagte Cody. «Vielleicht hilft uns das weiter.»

Byrne nahm den Hörer und sagte vorsichtig: «Ja, hier spricht Tom Byrne.»

Er lauschte und sagte dann mit hörbarer Erleichterung: «Hallo. Wie geht's dir, Peter? Ja, natürlich erinnere ich mich an dich. An dich und deinen Vater. Sehr gut.» Er lauschte erneut, nickte diesmal und schien seiner Sache sehr sicher zu sein. «Ich muß den Chief Superintendent fragen. Okay, Peter? Gut, gut.»

Er ließ den Hörer sinken, hielt ihn aber immer noch fest umklammert und bedeckte die Sprechmuschel mit der Hand, während er zu Cody sagte: «Er will, daß ich ins Haus komme. Er möchte mit mir reden. Er will mit keinem hier draußen sprechen. Was meinst du, Dan?»

Cody, Boyce und Byrne drängten sich dicht zusammen und hielten eine geflüsterte Konferenz ab. Der gedrungene, stämmige Boyce zwischen den zwei großen, kräftigen Männern.

Von den dreien beobachtete McCadden den Stadtrat.

Byrne war blaß und wirkte immer noch verängstigt. Er sah nicht aus wie ein Mann, der diese Belagerung beenden würde. In seinem beigen Regenmantel und mit seinem nassen sandfarbenen Haar, das ihm auf dem Kopf klebte, sah er aus wie ein durchtriebener Kleinunternehmer, der seine Leute schwarz bezahlt. Na ja, vielleicht war das unfair. Vermutlich taten das die meisten Unternehmer, auf die eine oder andere Art. Die meisten von ihnen waren jedoch nicht gleichzeitig Politiker. Sie brauchten nicht über das nationale Interesse zu predigen. Sie brauchten überhaupt nicht zu predigen.

Nein, entschied McCadden dann. Tatsächlich sah Tom Byrne genauso aus wie der Charakterschwächling, dessen Tochter von Billy Power belästigt worden war und der nichts dagegen unternommen hatte, der die Augen verschlossen hatte, weil er dem unverbesserlichen Fummler illegale Zuwendungen machte. Er sah aus wie jemand, der sich leicht hatte kompromittieren lassen und der ohne Widerstand nachgegeben hatte.

Der Mann hatte einfach kein Rückgrat.

Aber niemand sonst schien McCaddens Meinung zu sein.

Fünf Minuten später ging Tom Byrne mit weichen Knien auf das Haus zu, leicht gebückt und die Hände über dem Kopf erhoben.

Hinter ihm wunderte sich McCadden lautstark und fragte de Burgh: «Warum duckt er sich so?»

«Fernsehen», sagte de Burgh. «Wenn du in den Nachrichten jemand in dieser Situation siehst, geht er immer gebückt. Es fehlt nur das weiße Taschentuch.»

Die rote Haustür öffnete sich einen Spaltbreit, als Tom Byrne den gepflasterten Weg durch den gepflegten Vorgarten entlangkam. Sobald er sich durchgezwängt hatte, schloß sich die Tür wieder.

20

Als es passierte, war McCadden eingedöst.

Er hatte sich einen Liter Milch und zwei Schinkensandwiches von dem Proviantwagen geholt, den man für die Einsatzbeamten aufgestellt hatte. Der Kaffee, aus billigem Instantpulver gemacht und in Plastikbechern serviert, die einen merkwürdigen Geschmack auf den Lippen hinterließen, bevor sie sie verbrannten, bot nicht einmal den Vorzug eines hohen Koffeingehaltes. McCadden konnte nur Vermutungen anstellen, nach was er schmeckte.

Naß und in unbequemer Haltung saß er auf dem Beifahrersitz des Sierra und ließ den Motor und die Heizung laufen, in der Hoffnung, trocken zu werden und sich ein bißchen aufzuwärmen. Er trank die Milch, kaute seine Sandwiches und überlegte, was Peter Clarke in der vergangenen Woche gemacht hatte.

Clarke war am Dienstag abend aus dem Mountjoy-Gefängnis ausgebrochen, vor genau einer Woche. Okay. Ein guter Anfang.

Aber dann?

Egal welche Straße man nahm, es waren hundert Meilen von Dublin nach Waterford. Gelaufen konnte er nicht sein. War er per Anhalter gefahren? In Gefängniskleidung? Zwar keine gestreiften Pyjamas mit Knastmarkierung, sondern billige Knastjeans und ein weißes T-Shirt, vielleicht ein blaues Arbeitshemd darüber. Aber trotzdem. Schwer vorstellbar, daß er riskiert hatte, sich an die Fernstraße zu stellen, wo ständig Streifenwagen patrouillierten, nachdem sein Foto und seine Personenbeschreibung bereits herausgegeben worden waren und jeder nach ihm suchte.

Also, was dann? Ein gestohlenes Auto oder Motorrad? Keines der in Dublin gestohlenen Fahrzeuge war verlassen in Waterford aufgefunden worden. Oder hatte ihm jemand...

McCadden richtete sich plötzlich auf, diese automatische Bewegung, wenn dir eine gute Idee kommt und du sie festhalten willst, bevor sie wieder davonfliegt.

Er dachte nach. Hatte jemand Clarke in Dublin abgeholt und ihn nach Waterford gefahren?

Aber dann sank er wieder in sich zusammen.

Nein, sie würden ihm andere Kleider mitgebracht haben. Und Clarke hatte seine Knastklamotten getragen, als er in seine Heimatstadt zurückgekommen war.

Also, irgendwie hatte er es nach Waterford geschafft, aber erst spät am Dienstag oder am Mittwoch. Er mußte dann direkt in dieses leerstehende Haus in Ballybeg gegangen sein, weil er sich mit Billy Power in Verbindung setzte und ein Treffen für Donnerstag arrangierte, und da wußte er offensichtlich schon, wo sie sich treffen würden.

Ein cleverer Bursche, dachte McCadden. Drei Jahre nicht mehr in der Stadt gewesen. Woher wußte er von dem leerstehenden Haus in solch einer abgelegenen Gegend? Hatte er herumgesucht?

Nein, entschied McCadden. Insiderinformationen. Er mußte

mit jemandem von hier in Verbindung gestanden haben. Jemand, der ihn jedoch nicht in Dublin abgeholt hatte. Aber wie? Billy Power?

Wie auch immer, Power rechnete ganz offenbar mit Schwierigkeiten, als er am Donnerstag abend loszog, um sich mit Clarke zu treffen. Er versuchte O'Shea und Barry zu engagieren, ging dann aber allein, als die beiden kniffen.

Wurde er schon beim Eintreten in das Haus getötet, bevor er den Mund öffnen konnte? Oder passierte es beim Gehen, nach einem Streit?

Bei der ersten Möglichkeit lief er in eine tödliche Falle, und es sah ganz so aus, als sei Clarke nur deswegen aus dem Gefängnis ausgebrochen, um Billy Power zu töten. Im zweiten Fall, Ermordung nach irgendeinem Streit, mußte man davon ausgehen, daß Clarke in irgendeiner Geschäftsverbindung zu Power stand und sich von ihm übers Ohr gehauen fühlte. In beiden Fällen sprach alles dafür, daß Billy Power Clarkes Kontaktmann gewesen war, seine Augen und Ohren in Waterford.

Also, welche Verbindung bestand zwischen den beiden, von der niemand etwas wußte?

Das Problem lag darin, daß McCadden so gut wie nichts über Peter Clarke wußte. Er wußte, daß der Mann seine Freundin, Theresa Cheasty, vor drei Jahren erstochen hatte. Er wußte, daß es ein bestimmtes Muster in der Beziehung der beiden gegeben hatte. Zumindest vom Standpunkt der Nachbarn. Zuerst friedlich. Dann gelegentlich ein Streit. Dann wieder eine Weile Ruhe. Und in den letzten zwei Monaten vor Theresas Tod häufige Auseinandersetzungen, die manchmal sogar auf der Straße ausgetragen wurden. Er wußte, daß die Nachbarn an dem Tag, als Theresa gestorben war, wegen eines anderen Streits die Polizei geholt hatten. Er wußte, daß Clarke, der praktisch in flagranti erwischt worden war, sich vor Gericht schuldig bekannt hatte. Und er wußte, daß niemand so recht verstand, warum das alles passiert war.

Auf jeden Fall nicht Superintendent Cody, der vor drei Jahren die Akte Clarke geschlossen hatte mit einer Standpauke für McCadden, die sich folgendermaßen anhörte: «Das Gesetz verlangt nicht von uns, daß wir für jedes Verbrechen auch ein Motiv finden. Sie mögen etwas andere und vielleicht unkonventionellere Ansichten darüber haben, aber wenn ein Mann einen Mord zugibt, habe ich keine Lust, Überstunden dafür aufzuwenden, um uns Gründe und Motive auszudenken, wenn nicht einmal der Täter Interesse daran zeigt, sich selbst etwas auszudenken.»

Cody hatte geglaubt, die Akte endgültig schließen zu können. In der vergangenen Woche lag sie wieder geöffnet auf seinem Schreibtisch. Sie konnte ihm kaum mehr mitgeteilt haben als das wenige, das er ohnehin schon wußte. Dennoch teilte er seine Erkenntnisse – worin auch immer sie bestanden – nur mit Harry Boyce. McCaddens Bitte am Nachmittag, die Akte einsehen zu dürfen und darüber zu sprechen, war abgelehnt worden.

«Harry Boyce ist für diesen Fall zuständig, Inspector.»

McCadden stellte fest, daß sich seine Gedanken im Kreise drehten, unvermeidlich bei diesen mangelhaften Informationen. Alles an Clarke schien zu Billy Power zu führen. Alle ungeklärten Fragen im Zusammenhang mit Power, zum Beispiel warum dessen Leiche erst einen Tag nach dem Mord weggeschafft worden war, schienen zu Clarke zu führen, der möglicherweise ein Netz von Leuten, eine Organisation hinter sich hatte, die ihm dieses erneute Auftauchen in Waterford ermöglichten.

In der stickigen Wärme des Autos kreisten McCaddens Gedanken ständig um die gleichen unbeantworteten Fragen, und schließlich fielen ihm die Augen zu. Zweimal sank ihm der Kopf auf die Brust. Zweimal weckte ihn der Lärm von Feuerwerkskörpern oder von Steinen auf Acrylglasschilde wieder auf. Beim nächstenmal fiel ihm der Kopf auf die Seite, über die linke Schulter, mit der er an der Beifahrertür lehnte. Als de Burgh plötzlich die Tür aufriß, purzelte McCadden beinahe aus dem Wagen in das nasse Gras und fluchte erbost.

De Burgh fing ihn gerade noch auf und schob ihn in den Wagen zurück. Aufgeregt sagte er: «Im Haus tut sich was!»

«Was denn?» fragte McCadden gereizt.

«Schüsse! Bist du jetzt wach?»

«Das waren keine Schüsse. Ich habe gerade Knallfrösche gehört. Es waren Feuerwerkskörper.»

«Es waren Schüsse!»

«Bist du sicher?»
«Natürlich. Alle anderen haben es auch gehört.»
«Okay, okay. Wie viele?»
«Zwei!»
In den nächsten dreißig Sekunden schienen McCadden und de Burgh, die vom Sierra zum Standort des Superintendent liefen, die einzigen in der ganzen Siedlung zu sein, die sich bewegten. Alle anderen waren völlig erstarrt. Alle anderen starrten hilflos auf die rote Haustür, durch die Tom Byrne vor einer Viertelstunde gegangen war. Einige der Polizisten kauerten noch hinter Streifenwagen und hatten ihre Waffen auf das Haus gerichtet. Einige standen ungedeckt im Freien und schienen wie versteinert.
Niemand sagte etwas. Aber man konnte die Frage deutlich hören.
Was sollen wir tun, Sir?
Chief Superintendent Cody, im Zentrum und an der Spitze dieses seltsamen Tableaus, immer noch die kalte Pfeife im Mund, stand ebenfalls wie angewurzelt, starrte ebenfalls auf das Haus. Auch er stellte sich diese Frage. *Was sollen wir tun?* Und er wußte keine Antwort. Er hatte gerade einen Freund hineingeschickt. Mehr als einen Freund. Einen Stadtrat, einen bekannten Kommunalpolitiker, einen Mann der Öffentlichkeit. Er hatte ihn gerade hineingeschickt, was Peter Clarke eine zweite Geisel bescherte. Und nun hatte er zwei Schüsse gehört. Eine einfache Rechnung. Zwei Geiseln. Zwei Schüsse. Und Cody wußte nicht, was er tun sollte.
Wenn er einen Angriff befahl und die Geiseln noch unverletzt waren und ins Kreuzfeuer gerieten...
Wenn er nicht vorrückte, und die Geiseln waren lediglich verletzt und verbluteten langsam in einem Zimmer des Hauses, oder sie starrten Peter Clarke an und warteten, daß er sie endgültig erledigte...
Was sollen wir tun?
Eine Minute verging. Sie kam allen viel länger vor.
Cody tat nichts. Er nahm nicht einmal die Pfeife aus dem Mund.
Eine weitere Minute verging.
Und dann öffnete sich die rote Haustür.
Zuerst war nur ein Arm zu sehen. Der lange, schlanke Arm einer

Frau, mit einem hellgrauen Pullover bekleidet. Die Hand zitterte, suchte nach Halt. Einen Moment lang sah es so aus, als sei die Frau verletzt und stolpere aus dem Haus.

Aber sie war nicht allein.

Neben ihr kam Stadtrat Tom Byrne in Sicht, hielt sie am linken Arm und stützte sie.

So etwas wie ein kollektives Aufatmen kam aus der Menge.

Dann waren ein paar Freudenrufe zu hören, Aufmunterung für die beiden Geiseln.

Aber dann wurde es wieder still. Es war noch zu früh. Niemand wußte, was passiert war, wer verletzt worden war und wie schlimm.

Sobald sie im Freien standen, hob Byrne den linken Arm und gestikulierte heftig. Es galt der wartenden Polizei, den Helfern, den Sanitätern.

Jetzt erwachten alle aus der Erstarrung. Bewaffnete Beamte liefen an dem Paar vorbei zu der offenen Tür, die Waffen im Anschlag, gaben sich gegenseitig Feuerschutz. Die meisten anderen rannten zu Byrne und der Frau. McCadden. Boyce. De Burgh. Cody. Ärzte und Sanitäter. Aus Krankenwagen wurden Tragen angeschleppt.

In den weitaufgerissenen Augen der jungen Frau konnte man die Angst und den Schock sehen. Ihre roten, schulterlangen und elegant frisierten Haare hatte sie unordentlich hinter die Ohren zurückgestreift. Ihr Mund stand offen, und sie atmete heftig. Sie sah aus, als wollte sie weinen, aber es gelang ihr nicht.

Tom Byrne war bleich und zitterte am ganzen Leib. Er hielt noch immer den Arm der Frau umklammert. Ein Arzt mußte ihm sanft die Finger lösen. Obwohl er immer noch die Frau stützen wollte, war es offenkundig, daß er selbst unter Schock stand, daß er weiche Knie hatte, die jeden Moment einknicken konnten, daß er selbst eine Stütze brauchte.

«Sind Sie okay?» fragte der Arzt.

Was für eine Frage.

Doch Byrne murmelte: «Ja, ja.»

«Sind Sie verletzt? Ist jemand von Ihnen angeschossen worden?»

«Nein, nein, wir nicht.»

«Sind Sie geschlagen worden?»

«Nein, nein.»

Und dann mischte sich Cody ein und fragte: «Was ist passiert, Tom?»

Alle erstarrten wieder. Es wurde still.

Byrne holte dreimal tief Luft. «Wir haben geredet, geredet... ich und Clarke... ich weiß nicht, ich... diese Lady hier, sie hat eine Bewegung gemacht, wohl unabsichtlich... Clarke war furchtbar aufgeregt, ich meine nervös, das reinste Nervenbündel... ich glaube, er hat gedacht, sie will ihn angreifen... er, äh, drehte sich plötzlich um und schoß auf sie, aber daneben. Er wollte noch einmal schießen. Ich versuchte ihn daran zu hindern. Die Pistole ging los, er hatte sie noch in der Hand, als wir miteinander kämpften. Ich glaube... ich glaube, er ist tot.»

«Die Kugel», schluchzte die Frau. «Die Kugel...»

Sie gestikulierte wild, beinahe unkontrolliert, deutete an, daß die Kugel haarscharf an ihrem Ohr vorbeigeflogen war. Und dann weinte sie. Sie weinte, und der Kopf fiel ihr auf die Brust, und sie wiederholte immer wieder: «Die Kugel... die Kugel...»

Und wieder wußte ein paar Sekunden lang niemand, was er tun sollte.

Bis die Frau schließlich in Ohnmacht fiel.

Da sagte Cody zu den Sanitätern: «Bringen Sie die Frau hier weg.»

«Ins Ardkeen Hospital?»

Cody nickte, und als die Frau zu einem Krankenwagen geführt wurde, rief er: «Sergeant!»

Ein uniformierter Sergeant trat vor. «Sir?»

«Nehmen Sie ein paar Männer und begleiten Sie die Frau ins Krankenhaus.» Er drehte sich um und wandte sich an den Arzt. «Ich nehme an, Sie wollen sie über Nacht dabehalten?»

Der Arzt nickte. «Wir müssen ihr wahrscheinlich ein Beruhigungsmittel geben.»

«Ja. Okay, wir unterhalten uns dann morgen früh mit ihr, so Gott will. Sorgen Sie dafür, daß sie in der Nacht nicht gestört wird, Sergeant. Reporter und solche Leute. Sie brauchen mindestens zwei Mann vor ihrer Tür. Kümmern Sie sich selbst um die Ablösung.»

«Jawohl, Sir.»

Cody ging zu Byrne, der in einem Notarztwagen saß und von einem anderen Arzt untersucht wurde. «Du tust am besten das gleiche, Tom. Fahr ins Krankenhaus. Und meine Anerkennung, Tom. Alle Achtung. Falls ich's vergesse.»

«Nein, nein», protestierte Byrne. «Ich bin okay.»

Der Arzt blickte Cody an und schüttelte den Kopf. Dann sagte er zu Byrne: «Wir müssen Sie im Krankenhaus gründlich untersuchen und Sie über Nacht beobachten, Sir.»

McCadden machte sich davon und schlenderte ins Haus. Mit einer Handbewegung bedeutete er de Burgh, ihm zu folgen.

In dem vorderen Zimmer, wo Clarke die Frau gefangengehalten und mit Byrne gesprochen hatte, gab es noch die Überreste eines Kindergeburtstags. Unter einem Marienbild waren zwei Luftballons an der Wand befestigt. Ein hellroter und ein grüner. Einer war platt und verschrumpelt, der andere noch prall gefüllt. Farbiges Geschenkpapier und leere Spielzeugschachteln waren zerknüllt und in den Kamin geworfen worden.

Clarke hatte vor nicht allzu langer Zeit in dem Zimmer gegessen. Zwei offene, leere Konservendosen, eine mit Irish Stew, die andere mit gebackenen Bohnen, jede mit einem Löffel darin, standen auf dem Fernseher. Die Flüssigkeitsreste in beiden waren noch nicht eingetrocknet.

Wußte er nicht, wie man Essen warm macht? fragte sich McCadden. Oder war vielleicht der Strom im Haus abgestellt?

Clarke lag auf dem geblümten Teppich und blutete in das grünbraune Muster. McCadden war überrascht. Er hatte sich, warum auch immer, einen muskulösen, körperlich beeindruckenden Mann vorgestellt. Aber Clarke war klein. Nicht größer als einsfünfundsechzig vermutlich. Seine Wangen waren ungesund gerötet und trugen tagealte Bartstoppeln. Sein strähniges schwarzes Haar war bereits schütter, und man konnte die Kopfhaut darunter sehen.

Unsympathisch. Das war das Wort, das McCadden dazu einfiel. Unsympathisch.

Aber nicht Clarkes physische Erscheinung überraschte McCadden so sehr. Es war die Tatsache, daß Clarke nicht Billy Powers Jacke und Opel-T-Shirt und Jeans trug. Clarke trug Marinehosen, billige braune Slipper und ein graues Sweatshirt mit dem Schriftzug ANDIAMO auf der Brust.

Genaugenommen hatte es einst ANDIAMO geheißen. Weil die Kugel Clarke aus nächster Nähe vermutlich genau ins Herz getroffen hatte, und wegen des Einschlußlochs hieß es jetzt nur noch AND MO.

Die Pistole, eine Beretta 92SB Halbautomatik, lag auf dem Teppich vor der Leiche, in der Nähe von Clarkes rechter Hand.

Und wer hatte ihm die Waffe gegeben? fragte sich McCadden.

Wer gab ihm die Kleider? Wer fuhr ihn von Dublin nach Waterford? Wer brachte ihn in dem unbewohnten Haus in Ballybeg unter? Wer wußte, daß die Donovans derzeit nicht in ihrem Haus wohnten? Wer gab ihm die Beretta?

Bestimmt nicht Billy Power. Zumindest nicht die Pistole.

Hier, Peter, erschieß mich damit.

«Hier!» rief de Burgh plötzlich. Er deutete auf die gegenüberliegende Wand. «Da steckt die erste Kugel. Die Frau hat wirklich Glück gehabt. Wenn sie den Schock überwindet.»

Harry Boyce kam von der Straße herein. Er hatte Frank Ryan und zwei weitere Detectives bei sich. Sie blieben an der Tür stehen.

Boyces Miene war unbewegt. Seine Haltung drückte nichts Besonderes aus. Der dichte schwarze Schnurrbart verbarg seinen Mund und seine Lippen.

Aber er sagte mit ausdrucksloser Stimme: «Beachtet die Kleider des Toten, Jungs, des entflohenen Mörders Peter Clarke. Adidas-Turnschuhe. Hellblaue Jeans. Opel-Irland-T-Shirt.»

McCadden zuckte die Achseln. Es berührte ihn nicht. Zumindest dies nicht. Und nach seiner Erfahrung freuten sich Typen, die nicht mit ihren eigenen Fehlern leben konnten, immer diebisch über die Fehler von anderen.

«Wann willst du Tom Byrne vernehmen?» erkundigte sich McCadden.

Boyce sagte nichts. Er kaute auf seinem schwarzen Schnurrbart. Es hatte den Effekt, daß seine Augenbrauen nach unten gezogen wurden und er ein finsteres Gesicht bekam.

Geduldig versuchte es McCadden noch einmal: «Ich brauche seine Aussage, um den Power-Fall abschließen zu können. Ich halte es für einfacher, wenn wir ihn gemeinsam statt getrennt vernehmen.»

«Morgen früh», sagte Boyce. «Er bleibt über Nacht im Ardkeen. Morgen früh besuche ich ihn und die Frau.»

McCadden nickte und ging zur Tür.

«Andiamo», sagte er zu de Burgh.

21

Nachdem McCadden kurz nach Mitternacht wieder in seiner Wohnung war, genehmigte er sich eine ausgiebige Dusche, bis der Boiler leer war und das kalte Wasser ihn aus der Dusche vertrieb. Er debattierte mit sich selbst, ob er sich wieder anziehen oder ins Bett gehen und lesen sollte. Am Ende entschied er sich für einen Kompromiß. Er zog ein T-Shirt und eine Trainingshose an, machte sich eine ordentliche Tasse Kaffee, schob eine Fairport Convention-Kassette ins Tapedeck der Stereoanlage, die, auf der Sandy Denny *Crazy Man Michael* sang, und setzte sich auf das Sofa, um die aktuelle *Irish Times* zu lesen.

Seine Gedanken jedoch waren ruhelos. Er konnte sich nicht auf die Zeitung konzentrieren. Konnte nicht einmal mit Ruhe der Musik lauschen.

Am besten, sagte er sich, nahm er jetzt ein paar Tage frei. Mittwoch nachmittag und Donnerstag und Freitag. Ein verlängertes Wochenende. Fünf Tage insgesamt. Ein Kurzurlaub. Vielleicht sollte er Sarah in Dublin besuchen und feststellen, ob sich zwischen ihnen noch etwas tat.

Denn an der Billy Power-Sache gab es jetzt nichts Dringendes mehr.

Inzwischen war er bei dem Gedanken an Urlaub aufgestanden und marschierte in seinem Wohnzimmer hin und her, acht Schritte vor und acht Schritte zurück, wobei die losen Dielenbretter jedesmal knarrten, wenn er bei der Kehrtwendung darauf trat. Der Fall war nicht mehr dringend. Trotzdem war er unruhig, konnte nicht ausspannen.

Einmal blieb er vor dem russischen Plakat stehen, das mit der Kette und den Büchern. Er las die Inschrift: *Wissen sprengt die Fesseln der Sklaverei.* Sein Problem war, erkannte er sodann, daß er ein Gefühl der Niederlage hatte. Keine private Niederlage. Eine Niederlage bei einem Wettstreit, bei einem entscheidenden Spiel. Er konnte nicht genau sagen, welches Spiel er verloren hatte. Er konnte nicht einmal sagen, an *wen* er verloren hatte. Es war lediglich dieses deprimierende Gefühl, geschlagen worden zu sein. Das und das Gefühl, daß irgendwo ein Sieger feierte.

Um sich abzulenken, beschäftigte er sich eine Weile mit dem Thema Spiel. Gewonnene und verlorene Spiele. Spiele als Ersatz für normales Leben. Spiele, die mehr boten als das alltägliche Leben. Spiele als unmoralische Frivolität.

Er zog Bücher hervor, überprüfte Hinweise, sammelte Zusammenhänge. Stefan Zweigs *Schachnovelle.* Vladimir Nabokovs *König, Dame, Bube* und *Einladung zur Enthauptung. The Natural* von Bernard Malamud. Hermann Hesses *Glasperlenspiel.* Peter Handkes *Die Angst des Tormanns beim Elfmeter.*

Er grub Zitate und Ansichten aus dem Gedächtnis aus und fügte sie aneinander, um zu sehen, ob sie einen Sinn für ihn ergaben. Bill Shankly, der Manager von Liverpool, hatte gesagt, daß Fußball keine Sache auf Leben und Tod sei, sondern viel wichtiger als das. Das stellte ihn ins gleiche Lager wie die Liebenden in W. B. Yeats' Verstragödie *Deirdre*, die bei ihrer Hinrichtung Schach spielten, und die Spieler im *Glasperlenspiel*, die überhaupt nichts vom normalen Leben wußten. Shankly hatte vermutlich keinen von ihnen im Sinn. Vielleicht dachte er allerdings an die Puritaner im gegnerischen Lager, fürchtete, sie würden die Spiele als nutzlose Frivolität betrachten...

Und schließlich, zweiundzwanzig Minuten nach eins, umgeben von aufgeschlagenen Büchern und überzeugt, daß er endlich die Menschen verstand, die süchtig nach Spielen waren, weil sie bequemer und leichter zu handhaben waren als das unordentliche wirkliche Leben, griff er nach dem Telefon und wählte, bis auf die letzte Ziffer, Liam de Burghs Nummer. Er wollte den Sergeant fragen, ob ihm weitere Bücher bekannt waren, die Spiele zum Thema hatten, als Metapher, als Methode zum Strukturieren, als ihm plötzlich bewußt wurde, wie spät es war, und das Gefühl der Niederlage zurückkam.

Er war zu müde, um weiter dagegen anzukämpfen. Zu müde, um sich auch nur abzulenken.

Seine biologische Uhr war durcheinander, das war das Problem. Alle anderen schliefen, zufrieden, daß die Geiselnahme nicht mit dem Tod von Unschuldigen geendet hatte. Aber er tickte irgendwie falsch.

Er spielte mit dem Gedanken an einen weiteren Kaffee, wußte jedoch, daß der ihn vermutlich die ganze restliche Nacht wachhalten würde. Also kletterte er in sein Schlafzimmer unter dem Dach, zog sich aus und versuchte, an nichts zu denken.

Um zehn vor zwei schlief er endlich ein.

Eine Viertelstunde darauf wachte er erneut auf. Kein äußerer Anlaß. Nur ein letztes Zucken seines überdrehten Geistes.

Das nächste Erwachen war allerdings ein bißchen unheimlich. Es begann mit einem seltsamen Gefühl, das ihm den Nacken hinaufkroch, halb gespürt, halb geträumt. Verschlafen dachte er zuerst, daß etwas in seinen Haaren krabbelte. Eine Spinne. Kopfläuse. Ein Ohrwurm. Irgendein Tierchen. Er schlug mit der flachen Hand darauf und kratzte sich mit den Fingernägeln, aber die Irritation blieb.

Und dann hörte er es. Ein Geräusch, das leise und undefinierbar gewesen war, wurde plötzlich laut und klar.

Ein einsamer Betrunkener lief unten auf der Straße an seinem offenen Fenster vorbei. Er sang mit kräftiger Stimme und lallte nur ganz wenig:

Wir beraubten und plünderten so manches Schiff,
Dort unten vor Südamerikas Riff,
Stürzten viel' Witwen und Waisen ins Unglück,
Und ließen sie trauernd zurück,
Trieben Mannschaften roh über unserer Planken Lauf
Und hängten sie . . .

Der Betrunkene geriet außer Hörweite und ließ in der Totenstille nur die Erinnerung an die Worte und die Melodie zurück.

McCadden, der jetzt hellwach war, das Gefühl im Nacken wie kleine Nadeln auf der Haut, richtete sich im Bett auf und sagte leise, aber vernehmlich: «Scheiße.»

Er schleuderte die Bettdecke von sich und schwang die Beine aus dem Bett. Er griff nach dem Telefon und warf den Hörer von der Gabel. Er zerrte an der Schublade eines Schränkchens, auf der Suche nach seinem privaten Telefonverzeichnis. Er tastete auf dem Schränkchen nach der Nachttischlampe und suchte den Schalter.

Der Radiowecker geriet in sein Blickfeld, als er halb blind herumfummelte.

Es war elf Minuten nach vier. Zwischen Nacht und Morgen.

Er brauchte fünf Minuten, bis er sich einigermaßen organisiert hatte und das Telefon bei Frank Ryan zu Hause klingelte. Vier Uhr sechzehn. Ryan brauchte nochmals eine Minute, bis er aufgewacht war und den Hörer abgenommen hatte. Vier Uhr siebzehn. McCadden, der auf den Radiowecker starrte, zählte die Sekunden mit.

Ryan knurrte verschlafen: «Aaaoooaah?»

«Frank?» sagte McCadden. «Carl McCadden. Tut mir leid wegen der Uhrzeit, daß ich dich störe und so weiter. Bist du wach, Frank?»

«Häh?»

«Bist du wach?»

«Herrgott noch mal, Carl. Ja, jetzt bin ich wach.»

«Gut! Hör genau zu. Heute abend, als du in Ballybeg warst und die Frau, die Geisel, an die Tür des Hauses klopfte, in dem Clarke war, und du sie angerufen hast – kannst du mir folgen, Frank?»

«Ja, ja, ich kann dir folgen.»

«Okay. Frank, erzähl mir genau, was danach passiert ist.»

«Jesus!» Frank atmete tief ein und wieder aus. «Ich hab sie angerufen. Sie drückte auf die Klingel oder klopfte an die Tür. Die Tür öffnete sich. Sie wurde hineingezerrt. Also beschlossen Walsh und ich, ebenfalls zu klingeln. Aber als Clarke öffnete, hielt er ihr ein Messer an die Kehle und...»

«Genau so hatte ich es in Erinnerung», unterbrach ihn McCadden. «Genau so.»

«Was ist das Problem, Carl?»

«Eine Frage», sagte McCadden. «Warum hat er sie mit einem Messer bedroht, wenn er doch eine Pistole hatte?»

Wieder seufzte Ryan. Aber er nahm sich Zeit für die Antwort. Fünfundzwanzig Sekunden. Ein langes Schweigen. Aber dann sagte er: «Jesus, selbst um ... wieviel Uhr haben wir? ... selbst um *halb fünf morgens* kannst du, wenn du zwei Waffen hast, jederzeit eine beliebige davon auswählen.»

«Ja, klar. Aber wenn du eine Person in Schach halten willst und zwei andere abschrecken, welche würdest du dann nehmen?»

«Dein Argument hat was für sich, aber ...»

«Gut! Noch ein paar kurze Fragen, Frank, dann laß ich dich weiterschlafen.»

«Nein, ich ...»

«Zweimal hast du gesagt, sie hätte geklingelt *oder* geklopft. Warum? Warum das *oder*? Hast du gesehen, wie sie geklopft hat?»

«Es sah so aus, ja.»

«Und es sah so aus, als hätte sie auch geklingelt, vorher, ja?»

«Ich glaube schon, ja.»

«Bevor du sie angerufen hast?»

«Ja, definitiv.»

«Und sie klopfte, *nachdem* du sie angerufen hast?»

«Vermutlich. Ich meine, normalerweise machst du so etwas nicht gleichzeitig.»

«Ganz recht», bekräftigte McCadden. «Hör zu. Vergiß mal die automatische Sympathie für die Geisel, das automatische Mitgefühl – meinst du, sie hat dich gehört, als du sie angerufen hast?»

Wieder gab es ein langes Schweigen. Länger diesmal.

Ryan dachte nach.

McCadden zählte die Sekunden, während er wartete.

«Ja», sagte Ryan dann.

«Und noch eine letzte Frage, Frank», versprach McCadden. «Wirklich nur noch eine. Als Clarke die Tür öffnete, wurde sie hineingezerrt, oder hat sie sich durch die Tür gedrängt?»

Ryan stieß hörbar die Luft aus. «Jesus! Wenn ich's beeiden müßte?»

«Wenn du es beeiden müßtest.»

«Ich kann's nicht mit Sicherheit sagen, weder das eine noch das andere.»

«Danke, Frank. Ich bin dir sehr verbunden.»

«Keine Ursache», erwiderte Ryan mit unüberhörbarer Ironie. «Wie in aller Welt bist du mitten in der Nacht darauf gekommen?»

«Piraten lassen ihre Gefangenen über die Planke laufen, indem sie sie mit dem Entermesser vorantreiben. Nein, kein Witz. Es ist ein Lied. *Wir beraubten und plünderten so manches Schiff, / Dort unten vor Südamerikas Riff, / Stürzten viel' Witwen und Waisen ins Unglück, / Und ließen sie trauernd zurück, / Trieben Mannschaften roh über unserer Planken Lauf / Und hängten sie...* und so weiter. Kennst du das Lied?»

«Würdest du dich freundlicherweise verpissen, Carl?»

«Okay, okay. Schlaf weiter.»

«Du machst wohl Witze. Nach all dem kann ich nicht wieder einschlafen.»

«Ist deine Frau auch wach?»

«Was glaubst du denn? Natürlich ist sie wach.»

«Versuch's mal mit Sex», schlug McCadden vor.

Und legte hastig auf.

Da das Fenster hinter dem Bett offenstand und das Feuer im Zimmer unten nur noch glomm, war es jetzt kalt unter dem Dach, gerade zwei Grad über dem Gefrierpunkt. McCadden, der nackt auf dem Bettrand saß, spürte es erst, nachdem er den Hörer aufgelegt hatte. Fröstelnd stand er auf und eilte zum Kleiderschrank, um sich etwas anzuziehen. Etwas Dickes und Warmes. Etwas für draußen an einem kalten Oktobermorgen. Dicke wollene Socken, Boots, Jeans, Denimshirt, dicker Pullover.

Nachdem er eine schwere wasserdichte Jacke darübergezogen hatte, ging er wieder zu der Kommode und blätterte noch einmal in seinem Telefonverzeichnis.

Hinter Vinnie Foleys Name standen zwei Nummern. Die eine war seine Privatnummer, die andere die Nummer des Buchmachers, für den Vinnie arbeitete. Welche wohin gehörte, wußte McCadden nicht. Er hatte keinen Vermerk in dem Notizbuch gemacht.

So wählte er einfach die erste. Es läutete und läutete, fünfzehnmal. Darauf versuchte er es mit der zweiten Nummer. Auch sie läutete und läutete und läutete.

Eine Kleinigkeit, daß er vergessen hatte, einen entsprechenden Vermerk zu machen. Aber eine sehr ärgerliche Kleinigkeit.

Er wählte noch einmal die erste Nummer. Diesmal wurde der Hörer prompt abgenommen. Vinnie mußte von dem ersten Versuch aufgewacht sein. Vielleicht war er aufgestanden, zum Telefon gestolpert, hatte den Hörer abgenommen, nur um festzustellen, daß der Anrufer bereits wieder aufgelegt hatte.

«Vinnie?» sagte McCadden und kritzelte ein «P» hinter die erste Nummer. «Hier ist Carl McCadden.»

Foleys Stimme klang schläfrig, aber trotzdem höchst besorgt. «Ist was passiert?»

«Nein, nein. Hör zu, ich weiß, es ist arg früh, aber ...»

«Es ist Viertel vor fünf!»

«Sehr gut, Vinnie», lobte McCadden. «Wenigstens bist du jetzt wach. In einer Viertelstunde komme ich dich abholen. Du mußt dich anziehen. Für draußen.»

«Wie, was?»

«Du mußt mir einen Gefallen tun. Es dauert nicht lang.»

«Das können wir doch sicher auch noch später machen, oder?»

«Später ist zu spät. Jetzt, Vinnie.»

«Ach, kommen Sie, ich fühle mich ein bißchen zittrig, um ganz ehrlich zu sein, und ...»

«Was ist die Steigerung von zittrig, Vinnie?»

«Was?»

«Du wirst dich noch viel schlimmer fühlen, wenn du nicht fertig bist.»

Fünf nach fünf, ein paar Minuten später als geplant, drückte McCadden auf die Klingel an Vinnie Foleys Tür. Er hatte nie darauf geachtet, aber die Klingel spielte eine flotte Keyboard-Variante von *Row, Row, Row Your Boat*. Jedesmal wenn man auf den Klingelknopf drückte, ertönte *Row, Row, Row Your Boat*.

Um sieben nach fünf hatte McCadden zehnmal *Row, Row, Row Your Boat* gespielt. Und das Haus war immer noch dunkel. Offenbar hatte sich Vinnie noch einmal hingelegt und war wieder eingeschlafen.

Danach hielt McCadden den Finger auf dem Drücker, ließ eine Endlosversion von *Row, Row, Row Your Boat* abspielen, bis im Flur das Licht anging und Vinnie zur Tür eilte.

Vinnie trug einen hellblauen Pyjama mit rosa Panthern darauf. Wie alles, was er trug, reichte auch hier der Stoff nicht aus, um alles von ihm gleichzeitig zu bedecken.

«Na los», drängte McCadden. «Gehen wir, gehen wir. Zieh dich an, Vinnie.»

«Ja, okay, okay», murmelte Vinnie und stolperte durch den Flur ins Wohnzimmer, wo er sich am Abend ausgezogen hatte und die Kleider noch unordentlich auf einem Sessel lagen. Er zog sich Jeans an, ohne die Pyjamahose auszuziehen, streifte sich dann ein Sweatshirt über die Pyjamajacke und fragte, während er an seinen Socken schnüffelte: «Wo fahren wir überhaupt hin?»

«Großes Geheimnis», erwiderte McCadden. «Jetzt mach zu. Dein einer Schuh liegt übrigens im Kamin, der andere ist unter dieser Zeitung.»

22

McCadden fuhr durch die Südstadt und ignorierte die Ampeln, allerdings herrschte auch kaum Verkehr. Ein paar Reisende waren bereits auf den Straßen, hatten sich so früh wie möglich auf den Weg gemacht. Einige Nachtschwärmer bemühten sich, keine Schlangenlinien zu fahren. Hier und da radelte ein einsamer Fahrradfahrer durch die Nacht. Ein Schichtarbeiter aus einer Fabrik vielleicht. Oder ein Hafenarbeiter. McCadden hörte das Scheppern eines Milchwagens. Es war irgendwo in der Ferne, aber in der stillen Nacht war der Klang deutlich zu vernehmen. Den Wagen selbst sah er nicht.

Innerhalb von Minuten war Vinnie Foley auf dem Beifahrersitz eingeschlafen. Dreißig Sekunden später schnarchte er vernehmlich.

Als McCadden sein Ziel erreichte, durch den Haupteingang des Ardkeen Hospital fuhr und vor der Aufnahme parkte, stieß er den dicken Mann in die Rippen. Vinnie schlief weiter. McCadden packte ihn an der Schulter und brüllte ihn verärgert an. Vinnie schnarchte nur. Schließlich hielt ihm McCadden mit der einen Hand die Nase, mit der anderen den Mund zu. Jetzt wachte Vinnie auf und schnappte röchelnd nach Luft.

Vinnie torkelte aus dem Wagen und blickte sich, während McCadden die Türen abschloß, unsicher um, versuchte festzustellen, wo er sich befand, versuchte sich die Nacht und den Vortag in Erinnerung zu rufen, um herauszufinden, warum er hierhergebracht worden war. Wie alle stark übergewichtigen Männer fürchtete er sich ganz offensichtlich vor Krankenhäusern, weil er sehr gut wußte, daß er früher oder später in einem landen würde. Als McCadden an ihm vorbei in das Gebäude marschierte, tappte Vinnie gehorsam hinter ihm her wie ein riesiger, treuer und ein bißchen einfältiger Bernhardiner.

Die Schwester am Empfang blickte auf, als McCadden hereinstürmte. Sie lächelte vorsichtig, aber mit dem Versprechen, mehr von ihren Zähnen zu zeigen, wenn der Fall nicht allzu ernst war. Sie spähte an McCadden vorbei, betrachtete Vinnie und sagte: «Unfallopfer?»

«Was?» fragte McCadden.

Die Schwester lehnte sich zur Seite und deutete mit einem Kugelschreiber auf den heranschleichenden Vinnie. «Ihr Freund», sagte sie. «Hat er einen Unfall gehabt?»

Darauf hätte es viele Antworten gegeben. Aber McCadden war nicht in der Stimmung dazu. Er schüttelte den Kopf.

«Nein», sagte er und zückte seinen Dienstausweis. «Ich bin Detective Inspector McCadden. Das hier ist ein, äh... Zeuge. Die Frau, die gestern abend nach der Geiselnahme in Ballybeg hierhergebracht wurde. Wissen Sie, wo sie liegt?»

«Ja. Diesen Gang entlang. Da sitzen bereits zwei Polizisten vor der Tür.»

«Hat man Ihnen den Namen der Frau angegeben?»

Die Schwester blätterte die Aufnahmeliste durch. «Vera Dunne.»

«Vera Dunne», wiederholte McCadden. «Könnten Sie vielleicht den behandelnden Arzt rufen?»

Die Schwester lächelte erneut und zeigte diesmal ihre Zähne. Sie legte einen Schalter am Steuerpult der Lautsprecheranlage um und rief den Arzt aus.

McCadden tigerte hin und her, während er wartete. Viel lieber hätte er sich mit der Empfangsschwester unterhalten, aber er war zu besorgt, zuviel ging ihm im Kopf herum, als daß er es hätte genießen können. Hinter ihm schlich Vinnie zu einem Stuhl im Korridor.

«Setz dich lieber nicht hin, Vinnie», warnte McCadden.

Vinnie blickte die Schwester flehend an. Sein Blick drückte aus, daß dies nur eine der elementaren menschlichen Annehmlichkeiten war, die man ihm verweigerte.

Der Arzt, der nur wenig später auf sie zukam, war jung und freundlich und bemerkenswert frisch für sechs Uhr morgens.

«Michael Griffin», stellte er sich vor und streckte McCadden die Hand hin. «Würden Sie mir bitte folgen? Hier entlang.»

«Danke. Carl McCadden und, äh...»

Der Arzt warf einen Blick auf Vinnie. Dessen Rosa-Panther-Pyjama war am Bauch unter dem Sweatshirt sichtbar.

«Hat sie Beruhigungsmittel bekommen?» fragte McCadden hastig. «Vera Dunne?»

«Nein. Das war nicht nötig. Nur ein leichter Schock. Wir wollten sie lediglich beobachten. Ich schätze, am Morgen ist sie wieder voll in Ordnung. Vermutlich schläft sie allerdings noch. Meinen Sie nicht, daß es noch arg früh ist für eine Vernehmung?»

«Ich werde sie nicht aufwecken», versprach McCadden. «Ich möchte lediglich ins Zimmer schauen. Und Mr. Foley hier auch. Ist das in Ordnung?»

«Ja, ja. Solange wir sie nicht stören.»

Die beiden uniformierten Bewacher, beide noch sehr jung, bestenfalls zwanzig, saßen neben dem Schreibtisch der Stationsschwester und lachten gerade über irgendeinen Witz. Die näher kommenden Stimmen und Schritte mußten sie wohl gehört haben, dachten aber vermutlich, daß es Ärzte waren. Als der Schatten auf sie fiel und sie aufblickten und McCadden in der Tür des kleinen Dienstzimmers sahen, sprangen sie auf, erröteten und warfen sich schuldbewußte Blicke zu.

«Rührt euch», sagte McCadden. «Wie lange seid ihr schon hier?»

«Seit Mitternacht, Sir.»

«Wann werdet ihr abgelöst?»

«Um acht, Sir.»

«Gibt es irgendwas zu berichten? Irgendwelche Besucher? Hat jemand versucht, sich Zutritt zu verschaffen?»

«Nein, Sir. Während der vorherigen Schicht waren ein paar Reporter da, aber sie waren schon wieder weg, als wir unseren Dienst antraten. Sie sind nicht wiedergekommen.»

«Ist die Frau irgendwann herausgekommen oder aufgewacht?»

«Nein, Sir.»

Der Arzt hatte leise die Tür des Krankenzimmers geöffnet und wartete, daß McCadden eintrat. Das Zimmer lag im Dunkeln. Das Licht vom Flur fiel zwar durch die offene Tür, aber nicht auf das Bett, das in der linken Ecke stand.

McCadden hielt Vinnie Foley davon ab, in das dunkle Zimmer zu stolpern, und sagte leise: «Wir brauchen Licht.»

Der Arzt tastete herum, fand eine Lampe auf dem Tisch und schaltete sie ein.

Der schwache Lichtschein reichte aus, das Bett zu erhellen. Aber nicht die Frau. Denn die war nicht mehr da. Das Bett war leer.

McCadden starrte einen Moment auf das leere Bett, das ordentlich gemacht und überhaupt nicht zerwühlt war. Er schob die Hand unter die Bettdecke und fühlte das Laken. Kalt. Eiskalt. Schon lange weg. Sein Blick wanderte zum Fenster, das von innen entriegelt und dann offenbar von außen wieder zugedrückt worden war. Vom Fenstersims bis zum Rasen waren es keine zwei Meter.

Der junge Arzt, der die Hand noch an der Tischlampe hatte, den Zeigefinger noch auf dem Schalter, starrte McCadden betroffen an.

Vinnie Foley schlurfte zum Bett und setzte sich apathisch darauf, zu müde, um zu fragen, was hier eigentlich los war.

Und dann seufzte McCadden und sagte kaum hörbar: «Scheiße!»

Die beiden Uniformierten, angelockt von der Stille, der unheilschwangeren Atmosphäre, getrieben von ihrem schlechten Gewissen, standen jetzt an der Tür. Beide fühlten sich sichtlich unwohl, hatten Angst.

McCadden hörte einen von ihnen geräuschvoll schlucken und drehte sich zu ihnen um. «Macht das Licht an», sagte er.

Und als die Leuchtstoffröhren an der Decke flackerten und schließlich ihr kaltes Licht in den Raum warfen, fragte er: «Wie waren eure Instruktionen?»

«Wir hatten den Befehl, niemanden ins Zimmer zu lassen, Sir», sagte der eine. «Sie sollte nicht gestört werden.»

«Wir sollten auf dem Gang bleiben», fügte der andere hinzu. «Nicht ins Zimmer gehen.»

«Genau», sagte McCadden. «Und das habt ihr getan. Richtig?»

Beide nickten. «Jawohl, Sir.»

«Also könnt ihr euch wieder abregen.»

«Jawohl, Sir.»

«Nein, noch nicht. Ihr müßt Meldung machen. Sagt ihnen, daß ich hier war. Sagt ihnen, daß sofort eine Fahndung herausgegeben werden muß. Die Frau versucht vermutlich, noch heute nacht das Land zu verlassen. Ihr könnt ja selbst die Beschreibung durchgeben. Habt ihr alles verstanden?»

«Wir haben sie nie gesehen, Sir.»

McCadden seufzte. «Macht nichts. Die wissen schon, wen ihr meint. Kapiert?»

«Jawohl, Sir.»

«Gut. Wenn ihr das erledigt habt, durchsucht ihr das Gelände. Man kann ja nie wissen.»

McCadden marschierte an ihnen vorbei. Er hatte schon den Empfang erreicht, bedachte die Schwester, die so freundlich gelächelt hatte, mit einem höflichen Nicken, da kam es ihm. Unter den neugierigen Blicken der Schwester machte er kehrt, marschierte den Flur zurück, an den beiden jungen Uniformierten vorbei und ins Zimmer.

«Vinnie», sagte er müde.

Foley war auf dem Bett eingeschlafen. Er hatte sich nicht einmal ausgestreckt. Er saß einfach da, der Kopf auf die Brust gesunken, die Füße noch auf dem Boden.

McCadden seufzte, ging zu ihm und weckte ihn auf die gleiche Art wie zuvor. Dem Arzt, der ihm entsetzt zusah, nickte er freundlich zu.

«Na los, Vinnie», sagte er. «Gehen wir. Wir sind noch nicht fertig. Und die Nacht ist noch jung.»

23

Lennie Lombard verdiente sich seine Brötchen und die Butter darauf als freiberuflicher Fotograf.

Er war ein ruhiger, zurückhaltender Typ, der sich gerne hinter seinem Sucher versteckte und nur einen wunden Punkt hatte.

«Ich heiße nicht Lennie», pflegte er wütend zu sagen. «Mein Name ist Richard. Richard Lombard.»

Aber jeder nannte ihn Lennie, obwohl niemand mehr so recht wußte, warum. Vielleicht weil jemandem Lens – Linse – als Spitzname für einen Fotografen gut gefallen hatte; und weil es nur einen davon gab und er auch ziemlich klein geraten war, hatte man Lennie daraus gemacht. Aber niemand wußte es mehr genau. Die Stadt war bekannt für sonderbare Spitznamen, deren Ursprünge niemanden mehr interessierten. Stab der Unbesonnene. Haste-mal-Fünfpence. Itchiewalla. Hundefutteresser. Colaflasche. Und ein hünenhafter, zwei Meter großer Einbrecher war als Shorty Phelan bekannt.

Lombard brachte seine Schnappschüsse hauptsächlich bei den zwei lokalen Wochenblättern unter, *The Munster Express* und der *Waterford News and Star*. Selten hatte er das Glück, ein Foto bei einer überregionalen Zeitung zu plazieren. Aber er war eigentlich kein Nachrichtenfotograf. Innenaufnahmen waren seine Stärke, gestellte Posen eher sein Stil. Hochzeiten, feierliche Anlässe, Tanzveranstaltungen, Premieren. Er hatte weder die Nase noch den Fanatismus eines echten Nachrichtenjägers.

Pikanterweise befand sich Lennie Lombards Studio in der Lombard Street, im Osten der Stadt. Es war etwas, worauf er mit einigem Stolz hinwies, nachdem er gesagt hatte, daß sein richtiger Vorname Richard sei.

«Lombard of Lombard Street.»

Es hörte sich allerdings viel vornehmer an, als es tatsächlich war, das Erdgeschoß eines alten viktorianischen Hauses, das ihm gleichzeitig als Wohnung diente.

Als McCadden und Vinnie Foley dort eintrafen, war Lombard bereits auf. Er saß sogar schon beim Frühstück.

Er war höchstens einssechzig groß, schmächtig, Mitte oder Ende Dreißig, und die Haare gingen ihm bereits aus. Außerdem hatte er einen schauderhaften Geschmack. Heute trug er einen grünlichen Anzug mit breitem Revers, ein rosa Hemd und eine bunte Krawatte, die das gesamte Farbspektrum mit Ausnahme von grün und rosa aufwies.

Während er McCadden und Vinnie Foley durch den Flur in die Küche führte, griff er nach allen möglichen herumliegenden Dingen, hier eine Zeitschrift, dort eine zitronenfarbene Krawatte, da ein Kontoauszug, und entschuldigte sich nervös für die Unordnung in der Wohnung. Diese Gegenstände fielen eigentlich nur deswegen auf, weil sonst alles so penibel aufgeräumt und tadellos sauber war.

Lombard setzte sich nicht wieder an den Frühstückstisch, wo noch Reste von Eiern mit Schinken auf dem Teller lagen. Nervös stand er am Tisch und wußte nicht, was er mit seinen Händen anfangen sollte.

«Möchten Sie eine Tasse Tee?» fragte er schließlich.

McCadden schüttelte den Kopf.

Foley, der jetzt hellwach war und dem der Magen knurrte, starrte hungrig auf den Frühstücksteller. Doch Lombard beachtete ihn nicht. Er sah McCadden an.

«Ja, eine Tasse Tee wäre besser als gar nichts», meinte Foley seufzend.

Die Teekanne stand unter ihrer Haube auf dem Tisch. Lombard holte noch eine Tasse aus dem Küchenschrank und goß ein.

«Sie waren gestern abend in Ballybeg, nicht wahr?» fragte McCadden.

Lombard nickte. «Ja.»

«Wie sind die Fotos geworden?»

Lombard wurde ein Stück größer vor Stolz. «Sie müßten heute morgen auf der Titelseite des *Star* sein. Ich habe die Ausgabe noch nicht gesehen. Heute abend in der *Evening Press*. In den Lokalzeitungen natürlich erst am Wochenende.»

«Zeigen Sie mal her», sagte McCadden.

Das Studio befand sich auf der anderen Seite des Flurs. Ein großer Raum mit nackten Dielen, Kameras, Stativen, Scheinwerfern, Kulissen und einigen Stühlen für Porträtaufnahmen. Es war genauso ordentlich aufgeräumt wie der Rest der Wohnung, nur lagen auch hier zwei oder drei Sachen achtlos verstreut.

Die Fotos befanden sich bereits in Lombards Archiv. Wie man es von einem so gut organisierten Menschen erwarten konnte, waren sie auch zeitlich geordnet. Das Haus. Die Polizeiabsperrung. Die gaffende Menschenmenge. Eine Nahaufnahme von Chief Superintendent Cody und Tom Byrne und Harry Boyce und Patrick Kirwan. Tom Byrne, als er wie ein Bandit, der sich ergeben hatte, mit erhobenen Armen ins Haus ging. Ein Schnappschuß für die Privatsammlung des Stadtrats. Seinen politischen Ambitionen durchaus förderlich. Dann gab es McCadden, wie er auf dem Beifahrersitz des Wagens schlief, das Kinn auf der Brust, der Mund leicht geöffnet, der Gesichtsausdruck ein bißchen dümmlich. War Lombard deswegen heute morgen so nervös gewesen? Oder benahm er sich immer so?

Der letzte Stapel zeigte, wie die Frau und Tom Byrne aus dem Haus kamen. Es gab eine ganze Serie davon, manche im Sekundentakt geschossen.

McCadden suchte sich die beste Aufnahme heraus: die Frau und Byrne, wie sie direkt in die Kamera blickten, beide etwas geblendet von den Scheinwerfern der Polizei, aber beide mit ziemlich natürlichem Gesichtsausdruck.

Er lief über die nackten Dielen des Studios und hielt Vinnie Foley den Abzug hin.

Vinnie nahm die Teetasse von der rechten in die linke Hand. Er wischte sich die Handfläche der rechten Hand an der Hose ab. Aber das Foto faßte er nicht an.

«Was ist das?» fragte er mißtrauisch.

«Das ist ein Foto», sagte McCadden ungeduldig.

Jetzt nahm es Vinnie in die Hand. Er warf nur einen kurzen Blick darauf, und sein Gesicht leuchtete auf.

«Das ist Tom Byrne!» rief er. «Der Stadtrat.»

McCadden seufzte, sagte aber nichts. Vinnie las in seinem Gesicht, daß mehr von ihm erwartet wurde, und sah sich das Foto noch einmal an.

Er brauchte beinahe dreißig Sekunden.

«Ah», sagte er dann. «Jetzt verstehe ich. Jetzt weiß ich, hinter was Sie her sind.»

«Vielen Dank, Vinnie.»

«Das ist die rothaarige Frau, die am Samstag abend draußen in Kilcohan Park war, mit dem protzigen Italiener, der so viel Geld auf Dondory gesetzt hat.» Und prompt witterte er einen handfesten Skandal. «Was macht sie da mit Tom Byrne?»

«Der Italiener, Vinnie», drängte McCadden. «Beschreibe ihn mir noch mal.»

«Wie meinen Sie das? Was wollen Sie wissen?»

«Wie alt er war, wie groß, Haarfarbe, Augenfarbe, irgendwelche besonderen Merkmale.»

«Wie alt? Vielleicht fünfundfünfzig, würde ich sagen, vielleicht auch ein bißchen älter. Bei Italienern ist das manchmal schwer zu sagen. So groß wie Sie war er nicht, ein bißchen kleiner. Was haben Sie noch gesagt?»

«Haarfarbe.»

«Schwarz. Pechschwarz, Mann. Einen Bart hatte er auch.»

«Dicht? Dünn? Vollbart?»

«Ein ziemlich dichter Vollbart. Sonst nichts weiter. Zumindest kann ich mich an nichts erinnern. Bis auf den Kies. Er hatte einen Haufen Geld einstecken, das hab ich Ihnen doch schon erzählt, nicht?»

McCadden brachte das Foto zurück und fragte Lombard: «Kann ich mal Ihr Telefon benutzen?»

Das Telefon befand sich im Flur. Lombard führte Vinnie wieder in die Küche, und McCadden hörte, wie er zu Lombard sagte: «Sie hätten nicht zufällig eine Scheibe Brot für mich?»

McCadden wählte Liam de Burghs Privatnummer in der Cork Road.

«Liam? Hier ist Carl. Hör zu, die Einzelheiten kannst du dir auf dem Revier geben lassen, aber die Geisel von Ballybeg gestern abend ist verschwunden.»

«Entführt?»

«Nein. Freiwillig. Durchs Fenster geklettert. Eine Fahndung ist veranlaßt, aber ich habe wenig Hoffnung. Ich möchte, daß du folgendes unternimmst. Hast du einen Schreiber griffbereit?»

«Ja. Schieß los.»

«Sie hat den Namen Vera Dunne angegeben, aber der ist offensichtlich falsch. Ich habe ein paar Fotos von ihr, die ich für dich auf dem Revier hinterlege. Sie reist mit einem Italiener, Mitte bis Ende Fünfzig, schwarzes Haar, Vollbart, sehr elegant gekleidet, offenbar sehr wohlhabend. Kennst du Vinnie Foley? Ich habe am Sonntag bei ihm vorbeigeschaut, als wir zu Billy Powers Witwe gefahren sind.»

«Persönlich kenne ich ihn nicht, nein.»

«Ich werde ihn beim Revier abliefern. Du kannst dich dort mit ihm unterhalten. Er soll dir eine genaue Beschreibung des Italieners geben. Sie müssen irgendwo in der Stadt abgestiegen sein, vielleicht auch in einem Hotel außerhalb. Finde soviel heraus über die beiden, wie du nur kannst. Harry Boyce wird früher oder später die gleiche Spur verfolgen, aber du hast einen guten Vorsprung. Nutz ihn aus. Halte Vinnie Foley von ihm fern. Wenn ich dich nicht auf dem Revier treffe, bin ich bei Cody zu Hause, dann fahre ich wahrscheinlich mit Harry Boyce zu Tom Byrne, um ihn zu vernehmen. Danach gehe ich heim und schlafe eine Runde. Ich war die ganze Nacht wach. Ich melde mich später bei dir.»

24

Chief Superintendent Cody wohnte in einem dreistöckigen freistehenden Haus in Upper Newtown am südöstlichen Stadtrand, wo District Commissioner Byrne von der Royal Irish Constabulary ebenfalls gewohnt hatte, fast einhundert Jahre vor ihm. Anfang des neunzehnten Jahrhunderts hatten dort Wein- und Getreidehändler, Kleiderfabrikanten, Brauer, Metallwarenhändler und Juweliere gewohnt, und es war immer noch eine wohlhabende Gegend. Anständig und solide.

Das erste, was McCadden auffiel, nachdem er das Haus betreten hatte, war der penetrante Geruch von saurer Milch. Fast hätte er laut gelacht. So wie Erschöpfung manchmal unerwartete Reaktionen auslöst, wenn einem Unerwartetes begegnet.

Die Milch war im Wohnzimmer verschüttet worden, von einem Couchtisch auf den beigen Teppich, und danach nicht gründlich aufgewischt. Zwei hauchdünne Porzellantassen standen noch auf dem Mahagonitisch. In beiden war noch ein Schluck Tee, auf dem sich eine graue Schicht gebildet hatte. Die Tassen hatten Ränder auf dem Holz hinterlassen. Auf Sesseln, Sofas, sogar auf dem Boden waren alte Zeitungen und Kleidungsstücke verstreut.

Es war ein erschreckender Kontrast zu dem penibel aufgeräumten Büro des Chief Superintendent im Polizeirevier. Und auch ein seltsamer Kontrast zu der neurotischen Ordnungsliebe in Lennie Lombards Wohnung.

«Kommen Sie nur rein», sagte Cody unsicher, nervös. «Ja, kommen Sie herein. Ist irgendwas passiert?»

Sie setzten sich ins Wohnzimmer an den Couchtisch, McCadden zu gleichgültig und Cody zu beunruhigt, als daß sie die Unordnung als peinlich empfunden hätten.

«Hat Ihnen noch niemand Bescheid gesagt?» fragte McCadden.

Cody starrte ihn angsterfüllt an. «Nein, niemand. Was ist passiert?»

Nachdem seine Frau immer noch im Krankenhaus lag, mußte ihm jede Stunde wie eine Ewigkeit vorkommen. Jedes Klingeln, jeder Anruf bedeutete Angst vor den fürchterlichen Worten: *Es tut mir leid, aber Ihre Frau, Chief Superintendent...*

«Es geht nicht um Ihre Gattin», sagte McCadden hastig. «Die Frau, die Geisel von Ballybeg gestern abend, ist verschwunden.»

Cody starrte ihn an, bemühte sich verzweifelt, ihn zu verstehen. «Was?» fragte er. «Wie meinen Sie das?»

Und McCadden sah ein, daß er das falsche Wort verwendet hatte. Es hörte sich an wie bei einem Zauberkunststück.

«Sie ist weggelaufen», erklärte er. «Man könnte sagen, sie ist aus dem Ardkeen Hospital *entkommen.*»

«Sie meinen, sie ist abgehauen?»

«Ja», bestätigte McCadden geduldig.

«Wieso?» fragte Cody. «Gehirnerschütterung? Schock? Wandert sie jetzt irgendwo herum und weiß nicht, wer sie ist?»

McCadden schüttelte den Kopf. «Nein. Sie war ganz gesund. Sie hat einfach ein Fenster aufgemacht und ist davongelaufen.»

Cody stand plötzlich auf, wobei er gegen den Couchtisch stieß und ihn beinahe umgeworfen hätte. «Wer war verantwortlich?» bellte er. «Wer war für ihre Bewachung verantwortlich?»

McCadden, der mit dieser irrationalen Reaktion gerechnet hatte, versuchte seinen Unmut zu verbergen. «Niemand», erwiderte er. «Jeder. Wenn ich mich recht erinnere, hatten Sie gestern abend selbst die Anweisung gegeben, dafür zu sorgen, daß sie nicht gestört würde, daß niemand ihr Zimmer betreten sollte.»

Cody hörte nicht zu. Er lief im Zimmer auf und ab. «Das wird eine Untersuchung geben», tobte er. «Eine derart wichtige Zeugin. Wir wissen noch nicht einmal, woher sie kommt. Wie sollen wir sie wiederfinden? Das gibt eine Untersuchung. Denken Sie an meine Worte.»

«Eine Untersuchung», sagte McCadden, «wird lediglich aufzeigen, daß Sie gestern abend die Anweisung gegeben haben, dafür zu sorgen, daß die Frau nicht gestört wird.»

Cody blieb stehen und blickte ihn böse an.

«Niemand konnte voraussehen, daß sie weglaufen würde», sagte McCadden. «Wie auch immer, das ist jetzt nicht wichtig. Viel wichtiger ist...»

«Ich entscheide, was wichtig ist und was nicht, Inspector!» schnauzte ihn Cody an.

McCadden seufzte. Vielleicht war es seine Müdigkeit, vielleicht machte ihn seine Erschöpfung ungeduldig, aber das wenige, was er noch an Respekt gegenüber Cody empfand, verflüchtigte sich rapide. Wenn man das Stadium erreicht, wo man glaubt, daß Dinge wichtig sind, nur weil man selbstherrlich entscheidet, daß sie wichtig seien, dann ist man kein Führer mehr, sondern ein unberechenbarer Einzelkämpfer. Und das Mitgefühl, das er für Cody hatte wegen dessen kranker Frau, ließ auch immer mehr nach. Er hatte andere Männer erlebt, die ihre Frauen verloren. Aber bei keinem war es so wüst, so öffentlich abgelaufen.

Sie waren sich nie besonders nahe gewesen, er und Cody. Sie respektierten und tolerierten einander – mehr aber auch nicht. Und Cody hatte stets auf den eher konventionell veranlagten Harry Boyce gesetzt, dessen Ehrgeiz ihn vorsichtiger machte, berechenbarer und viel entgegenkommender.

«Viel wichtiger ist», wiederholte McCadden, «ich glaube nicht, daß die Frau gestern abend nur zufällig in Ballybeg war. Ich glaube, sie wollte sich dort mit Clarke treffen und ihm zur Flucht verhelfen, ihn möglicherweise außer Landes bringen. Außerdem glaube ich, daß *sie* die Pistole mitgebracht hat, daß Clarke vorher gar keine Schußwaffe hatte. Frank Ryan – Detective Sergeant Ryan – überprüfte zufällig zu diesem Zeitpunkt die Gegend. Sie ging ins Haus, um Clarke zu warnen, wollte ihn vielleicht durch den Hinterausgang hinauslotsen. Aber Ryan hatte sie gesehen und klingelte Sekunden später an der Haustür. Was dann passierte, war eine clevere Komödie. Die Frau tat so, als sei sie seine Geisel.»

«Unsinn», schnauzte Cody. «Sie wären einfach durch die Hintertür abgehauen.»

«Ryan hatte zwei Uniformierte hinter das Haus geschickt. Ihre einzige Chance war, eine Geiselnahme vorzutäuschen. Die Frau hatte ohnehin nichts von uns zu befürchten. Wir wußten ja nichts von ihr. Egal wie das Geiseldrama ausging, sie war frei. Das Ziel war aber, Clarke ebenfalls freizubekommen.»

Cody nahm seine Wanderschaft wieder auf, lief im Zimmer hin und her, diesmal über den Milchfleck auf dem Teppich. Er klopfte sich auf die Taschen, auf der Suche nach einer Pfeife. Als er keine fand, rumorte er heftig auf dem Sims über dem Kamin.

Ärgerlich, aber wesentlich ruhiger als vorher, sagte er: «Das klingt äußerst unwahrscheinlich. Äußerst unwahrscheinlich. Nein. Warum in aller Welt hat Clarke verlangt, daß Tom Byrne mit ihm redet?»

«Weil sie eine *echte* Geisel brauchten», erwiderte McCadden. «Wenn Sie sich erinnern, bestand Clarke darauf, daß Byrne *in* das Haus kam. Ich weiß nicht, wie sie es später inszenieren wollten, aber sie waren eindeutig in einer besseren Verhandlungsposition mit Byrne als Geisel. Aus unserer Sicht hatten sie zwei Geiseln. Clarke wußte offenbar, daß Byrne auf seine Forderung eingehen würde. Kannten sie sich? Oder kannte Byrne Clarkes Vater?»

«Aber sie bekamen Streit», wandte Cody ein. «Clarke und die Frau. Sie bekamen Streit. Gehörte das auch zu der cleveren Komödie? Und Clarkes Tod? Auch eine Komödie?»

McCadden mußte zugeben, zumindest insgeheim, je öfter man das Wort *Komödie* wiederholte, um so unwahrscheinlicher hörte es sich an.

Doch er sagte zuversichtlich: «Na ja, irgendwas ist schiefgelaufen. Kein Zweifel. Was genau, weiß ich nicht. Tom Byrne kann uns da vielleicht Näheres sagen. Sehen Sie, ich glaube inzwischen, daß Clarke nach Waterford kam, um sich mit Billy Power zu treffen. Dann hat er ihn getötet. Es gibt irgendeine Verbindung zwischen Clarke, Billy Power und der rothaarigen Frau und vermutlich noch anderen, die uns bisher entgangen ist.»

«Andere?»

«Ja», bekräftigte McCadden und dachte an den bärtigen Italiener. «Billy Powers Leiche wurde von jemandem am Freitag morgen wegtransportiert. Ich bin mir fast sicher, daß es nicht Clarke war, und allein konnte es die Frau auch nicht schaffen.»

«Verstehe.»

«Was ich jetzt gern tun möchte», sagte McCadden, «ich möchte Clarkes Spur zurückverfolgen, bis in die Zeit, *bevor* er seine Freundin Theresa Cheasty ermordete, und ...»

Cody schüttelte den Kopf.

McCadden verstummte.

«Nein», sagte Cody und schüttelte immer noch den Kopf. «Peter Clarke ist Inspector Boyces Fall.»

«Ja, aber da Clarke mit ziemlicher Sicherheit Billy Power ermordet hat, und da der Power-Fall irgendwie ...»

«Verstehen Sie nicht, was ich gesagt habe? Peter Clarke ist Inspector Boyces Fall. Wenn Sie irgendwelche sachdienlichen Vorschläge haben, können Sie die an Boyce weitergeben.»

«Ich will Sie nicht nerven», sagte McCadden, «aber wenn wir wüßten, warum Clarke vor drei Jahren Theresa Cheasty umgebracht hat, wüßten wir wahrscheinlich auch, warum er Billy Power ermordete.»

«Wir wissen, warum er diese arme Frau umgebracht hat.»

«Warum?»

«Clarke war ein labiler Mensch, Inspector. Er nahm alles übertrieben ernst, auch die Beziehung zu dieser unglücklichen Frau. Es bedarf nur eines geringfügigen Anlasses, für uns gar nicht nachvollziehbar, daß solch ein Typ ausrastet.»

«Ich behaupte», beharrte McCadden, «wenn sie ihn hintergangen hat, daß er ...»

«Wie?» unterbrach ihn Cody. «Womit sollte sie ihn hintergangen haben? Ich habe das bereits mit Harry Boyce durchdiskutiert. Es gab keinen anderen Mann. Es gab kein Geld, über das sie in Streit geraten konnten. Es gab unseres Wissens keine Geheimnisse zwischen ihnen, keine Ideale, denen sie sich verpflichtet fühlten, keine politischen oder religiösen Ziele, für die sie kämpften, keine ...»

Im Nebenzimmer läutete das Telefon. Cody fuhr zusammen, verstummte und lief dann los. Erst an der Verbindungstür drehte er sich um und sagte: «Ich bin gleich wieder da. Warten Sie hier.»

Dann schloß er die Tür hinter sich.

McCadden nahm die Gelegenheit wahr, eine Weile dem sauren Milchgeruch zu entkommen. Er schlenderte umher, ohne irgendwo zu spionieren. Es fiel ihm nicht leicht, denn überall standen Türen offen. Der Bücherschrank mit den Glastüren. Die Anrichte. Die Hausbar. Vielleicht konnte Cody keinen Sinn darin sehen, Schranktüren zu schließen, nur um sie irgendwann wieder zu öffnen, nachdem seine Frau im Sterben lag. Warum sich die Mühe machen? Warum überhaupt weiterleben? Keine besonders gute Einstellung, so wie die Dinge lagen.

Cody öffnete die Verbindungstür und wollte gerade etwas sagen, brachte aber nicht mehr als «Nichts Wichtiges» heraus, als das Telefon erneut klingelte und er zurück in das Nebenzimmer ging.

Diesmal dauerte es länger, fast zehn Minuten. Als er zurückkam, ließ er die Tür offen und sagte: «Es ist Inspector Boyce. Er möchte Sie sprechen.»

McCadden ging in das Nebenzimmer und griff nach dem Hörer, der auf einem massiven Schreibsekretär lag. Cody hatte seine Pfeife gefunden und suchte jetzt nach Streichhölzern, wobei er sich die ganze Zeit an der offenen Tür herumdrückte.

«Was Neues?» erkundigte sich McCadden.

Stille.

Dann sagte Boyce kalt: «In welcher Beziehung?»

McCadden entnahm dieser Antwort, daß es keine Neuigkeiten gab. Zumindest keine guten Neuigkeiten. Sie hatten die Frau noch nicht gefunden. Und sie hatten immer noch keine Ahnung, wer sie eigentlich war. Es gab nicht mal eine Spur. Hätten die Dinge anders gelegen, wäre Cody lächelnd zurückgekommen, und Boyce würde triumphieren.

«Hast du Tom Byrne schon vernommen?» fragte McCadden.

«Nein.»

«Wann wirst du ihn vernehmen?»

Ein Stein ließ sich leichter ausquetschen.

«Ich fahre jetzt ins Krankenhaus», knurrte Boyce.

«Warte auf mich. Ich fahre mit dir. Wie vereinbart. Ich brauche ungefähr zehn Minuten von hier bis zum Revier. Noch etwas. Hat irgend jemand Byrne informiert, daß die Frau verschwunden ist?»

«Er schläft», erwiderte Boyce ungeduldig. «Ich habe vor zehn Minuten im Krankenhaus angerufen.»

«Gut. Wir werden es ihm erst am Ende der Vernehmung sagen.»

«Wieso?»

«Weil es sonst nur seine Erinnerung verzerrt, wenn er es weiß.»

Nicht schlecht, fand McCadden. Eine clevere Ausrede.

Harry Boyce schien das Argument ebenfalls stichhaltig zu finden. Er knurrte: «Wir sehen uns in zehn Minuten.»

Und dann legte er auf.

25

Tom Byrnes Zimmer im Ardkeen Hospital befand sich ebenfalls im Erdgeschoß, aber in einem anderen Flügel als das Zimmer, aus dem Vera Dunne verschwunden war.

Und Byrne sah wirklich krank aus. Matt und kreidebleich, fahrig und offenbar wacklig auf den Beinen. Er saß auf dem Bettrand, in einen dicken Morgenmantel gehüllt. Seine Frau saß neben ihm. Eine große, physisch eindrucksvolle Frau, die jedoch nicht das Selbstbewußtsein und die Autorität ausstrahlte wie ihr Mann. Sie saß weiter am Rand. Glücklich, daß ihr dieses Vorrecht gewährt wurde, aber bereit, sich zurückzuziehen, sobald es ihr wieder entzogen wurde. Vermutlich eine Haltung, die sie in den Jahren der Ehe perfektioniert hatte. Byrnes Töchter, Catherine und Tina, saßen auf Stühlen neben dem Bett.

Als Harry Boyce eintrat und sie begrüßte, lächelten alle freundlich. Als McCadden hinter ihm hereinkam, machten alle ein Gesicht, als wären sie lieber woanders.

McCadden war verblüfft. Die Verlegenheit bei den beiden Töchtern konnte er verstehen. Sie hatten ihm ein paar Dinge gesagt, die ihr Vater nicht gern hören würde, und sie hatten ihm einige Lügen oder Halbwahrheiten aufgetischt. Er konnte sich sogar die Ängstlichkeit der Mutter erklären. Wenn sie sich außerhalb ihres Hauses aufhielt, nagte vermutlich ein unbestimmter Verdacht an ihr, daß sie eigentlich woanders sein sollte. Aber Tom Byrne? Wieso war er so verschüchtert?

Gerade als McCadden sich diese Frage stellte, fiel ihnen beruhigenderweise wieder ein, daß die zivilisierte Welt, einschließlich der Polizei, stets ein heiles Familienleben zu würdigen weiß.

Und dann entdeckte McCadden etwas über die Beziehung des Stadtrats zu seinen Frauen. Als Byrne aufstand, Harry Boyce die Hand schüttelte und McCadden zunickte, ignorierte er einfach die drei Frauen. Und von den beiden Polizeibeamten erwartete er offenbar auch, daß sie sie ignorierten. Sie spielten keine Rolle bei den kommenden Ereignissen, sowenig wie die Trauben und das Funktelefon auf dem Nachttisch. Also standen sie vor der Wahl, dazubleiben und sich überflüssig vorzukommen, oder zu verschwinden und sich woanders überflüssig zu fühlen. In beiden Fällen waren sie nichts, und sie bekamen auch unmißverständlich den Eindruck vermittelt, daß sie nichts galten ohne den Segen des Stadtrats.

Die drei erinnerten sich rasch an ihre guten Manieren und gingen. Die Ehefrau stand als erste auf, ging den Kindern mit gutem Beispiel voran und versuchte, Byrnes anstößiges Benehmen mit einem schrillen «Ich sehe schon, ihr Männer habt nichts als Geschäfte im Sinn – gehen wir, Mädels!» zu kaschieren.

Catherine und Tina hielten beim Hinausgehen wenigstens ihren Blick gesenkt.

Byrne setzte sich wieder aufs Bett, als die Frauen gingen, und bedeutete Boyce und McCadden, sich die verwaisten Stühle zu nehmen. Kaum waren sie allein, sagte er: «Also, die Frau, die Geisel, ist verschwunden, stimmt's? Demnach war sie nicht das, wofür sie sich ausgab, oder?»

«Wer hat Ihnen das erzählt?» herrschte ihn McCadden an.

Byrne zögerte. «Na ja.» Er holte tief Atem. «Es... es ist inzwischen Tagesgespräch hier im Krankenhaus, und, äh, meine Frau hat mir die Nachricht gebracht.»

«Machen Sie sich mal keine Gedanken», sagte Harry Boyce beruhigend. «Ich bin sicher...»

«Worüber wollte Peter Clarke gestern abend mit Ihnen reden, Mr. Byrne?» unterbrach McCadden.

Boyce warf Byrne einen irritierten Blick zu und sah dann McCadden an. Aber Byrne starrte McCadden an, der wieder aufgestanden war. Und obwohl McCadden jetzt langsam hin und her ging, behielt er Byrne scharf im Auge.

Etwas Seltsames ging zwischen McCadden und Byrne vor. Schon seit McCadden ins Zimmer gekommen war. Ein Wettstreit? Ein Spiel? Selbst McCadden wußte nicht genau, wie ernst es wirklich war.

«Er ist nicht dazu gekommen, es mir zu sagen», erklärte Byrne.

«Was *glauben* Sie, was er wollte?» beharrte McCadden.

«Ich weiß es nicht genau. Aber ich kann Ihnen folgendes sagen, Inspector. Er wollte mir mit Sicherheit nichts zuleide tun. Er war wirklich froh, jemanden zu haben, mit dem er sich aussprechen konnte, jemand, der ihn nicht gleich verurteilte und der...»

«Ja, ja», unterbrach ihn McCadden ungeduldig. «Hat Clarke über Billy Power gesprochen?»

Byrne senkte den Kopf. Den Kummer in seinen Augen durfte man sich selbst vorstellen.

«Er erzählte mir, er hätte Billy getötet, ja. Er schien zu wissen, daß Billy für mich arbeitete. Er machte einen zerknirschten Eindruck, es schien ihm leid zu tun.»

«Hat er Ihnen gesagt, *warum* er ihn tötete?»

«Um eine alte Rechnung zu begleichen. Das waren seine Worte.»

«Was glauben Sie, was er damit gemeint hat? Was für eine alte Rechnung?»

Byrne hob wieder den Kopf. Damit man deutlich die Ehrlichkeit in seinen Augen sehen konnte. «Ich weiß es wirklich nicht. Er hat es nicht gesagt.»

«Wie Sie zweifellos wissen», sagte McCadden, «hat Billy Power in der Vergangenheit eine Menge Frauen sexuell belästigt, darunter auch Ihre eigene Tochter, Tina, wovon Sie mir selbst erzählt haben...»

«Ich habe Ihnen nie etwas über eine Belästigung meiner Tochter erzählt.»

«Nein?» McCadden schien ganz sprachlos.

Eine Pause.

Byrne zeigte keine Neigung, das Thema weiter zu verfolgen.

«Meinen Sie, das hätte diese alte Rechnung sein können?» fragte McCadden. «Eine Belästigung von Peter Clarkes Freundin? Oder von seiner Schwester? Clarke hatte doch eine Schwester, oder?»

«Ich weiß es wirklich nicht, Inspector. Ich meine, was diese alte Rechnung war. Peter hat eine Schwester, natürlich. Mary. Mary Butler heißt sie jetzt.»

«Hmm», brummte McCadden. «Sagen Sie, was ist *genau* passiert, als Sie gestern abend in das Haus gingen?»

Harry Boyce, der in den letzten Minuten ziemlich unruhig gewesen war, stand unvermittelt und lärmend auf. Er ging durchs Zimmer zur Tür, schnaubte geräuschvoll, kam zurück. Byrne warf ihm einen Blick zu, konnte sich jedoch keinen Reim auf dieses Verhalten machen. McCadden nahm den Blick nicht von Byrne.

«Die Haustür war offen», begann Byrne. «Peter stand in der Tür vom Flur zum vorderen Zimmer.»

«Wo war die Frau?» fragte McCadden.

«Sie war in dem Zimmer hinter ihm.»

«*Hinter* ihm? Fanden Sie das nicht merkwürdig?»

«Wieso?»

«Denken Sie doch mal nach. Wo hatte er übrigens das Messer?»

«Messer?» wiederholte Byrne. «Ich erinnere mich an kein Messer. Er hatte die Pistole. In der rechten Hand. Allerdings ohne auf etwas Bestimmtes zu zielen. Ganz schlaff, nach unten gerichtet, am Bein. So ähnlich.» Er machte es vor.

«Okay, er stand also an der Tür und hielt die Pistole in der Hand. Und dann?»

«Er winkte mich mit der anderen Hand in das vordere Zimmer. Befahl mir, mich auf das Sofa zu setzen. Die Frau saß bereits in einem Sessel. Peter setzte sich in den anderen.»

«Hatte die Frau Angst?»

Byrne runzelte die Stirn. «Nein, eigentlich nicht», sagte er. «Jetzt, wo Sie's erwähnen... Nein, ich hatte nicht den Eindruck, daß sie sich ängstigte.»

«Ist Ihnen *das* nicht merkwürdig vorgekommen?»

«Ich habe mir keine Gedanken darüber gemacht», räumte Byrne ein. «Die Frau war mir eigentlich nicht so wichtig, außer daß ich mich vergewisserte, ob sie gesund und nicht in unmittelbarer Gefahr war. Ich war voll und ganz mit Peter beschäftigt.»

«Okay, Sie saßen auf dem Sofa, die beiden anderen in den Sesseln. Und dann?»

«Ja, also, wir...»

«In welchem Sessel saß die Frau? Rechts von Ihnen oder links?»

«Rechts von mir. Warum?»

«Unwichtig. Weiter. Was dann?»

«Wir haben über alte Zeiten gesprochen», sagte Byrne und ließ den Kopf wieder sinken, ein trauriges Lächeln um die Lippen. «Den größten Teil der Unterhaltung habe ich bestritten. Sehen Sie, ich ging davon aus, daß er sich in diese Klemme hineingeritten hatte und nicht recht wußte, wie er wieder herauskommen sollte. Also redete ich, um die Spannung ein wenig abzubauen. Ich kannte seinen Vater sehr gut. Auch Peter habe ich schon als Kind gekannt.»

«Kannten Sie die Frau, die er aufgeschlitzt und ermordet hat, Theresa Cheasty?»

Der traurige und wehmütige Blick verschwand aus Byrnes Gesicht. Ansonsten reagierte er nicht auf McCaddens Wortwahl.

«Ich habe sie ein- oder zweimal mit Peter gesehen, das ist alles. Peters Vater war ein Jahr zuvor gestorben, nach langer Krankheit. Ich habe ihn damals natürlich oft besucht. Ich war immer schon der Meinung, daß der Tod seines Vaters irgendwie Peters späteres Verhalten beeinflußt hat. Vorher war er ein offener, extrovertierter Junge. Danach hat er sich zurückgezogen, wurde unberechenbar.»

Harry Boyce, der sich keine Mühe gab, seine schlechte Laune zu verbergen, fragte jetzt abrupt: «Wie kam es zu der Schießerei, Mr. Byrne?»

Byrne wandte sich ihm zu. «Ich versuchte gerade, ihn zu überreden, sich zu ergeben, Inspector Boyce. Ich glaube, ich war auf dem besten Wege, ihn zu überzeugen. Vermutlich *wollte* er überredet werden. Zu kapitulieren. Er hielt die Pistole ganz locker, als wollte er sie mir übergeben, aber da stand die Frau plötzlich auf. Ich weiß nicht, warum. Vielleicht wollte sie ihn davon abhalten, sich zu ergeben, denn sie rief: ‹Nicht, Peter!›»

Es war Boyce, der die naheliegende Frage stellte: «Meinen Sie, die haben sich schon vorher gekannt?»

«Nun ja, ich dachte... Ich war schon verwundert.»

«Fahren Sie fort, Mr. Byrne.»

«Sie rief: ‹Nicht, Peter!› Bevor ich noch irgend etwas sagen oder tun konnte, brüllte Peter genauso unvermittelt: ‹Nein!› Er fuhr zu ihr herum und schoß. Daneben, wie Sie ja wissen. Ich stürzte auf ihn zu. ‹Nicht, Peter, nicht!› rief ich. Er fuchtelte erneut mit der Pistole. Und wenn Sie mich totschlagen, ich weiß wirklich nicht, ob er auf mich zielte oder auf sich. Es ging alles so schnell, und ich kann beim besten Willen nicht sagen, ob ich mit der Zielrichtung der Pistole überhaupt etwas zu tun hatte, ob ich sie von mir weglenkte und in seine Richtung stieß. Tatsache ist jedenfalls, daß die Mündung auf seine Brust zeigte, als er abdrückte. Seine Hand wurde schlaff, und ich konnte ihm die Pistole entwinden. Zu spät. Sie fiel zu Boden. Die Waffe. Die Frau schrie wie am Spieß. Ich ließ den armen Peter dort zurück, wo er zu Boden gestürzt war, und führte die Frau aus dem Haus. Das ist alles. Den Rest wissen Sie.»

Nach einem kurzen, sehr kurzen Schweigen sagte Boyce: «Vielen Dank, Mr. Byrne.»

Und dann fuhr sich Inspector Harry Boyce über seinen dichten Schnurrbart und fügte hinzu: «Es tut mir leid, daß wir Sie so bald nach diesem schlimmen Erlebnis belästigen mußten. Wir müssen uns noch einmal unterhalten und ein offizielles Protokoll anfertigen, aber das hat Zeit.»

Und dann drehte sich Boyce um und marschierte aus dem Zimmer.

McCadden blieb nichts anderes übrig, als Boyce zu folgen. Die verbindlichen Worte schenkte er sich allerdings.

Draußen auf dem Flur saß immer noch Tom Byrnes Frau. Harry Boyce hatte ihr bereits zugenickt und war vorbeimarschiert. McCadden setzte sich neben sie und sagte: «Ihr Gatte ist ein sehr tapferer Mann, Mrs. Byrne.»

«Danke, Inspector.» Eine leichte Röte überzog ihre Wangen, denn das Lob färbte auch ein wenig auf sie ab.

Mitfühlend legte ihr McCadden die Hand auf den Arm. «Und diese arme Frau, die gestern abend zusammen mit ihm in diesem Haus war. Haben Sie sie schon besucht?»

Mrs. Byrne schlug sich erschreckt die Hand vor den Mund, eine jener Gesten, die ausdrücken sollen: *Was werden Sie nur von mir denken!* Sie sagte: «Nein, nein, das habe ich ganz vergessen...»

«Vielleicht möchten Sie ihr einen Besuch abstatten, nachdem Sie schon mal hier sind», schlug McCadden vor.

Mrs. Byrnes Augen leuchteten auf. «O ja!»

«Fragen Sie die Schwester, wo sie liegt», sagte McCadden. «Und wenn die Schwester es Ihnen gesagt hat, vergessen Sie bitte nicht, Ihrem Gatten gegenüber zu erwähnen, daß ich den Besuch vorgeschlagen habe. Inspector McCadden.»

«Oh. Wieso?»

«Ihr Mann denkt, ich hätte kein Herz. Vergessen Sie es bitte nicht. Inspector McCadden.»

Lächelnd erhob sich McCadden. Er war jedoch alles andere als amüsiert. Wenn Tom Byrne es nicht von seiner Frau erfahren hatte, daß Vera Dunne verschwunden war, *wer* hatte es ihm dann gesagt? Byrne hatte an diesem Morgen keine weiteren Besucher gehabt. McCadden hatte bereits am Empfang nachgefragt. Sinnlos zu fragen, ob er irgendwelche Telefongespräche geführt hatte. Auf Byrnes Nachttisch stand ein Funktelefon. Und natürlich hatte Chief Superintendent Cody an diesem Morgen *zwei* Anrufe gehabt. Und natürlich, wenn man ein persönlicher Freund des Chief Superintendent war und ein paar Informationen haben wollte...

Harry Boyce saß grimmig am Steuer des Sierra und ließ den Motor laufen. Kaum saß McCadden im Wagen, da trat Boyce aufs Gaspedal. Die Vorderräder drehten durch, und der Ford startete sich mit quietschenden Reifen. Passanten drehten sich um.

McCadden machte einen Versuch zur Güte.

«Du kannst ihn ja jederzeit noch einmal vernehmen. Ich hatte von Anfang an nur diese eine offizielle Chance.»

Boyce, der mit durchdrehenden Rädern aus der Einfahrt des Krankenhauses schoß, sagte nichts.

McCadden machte noch einen Versuch. «Was hältst du von seiner Story?»

«Du kannst den Superintendent fragen, ob er dir eine Kopie meines Berichts gibt», fauchte Boyce.

Schweigend fuhren sie zum Revier zurück, wo sie sich trennten. McCadden schrieb einen vorläufigen Bericht auf dem Computer, Boyce berichtete Cody persönlich.

Als sein Chef ihn dann rufen ließ, kaum zehn Minuten später, dachte McCadden zuversichtlich, daß er gut darauf vorbereitet sei.

Er war es nicht.

Denn etwas Entscheidendes hatte sich zwischenzeitlich verändert. McCadden spürte es sofort. Harry Boyce lächelte *sichtlich*, was schwer für ihn war bei dem dichten Schnurrbart, der seinen Mund so gut verbarg. Und was den Chief Superintendent betraf, so war Cody nicht mehr angespannt, nicht mehr nervös und auch nicht mehr besorgt. Er lehnte sich bequem in seinem Sessel zurück, die Beine ausgestreckt, und schien alles im Griff zu haben.

«Setzen Sie sich, Inspector», sagte er.

McCadden nahm Platz und ging sofort in die Offensive. «Ich werde nach Hause fahren und eine Runde schlafen, wenn das okay ist. Ich war die ganze Nacht wach.»

«Ja», willigte Cody ein. «Ja, tun Sie das. Aber bevor Sie gehen, sorgen Sie bitte dafür, daß die Billy Power-Akte und das gesamte damit in Zusammenhang stehende Material an Inspector Boyce hier übergeben wird. Und stehen Sie ihm für Fragen zur Verfügung, sagen wir ... morgen früh?»

McCadden war nicht darauf vorbereitet, daß ihm der einzige Vorwand, sich in die Peter Clarke-Sache einzumischen, unter dem Hintern weggezogen wurde.

«Die Power-Akte?» wiederholte er. «Warum?»

Cody seufzte. Betont geduldig sagte er: «Nachdem wir alle überzeugt sind, daß Peter Clarke Billy Power umgebracht hat, und da Inspector Boyce zuständig für den Fall Clarke ist, macht es wenig Sinn, wenn Sie beide sich mit der gleichen Sache befassen. Das gilt übrigens auch für Sergeant Hyland.»

«Hyland?» wiederholte McCadden verblüfft. «Hyland arbeitet nicht mit mir an diesem Fall.»

«Mir ist sehr wohl bekannt, wer Ihnen als Mitarbeiter zugeteilt ist...»

«Genaugenommen arbeitet er überhaupt nicht. Er ist krank geschrieben.»

«Mir ist sehr wohl bekannt», wiederholte Cody, «wer Ihnen als Mitarbeiter zugeteilt ist. Mir ist des weiteren sehr wohl bekannt, wer Ihnen *nicht* zugeteilt ist. Ist das klar?»

«Ja, sicher.»

«Gut. Noch Fragen?»

«Ja», sagte McCadden. «Hat Tom Byrne Sie heute morgen aus dem Krankenhaus angerufen?»

Das Schweigen, das darauf folgte, gute fünfzehn Sekunden, ein langes Schweigen, wurde schließlich gebrochen, als Cody sich langsam hinter seinem Schreibtisch erhob und sagte: «Ich möchte ein paar Dinge klarstellen, Inspector. Erstens, die Geschehnisse, die mit dem Tod von Peter Clarke zusammenhängen, gehören in den Verantwortungsbereich von Harry Boyce. Und niemand anderem. Zweitens, Tom Byrnes mutiges Eingreifen bei dieser Sache ist daher nicht Ihre Angelegenheit. Und drittens, außerhalb der Zeiten, wenn ich Sie in dieses Büro zitiere, wünsche ich nicht, daß meine eigenen Handlungen von meinen Untergebenen zu einem Gesprächsthema gemacht werden. Haben Sie das verstanden?»

Was konnte McCadden darauf sagen und dabei ehrlich sein? Nichts. Also sagte er: «Ja.» Und meinte das Gegenteil.

«Gut», sagte Cody aufgeräumt. «Vielen Dank. Das wäre alles.»

Aber das war noch nicht alles.

Als McCadden aufstand, fing der Chief Superintendent wieder an.

«Ich möchte Sie daran erinnern», sagte er, «daß ich kein Durcheinander in meinem Bezirk dulde, wer für was verantwortlich ist und wer wem untersteht. Wir müssen eine klare Organisation haben, klare Befehlsstrukturen...»

Fünf Minuten später, als McCadden das Dienstzimmer des Chief Superintendent verließ, war ihm der Boden unter den Füßen weggezogen worden, alle seine potentiellen Ermittlungsansätze weggenommen, und er hatte kaum mehr die Energie, sich in den Wagen zu setzen und nach Hause zu fahren. Zum Auto schaffte er es noch, aber er fuhr nicht zu seiner Wohnung. Statt dessen fuhr er daran vorbei Richtung Ballybeg Estate.

Ian Wilkins saß hinter seinem Schreibtisch im Haus der Young Salamanders.

«Ich suche Tina Byrne», sagte McCadden.

«Sie ist nicht hier», erwiderte Wilkins säuerlich.

«Wann erwarten Sie sie zurück?»

«Überhaupt nicht.»

«Ist sie nach Hause gegangen?»

«Ja.»

«Endgültig?»

Wilkins blickte zur Decke, und der verletzte und beleidigte Ausdruck in seinen Augen war Antwort genug.

«Es ist wichtig», sagte McCadden. «Wichtig für Tina. Deshalb muß ich die Wahrheit wissen. Als sie Ihnen erzählte, daß Billy Power sie belästigt hatte, sagte sie Ihnen da, daß er sie körperlich angegriffen hat, oder sagte sie nur, er hätte ihr einen unsittlichen Antrag gemacht?»

«Sie sagte nur, er hätte sie unsittlich belästigt.»

«Okay. Vielen Dank.»

McCadden stieg wieder in seinen Wagen, fuhr zur Wohnung, zog sich aus und kroch ins Bett, zu erschöpft, um klar zu denken, aber nicht erschöpft genug, um sich keine Sorgen zu machen.

Man ist nie so erschöpft, daß man nicht fähig wäre, sich Sorgen zu machen.

26

Um zwölf Uhr dreißig am darauffolgenden Tag saß McCadden an seinem Schreibtisch und blätterte unlustig in den Ermittlungsakten zu einer Einbruchsserie in der vornehmen South Parade, wobei er sich mit der Hypothese zu motivieren versuchte, daß die Diebstähle auch andere interessierten außer den Einbrecher und den Opfern.

Auf der linken Seite des Schreibtischs stapelten sich die Tageszeitungen vom Vortag. Rechts lagen die Abendzeitungen. All die Zeitungen, die er zu kaufen und zu lesen versäumt hatte. Insgesamt mehr als zehn. Und Lennie Lombards Foto von Tom Byrne und der Rothaarigen kam in keiner dieser Zeitungen. Über die Geiselnahme und den Tod von Peter Clarke wurde berichtet, aber nicht auf den Titelseiten. Die Seite eins war dem Massaker an zehn Zivilisten in Nordirland gewidmet und der Schießerei im Verlauf eines Banküberfalls in Dublin. Die anerkennenden Worte, die sie für Stadtrat Tom Byrne fanden, standen auf Seite vier oder Seite fünf, oder Seite sechs. Die Frau wurde nur am Rande erwähnt, ohne Namen oder nähere Beschreibung. Sie sei ein paar Stunden als Geisel festgehalten worden, hätte sich aber vollständig davon erholt.

Nur eine lokale Story. Und nicht besonders nachrichtenträchtig.

Wenn sich natürlich die Geiselnahme hinausgezogen hätte, wäre sie nach und nach der landesweiten Öffentlichkeit bewußt gemacht worden, wäre ungefähr eine Seite pro Tag nach vorn gerückt, bis sie schließlich auf der Titelseite gelandet wäre. So etwas verkaufte sich, die allmählich zunehmende Spannung, die ständige Drohung einer Eskalation, die menschlich anrührende Serie über nach und nach vertraute Personen. Der psychisch labile Pistolero. Der in Gefangenschaft geratene Vermittler. Die verängstigte junge Frau. Aber schnelle Lösungen verkauften sich nicht. Es war keine lohnende Investition für den Chefredakteur, die Story auf der ersten Seite zu bringen, weil sie nicht genügend Stehvermögen hatte, auch noch am nächsten Tag interessant zu sein. Sie war ausgelutscht. Gestorben.

Dummerweise war McCadden nicht fähig, selbst daran zu glauben, sich damit zufriedenzugeben.

Zwischen den beiden Zeitungsstapeln auf seinem Schreibtisch lagen Notizen über die Einbrüche. Aber er dachte nicht an sie. Er dachte an den Rotschopf namens Vera Dunne. Er dachte, daß sie vermutlich keine Italienerin war, eher Irin oder Engländerin, vielleicht auch Holländerin. Und er hielt es für einen Fehler, sie lediglich als Botin zu betrachten, lediglich als Statistin, nur weil sie eine Frau war.

Engländerin, entschied er dann. In England geboren. Vielleicht irische Eltern.

Der Teint, die Haarfarbe, die Gesichtszüge. Eindeutig englisch oder irisch.

Er hatte nur zwei Worte von ihr gehört. *The bullet. Die Kugel.* Und das, während sie weinte. Oder nur so getan hatte. Und wenn sie das vortäuschte, hatte sie vermutlich auch ihre Stimme verstellt.

Er versuchte sich an ihren Akzent, ihre Aussprache, ihre Diktion zu erinnern. Zwei Worte. Drei Silben. Aber eines war ihm noch klar im Gedächtnis. Obwohl sie den Eindruck erwecken wollte, hysterisch zu sein, hatte sie die Zunge ordnungsgemäß zwischen den Zähnen, als sie *the* sagte.

Um zwanzig vor eins kam Liam de Burgh ins Büro. De Burgh war nicht mehr McCadden zugeteilt. Und auch nicht Jerry Tobin, Andy Laffan und John Widger. Überhaupt niemand mehr, um genau zu sein.

«Wollen wir zusammen zu Mittag essen?» fragte de Burgh.

Sie aßen nicht in einer ihrer üblichen Kneipen. Sie fuhren zu McCaddens Wohnung in der Manor Street. McCadden hatte nur noch Käse im Kühlschrank, und so holten sie sich unterwegs zwei Portionen Pommes, aber der Hauptgrund war nicht das Essen, sondern sie wollten vor neugierigen Augen und Ohren sicher sein.

«Stell bitte Wasser auf», sagte McCadden. «Irgendwo liegen Teebeutel. Ich muß erst noch telefonieren.»

Er ging nach oben. Unter dem Dach setzte er sich aufs Bett und suchte in seinem Telefonbuch nach der Nummer von Jeremy Grayson. Grayson war ebenfalls Detective Inspector, allerdings bei der Polizei von Greater Manchester in England.

McCadden pflegte keine Kontakte zu anderen Polizeibehörden – offizielle Kontakte, sagte er sich, brachten dir auch nur offizielle Informationen –, aber er hatte hier und da Freunde, in England, Europa, zwei oder drei in Amerika, Kollegen, die er auf Konferenzen und Dienstreisen kennen- und schätzengelernt hatte.

Das Problem war nur, daß McCadden aus reiner Faulheit diese Beziehungen nicht pflegte.

Und das zeigte sich jetzt.

«Inspector Grayson ist nicht mehr unter dieser Nummer erreichbar, Sir. Er hat jetzt die folgende Nummer. Sind Sie bereit?»

McCadden notierte sich die neue Telefonnummer in seinem Notizbuch und wählte sie dann. Zweimal war besetzt. Zweimal bekam er eine falsche Verbindung und mußte erneut wählen. Beim fünftenmal, während de Burgh von unten rief, daß das Wasser kochte, kam er durch. Nur um zu erfahren, daß Grayson nicht da sei. Er war zum Mittagessen.

McCadden hinterließ eine Nachricht und bat Grayson, ihn im Büro anzurufen. Dann ging er nach unten, ein wenig verärgert, brühte Kaffee auf und setzte sich zu de Burgh an den Küchentisch.

Und was de Burgh zu sagen hatte, verbesserte seine Laune auch nicht.

«Dieser Italiener, den ich für dich überprüfen sollte.»

«Ja, richtig. Was ist mit ihm?»

«Es ist kein Italiener.»

«Er muß Italiener sein», sagte McCadden.

De Burgh schüttelte den Kopf. «Nein, ist er nicht.»

«Aber er muß Italiener sein», beharrte McCadden. «Sobald mir klar wurde, daß die Frau die Waffe ins Haus gebracht haben mußte, wurde mir auch klar, daß die Marke bedeutsam ist. Eine italienische Pistole. Eine Beretta. Das hat mich an das ANDIAMO auf Clarkes T-Shirt erinnert, was wohl nur Zufall war, an die italienischen Aquarelle in Billy Powers Haus, was ein Zufall sein mag oder auch nicht, und an einen reichen Italiener, der hier in der Stadt mit einer Rothaarigen gesehen wurde. Er muß also Italiener sein.»

«Ist er nicht», wiederholte de Burgh. «Er ist Iraker.»

«Iraker?»

«Sein Name ist Sayed Salman», erklärte de Burgh. «Wer hat dir gesagt, daß er Italiener sei?»

McCadden dachte an Vinnie Foley, den Mann mit einem Schwager, der Südfrüchte aus Italien importierte. «Ein Experte für Rassenmerkmale», sagte er.

«Ich dachte, du hältst nichts von Experten.»

«Und ich hatte recht», sagte McCadden geknickt.

«Er ist Iraker», wiederholte de Burgh.

«Okay, okay, also ein Iraker. Was hast du über ihn herausgefunden?»

«Sayed Salman ist Handelsbeauftragter bei der irakischen Regierung. Wir haben im Moment keine Handelsbeziehungen zum Irak wegen des UN-Embargos, also kann er nicht offiziell hier sein. Er traf am Montag, dem 23. Oktober, aus London kommend in Dublin ein, mit einer Reisegruppe, die aus vier Irakern bestand, alles Männer. Was verdächtig nach einer Handelsdelegation riecht. Aber egal. Er fuhr am Freitag, dem 27. Oktober, von Dublin nach Waterford und stieg im *Jury's Hotel* ab, und zwar bis vorgestern, Dienstag, 31. Oktober, wo er abreiste. Sie erkundigten sich nach den üblichen Touristenattraktionen. Christ Church Cathedral, Kunstgalerie, die Glasmanufaktur, Reginald's Tower. Was sie tatsächlich gemacht haben, wenn sie ausgingen, weiß niemand. Vielleicht geschäftliche Besprechungen, vielleicht auch nicht. Sayed Salman ist in Irland kein Unbekannter und in Waterford auch nicht. Vor dem Golfkrieg und dem UN-Embargo war er ziemlich häufig im Land. Auch in Waterford war er schon öfter.»

McCadden machte ein bekümmertes Gesicht. Einer der weniger schönen Aspekte, wenn man Detective war. Wenn man herausfand, daß Leute wider Erwarten anständige Bürger waren, war man manchmal enttäuscht statt erfreut.

«Was ist mit der Frau?» erkundigte er sich.

«Ich glaube, da bist du auf der falschen Fährte», sagte de Burgh. «Niemand weiß etwas über Vera Dunne. Und abgesehen von dem, was du selbst gesagt hast, gibt es keine Verbindung zu Sayed Salman. Sie ist nicht mit ihm angekommen. Sie ist nicht mit ihm abgereist. Im Hotel hat sie niemand gesehen. Irgendwie liegst du falsch, aber ich glaube, ich weiß, wie du der Sache auf den Grund gehen kannst.»

«Wie?»

«Ein gewisser Robbie Knox arbeitet als Empfangsangestellter im *Jury's*. Kennst du ihn?»

«Nein.»

«Ich kenne ihn aus einer Gruppe», erklärte de Burgh. «Witwer und geschiedene oder getrennt lebende Ehemänner, weißt du. Er hatte Sonntag abend Dienst, als jemand im Hotel anrief, sich als Garda-Beamter ausgab und fragte, ob ein Ausländer dort abgestiegen sei. Die Beschreibung paßte haargenau auf Sayed Salman.»

McCadden seufzte. «Ja, und ich weiß auch, wer da angerufen hat.»

«Nein!»

«Es war Paul Hyland.»

De Burgh starrte ihn an.

«Paul hat den Iraker am vergangenen Samstag auf der Hunderennbahn gesehen», erklärte McCadden. «Aber bei der Besprechung am Sonntag sagte er mir nichts von ihm. Danach war er beleidigt, weil ich ihn nicht in mein Team aufgenommen habe, also beschloß er offenbar, auf eigene Faust die Spur zu verfolgen. Er wollte mich beeindrucken, mir etwas beweisen. Bei der Besprechung redeten wir über Ausländer; der Container, der nach Frankreich gehen sollte, italienische Aquarelle. Aber egal. Was hat dein Freund Knox wegen des Anrufs unternommen?»

«Er sagte, er könne am Telefon nicht über Hotelgäste sprechen, was soviel bedeutete, daß der Typ dort wohnte. Paul bat ihn, bei der Telefonzentrale zurückzurufen und sich mit Detective Sergeant Hyland verbinden zu lassen. Das tat Knox dann auch. Allerdings war Hyland nicht mehr da. Er war gerade gegangen. Was hältst du davon?»

McCadden ließ sich das durch den Kopf gehen und sagte dann: «Paul hat wahrscheinlich nichts Wesentliches herausgefunden. Sonst würde er es nicht für sich behalten haben.»

«Er ist krank geschrieben», wandte de Burgh ein.

«Na ja, das ist die offizielle Version. Du kannst nicht eine Spur verfolgen, wenn du am Schreibtisch festsitzt und den ganzen Tag etwas anderes machen mußt. Paul würde sich selbst beurlauben. Das ist sein Stil.»

«Habe ich auch gehört.»

McCadden grübelte. Irgend etwas war mit Hyland. Etwas Seltsames. Beunruhigendes. Aber er konnte es im Moment nicht fassen. «Ich denke, er hat *irgendwas* anzubieten», meinte er dann. «Vielleicht die Rothaarige. Vielleicht den Iraker, der irgendwelche privaten Geschäfte macht. Also ist es eine gute Nachricht.»

Aber so, wie sich der Nachmittag weiter entwickelte, fiel es ihm schwer, diesen Optimismus aufrechtzuerhalten.

Paul Hyland war immer noch nicht im Revier aufgetaucht. Seit vier Tagen jetzt, Montag bis Donnerstag. War das gut oder schlecht? War er wirklich auf eigene Faust hinter dem Iraker her, oder saß er zu Hause auf seinem Hintern, immer noch beleidigt, weil ihm seiner Meinung nach Unrecht angetan worden war?

McCadden war auch nicht in der Lage, Näheres herauszufinden, denn Hylands Telefon war den ganzen Nachmittag über besetzt.

Um drei Uhr dreißig kam schließlich Graysons Anruf aus Manchester. Aber McCadden war inzwischen wieder weg und jagte im Zusammenhang mit der Einbruchsserie an der South Parade Verdächtigen hinterher. Als er zurückkam und die Nachricht auf seinem Schreibtisch fand, rief er sofort zurück. Aber er konnte nicht in Ruhe telefonieren. Harry Boyce kam gerade in diesem Moment ins Büro, stellte sich zu McCadden an den Schreibtisch und kaute auf seinem Schnurrbart.

«Hör zu», sagte McCadden zu Grayson, «bist du in der nächsten Stunde noch erreichbar? Ich rufe dich zurück.»

Als er den Hörer auflegte, vernahm er Boyces vorwurfsvolle Stimme.

«Wir haben immer noch nicht diese Besprechung über die Billy Power-Sache erledigt.»

«Richtig», sagte McCadden. «Warte hier. Ich geh nur mal schnell aufs Klo.»

Das tat er auch. Aber von den Toiletten lief er direkt zum Parkplatz und fuhr von dort nach Hause.

«Du mußt mir einen Gefallen tun, Jeremy», sagte er zu Grayson. «Ich habe eine Frau, die ich für eine Engländerin halte. Ich habe einen Namen, Vera Dunne, der vermutlich falsch ist, aber den sie möglicherweise schon früher benutzt hat. Sie trug Papiere auf diesen Namen bei sich. Ich habe eine gute Beschreibung und einige Fotos, die ich dir schicken kann. Möglicherweise hat sie Verbindungen zum Irak. Was kannst du für mich tun?»

«Ich gehe davon aus, daß dies keine offizielle Anfrage ist, Carl?»

«Möglicherweise ist die gleiche Anfrage auch schon über die offiziellen Kanäle gelaufen. Weiß ich nicht. Aber ich kann sie leider nicht benutzen.»

Graysons Stimme klang belustigt. «Bist du in Schwierigkeiten, Carl?»

«Noch nicht», erklärte McCadden. «Hängt davon ab, wie weit ich gehe. Und was dabei herauskommt.»

«Ist mir ein Vergnügen, dir dabei zu helfen, in die Scheiße zu treten, Carl. Schick mir das Zeug, sobald du kannst.»

Und schließlich, um Viertel vor sechs an diesem Abend, sah es überhaupt nicht mehr rosig aus.

McCadden saß im vorderen Wohnzimmer von Paul Hylands Einfamilienhaus in Lisduggan, zusammen mit Hylands Frau. Und Tracy Hyland weinte. Sie weinte auf eine Art, wie Frauen es tun, wenn sie sich geschworen haben, nicht zu weinen, mehr aus Wut und Frustration als aus Kummer, und sie kämpfte die ganze Zeit dagegen an, mit tiefen schluchzenden Atemzügen und langen Pausen.

Auf dem Glastisch zwischen ihnen lag ein kleiner Berg Umschläge und Briefe. Es waren lauter Rechnungen und letzte Mahnungen, und alle drohten mit irgend etwas. Eine Bausparkasse drohte rechtliche Schritte und Enteignung des Hauses an. Eine Benachrichtigung des Elektrizitätswerks, daß der Strom abgestellt würde. Das gleiche von einem Kabelbetreiber. Forderungen von verschiedenen Finanzinstitutionen wegen überfälliger Kredite. Grob zusammengerechnet stand Hyland mit fünfzehn- oder zwanzigtausend Pfund in der Kreide. Für McCadden war das ein Schock. Er hatte geglaubt, daß Hyland erst kürzlich wieder mit der Wetterei angefangen hatte und daß dies nur ein vorübergehender Rückfall nach einem langanhaltenden Kampf sei.

Alle Briefe waren an Paul Hyland adressiert. Aber die letzten hatte seine Frau geöffnet. Und der Grund, warum Tracy Hyland die Post ihres Mannes öffnete, war schlicht und einfach, daß Paul die ganze Woche nicht dagewesen war und es somit nicht selbst tun konnte.

«Er ist weg, Carl», sagte sie zu McCadden. «Nachdem du uns am Sonntag beim Mittagessen angerufen hast, sagte er, du hättest ihn gebeten, ins Büro zu kommen.»

«Habe ich auch», bestätigte McCadden.

Tracy Hyland runzelte die Stirn. «Hast du tatsächlich? Ich wollte es ihm nicht glauben. So schlimm ist es mit uns schon. Ich glaube ihm kein Wort mehr. Er war den ganzen Sonntag weg, auch über Nacht. Hat er also mit dir gearbeitet?»

McCadden schüttelte den Kopf. «Nein, nein. Ich wollte ihn nur kurz sprechen, das war alles.»

«Montag früh hat er mich angerufen», fuhr Tracy Hyland fort.

«Er war in Liverpool, in England. Er hat dort einen Bruder. Er sagte, er brauche Zeit, um mit sich ins reine zu kommen. Er hat dem Chief Superintendent ein ärztliches Attest geschickt. Habt ihr ihn auf dem Revier nicht vermißt? Wußtet ihr nicht, daß er verschwunden ist?»

«Nein», sagte McCadden unbehaglich. «Ich war ziemlich beschäftigt, weißt du, und nach dem ärztlichen Attest dachten wir, daß er einfach krank ist.»

«Ich dachte, er arbeitet mit dir an einem Fall.»

«Nein», sagte McCadden. «Nein.»

Er hielt inne. Er wußte nicht, ob Tracy Hyland es auch spürte, aber da war wieder dieses Schweigen zwischen ihnen, ein Schweigen, befrachtet mit Erinnerungen an ihre alte Freundschaft, mit all dem, was nicht gesagt worden war, mit unausgesprochenen Fragen, wie es nun weitergehen sollte.

Sie saß auf der geblümten Couch, den Kopf gesenkt, und starrte ihre Fingernägel an. Er saß ihr gegenüber in einem Sessel. Er wünschte, sie würde den Kopf heben, ihn mit diesen tiefen braunen Augen anblicken, ihn sehen lassen, welche Optionen er hätte.

Aber vielleicht war auch sie unsicher. Trotzdem, er brauchte sich lediglich zu ihr zu setzen. Ihr den Arm um die Schulter zu legen. Sie würde ihren Kopf an seine Brust kuscheln. Er würde ihr über das lange schwarze Haar fahren...

Ganz einfach. Die einfachste Sache der Welt.

Man konnte es nicht einmal Begehren nennen. Nicht einmal Anziehung. Tracys Augen waren rotgeweint. Sie sah erschöpft aus. Und sie hatte sich nachlässig gekleidet, ein altes Sweatshirt und verblichene, ausgebeulte Jogginghosen. Aber sie war ein Freund. Er mochte sie. Mehr als das. Wenn er sie so betrachtete, spürte er den gleichen Schmerz, den sie auch spürte. Und so war es nicht mehr mit einer Frau gewesen, seit seine Ehe zerbrochen war.

Ganz einfach. Er brauchte nur aufzustehen und zu ihr zu gehen und sie berühren. Irgendwo. Nur ein einziges Mal. Nur eine klare, unmißverständliche Botschaft zwischen ihnen. Und sie würden beide wissen, wie es dann weiterging.

Doch statt dessen räusperte er sich und fragte: «Wann hat Paul am Montag morgen angerufen?»

Angst. Angst, sich festzulegen. Seine Skepsis, seine Ablehnung von Absolutheitsansprüchen hatte auch Schattenseiten.

«Wann hat Paul am Montag morgen angerufen?»

Tracy Hyland hob den Kopf und sah ihn an. Jetzt, nachdem die Gefahr vorüber war. Und auch die Chance. Ihre braunen Augen wirkten jetzt noch trüber.

Sie sagte: «Um sechs Uhr früh.»

Also drängte McCadden seinen Schock und sein Mitgefühl und sein Bedauern beiseite. Er dachte nach.

Wenn Hyland schon so früh am Montag in Liverpool war, mußte er am Sonntag abend die Fähre genommen haben. Vermutlich war er direkt nach dem Anruf bei Robbie Knox im *Jury's Hotel* losgefahren. Was auch erklärte, warum ihn Knox bei seinem Rückruf nicht erreichte. Auf jeden Fall hatte Hyland in der vergangenen Woche keinen Iraker in Waterford verfolgt. Er war in Liverpool gewesen und vor seinen Problemen davongelaufen.

Eine Sackgasse. Wieder mal eine Sackgasse.

Und dennoch. Irgend etwas im Zusammenhang mit Paul Hyland störte ihn immer noch. Etwas Merkwürdiges. Etwas, was nicht zu ihm paßte. Aber er kam nicht darauf. Es wollte ihm einfach nicht einfallen.

Er fragte Tracy Hyland: «Hast du ihn in Liverpool erreicht? Hast du ihn angerufen?»

Sie schüttelte den Kopf. «Ich habe einmal dort angerufen und bekam seinen Bruder an den Apparat. Er sagte, Paul ginge es gut. Stell dir vor. Es ginge ihm gut.»

«Hat Paul dich noch einmal angerufen?»

«Er will am Wochenende anrufen.»

«Würdest du ihn bitten, sich mit mir in Verbindung zu setzen?»

«Wenn ich dran denke, Carl. Wenn er überhaupt anruft. Wenn wir uns nicht gegenseitig anschreien. Willst du nicht seine Nummer haben, dann kannst du selber anrufen?»

«Ja», sagte McCadden. «Ja, okay.»

Sie kritzelte die Nummer auf eine Zeitung und riß ein langes Stück ab, zu lang, als daß sich ihre Hände berührt hätten, als sie es ihm reichte.

27

Am Freitag morgen wurde Peter Clarke auf dem Friedhof Ballygunner beerdigt. Der Friedhof befand sich auf dem Gipfel eines windumtosten Hügels im Süden der Stadt. Wenn man es bis dorthin geschafft hatte, zuerst einen steilen Weg im zweiten Gang hinter dem Leichenwagen her von der Landstraße zum Friedhofstor, und dann einen noch steileren Pfad zu Fuß zu den neuen Grabstätten, dann taten einem die Beine weh, und man war so außer Atem, daß es an die eigene Vergänglichkeit gemahnte.

McCadden, der sich den Vormittag freigenommen hatte – um zu einer Beerdigung zu gehen, wie er dem Chief Superintendent telefonisch mitteilte –, fuhr nur das erste Stück bis zum Friedhofstor. Es gab keine Trauergäste, unter die er sich hätte mischen können. Nur Clarkes Schwester, Mary Butler, eine kleine, rundliche Frau, deren Gesicht hinter einem schwarzen Schleier verborgen war. Dann noch eine Vierergruppe, vielleicht Tante und Onkel von Clarke, mit zwei halbwüchsigen Kindern. Und das war alles. Der Leichenbestatter, zwei Totengräber und ein hagerer, verlegen wirkender Priester. Ein grimmiger, deprimierender Abschied an einem trostlosen Tag, mit einem eiskalten Novemberwind, der dir die Regenschauer ins Gesicht blies.

McCadden blieb in seinem Wagen am Haupteingang des Friedhofs. Als die anderen nach der hastigen Beisetzung zurückkamen, zwängte sich Mary Butler auf den Rücksitz des Austin Metro ihrer Verwandten, neben die zwei schmollenden Teenager. McCadden folgte ihnen bis zu Mary Butlers Wohnung in der Military Road. Die Verwandten blieben nicht, schützten vermutlich eine lange, ermüdende Fahrt irgendwohin vor. Sie fuhren davon, nachdem sie Mary Butler vor dem Haus abgesetzt hatten.

McCadden parkte gegenüber und sah ihr zu, wie sie die Tür aufsperrte und hinter sich offenstehen ließ, um die Beileidsbesucher zu empfangen. Der Wind trieb den Regen in den Hausflur, durchnäßte die Fußmatte und bildete Pfützen auf dem Linoleum. Heftige Windstöße drückten gelegentlich die Tür nach innen und ließen sie hin- und herschwingen.

McCadden wartete beinahe zehn Minuten. In der ganzen Zeit betrat niemand das Haus. Also stieg er aus, ging über die Straße und betätigte den schweren Messingtürklopfer, unter dem eine schwarzumrandete Todesanzeige hing.

Obwohl sie gar nicht sehen konnte, wer es war, rief Mary Butler von drinnen: «Kommen Sie herein! Sie sind willkommen!»

Im Inneren war es düster. Die altertümlichen Rolläden waren heruntergelassen, und die einzige Glühlampe in dem schmalen Flur hatte höchstens dreißig Watt.

Mary Butler war im vorderen Zimmer. Sogar in modernen Reihenhäusern, die relativ jungen Familien gehörten, hatte McCadden festgestellt, daß diese Vorderzimmer häufig wie ein Museum eingerichtet waren und nur für Taufen, ausländische Besucher und Leichenschmause benutzt wurden.

Heute allerdings war es eine Totenfeier ohne Trauergäste. An zwei Zimmerwänden standen Tische mit alten Spitzendecken und hausgemachten Speisen darauf. Gekochter Schinken. Salate. Kalte gebratene Hühnchen. Natronbrot. Salzgebäck.

McCadden stand an der Tür und stellte sich vor, wie die Frau all das schon in aller Herrgottsfrühe vorbereitet haben mußte.

«Kommen Sie rein, junger Mann!» rief Mary Butler. «Setzen Sie sich. Ich machte Ihnen eine Tasse Tee.» McCadden, dessen übliche Zurückhaltung ein wenig schwand, wollte ihr sagen, daß er nie Tee trank, doch dann besann er sich und nickte dankend.

Erst als Mary Butler aus der Küche zurückkam und sich McCaddens Augen an das Zwielicht gewöhnt hatten, konnte er sie genauer erkennen. Sie wirkte matronenhaft und sah aus wie irgendwo zwischen dreißig und fünfzig. McCadden wußte allerdings, daß sie dreiundvierzig war. Ihr Gesicht war so rund und fleischig wie ihr Körper. In ihren braunen Augen lag keine Trauer, nur ein stilles, beinahe fatalistisches Erdulden.

Sie schenkte zwei Tassen Tee ein, während McCadden sich Teller und Besteck nahm und sich am kalten Büfett bediente.

«Ich habe meinen Mann im Dezember vor zwei Jahren beerdigt», sagte sie und stellte die Tasse ab, um sich zu bekreuzigen. «Gott sei ihm gnädig. Damals war das Haus voll. Ich habe die Trauergäste kaum satt bekommen.»

«Ich glaube nicht, daß man Sie beleidigen will», meinte McCadden. «Vermutlich ist es reine Verlegenheit. Die Leute wissen nicht, was sie über Ihren Bruder sagen oder über was sie überhaupt reden sollen. Wahrscheinlich wissen sie nicht einmal, ob es Ihnen überhaupt recht ist, wenn über Ihren Bruder gesprochen wird.»

«Vielleicht haben Sie recht», erwiderte sie. «Aber selbst wenn, dann denken die Leute doch nur an sich selbst, nicht wahr? Waren Sie ein Freund von Peter?»

Sie hatte die Teetassen auf einen niedrigen Tisch neben den zwei Sesseln gestellt und setzte sich an den offenen Kamin. McCadden stellte seinen Teller neben die Teetasse und nahm in dem anderen Sessel Platz. Sogar hier, am Feuer, spürte man den bitterkalten Novemberwind, der sich des öfteren im Schornstein verfing.

«Nein, kein Freund», erklärte er. «Ich bin Detective Inspector. Ich kannte Ihren Bruder von einem anderen Fall her. Aber ich bin nicht in offizieller Eigenschaft hier.»

Er zeigte ihr seinen Dienstausweis. Sie nahm ihn in die Hand, setzte die Brille auf und studierte ihn eingehend, mit unverhohlenem Interesse, wie es nur jemand macht, dem die Polizei normalerweise völlig gleichgültig ist.

«McCadden», sagte sie. «Wissen Sie, wo der Name herkommt? Auf jeden Fall stammen Sie nicht aus Waterford.»

«Nein. Ich glaube, wir kommen ursprünglich aus Ulster. Armagh.»

Mary Butler gab ihm den Ausweis zurück. «Es ist immer gut zu wissen, woher man stammt. Es war Peter, der mich dazu gebracht hat, mich für Namen zu interessieren, wissen Sie. Eine Zeitlang hat er alle Namen in Waterford gesammelt. Zuerst die in unserer Straße, dann überall in der Stadt. Er hat immer irgendwas gesammelt, Peter. Ständig. Er hatte diese Namensliste aus der Bibliothek.»

«Das Wählerverzeichnis?»

«Genau. Daraus hat er sich die ganzen Namen herausgesucht.»

«An Politik war er aber nie interessiert, oder?»

«Sollte man eigentlich meinen, nicht wahr? All die Zahlen. Viele Jahre zurückliegende Wahlergebnisse. An lauter solchen Dingen war er interessiert. Unser Vater hat ihm dann die Politik verleidet.

Ich habe Peter großgezogen, wissen Sie. Meine arme Mutter, Gott hab sie selig, starb bei seiner Geburt. Ich war damals neun Jahre alt. So jung. 1959. Unser Vater hatte fünfzehn Jahre oder noch länger für die Gewerkschaft in Waterford gekämpft. Er verlor deswegen drei- oder viermal die Arbeitsstelle, bis sie ihn als Gewerkschaftssekretär einstellten. Wir haben ihn dann noch seltener zu sehen gekriegt. Deswegen hat sich Peter nie für Politik interessiert. Er nahm es Vater übel, daß er nie zu Hause war. Und so kam's, daß ich ihn großgezogen habe. Wobei ich anscheinend nicht sehr erfolgreich gewesen bin.»

«Na ja, ich weiß nicht», meinte McCadden.

«Aber ich höre lieber damit auf», sagte Mary Butler entschuldigend. «Ich erzähle Ihnen von Sachen, die Sie gar nicht hören wollen, und stehle Ihnen die Zeit.»

«Nein, nein», sagte McCadden rasch. «Ganz im Gegenteil. Sehen Sie, ich verstehe Ihren Bruder nämlich nicht.»

«Da sind Sie nicht der erste, Inspector. Und auch bestimmt nicht der letzte.»

«Hat er Ihnen aus dem Gefängnis geschrieben?» fragte McCadden.

«Nein. Nicht einmal in den ganzen drei Jahren. Wir blieben nach meiner Heirat nicht mehr in Verbindung. Peter war damals achtzehn, hatte gerade die Schule abgeschlossen und suchte sich einen Bürojob. Wir blieben nicht in Verbindung. Wir kannten uns kaum in den vergangenen sechzehn Jahren. Das letzte Mal, daß ich ihn sah, bevor sie ihn ins Gefängnis steckten, war beim Tod unseres Vaters, vor vier Jahren. Nachdem wir Vater beerdigt hatten, zog er mit dieser armen Frau, die er umgebracht hat, zusammen. Theresa Cheasty.»

«Was war sie für ein Mensch?»

«Ich habe sie nie kennengelernt. Nicht einmal gesehen. Nach allem, was ich gehört habe, war sie ein anständiger Mensch. Ich habe nie etwas Schlechtes über sie gehört.»

«Wissen Sie, warum er sie umgebracht hat?»

«Ich kann's Ihnen wirklich nicht sagen. Es kam völlig aus heiterem Himmel, soweit ich das beurteilen kann.»

Alles bei Peter Clarke schien aus heiterem Himmel zu kommen, dachte McCadden. Der Mord an seiner Freundin. Der Gefängnisausbruch. Sogar sein Tod.

«Ich habe nie gesehen, daß Peter gegen irgend jemanden die Hand erhoben hätte», fuhr Mary Butler fort. «Er war nicht der Typ. Das einzige, was ihn interessierte, waren seine Sammlungen. Münzen, Briefmarken, Zigarettenbilder. Ich kann mir nur vorstellen, daß sie ihn irgendwie hintergangen hat. Als Junge hat er sich oft in seinem Zimmer eingeschlossen, und wenn Vater ihn rief, aus irgendeinem Grund, oder auch aus keinem besonderen Grund, wollte er nicht aufmachen, stellte sich einfach taub. Man konnte nur zu ihm durchdringen, wenn man seine Briefmarken- oder Münzsammlung durcheinanderbrachte, aber selbst da hat er nichts gemacht, außer seine Sammlung wieder neu zu ordnen.»

«Was ist mit Tom Byrne?» fragte McCadden. «Kannte er Peter damals schon?»

Mary Butler lächelte. «Ah», sagte sie. «Das ist auch so eine Geschichte.»

«Ja?»

«Ich glaube, das dauert viel zu lange, Ihnen das zu erzählen.»

«Wissen Sie», meinte McCadden, «bei diesem Wetter habe ich keine große Lust, schon zu gehen.»

Mary Butler beugte sich in ihrem Sessel vor und griff nach dem Schürhaken. Sie stocherte in den glühenden Kohlen, legte dann ein paar Scheite auf und darüber einen Torfballen. Sie behielt den Schürhaken in der Hand und starrte nachdenklich in die Flammen.

«Wissen Sie», begann sie, «Vater war neunundvierzig Jahre alt, als sie ihn 1963 in Connolly Hall als Gewerkschaftssekretär einstellten. Er war natürlich sein ganzes Leben ein Labour-Anhänger gewesen. Und genau zu der Zeit, 1963, trat auch Tom Byrne in die Labour Party ein. Er war damals, lassen Sie mich nachdenken, ja, er war dreiundzwanzig, weil er im April 1940 geboren ist, genau zehn Jahre älter als ich, und ich war dreizehn.

Ich erinnere mich gut an die beiden. Sie waren wie Vater und Sohn, hielten gemeinsam Versammlungen ab, tranken zusammen. Das war damals eine große Zeit für die Labour Party hier in der Stadt. Viele junge Leute traten der Partei bei.

Das ging viele Jahre lang. Tom kam häufig in unser Haus. Ich verehrte ihn richtig, obwohl er mich kaum beachtete und höchstens hallo zu mir sagte. Ich war ein Pummelchen, sechzehn war ich damals. Peter allerdings wollte nichts von ihm wissen. Aber so benahm er sich immer bei den Freunden von Vater.

Jedenfalls ging es so weiter, bis 68 oder 69, als die Labour Party erwog, mit der Fine Gael eine Koalition einzugehen. Vater wollte nichts davon hören. Tom war dafür. Sie führten hitzige Diskussionen darüber, hier im Haus. Richtig bitter und giftig. Sie warfen sich alles mögliche an den Kopf. Und als die Partei sich dann gegen Vater entschied, kam Tom nie mehr zu uns nach Hause.

Peter muß damals zehn oder elf gewesen sein, und da hat er angefangen, sich für Tom Byrne zu interessieren. Ich vermute, aus reinem Trotz unserem Vater gegenüber. Und wahrscheinlich hat Tom ihn noch ermuntert, nur um Vater eins auszuwischen.

Natürlich hat Tom nicht nur für die Koalition gestimmt. Er trat aus Labour aus und schloß sich ungefähr ein Jahr später der anderen Partei an, dann machte er sich geschäftlich selbständig. Er und Peter blieben die ganzen Jahre Freunde, obwohl ich keinen Schimmer habe, worüber sie sich unterhielten, denn Peter war nicht an Politik interessiert, und Tom Byrne interessierte sich für nichts anderes.»

Sie schwieg eine Zeitlang.

«Ich war vorhin auch auf dem Friedhof», sagte McCadden. «Tom Byrne habe ich aber nicht gesehen.»

«Tom?» wiederholte Mary Butler, als hörte sie den Namen zum erstenmal. Sie erwachte aus ihrem Tagtraum, legte den Schürhaken weg und richtete sich auf. «Tom haben sie doch im Ardkeen Hospital behalten, nicht wahr?»

McCadden traute seinen Ohren nicht. «Tatsächlich?»

«Sein Herz, heißt es. Es scheint nicht mehr das beste zu sein. Kann ich verstehen, nach allem, was er durchgemacht hat.»

McCadden kam eine Idee. «Hatte Peter jemals irgendwas mit einer von Tom Byrnes Töchtern? Wissen Sie etwas darüber?»

Mary Butler schüttelte den Kopf. «Davon weiß ich nichts. Klar, ich habe ihn in den letzten sechzehn Jahren kaum gesehen. Ich sah ihn, als wir Vater beerdigten, und es war ein richtiger Schock für mich, daß er eine feste Freundin hatte. Ich sah ihn dann noch einmal, nachdem sie ihn wegen dem Mord ins Gefängnis gesteckt hatten. Er bat mich, das Haus zu verkaufen. Ich wollte nicht, aber ich hab's dann doch getan. Was an Geld übrigblieb, habe ich für ihn aufgehoben bis zu seiner Entlassung. Es liegt immer noch hier. Er bat mich auch, seinen ganzen Kram für ihn aufzuheben. Es steht alles oben unter dem Dach und verstaubt. Seanie und ich, Gott hab ihn selig, wir haben uns fast das Kreuz ausgerenkt, als wir das Zeug hinaufschafften. Seanie war viel älter als ich, fast siebzehn Jahre. Am Schluß hat sein Herz versagt.»

«Würde es Ihnen was ausmachen», fragte McCadden, «wenn ich mir die Sachen mal kurz anschaue? Wäre das möglich?»

«Aber sicher.»

«Ich möchte Ihnen keine Mühe machen.»

«Kein Problem. Ich weiß zwar nicht, nach was Sie suchen...»

«Das weiß ich selbst nicht.»

«Auf jeden Fall können Sie's gerne haben, wenn Sie es finden. Da oben steht eine Schiebeleiter, ich weiß aber nicht, ob ich eine Taschenlampe habe...»

«Das ist okay. Ich habe eine im Wagen.»

Dicke staubbedeckte Spinnweben hingen an der Tür zum Dachstuhl, mit toten, vertrockneten Spinnen darin.

Oben war alles sehr ordentlich aufgeräumt. Links, unter der Dachschräge, befanden sich ein verstaubter, aber unbenutzter Pandabär und ein zerlegtes Kinderbettchen. Gekauft für wen? fragte sich McCadden.

Fünf große Kartons auf der gegenüberliegenden Seite enthielten Peter Clarkes Sachen. Auch hier die gleiche Ordnung. Die gleiche *rätselhafte* Aufgeräumtheit, entschied McCadden, als er begann, im Licht seiner Taschenlampe das Material auszupacken und zu sichten. Alles befand sich entweder in Ordnern oder war in Kladden geschrieben oder eingeklebt, aber abgesehen von den Alben mit Briefmarken, Münzen und Zigarettenbildern trugen die Ordner und Kladden unverständliche Aufschriften. *AAB0010WA. CWC5060. BROC088. LHOR20.*

Die Vielfalt des Materials war verblüffend, und bei einem Großteil war auf den ersten Blick nicht ersichtlich, warum er es aufgehoben hatte.

Da gab es zum Beispiel einen undatierten Zeitungsausschnitt über den Untergang der USS *Iowa* vor der französischen Küste:

Alles nur Menschenmögliche wurde getan, um das stolze Schiff zu retten, aber sein Schicksal war besiegelt. Das Meer fordert seine Opfer, und das einst prächtige und vornehme Schiff, das in Waterford vom Stapel gelaufen war, fand sein Grab an der felsigen Küste von Cherbourg.

Kurze Abrisse irischer Familiennamen und irischer Familien:

Die keltische Familie Clarke *trägt in ihrem Wappen drei grüne Nesselblätter, Symbole für Tradition und Stärke. Im Irischen schreibt sich der Name «O Cleirigh», wörtlich «die Nachkommen von Cleireach», einem Sproß des Königs von Connacht im 9. Jh., dessen Name «Kleriker» bedeutete oder «Schreiber». Die Familie, berühmt für ihre Dichter und Chronisten, trug auch das Material für* The Annals of the Four Masters *zusammen...»*

Eine Liste mit lieferbaren Büchern vom Dublin Book Shop: *Die Geschichte von Armagh, von Stuart*, 15 Shilling.

Historische Anmerkungen über lokale Parks und Gebäude:

Waterford verdankt seinen schönen öffentlichen Park John A. Blake, einem der tüchtigsten und beliebtesten Bürgermeister, die je die Stadt verwalteten. Die Fläche wurde im Jahre 1855 gerodet, und Lord Carlisle, der Lord Lieutenant von Irland, eröffnete den Park 1857.

Ein Index von Liedtiteln mit Querverweisen auf andere Bücher, wo die Texte standen. «Mary Arnold the Female Monster». «Mary Hamilton». «Mary of Dunloe».

Listen mit rätselhaften Buchstaben und Ziffern. *MA2310SOP. 056JHCRAIG. MO102OWDEWGODWIN. WA17PISHIGH-GROTTY.*

Ein Tagebucheintrag fiel McCadden ins Auge, weil er sich auf Greyhounds bezog:

Ging von der Old Tramore Road zur New Tramore Road. Ein alter Mann erzählte mir, daß 1947 hier eine neue Stadtgrenze abgesteckt worden war. Die alte Stadtgrenze verläuft am Ursuline Wall, so daß die Hunderennbahn in Kilcohan außerhalb der alten Stadtgrenze lag.

Und weitere Zeitungsausschnitte, Anmerkungen, Lokalgeschichte, und viele, viele Listen.

Nach einer Stunde hatte McCadden Kopfschmerzen. Nicht von der schlechten Beleuchtung. Nicht einmal von der Anstrengung, Peter Clarkes miserable Handschrift zu entziffern. Es war einfach das Wissen, daß wenn der Schlüssel für die Morde an Theresa Cheasty und Billy Power irgendwo in diesem Haufen vergraben sein sollte, ein Team von erfahrenen Kriminalbeamten mindestens eine Woche brauchen würde, um das alles zu sichten, und daß es selbst dann keine Garantie gab, daß sie den Schlüssel als solchen erkannten, wenn sie darauf stießen.

McCadden fühlte sich erschöpft. Überfordert. Er legte die Ordner und Kladden in die Kartons zurück, knipste die Taschenlampe aus und verstaute die Leiter wieder.

Als er sich bei Mary Butler bedanken wollte, stand sie am Spülstein in der Küche.

«Möchten Sie noch eine Tasse Tee?» fragte sie.

McCadden seufzte.

«Ja, danke», sagte er müde.

28

Als McCadden aus Mary Butlers Küche kam, stand er in dem regennassen Flur, schaute durch die offene Tür auf den windgepeitschten Regen und überlegte, daß die Gelegenheiten, bei denen Tom Byrne durch Abwesenheit geglänzt hatte, irgendwie allzu gelegen kamen.

Am Donnerstag, als Billy Power ermordet wurde, gab Byrne eine seltene Dinnerparty für eine Ehefrau, eine ihm entfremdete

Tochter, eine verheiratete Tochter, die ihn heimlich besuchte, und einen Schwiegersohn, der ihn haßte. Warum tat er das? Ein Familienrat vielleicht? Sprach er über Billy Powers Angriff auf Tina? Erklärte er den anderen, warum er den Mann nicht feuern oder anzeigen konnte, versicherte ihnen aber, daß er dafür sorgen würde, daß sich so etwas nicht mehr wiederholte?

Und jetzt, an dem Freitag, als Peter Clarke beerdigt wird, liegt Byrne noch immer im Krankenhaus. Drei Nächte. War er tatsächlich krank? Oder simulierte er nur, um ein Zusammentreffen mit Clarkes Schwester zu vermeiden? Eine Menge unangenehme Dinge konnten zur Sprache kommen, wenn er auf die Beerdigung ging.

McCadden schlug den Mantelkragen hoch und sprintete zum Wagen. Dort verschnaufte er erst einmal, bevor er von seinem Autotelefon aus das Ardkeen Hospital anrief. Tom Byrne war tatsächlich noch dort, sollte aber in vierzig Minuten, um zwei Uhr, entlassen werden.

«Zwei Uhr?» wiederholte McCadden. «Ich dachte, Sie schmeißen die Leute immer morgens raus?»

«Mr. Byrne hat weitere Untersuchungen verlangt.»

«Ach ja. Okay.»

Für den Fall, daß die Untersuchungen früher beendet waren oder daß Byrne es sich anders überlegte oder daß die Ärzte es leid waren und ihm so oder so beste Gesundheit attestierten, fuhr McCadden sofort ins Krankenhaus. Ohne einen Plan allerdings. Das konnte er sich ohnehin nicht leisten, nachdem er den Fall nicht mehr bearbeitete. Aber vielleicht konnte er das Zusammentreffen zufällig aussehen lassen. Vielleicht würde er den Iraker, Sayed Salman, erwähnen und dann die Frau, Vera Dunne. Vielleicht würde er Peter Clarkes Notizbücher und Kladden ansprechen. Irgend etwas. Einfach um eine Reaktion zu provozieren, die ihm einen Hinweis geben würde, die ihm zeigen würde, ob seine Abneigung gegen den Mann nur auf einem Vorurteil beruhte oder nicht.

Und so kam es, daß McCadden um zwei Uhr an diesem Nachmittag das Entsetzen in Tom Byrnes Augen sehen konnte.

Der Regen hatte mittlerweile nachgelassen, der Wind sich gelegt. Es nieselte nur noch leicht. Die Temperatur war auch gefallen, und es war so kalt geworden, daß man schon an Winter und Schnee denken konnte.

McCadden stand neben seinem Wagen, die Ellbogen aufs Dach gestützt, und spähte vom Parkplatz zur Aufnahme hinüber. Er überlegte, ob er hier bleiben oder Byrne aufscheuchen sollte. Er stand seit fünfundzwanzig Minuten da und stellte sich seit fünfundzwanzig Minuten die gleiche Frage. Und er war immer noch unentschlossen.

Punkt zwei Uhr kam Tom Byrne allein durch den Haupteingang, eine Reisetasche in der Hand. Er blieb auf der obersten Stufe stehen und schaute sich suchend um, vermutlich nach jemandem, der ihn hätte abholen sollen. Und dann sah er McCadden.

Byrnes Augen weiteten sich vor Entsetzen. Hilflos stand er einen Moment da, wußte nicht, was er tun sollte, wie ein im Scheinwerferlicht gefangenes Kaninchen. Dann kam er unsicher die Treppe hinunter, den Blick gesenkt, und lief zu einem wartenden Taxi.

McCadden schwang sich in seinen Wagen und folgte dem Taxi. Wobei er dachte, daß es sein mußte. Byrne sollte den Eindruck bekommen, daß McCadden ihn beschattete, ihn überwachte, auf einen Fehler wartete. Byrne mußte einfach irgendein Geheimnis haben, mußte einfach irgendwann mal einen Fehler machen.

Das Taxi brachte Byrne zu seinem Haus drei Meilen südlich der Stadt, eine ausgedehnte, häßliche Residenz an der Landstraße bei Dunmore East, pseudogeorgianischer Stil in der Mitte, mit zwei viktorianischen Flügeln. Es gab eine kurze Auffahrt zur Eingangstür. Das eigentliche Grundstück erstreckte sich hinter dem Haus.

McCadden fuhr vorbei, bog rechts in einen Weg ab und parkte den Sierra dort außer Sichtweite. Er stieg aus und erklomm einen Hügel, von wo er einen guten Blick auf das Haus hatte. Er mußte eine Viertelstunde warten, bis der Streifenwagen endlich vorfuhr und zwei Uniformierte sich mit Byrne an der Haustür unterhielten. Anschließend durchsuchten sie das Grundstück. Dann stiegen sie wieder in den Streifenwagen und fuhren ein paarmal die Landstraße auf und ab. Schließlich kehrten sie zu Byrne zurück und berichteten ihm, daß es keine Eindringlinge auf dem Grundstück gab, daß niemand das Haus beobachtete, keine Einbrecher, keine Reporter und keine Protestdemonstranten.

Sobald sie weg waren, stieg McCadden von seinem Beobachtungspunkt herab und suchte sich einen besseren Platz für den Sierra, um schneller losfahren zu können. Er brauchte nicht lange zu warten. Byrnes goldfarbener Mercedes kam wenig später an ihm vorbei.

An der nächsten Abzweigung bog der Mercedes links ab, zu dem kleinen Fischerdorf Passage East. Ein höchst ungeeigneter Ort, um einem Wagen zu folgen, ohne gesehen zu werden. Das Dorf bestand aus einem Labyrinth enger Gassen und hoher Häuser, eingezwängt in einem kleinen Streifen Land zwischen der See und steilen Klippen.

Als er das starke Gefälle hinunterfuhr, das in dem Ort endete, hoffte er, daß der Mercedes das Dorf bereits passiert hatte und er auf der anderen Seite seine Spur wieder aufnehmen konnte. Aber er hatte kein Glück. Als er am Fuß des Hügels um die Ecke bog, sah er das unverkennbare Goldmetallic, eingeklemmt zwischen zwei roten Toyotas, in der Mitte einer Schlange von fünf Fahrzeugen, die auf die Fähre über Waterford Harbour hinüber ins County Wexford warteten. Mit quietschenden Reifen bog er scharf nach rechts ab auf den kleinen Marktplatz. Es war allerdings nicht so laut, daß man es an einem regnerischen Novembernachmittag bei geschlossenen Scheiben im Inneren eines Wagens gehört hätte. Ein Blick über den Hafen zeigte ihm, daß die Fähre gerade die andere Seite erreicht hatte. Es würde also eine Weile dauern, bis die Fähre entladen und neu beladen war und nach Passage East zurückkehrte.

McCadden parkte den Sierra um die Ecke. Aus dem Handschuhfach nahm er sich ein Fernglas, stieg aus und ging zu dem kleinen Platz zurück, wobei er versuchte, sich im Sichtschatten des Mercedes zu bewegen. Von dort stieg er den schmalen, gewundenen Pfad auf die Klippe hinauf, die das Dorf überragte. Ungefähr auf halbem Wege, hinter Brombeerhecken versteckt und mit freiem Blick auf den Hafen, die Pier und die Zugänge zu dem Marktplatz unter ihm, machte er es sich bequem.

Es war ein Risiko. Das kleine Fährschiff konnte bestenfalls zehn oder zwölf Fahrzeuge übersetzen. Wenn man einmal auf dem Schiff war, konnte man sich kaum vor den anderen Passagieren verbergen. Byrne würde ihn entdecken, ihn wieder aus angstgeweiteten

Augen ansehen und das abblasen, weswegen er hergekommen war. Und McCadden wollte vor allem herausfinden, welches Ziel Byrne hatte, mit wem er sich traf. Also ließ er ihn ziehen und beobachtete ihn nur durchs Fernglas. Wenn er auf der anderen Seite weiterfuhr, konnte McCadden immer noch über Funk jemanden dorthin beordern, der ihn dann weiter beschattete. Das bedeutete allerdings, daß er dem Superintendent gegenüber seine Karten auf den Tisch legen mußte. Aber das war eben sein Risiko.

Es dämmerte bereits. Als die Fähre von der anderen Seite zu einer ihrer letzten Fahrten an diesem Tag ablegte, stieg Tom Byrne plötzlich aus. Er blickte über den Hafen zu der näher kommenden Fähre. Er spähte angestrengt hinüber, als versuchte er, die Fahrzeuge und Passagiere zu identifizieren. Dann schlug er die Fahrertür zu und ging ein Stück Richtung Anlegesteg. Er blickte auf die Uhr, spähte erneut zu der Fähre hinüber. Stirnrunzelnd machte er kehrt und ging die Schlange von Autos ab, die hinter seinem Mercedes warteten, spähte unauffällig durch die Scheiben, fragte sich wohl, ob er jemanden übersehen hatte. Aber das hatte er nicht, denn er machte erneut kehrt, immer noch mit besorgter Miene. Danach lief er nervös auf und ab. Und dann, als die Fähre anlegte, die Rampe herunterließ und die Fahrzeuge vor und hinter ihm die Motoren anließen, geriet er schließlich in Panik. Er riß die Tür des Mercedes auf. Schwang sich hinters Steuer. Begleitet vom aufgebrachten Hupen des Toyota hinter ihm, setzte er ein Stück zurück und rangierte so lange hin und her, bis er aus der engen Lücke ausscheren und auf der anderen Straßenseite parken konnte. Der Schweiß lief ihm über das bleiche Gesicht, und das schüttere sandfarbene Haar klebte ihm am Kopf.

McCadden kapierte. Byrne hatte geplant, sich mit jemandem auf der Fähre zu treffen. Dort wollten sie irgendein Geschäft abwickeln. Byrne würde dann mit derselben Fähre nach Passage East zurückfahren und der andere drüben die Fähre verlassen und ins County Wexford weiterfahren. So ähnlich sollte es wahrscheinlich ablaufen.

Aber der andere war nicht aufgetaucht. Und warum nicht? Man klügelt nicht solche komplizierten Arrangements aus und erscheint dann einfach nicht. Warum also?

McCadden verbrachte anderthalb Stunden auf der Klippe und brütete über dieser Frage, weil Byrne ebenfalls anderthalb Stunden darüber brütete. Da McCadden jedoch als einziger von beiden wußte, daß Byrne observiert wurde, konnte er sich eher eine Antwort zusammenreimen. Jemand hatte McCadden gesehen und einen Rückzieher gemacht.

Die Fähre machte ihre letzte Fahrt nach Passage East und spie einen roten Mini aus, mit einer weißhaarigen alten Dame am Steuer. Der Mini rollte auf den Quai und röhrte dann den steilen Hügel hinauf, aus dem Ort hinaus und Richtung Waterford. Kein anderes Fahrzeug war in den neunzig Minuten aufgetaucht oder weggefahren.

Es war inzwischen fünf Uhr und fast dunkel. Jetzt endlich drehte Byrne den Zündschlüssel, schaltete das Licht ein, wendete den Mercedes Richtung Waterford und fuhr zu seinem Pseudoherrenhaus zurück. Steif und kalt und hungrig stieg McCadden von der Klippe herab und folgte Byrne.

Er rechnete nicht damit, daß Byrne an diesem Abend noch einmal das Haus verließ. Er dachte, der Stadtrat würde ein paar Telefongespräche führen, sich von jemandem erzählen lassen, was passiert war, seinem Gesprächspartner empfehlen, ein paar Tage lang den Kopf einzuziehen oder schnellstens das Problem zu beheben. Aber der Mann war jetzt verängstigt. Verwirrt und nervös, enttäuscht, verspürte er den Drang, irgend etwas zu unternehmen. Wenn er also weitere Fehler machte, dann vermutlich jetzt.

Immer noch hungrig, aber nicht mehr so steifgefroren, beschloß McCadden, sich noch eine Weile auf die Lauer zu legen.

Um acht Uhr, als irgendwo eine Kirchturmuhr schlug und es schon wieder heftig regnete, öffnete sich die Tür des Herrenhauses unter dem halbrunden Oberlicht, Tom Byrne kam zwischen den steinernen Pilastern hervor und ging zu dem Mercedes in der Auffahrt. Diesmal kamen allerdings seine Frau und seine Tochter Tina hinter ihm her und stiegen ebenfalls ins Auto.

Sie fuhren in die Stadt, eine endlose, ungemütliche Fahrt in strömendem Regen, bogen in den Parade Quay ein und parkten dann vor dem *Munster Pub*, einem weitläufigen alten Bau hinter dem berühmten Reginald's Tower, erbaut von den dänischen Eroberern im Jahre 1003, der älteste Turm in Irland, der den Wasserweg zu der ältesten Stadt sicherte.

McCadden hatte Schwierigkeiten, einen Parkplatz zu finden, und wurde naß, als er vom Parade Quay zum *Munster* sprintete. Dann hatte er Schwierigkeiten, die Byrnes in dem Pub zu finden, das aus zahlreichen Bars und Gesellschaftsräumen bestand, und alle brechend voll. Er befürchtete schon, sie verloren zu haben, befürchtete, daß sie durch einen Eingang hinein- und durch einen anderen wieder hinausgegangen waren, da entdeckte er sie endlich.

Sie saßen in einem kleinen Hinterzimmer, hinter einem weißhaarigen alten Mann, der in der Mitte des Raumes stand und irgendein Seefahrerlied über die HMS *Pinafore* schmetterte. Das Problem war nur, daß sie zwischen Chief Superintendent Cody auf der linken und Codys Frau Nora auf der rechten Seite saßen.

McCadden blieb wie angewurzelt an der Tür stehen, schloß die Augen und murmelte «Scheiße!»

Jemand neben ihm zischte aufgebracht «Pssst!»

Und das Zischen sprang wie ein Funke von einem Zuhörer zum anderen über, bis alle ärgerlich auf den durchnäßten Nachzügler an der Tür starrten.

«Pssst! Pssst! Pssst!»

Cody. Und Codys Frau. Sie mußte auch aus dem Krankenhaus entlassen worden sein, war offenbar bei bester Gesundheit. Sie sah richtig strahlend aus. Und Cody hatte wahrscheinlich am Mittwoch den erfreulichen Anruf entgegengenommen, als er innerhalb weniger Stunden von nervös auf entspannt umgeschaltet hatte, von ernst auf heiter, und McCadden den Fall Billy Power entzog, als kleines Präsent für sich selbst.

Cody sah jetzt allerdings nicht heiter aus. Tom Byrne flüsterte ihm ein paar Worte ins Ohr, erkundigte sich vermutlich nach McCaddens derzeitiger Beschäftigung, ein paar Worte von Cody an den Stadtrat mit der Bestätigung, daß McCadden keineswegs auf ihn angesetzt war. Codys kalte Augen fixierten ihn, während Byrnes Wangen wieder etwas Farbe angenommen hatten.

Und dann, als der weißhaarige Sänger fertig war und heftigen Applaus kassierte und der Conférencier eine kurze Pause ansagte, hatte McCadden einen Einfall. Er mußte ein bißchen im Schlamm rühren. Und es wie zufällig aussehen lassen. Er ging zu Nora Cody, begrüßte sie und erkundigte sich nach ihrem Gesundheitszustand. Byrnes Frau lächelte ihn dümmlich an. Tina musterte ihn neugierig, aber jetzt ohne Angst. Byrne wiederum sah Cody an.

McCadden setzte sich auf einen freien Stuhl am Tisch, redete wie ein Wasserfall, um niemandem Gelegenheit zu geben, ihn zu unterbrechen, und testete dann seinen Einfall an Nora Cody. «Sergeant Ryan hat mir das hier empfohlen. Wissen Sie, ich habe Ryan erzählt, daß mir ein Lied im Kopf herumgeht. Eines Nachts habe ich ein paar Zeilen davon gehört, und es läßt mich nicht mehr los. Aber niemand scheint den Text zu kennen.»

«Singen Sie's doch vor», meinte Nora Cody.

McCadden lachte. «Ich kann nicht singen.»

«Unsinn», beharrte sie. «Jeder kann singen.»

«Nein, ehrlich. Ich kann nicht singen.»

«Dann sagen Sie die Zeilen auf, die Sie kennen.»

«Also gut. Es geht folgendermaßen: *Wir beraubten und plünderten so manches Schiff, / Dort unten vor Südamerikas Riff, / Stürzten viel' Witwen und Waisen ins Unglück, / Und ließen sie trauernd zurück, / Trieben Mannschaften roh über unserer Planken Lauf, / Und hängten sie* ... und so weiter. Das ist leider alles.»

Nora Cody runzelte die Stirn. «Ich glaube, das habe ich noch nie gehört», sagte sie. «Kennst du es, Dan?»

Cody warf McCadden einen wütenden Blick zu, aber seine Frau, die ihm gerade wiedergeschenkt worden war, ging ihm vor. Sanft sagte er: «Nein, meine Liebe. Kenne ich nicht.»

«Tom kennt es vielleicht», meinte Nora Cody. Und wandte sich nach rechts. «Tom? Tom? Ist alles in Ordnung, Tom?»

Tom Byrne war abermals leichenblaß geworden. Der Mund stand ihm offen. Er starrte McCadden an, und in seinen Augen lag ein gehetzter Ausdruck, aber auch Haß.

McCadden musterte ihn verwundert. Bis es klickte und er sich sagte, nein, lieber keine Überraschung zeigen. Tu so, als wüßtest du, was du tust. Was immer es ist.

Die Ereignisse überstürzten sich dann.

Byrnes Frau und Tochter zeigten sich außerordentlich besorgt, hielten seine Hände, fühlten ihm die Stirn.

Byrne selbst, durch viele Jahre Wahlkampf gestählt, schob sie von sich und sagte: «Nein, nein, es ist alles in Ordnung. Mir geht's gut. Es muß die stickige Luft hier drin sein. Mir ist nur für einen Moment schwindlig geworden.»

«Vergiß nicht, du bist gerade erst aus dem Krankenhaus entlassen worden, Schatz.»

Superintendent Cody beugte sich über den Tisch, wollte vermutlich McCadden in eine ruhige Ecke einladen, um ihm die Leviten zu lesen, da meldete sich der Conférencier wieder und verschaffte sich mit einem Glöckchen Aufmerksamkeit. «Vielen Dank, Ladies und Gentlemen, vielen Dank. Ruhe bitte. Danke. Ich bitte um freundliche Aufmerksamkeit für ‹Happy Moments› aus *Maritana* von Waterfords berühmtem Sohn William Vincent Wallace, vorgetragen von... Chief Superintendent Daniel Cody!»

Cody war plötzlich auf den Füßen, und McCadden war vergessen. Nora Cody, die Byrnes und sogar McCadden klatschten. Der ganze Saal applaudierte.

Der Conférencier hatte beide Arme ausgestreckt, einen einladend zu Cody hin, mit dem anderen bat er die Gäste um Stille.

Cody holte tief Luft und sang mit kräftiger, aber auch gefühlvoller Stimme:

In glücklichen Momenten Tag für Tag,
Muß der Sand des Lebens rinnen,
In flinken und heiteren Gedanken,
Durch der Sanduhr unentrinnbar Glas.

Und jeder im Saal sang unhörbar die Worte mit. Jeder, bis auf McCadden, dem die Worte eines anderen Liedes im Kopf herumgingen. Er stand auf und machte sich davon.

29

Am Samstag morgen in aller Frühe rief McCadden de Burgh an.

«Ich bin irgend etwas auf der Spur, Liam, aber ich weiß nicht, was. Tom Byrne hat gestern das Krankenhaus verlassen und auf der Passage East-Fähre versucht, sich mit jemandem zu treffen oder etwas zu übergeben oder etwas zu empfangen. Sein Kontaktmann ist nicht aufgetaucht. Vermutlich weil ich gesehen worden bin, als ich Byrne beschattet habe. Zwei Dinge. Byrne weiß von Cody, daß ich ihn nicht in offizieller Mission observiere. Und ich muß jetzt was anderes erledigen. Könntest du ihn heute diskret im Auge behalten? Die Person, die sich mit ihm treffen wollte, wird es vermutlich bald noch einmal versuchen. Ruf mich daheim an, sagen wir, um siebzehn Uhr?»

«Ja, klar», erwiderte de Burgh, ohne groß darüber nachzudenken.

Kaum hatte McCadden das Gespräch beendet, wählte er erneut. Er suchte verzweifelt nach einem Grund für Byrnes sonderbare Reaktion auf diese wenigen Zeilen einer obskuren Ballade. Er traktierte jeden, den er kannte, mit den fünfeinhalb Zeilen. Die Antwort war immer die gleiche.

«Weißt du, wer dir da weiterhelfen könnte? Versuch's mal bei...»

Also versuchte er. Er versuchte es mit Musikern. Mit Heimatforschern. Mit Lyrikern. Er rief umherziehende Bänkelsänger in ihren Hotelzimmern an.

Michael Drohan, ein Busfahrer, Amateurhistoriker, Herausgeber eines Bändchens mit Liebesliedern aus der Region, ließ sich McCaddens Frage eine ganze Weile durch den Kopf gehen, sagte dann aber: «Weißt du, wer dir da weiterhelfen könnte?»

McCadden stöhnte. «Hab ich bereits versucht. Wer immer es ist, ich hab's bereits versucht.»

«Nein, ich bin mir da ziemlich sicher», widersprach Drohan. «Das ist ein Seefahrerlied, richtig? Mit Piraten und so. Drei alte Brüder. Alle drei sind zur See gefahren, und alle drei sind gute Sänger. Ich bin ziemlich sicher, daß sie dir weiterhelfen können.» Er hielt inne und fügte dann ohne jede Ironie hinzu: «Falls sie noch leben.»

McCadden griff nach seinem Bleistift. «Okay. Wie heißen sie?»

«Das ist das Merkwürdige. Ihre Namen sind mir entfallen.»

«Na gut, wo kann ich sie finden?»

«Du kannst es gar nicht verfehlen. Ein weißgekalktes Cottage an der Straße von Woodstown nach Passage East, direkt an der Abzweigung zu der alten Geneva-Kaserne.»

«Passage East?» wiederholte McCadden. «Da war ich gestern.»

«Na ja, dann hättest du mich gestern morgen fragen sollen.»

«Gestern morgen wußte ich es noch nicht, Michael.»

«Wo hast du das Lied überhaupt gehört?»

«Jemand hat es mitten in der Nacht auf der Straße vor meinem Haus gesungen, am ... Mittwoch.»

«Dann mußt du es gestern doch gekannt haben.»

McCadden wollte etwas dazu sagen, murmelte aber nur: «Es spielt keine Rolle. Hör zu, Michael, wenn ich dich gerade am Telefon habe. Du kennst doch die meisten Leute, die irgend etwas mit Heimatforschung zu tun haben, oder?»

«Ja, ich glaube schon.»

«Ist dir da jemals ein gewisser Peter Clarke begegnet?»

«Clarke?» wiederholte Drohan. «Du meinst den Burschen, der aus dem Mountjoy-Gefängnis ausgebrochen ist ...?»

«Ja, genau der. Hast du in diesem Zusammenhang mal was von ihm gehört?»

«Nein. Auch sonst niemand, da bin ich mir sicher. Denn darüber hätten sie sich mit Begeisterung die Mäuler zerrissen.»

«Okay. Vielen Dank für den Tip.»

Es war zwölf Uhr, und die Kirchen läuteten in der Ferne zum Angelusgebet, als McCadden das Gespräch mit Michael Drohan beendete. Er brauchte fünfundzwanzig Minuten nach Passage East, vielleicht eine Stunde für die Hin- und Rückfahrt. Nicht übermäßig lang, aber ohne Garantie, daß etwas dabei herauskam. Und es gab noch etwas anderes, was er zuerst erledigen mußte.

Ohne mit seinem Liedtext weitergekommen zu sein, fuhr er nochmals zu Mary Butler und trank wieder eine Tasse Tee und kletterte nochmals auf den Dachboden.

Er fand ohne große Schwierigkeiten die Kladde mit den Liedertiteln, da er sich erinnerte, wo er sie am Tag zuvor entdeckt hatte. Die Verweise am Blattrand bezogen sich auf andere Kladden, die die Texte enthielten. *BALYSE001/082. BALYL0179/234. BALYREBO71/149.* Und so weiter und so fort.

McCadden fand sie alle, nach einigem Suchen. Er las oder überflog alle Texte. Zahllose tapfere, unerschrockene Helden. Zahllose schöne Tage im Wonnemonat Mai. Zahllose Auswanderer, die an den Küsten Amerikas von der alten Heimat träumten. Aber nicht die Worte, nach denen er suchte.

In einer Kladde fand er jedoch einen Notizzettel mit dem Text einer Ballade, die in einer anderen Handschrift verfaßt war. Eine Anmerkung über dem Liedtext war mit *Theresa* unterzeichnet. Das Papier war an ein zweites Blatt geklammert, auf dem Clarke in eigener Handschrift die Worte der Ballade noch einmal kopiert hatte:

Dies ist ein Lied, das Tante Sarah mir vorgesungen hat. Sie sagt, sie hätte es von ihrer Mutter, aber woher es ursprünglich stammt, weiß sie nicht.

Theresa

DUNGARVAN!
Der Musen keine hat für dich gesprochen, Dungarvan:
Mußt auch 'nen Lorbeer haben, blondes Kind des Ozean:
Mein Stift, ein Federkiel, kann dir Gerechtigkeit nicht bringen,
Doch müh' ich mich und will dir diese Zeilen singen.

Gecken mögen dich verhöhnen, wird man dich namentlich erwähnen.
Den Ruf des armen Dungarvan verpönen:
«Die Stadt ist öde! Darin ist kein Sein!
Die Straßen so eng! Die Läden so klein!»

Die ganze Kladde war Liedern über Orte im County Waterford gewidmet. Dungarvan. Woodstown. Passage East. Cappoquin.

McCadden entfernte die Heftklammer, nahm das Blatt heraus, faltete es vorsichtig an den alten Bruchstellen und steckte es ein.

Die Batterien der Taschenlampe waren fast leer, und das Licht wurde immer schwächer, doch McCadden blieb noch. Er griff wahllos nach Notizbüchern und Kladden, klappte sie irgendwo auf, überflog die Seiten. Alles war faszinierend, alles möglicherweise bedeutsam und dennoch nichts davon so klar und eindeutig, daß es ihn vom Hocker gerissen hätte. Alles war verlockend. Undurchsichtig. Frustrierend. Eine Kladde, in der Clarke Berichte über Kriminalfälle und Gerichtsverhandlungen gesammelt hatte, studierte McCadden eingehender und genoß zur Abwechslung das vertraute Thema, bis er plötzlich auf etwas sehr Interessantes stieß:

«Sie haben die Einlassung des Angeklagten gehört», sagte Richter Owlett, «daß ihn die übertriebene Zuwendung der Frau verrückt gemacht habe. Ihr obsessives Verhalten, ihre Eifersucht, ihr ständiges Weinen und ihr Nachspionieren sind als mildernde Umstände geltend gemacht worden. Zwar ist weder Vorsatz noch das Vorhandensein eines Motivs Voraussetzung für die Verurteilung wegen Mordes, doch der Ankläger beharrt darauf, daß der Angeklagte dadurch, daß er dem Opfer die tödlichen Kopfverletzungen mit dem Hammer zufügte, den er tags zuvor gekauft hatte . . .

Die Taschenlampe gab den Geist auf. In der Dunkelheit, immer noch die aufgeschlagene Kladde in der Hand, saß McCadden auf der alten Obstkiste, die ihm als Stuhl gedient hatte, und dachte, daß die Kladden und Notizbücher wie verhangene Fenster vor Clarkes Geist waren. Meist sah man darin nur die eigene Verwirrung gespiegelt. Ab und zu konnte man durch einen Spalt im Vorhang einen Blick auf Clarke erhaschen.

Er schlug die Kladde zu, steckte sie in die Tasche und nahm sie mit nach unten.

Mary Butler war in der Küche. Sie warf ihm einen Blick zu und fragte: «Na?»

McCadden schüttelte den Kopf. «Haben Sie was dagegen, wenn ich dieses Heft über das Wochenende mit nach Hause nehme, um mir's näher anzusehen?»

«Sie wissen doch, daß Sie nicht zu fragen brauchen.»

«Danke.»

«Ich mache Ihnen noch eine Tasse Tee», erbot sich Mary Butler. «Setzen Sie sich doch.»

Erneut schüttelte McCadden den Kopf. «Wissen Sie, wo Theresa Cheastys Familie lebt?»

«Sie wohnte in der Hennessy's Road. Mehr weiß ich nicht.»

Es war zwei Uhr nachmittags, als McCadden die Hennessy's Road erreichte, eine lange, dichtbebaute Straße, die von den äußeren Mauern der alten Wikingerstadt bis fast in die Außenbezirke der heutigen Stadt verlief. Aber er brauchte nicht lange zu fragen, bis ihm jemand das Haus der Cheastys zeigte. Wenn du ein Mordopfer in der Familie hast, weiß jeder, wo du wohnst.

Ein Mädchen im Teenageralter öffnete die Tür.

«Ist deine Mutter oder dein Vater zu Hause?» erkundigte sich McCadden.

Sie führte ihn ins Vorderzimmer. Nach einer Weile kam eine Frau herein, Mitte Zwanzig, setzte sich in den einen Sessel und winkte McCadden zu dem anderen. Offenbar eine Schwester des jungen Mädchens, das ebenfalls mitgekommen war, an der Tür lehnte und nervös auf den Fingernägeln kaute.

«Mein Name ist Carl McCadden. Detective Inspector McCadden.»

«Haben Sie einen Ausweis?» fragte die Frau.

Mißtrauisch betrachtete sie den Dienstausweis, als befürchtete sie, es könnte eine Fälschung sein. Sie verglich mehrmals McCaddens Gesicht mit dem Ausweisfoto. Während sie ihn zurückgab, fragte sie: «Was wollen Sie, Inspector?»

Das Mädchen an der Tür hörte auf, Fingernägel zu kauen, und sagte verbittert: «Er will Fragen über Theresa stellen. Was soll er denn sonst wollen?»

«Ist das wahr?» forschte die Frau.

«Ja», bestätigte McCadden. «Aber darf ich es erklären?»

«Theresa ist tot, Inspector», sagte die Frau kalt. «Meine Mutter starb kaum ein Jahr darauf. Nichts bringt sie uns zurück. Und nachdem Peter Clarke aus dem Gefängnis geflohen und ebenfalls tot ist, kommen jeden Tag Reporter vorbei, die nach Stories für ihre Zeitung suchen. Wäre es nicht an der Zeit, Theresa und ihre Mutter in Frieden ruhen zu lassen?»

«Darf ich es erklären?» sagte McCadden erneut. «Oder besser, darf ich Ihnen eine einzige Frage stellen?»

«Welche Frage?»

«Wissen Sie, *warum* Peter Clarke Ihre Schwester getötet hat?»

Die Frau zögerte. Die Bitterkeit in ihren Augen machte einem Anflug von Interesse Platz, als sie McCadden ansah. «Nein», sagte sie. «Das weiß ich nicht. Warum *hat* er sie umgebracht?»

«Ich weiß es nicht», erklärte McCadden. «Aber ich möchte es gerne herausfinden. Sie nicht auch?»

Die Frau schwieg eine Weile. McCadden konnte eine Uhr in dem Zimmer ticken hören und entdeckte sie nach einem kurzen Rundblick. Sie stand auf dem Glasschrank, eingebaut in eine häßliche Holzkonstruktion, die wie ein sitzender Hund aussah.

Die Frau wechselte einen Blick mit ihrer jüngeren Schwester an der Tür. «Ich bin Margaret Cheasty. Das ist Caroline.»

McCadden holte das Blatt mit der Anmerkung und dem Liedtext hervor. «Hat das Theresa geschrieben?»

«Ja, das ist ihre Handschrift. Tante Sarah ist allerdings schon vor vier Jahren gestorben. Vor Theresas Tod.»

«Hat Theresa vieles in dieser Art für Clarke gemacht?» fragte McCadden. «Recherchen. Informationen zusammengetragen. Material kopiert.»

«Ich weiß ehrlich nicht, was die beiden zusammen gemacht haben, Inspector. Ich weiß nur, wie sie war, bevor sie Peter Clarke kennenlernte, und ich weiß, wie sie hinterher war.»

«Eine Veränderung zum Negativen?»

«Meiner Meinung nach ja.»

«In welcher Beziehung?»

Wieder zögerte sie. Diesmal steckte keine Feindseligkeit dahinter, eher Überraschung. Sie war nicht gewohnt, daß ein Frager sich für sie interessierte.

«Theresa war gesellig. Sie hatte viele Freunde. Sie las viel, ging aber auch oft weg. Sport. Discos. Auf einen Drink. Nachdem sie Peter Clarke kennengelernt hatte, wurde sie stiller, mehr ein Einzelgänger, viel ernster. Eine andere Tante hatte einen Wohnwagen am Meer, und sie blieb oft dort, alleine, sogar mitten im Winter.»

«Auch nachdem sie mit Clarke zusammengezogen war?»

«Nein. Das ist eines der wenigen Dinge in ihrer Beziehung, über die ich Bescheid weiß. Als Clarkes Vater starb und sie zu ihm in die

Poleberry Street zog, ging sie nicht mehr zu dem Wohnwagen. Genaugenommen hat sie jeden Kontakt zu uns abgebrochen, nicht nur zu Tante Margaret.»

«War das schlecht?»

«Ich habe es nicht für gut gehalten. Sehen Sie, sie vernachlässigte ihre eigenen Interessen und alle ihre Freunde und widmete ihre Zeit ausschließlich ihm. Er hatte keine Freunde oder Bekannte. Ich hielt das für zu einseitig, für ungesund.»

«Wieviel älter als Sie war Theresa?»

«Drei Jahre.»

«Dann müssen Sie ihr nahe gewesen sein, vom Alter her und von Ihren gemeinsamen Erfahrungen.»

«Ja, wir hatten ein sehr gutes Verhältnis.»

«Hat sie mit Ihnen über Clarke gesprochen?»

«Nein, nie.»

«Über andere Freunde, andere Jungs?»

«Sie hatte nur wenige. Sie war nicht der Typ für flüchtige Kontakte, für sie mußte es etwas Ernsteres sein. Aber die wenigen Beziehungen, darüber sprachen wir.»

«Warum nicht über Clarke?»

Margaret Cheasty zuckte die Achseln. «Sie rechnete vermutlich mit Einwänden, obwohl sie das bei anderen Jungs nie gestört hat. Ich weiß nicht. Sie machte von Anfang an ein Geheimnis daraus, eine gewisse Heimlichtuerei, wissen Sie. Fast so, als hätte sie ein schlechtes Gewissen.»

«Als was hat Theresa gearbeitet, bevor sie starb?»

«Im letzten Jahr vor ihrem Tod hat sie nicht gearbeitet. Das war auch so etwas. Sie gab ihren Job auf, als sie mit Clarke zusammenzog. Vorher war sie Sekretärin in einer großen Importfirma hier im Ort.»

«Wissen Sie, wie die beiden sich kennengelernt haben?»

«Nein. Ich denke, es war nicht auf dem üblichen Weg. Clarke ging nicht tanzen, in Discos oder in Pubs. Möglicherweise bei der Arbeit. Sie hat es mir nicht gesagt.»

«Also», sagte McCadden, «um auf meine ursprüngliche Frage zurückzukommen, glauben Sie, daß sie ihm viel bei seinen Recherchen geholfen hat?»

«Ich bin mir nicht sicher, aber ich halte es für möglich.»

«War sie unglücklich?»

«Als unglücklich würde ich sie nicht bezeichnen. Aber als glücklich auch nicht. Sie war besessen. Wie Clarke auch.»

«Demnach kannten Sie Clarke?»

«Ich bin ihm ein paarmal begegnet, immer durch Zufall. Ich mochte ihn nicht. Er mochte uns nicht. Er wollte Theresa für sich haben und war eifersüchtig auf jeden, mit dem sie etwas Zeit verbrachte. Ich glaube, er hat sie gedrängt, den Kontakt zu uns abzubrechen. Er kam mir immer wie ein Hund mit einem Knochen vor, still und zufrieden, bis er meinte, man wollte ihm den Knochen wegnehmen. Wir hielten uns so weit wie möglich von ihm fern. Wie gesagt, wir haben nicht viel von Theresa gesehen, nachdem sie mit ihm zusammengezogen war.»

«Kennen Sie den Stadtrat Tom Byrne?»

«Ich habe von ihm gehört, ja.»

«Wissen Sie, ob Theresa irgend etwas mit ihm zu tun hatte?»

«Mit Tom Byrne? Nein, das glaube ich nicht. Er gehört nicht zu unserem Wahlkreis.»

«Wissen Sie, ob sie einen gewissen Billy Power kannte?»

«Sie meinen den Burschen, der hier ermordet wurde, dessen Leiche man letzte Woche entdeckte?»

«Ja.»

«Nein. Ich habe zum erstenmal von ihm in der Zeitung gelesen.»

«Hat Theresa vor ihrem Tod in irgendeiner Weise angedeutet, daß sie sich bedroht fühlte?»

«Wie gesagt, wir hatten weitgehend den Kontakt zu ihr verloren.»

«Vorher. Bevor sie mit ihm zusammengezogen ist. Als sie noch zu Hause war, am Anfang der Beziehung. Hat sie da je etwas verlauten lassen, daß Clarke sie bedroht hätte?»

«Nein, darum ging es nie. Sein Einfluß auf sie war mehr psychologischer Natur.»

«Haben Sie noch Papiere von ihr? Irgendwelche Hinterlassenschaften? Sachen, die nach ihrem Tod aus Clarkes Haus geholt wurden?»

«Mutter besaß ein paar Sachen von ihr. Ja, sie hatte Theresas

Foto, ein bißchen Schmuck von ihr und anderes Zeug auf der Frisierkommode in ihrem Schlafzimmer liegen. Mein Vater hat nicht lange hier gelebt. Er hat uns sitzenlassen. Wir ließen nach dem Tod unserer Mutter alles unberührt. Niemand benutzt das Zimmer.»

«Darf ich mir's mal anschauen?» fragte McCadden. «Ich bringe nichts durcheinander.»

«Nein, das ist okay. Vielleicht wäre es ganz angebracht, damit aufzuräumen, wissen Sie. Hier entlang.»

Das Farbfoto auf der Frisierkommode in dem muffigen Schlafzimmer stellte Theresa Cheasty im Alter von Mitte Zwanzig dar, zwei oder drei Jahre vor ihrem Tod, genauso alt wie jetzt ihre Schwester Margaret. Sie hatte die gleichen schwarzen Haare wie ihre Schwestern, die gleichen dunkelbraunen Augen und den gleichen dunklen Teint, aber sie war von der Natur nicht so gut bedacht worden. Ihr Gesicht war runder, hausbackener, strebsamer. Es half nicht gerade, daß sie eine ziemlich häßliche Brille mit breiter Fassung trug.

Die Andenkensammlung enthielt mehr als nur das Foto und ein bißchen Flitter. In den drei Schubladen der Frisierkommode hatte Theresas Mutter alles gesammelt und aufgehoben, was im Zusammenhang mit ihrer Tochter stand. Schulhefte. Armreifen. Valentinskarten. Auszeichnungen und Urkunden. Kleidungsstücke. Ein Malbuch.

McCadden nahm ein Stück nach dem anderen zur Hand und stapelte es sorgfältig auf dem Bett. Zwei Taschenbücher. Ein Tagebuch aus Theresas vierzehntem Lebensjahr. Ein Hefter mit Notizen und Übungen aus einem Französischkurs. Ein schmales Bündel Briefe, mit einem rosa Bändchen verschnürt.

«Haben Sie was dagegen?» fragte McCadden.

Margaret Cheasty schüttelte den Kopf.

Die meisten Briefe enthielten das Übliche. Frühe Schreiben von Brieffreunden in Malta und Amerika. Spätere von einem Freund in Dublin, Urlaubsgrüße von Freundinnen. Ein paar offizielle Benachrichtigungen. Und dann, in der Mitte des Bündels, ein zartblauer Umschlag ohne Briefmarke, der nur ihren Namen, ohne Anschrift, enthielt, geschrieben von einer leicht zittrigen Hand. Keine Adresse, trotzdem war der Umschlag zugeklebt gewesen.

Innen drin steckte ein Blatt passendes blaues Briefpapier mit zwei Zeilen in der gleichen Handschrift:

Meine liebe Theresa,
vergiß nicht, mein Kind, ich bin noch nicht tot.

G. B.

McCadden zeigte Margaret Cheasty den Brief. «Wer ist G. B.?»

«Keine Ahnung», sagte sie nach einigem Nachdenken. «Ich habe wirklich keine Ahnung. Ich kenne keinen G. B. Sieht mir eher nach einem Scherz aus.»

«Nein», widersprach McCadden. «Das ist kein Scherz. Wenn jemand ein Witzchen machen wollte, hätte er nicht so teures Briefpapier verwendet, und die Anredeform wäre anders, lockerer, ironischer.»

Meine liebe Theresa klang sowohl feierlich als auch familiär, ein bißchen onkelhaft. Es mußte von einem Älteren stammen, jemand, der vermutlich erheblich älter als Theresa Cheasty war. Die gleiche Vertrautheit, die gleiche Herablassung, die gleichen etwas angestaubten Formulierungen waren dann auch im Text zu finden. Das unterstrichene *noch* im Zusammenhang mit *tot* faszinierte McCadden. Jemand, der zum Tode verurteilt war? Jemand, der an einer tödlichen Krankheit litt? Jemand, der mit dem Tode bedroht wurde? Jemand, dessen Tod unangenehme Folgen für Theresa Cheasty hätte?

«Würde es Ihnen was ausmachen, wenn ich diesen Brief behalte?» fragte McCadden. «Wenigstens für ein paar Tage?»

«Wenn es Ihnen weiterhilft.»

«Vielleicht», meinte McCadden. «Wer weiß, wer weiß.»

Nachdem er gegen vier wieder in seiner Wohnung war, versuchte er es bei noch ein paar Leuten mit den Zeilen aus dieser obskuren Ballade, über die Tom Byrne so erschrocken gewesen war. Dreißig Minuten lang probierte er es verbissen, aber ohne Erfolg, bestellte dann bei einem Chinesen etwas zu essen und ließ anschließend das Telefon in Ruhe. Um fünf vor fünf machte er sich über eine Portion «Gebackenen Reis Spezial» her. Punkt fünf Uhr rief de Burgh an.

McCadden griff erwartungsvoll zum Hörer. «Ja?»

«Bis jetzt war's nur langweilig», berichtete de Burgh. «Byrne hat den ganzen Tag zu Hause gesessen. Die Tochter, Tina, ging um vierzehn Uhr weg, kam vor ungefähr einer Stunde zurück. Die Frau ist heute morgen einkaufen gegangen. Ich konnte keiner der beiden folgen, möglicherweise ist uns da etwas entgangen? Was meinst du?»

«Selbst wenn sie von seinen obskuren Geschäften wissen, glaube ich kaum, daß er ihnen vertraut. Er hat eine ziemlich schlechte Meinung von Frauen. Nein, er hat irgendwas anderes geplant, vielleicht heute abend, vielleicht morgen.»

«Ich glaube, ich weiß, was es sein könnte.»

«Sekunde mal», unterbrach ihn McCadden. «Weißt du zufällig, wie seine Frau mit Vornamen heißt?»

«Georgina», sagte de Burgh. «Georgina Byrne. Warum?»

McCadden spürte ein Kribbeln im Nacken und am Rückgrat. «Reine Neugier. Was wolltest du sagen?»

«Heute abend findet im *Tower Hotel* ein Benefiz-Dinner statt», erklärte de Burgh. «Tom Byrne wird dort sein. Dummerweise ist es eine geschlossene Gesellschaft. Du brauchst eine Eintrittskarte, sonst lassen sie dich nicht rein.»

«Scheiße!» sagte McCadden. «Hör zu, kannst du noch ein bißchen Wache schieben? Sagen wir, eine Stunde, anderthalb Stunden?»

McCadden begann auf und ab zu laufen, nachdem er den Hörer aufgelegt hatte, und ließ das chinesische Essen in der Küche kalt werden. Acht Schritte über die Fußbodendielen, acht Schritte zurück, und die lose Diele knarrte bei jeder Kehrtwendung.

Benefiz-Dinner. Wer hatte kürzlich ein Benefiz-Dinner erwähnt? Benefiz-Dinner. *Tower Hotel*. Samstag abend. Er kramte in seinen Erinnerungen, hangelte sich rückwärts von Ereignis zu Ereignis, Peter Clarkes Beerdigung, Lennie Lombards Studio, die Geiselnahme in Ballybeg, bis es ihm schließlich einfiel.

Er kletterte unters Dach und blätterte in seinem Notizbuch, das er in der Schublade liegen hatte. Dann setzte er sich aufs Bett und wählte die Nummer. Es läutete siebenmal.

«Guten Abend», sagte die Stimme. «Hier ist Michael Terry.»

McCadden seufzte erleichtert. «Michael», sagte er. «Carl McCadden.»

«Carl», antwortete Terry theatralisch.

Wenn McCadden Zeit gehabt hätte, würde ihn die vielsagende Betonung seines Namens beunruhigt haben, wie sonst auch. Er war jedoch in Eile und hörte es diesmal gar nicht heraus.

«Am letzten Montag», sagte er. «Erinnerst du dich, Michael? Du hast auf dem Revier Tickets verkauft für ein Benefiz-Dinner im *Tower Hotel* heute abend...»

30

McCadden hatte zu fragen vergessen, was die Freunde der Brockenshaw-Sammlung zu ihrem jährlichen Benefiz-Dinner trugen. Er besaß keinen Smoking. Und als ihm dieses Problem zu Bewußtsein kam, um halb acht an diesem Abend, war es zu spät, sich einen zu mieten oder auszuleihen.

Er zog den leichten, cremefarbenen Leinenanzug an, den er vor ein paar Monaten gekauft hatte, dazu die cremefarbene Weste, ein schwarzes Oberhemd und braune Halbschuhe, und als er das *Tower Hotel* erreichte, setzte er sich erst einmal zehn Minuten an die Bar, um die Wirkung zu testen. Er sah keine Smokings herumlaufen. Und niemand schenkte ihm nennenswerte Beachtung. Also trank er seinen Wodka Tonic aus und schlenderte zur Rezeption.

«Hallo. Für mich wurde hier eine Eintrittskarte für das Dinner heute abend hinterlegt.»

Der Portier schrieb gerade etwas und hob nicht den Kopf. «Wie ist der Name, Sir?»

«McCadden. Carl McCadden.»

Der Portier hielt mit dem Schreiben inne und blickte auf. «Ach ja», sagte er mit merkwürdig gepreßter Stimme. Er fuhr sich mit der Zunge über die Lippen und fügte hinzu: «Ich glaube, der, äh, Sekretär der Brockenshaw-Sammlung hat Ihre Eintrittskarte. Würden Sie bitte hier warten?»

McCadden drehte sich um und lehnte sich an die Theke. Die meisten Vorbeikommenden kannte er nicht. Ein bekanntes Gesicht sah er, den Fotografen Lennie Lombard. Lombard, dessen schmächtige Gestalt in einem viel zu großen Anzug steckte, giftgrün und ausgebeult, war mit Kameras und sonstiger Ausrüstung behängt.

«Lennie!» rief McCadden.

«Ich heiße Richard, Inspector», beschwerte er sich erwartungsgemäß. «Richard.»

«Sagen Sie, ich habe die gestrigen Ausgaben der Provinzblätter noch nicht gesehen. Haben es Ihre Fotos auf die Titelseiten geschafft?»

Lombard blickte ihn aus traurigen, wehmütigen Augen an. «Ich dachte, Sie hätten das Erscheinen verhindert, Inspector.»

«Verhindert? Ich?»

«Mir wurde zu verstehen gegeben, daß die Fotos verwendet würden. Aber sie sind nie erschienen.»

«Ich war das nicht, Lennie.»

«Ich heiße Richard, Inspector. Richard.»

McCadden spürte eine Hand auf der linken Schulter und sah gleichzeitig, wie Lombards Miene einen besorgten Ausdruck annahm. McCadden drehte sich um und erwartete, den Sekretär der Brockenshaw-Sammlung mit seiner Eintrittskarte zu sehen. Statt dessen starrte er auf die hochgezogenen Brauen von Chief Superintendent Daniel Cody. Und hinter Cody stand, lächelnd und ganz entspannt, Stadtrat Tom Byrne. Und hinter Byrne schlich der Portier, der McCadden verpetzt hatte, an seinen Arbeitsplatz zurück.

Cody verzog den Mund und sagte: «Ihr plötzliches Interesse an unserem Heimaterbe betrachten wir als gesundes Zeichen, Inspector.»

«Ach, ich weiß nicht», meinte McCadden höflich. «Wenn man den rasanten technischen Fortschritt betrachtet, der unsere Umwelt verändert, und dagegen das Schneckentempo nimmt, mit dem sich das menschliche Bewußtsein von Generation zu Generation entwickelt, dann kompliziert die Kultur- und Denkmalschutzordnung diese Kluft vielleicht nur unnötig.»

Cody holte tief Luft und sagte dann mit gefährlich leiser Stimme: «Bei gesellschaftlichen Anlässen pflege ich zwar nie über berufliche Dinge zu sprechen, aber da Sie sich in letzter Zeit so rar gemacht haben, werde ich diese Gelegenheit beim Schopf ergreifen. Sie werden am Montag morgen um neun in meinem Büro erscheinen, und in der Zwischenzeit sind Sie von allen Aufgaben entbunden. Ist das klar, Inspector?» Er sagte es so leise, daß nur eine weitere Person ihn verstehen konnte.

Tom Byrne, zwanglos und mit einem Lächeln auf den Lippen, stand immer noch hinter Cody.

«Ist das klar, Inspector?»

In den nächsten zwanzig Minuten, während die Dinnergäste Drinks kippten und sich in den Bars und im Foyer des Hotels unterhielten, folgte McCadden diskret Byrne, behielt ihn im Auge und merkte sich, mit wem er sprach.

Doch Byrne schien heute abend völlig unbekümmert. Er schien wieder in Hochform zu sein, bot jedem die Hand. Die Hand, die dir sagte, daß man dich schätzte und sich an dich erinnerte, die Hand, die mitfühlte und gratulierte und ermutigte, alles auf einmal, die Hand, die stark genug war, die Welt zu verändern. Die Hand eines Politikers. Außen sauber. Und es sah nicht so aus, als würde sie sich heute abend schmutzig machen.

Obwohl, man konnte nie wissen. Der Mann saß jetzt auf dem hohen Roß. Der Mann fühlte sich sicher und mochte unvorsichtig sein. Man konnte nie wissen.

Doch als es passierte, war es McCadden, der den Fehler machte, McCadden, der unvorsichtig war.

Um acht Uhr dreißig ertönte irgendwo ein Gong, und plötzlich drängelten sich alle vor dem schmalen Eingang zum Speisesaal. McCadden war zu weit von Byrne entfernt, der ganz vorn stand und offenbar den Gong erwartet hatte – Erfahrungen aus zurückliegenden Jahren vermutlich. Byrne war unter den ersten im Speisesaal. Nicht um sich mit jemandem dort zu treffen, dachte McCadden, sondern um sich durch einen anderen Ausgang zu verdrücken und irgendwo anders eine Verabredung wahrzunehmen.

McCadden löste sich aus der Menge und marschierte im Laufschritt in die andere Richtung, durch Korridore, in Bars hinein, blickte sich überall um, sah jedoch nichts, weder Byrne noch sonst etwas Verdächtiges, bis er wieder den Empfang erreichte und im Foyer, direkt neben dem Haupteingang, einen schwarzhaarigen dunkelhäutigen Ausländer sitzen sah, einen Araber, Inder. Aus der Entfernung, aus dem Blickwinkel war es unmöglich genauer festzustellen. Der Mann drehte den Kopf ein wenig, wodurch sein schwarzer Vollbart ins Blickfeld kam, und er schien McCaddens Näherkommen zu bemerken. Plötzlich war er aufgestanden und durch den Haupteingang in die Nacht verschwunden.

McCadden rannte los. Als er durch die Tür kam, sah er, wie der Mann die Beifahrertür eines Volvo öffnete. «Halt, stehenbleiben!» brüllte McCadden. Der Mann drehte sich mißtrauisch um und wartete auf McCadden, der ihm seinen Ausweis zeigte und ins Innere des Volvo spähte. Eine junge Inderin saß hinter dem Steuer, auf der Rückbank schlief ein Baby in einem Kindersitz.

«Tut mir leid», sagte McCadden. «Mein Fehler, ich habe nach jemand anderem gesucht.»

Im Speisesaal hatte man sich bereits über die Horsd'œuvres hergemacht, und es gab nur noch einen freien Platz an den vollbesetzten Tischen. Eine kleine Tischkarte mit INSP. C. MCCADDEN stand dort, direkt neben einer anderen Karte mit INSP. H. BOYCE darauf. Schwer zu sagen, ob es eine Vorsichts- oder eine Vergeltungsmaßnahme sein sollte.

«Du hast noch nicht gekündigt, oder?» fragte Boyce kalt, als McCadden sich setzte. «Oder stehst du derzeit mehr auf Suizid?»

«Neubewertung», erklärte McCadden. «Ich stehe derzeit auf Neubewertung.»

«Ich dachte, daran hättest du dich schon versucht. Weißt du nicht mehr? Mit Peter Clarke.»

«Nein», sagte McCadden. «Wordsworth. Er schrieb einmal einem befreundeten Maler: *Anspruchsvoll ist unsere Berufung, mein Freund, Kreative Kunst.* Selbsterhöhung. Wichtigtuerei. Mystische Berufung. Mit Großbuchstaben. Und Kumpanei. Ich hasse kumpelhafte Männerfreundschaften.»

Boyce schnaubte abfällig und hackte verärgert auf den Resten seiner Horsd'œuvres herum. Aber er verfolgte das Thema nicht weiter.

McCadden stocherte nur in seinem Essen. Er trank ein Glas mittelmäßigen Rotwein und wartete auf den Kaffee, während die anderen säbelten und kauten und schluckten und Erinnerungen über legendäre Festmahle austauschten. Aber nicht einmal der Kaffee schmeckte ihm.

Als sich am Vorstandstisch der Vorsitzende der Freunde der Brockenshaw-Sammlung schließlich erhob und mit seinem Löffel ans Glas klopfte, war McCadden ziemlich erleichtert. Ein paar langweilige Ansprachen, dachte er, und dann könnte er von hier verschwinden.

Der Vorsitzende rief, während er immer noch an sein Glas klopfte: «Ladies und Gentlemen! Vielen Dank! Danke!»

Es wurde still.

«Ladies und Gentlemen, zwei Sammlungen mit Kunstwerken und Erinnerungsstücken zur Geschichte von Waterford gibt es bereits in dieser Stadt, eine im Reginald's Tower und eine im Kunstzentrum. Beide sind sehr beeindruckend, dennoch lassen sie sich nicht vergleichen mit der Brockenshaw-Sammlung, weder von ihrer künstlerischen Bedeutung noch von ihrem finanziellen Wert her, von der historischen Bedeutung ganz zu schweigen.

Doch die gesamte Brockenshaw-Sammlung liegt sicher verpackt in einem Lagerraum des Reginald's Tower, unzugänglich für die Öffentlichkeit. Es sind keine Mittel vorhanden und auch nicht in Aussicht gestellt, um eine passende Galerie zu erwerben und zu unterhalten. Und das ist natürlich der Grund, warum wir alle heute abend hier versammelt sind.

Als Lord Clonea – dessen Familienname Brockenshaw war, wie Sie alle wissen –, als Lord Clonea vor einigen Jahren starb, erwartete niemand, daß er seine umfangreiche Privatsammlung der Stadt Waterford vermachen würde. Niemand, mit Ausnahme des Mannes, der es ermöglicht hat, die Brockenshaw-Sammlung in öffentlichen Besitz zu überführen, und dessen Vision es war, diese Sammlung allen zugänglich zu machen: Stadtrat Tom Byrne, Ladies und Gentlemen!» Applaus. Heftiger, begeisterter Applaus.

Von der anderen Seite des Speisesaals starrte Chief Superintendent Cody mißbilligend auf McCaddens Hände, die auf dem Tisch lagen.

Byrne wartete geschickt ab, bis der Applaus nachließ, dann erhob er sich, kassierte weiteren Beifall und verbeugte sich.

Nachdem er sich wieder gesetzt hatte, sagte der Vorsitzende: «Ich bitte jetzt Stadtrat Byrne, einige Worte an uns zu richten.»

Und als Byrne sich zum zweitenmal erhob, kassierte er neuerlichen Applaus.

Byrne sagte seine Worte. Und nach ihm sagte Canon Whaley *seine* Worte. Der Schatzmeister des Spendensammlungskomitees sagte *seine* Worte, und Michael Terry, der Auktionator und Taxator, der McCadden die Eintrittskarte besorgt hatte, sagte *seine* Worte, und der Applaus plätscherte dahin, bis er erneut den Vorsitzenden erreichte.

Und der Vorsitzende sagte: «Zum Abschluß und wie üblich bei diesen Anlässen haben wir zwei ausgewählte Stücke aus der Sammlung mitgebracht, damit Sie sich daran erfreuen können.

Dies hier – es macht nichts, wenn Sie es jetzt nicht genau sehen können, Sie haben später Gelegenheit, die Stücke in aller Ruhe zu betrachten –, dies hier ist ein Dolch, der dem berüchtigten Highwayman, dem Straßenräuber William Crotty, gehörte. Crotty trieb sein Unwesen im achtzehnten Jahrhundert im County Waterford. Wir haben in der Sammlung auch eine Pistole aus Crottys Besitz.

Crottys Versteck lag in den Comeragh Mountains im Norden des County. Als er schließlich von seinem Komplizen David Norris verraten wurde, hängte und vierteilte man ihn, sein Kopf wurde abgeschnitten und vor dem Landesgefängnis angebracht als Abschreckung für andere Straßenräuber.

Die Polizeibeamten, die sich heute abend unter uns befinden, werden vermutlich grün vor Neid, wenn sie daran denken, wie oft sie die gleichen Burschen schon ins Gefängnis gebracht haben, ohne daß sie es allzulange dort aushielten.»

Freundliches Gelächter. Cody hatte die Pfeife im Mund und lachte um den Stiel herum.

Der Vorsitzende fuhr fort: «Das zweite Stück hier ist älter. Genauer gesagt, ist es fünfhundert Jahre alt. Es handelt sich um eine Tierhaut, die die Inschrift trägt: ‹Urkunde, ausgestellt von Henry VII, zur Errichtung eines Kerkers, für die Gegenleistung von 30 Pfund jährlich bis in alle Zeiten, und für die Zahlung dieses Betrags, anno regni im 3. Jahr. Verfaßt in Westminster, am 12. Mai, im dritten Jahr der Regentschaft.› Heute abend scheinen wir es mit kriminellen Themen zu haben, nicht wahr?

Beide Stücke, meine Damen und Herren, werden später zur Besichtigung ausgestellt, und mir wurde gesagt, wenn wir uns jetzt alle an die Bar zurückziehen, während hier die Tische abgeräumt werden und die Kapelle Aufstellung nimmt...»

An einem der Tische erhob sich mühsam ein alter Mann mit Hilfe seiner Krückstöcke, als McCadden gerade vorbeikam auf dem Weg zum Ausgang. McCadden bot ihm den Arm.

«Ich glaube, wir kennen uns noch nicht», sagte der alte Mann.

«McCadden. Carl McCadden.»

«Pat Crotty», sagte der Alte und gackerte laut. «Nicht verwandt und nicht verschwägert mit dem Highwayman. Gehen wir an die Bar oder was?»

McCadden betrachtete die Menge, die sich vor dem schmalen Eingang zu den Bars drängte.

«Blöde Einrichtung, diese Dinners», knurrte der Alte. «Ich nehme einen Scotch mit Wasser, wenn's recht ist.»

«Vielleicht suchen wir zuerst mal einen Sitzplatz für Sie», schlug McCadden vor.

«Trotzdem», meinte der alte Mann seufzend, «es ist für eine gute Sache. Das Wasser extra in einem Glas. Nicht zusammenschütten, ja? Kannten Sie George persönlich?»

«Nein», murmelte McCadden geistesabwesend. «Nein, überhaupt nicht.»

«Seltsamer Bursche. Er zeigte mir einmal diesen Dolch von Crotty, muß jetzt dreißig Jahre her sein, und er sagte zu mir, er sagte...»

Ende der Geschichte, dachte McCadden, während er den alten Mann durch den Saal führte. Ende der Straße. Montag morgen um neun mußte er den Fall Tom Byrne seinem Superintendent vorlegen. Fünfeinhalb Zeilen einer kaum bekannten Ballade. Ein Dachgeschoß mit rätselhaften Notizbüchern, geschrieben von einem toten Mörder. Und ein kurzer Brief von einem unbekannten Absender. Ende der Geschichte. Und zweifellos das Ende der Straße für McCadden.

«... nicht daß er selbst viel hinzugefügt hätte», plapperte der alte

Mann. «Alles geerbt. Er hatte nicht mehr das Geld dafür, wissen Sie. Ist mir unverständlich, warum er nicht ein paar Stücke verkaufte. Hier, warum setzen wir uns nicht hier hin. Was Besseres finden wir doch nicht. Scotch. Denken Sie daran.»

«In Ordnung», murmelte McCadden.

«Und das Wasser extra, ja?»

Der Ansturm hatte etwas nachgelassen, als McCadden die Bar erreichte. Er bestellte einen doppelten Scotch, einen Krug Wasser und einen Wodka Tonic für sich selbst. Während er an der Theke lehnte und auf die Drinks wartete, über Tom Byrnes sorglose Stimmung nachdachte und versuchte, selbst darin noch etwas Hoffnungsvolles zu entdecken, spürte er erneut eine Hand auf der linken Schulter. Die Nacht endete offenbar, wie sie begonnen hatte.

In der Erwartung, daß Cody zurückgekommen war, und halb damit rechnend, wegen ungehobelten Benehmens beim Dinner rausgeschmissen zu werden, drehte er sich betont lässig um. Und obwohl er überrascht war, obwohl einen Moment wilde Hoffnung in ihm aufstieg, daß sich eine neue Entwicklung in seinem Fall abzeichnete, behielt er seine coole Haltung bei, als er Paul Hyland ins Gesicht blickte.

Hyland lachte. Hyland lachte natürlich immer. Das war seine Einstellung zur Welt.

Er hielt ein Pint Guinness in der linken Hand. Sein rechter Arm, mit dem er McCadden auf die Schulter getippt hatte, lag jetzt voller Besitzerstolz auf der Schulter einer rothaarigen Frau. Sie war jung, höchstens einundzwanzig Jahre, fast eine Generation von Hyland entfernt. Sie wirkte ein wenig verlegen, hatte eine schmollende, aggressive Miene aufgesetzt und nippte ständig an ihrem Drink, um beschäftigt zu sein, während sie von Hyland vorgeführt wurde.

Sie trug ein tief ausgeschnittenes schulterfreies Kleid. Jedesmal wenn sie einatmete, kam ihr rechter Brustansatz mit Hylands Fingern in Berührung. Und die Finger reagierten jedesmal mit einer kurzen Liebkosung. Und als ihre Atemzüge heftiger wurden, wurden es auch seine Finger.

Hyland stellte seinen Fang nicht vor. Es war jedoch offensichtlich, daß er sie hierhergebracht hatte, um mit ihr anzugeben.

«Wir haben es nicht mehr zum Dinner geschafft», sagte er. «Wir wurden aufgehalten.»

Und die Rothaarige kicherte. Falls jemandem die Pointe entgangen sein sollte.

«Ich hab's auch nicht geschafft», sagte McCadden.

«Was? Bist du zu spät gekommen?»

«Nein. Auf falschem Kurs gesegelt.»

Die beste Methode, einem penetranten Lächler das Wasser abzugraben, war, ihm Jokes zu erzählen, die er nicht verstand. Während Hyland die Brauen hochzog und nach Worten suchte, ließ McCadden den nächsten Pfeil los. «Übrigens, Paul, bist du wieder kuriert?»

Hyland runzelte die Stirn. «Was?»

«Du warst doch krank», sagte McCadden. «Bist du wieder gesundet? Auf jeden Fall siehst du besser aus.»

Hyland lachte, als er die Anspielung verstand. Er drückte die Rothaarige an sich. «Ja, klar. Bin am Montag in alter Frische zur Stelle, weißt du.»

«Gut», sagte McCadden. «Wir sehen uns dann. Okay?»

Er drehte sich um und zahlte für die Drinks. Nachdem er das Wechselgeld eingesteckt hatte, griff er mit der einen Hand das Wodkaglas und die Flasche Tonic Water, dann mit der anderen Hand den Henkel des Wasserkrugs und das Glas mit Scotch. Eigentlich hatte er keine Lust, wieder zu dem alten Mann zu gehen.

Im Gehen blieb er vor der Rothaarigen stehen, betrachtete sie von oben bis unten und sagte im Plauderton: «Sie müssen der Bruder aus Liverpool sein, stimmt's?»

Schön ausgedrückt, dachte er. Daran hat Hyland was zu knabbern übers Wochenende.

Die Art von Stichelei, die dir eine zweifelhafte Befriedigung verschafft, wenn du geschlagen bist. Die Art von Befriedigung, die dich blind werden läßt für wesentlich interessantere Dinge.

Und McCadden konnte beim besten Willen nicht sehen, was er hier verpaßte. Konnte nicht einmal sehen, daß er überhaupt etwas verpaßte.

31

Gegen Ende der Nacht, um Viertel vor sechs, wälzte sich McCadden herum, streckte den Arm aus, um jemandem die Hand zu geben, und murmelte: «George. Haben Sie ihn persönlich gekannt?»

Dann schlug er die Augen auf, senkte den Arm und betrachtete die Schattenspiele an der Wand, die durch die Scheinwerfer vorbeifahrender Autos hervorgerufen wurden, und wieder spürte er dieses Kribbeln im Nacken, bis hinunter zu den Schulterblättern. Er setzte sich auf und machte sich nun schon zum zweitenmal Gedanken über seine Gesundheit.

Dann wiederholte er laut: «Haben Sie George persönlich gekannt?» Diesmal mit der Stimme des alten Mannes, dem er im Hotel einen Scotch mit Wasser spendiert hatte.

Er rieb sich den Nacken, stieg aus dem Bett und lief in der Dachkammer auf und ab. Es war wieder kalt, höchstens zwei oder drei Grad über Null. Am Abend zuvor hatte er keine Gelegenheit gehabt, das Feuer anzuzünden. Doch obwohl er nackt war, spürte er die Kälte nicht.

Mit seiner eigenen Stimme sagte er: «Nein.»

Nein, er hatte George Brockenshaw nicht gekannt. Bis gestern abend hatte er nicht einmal von ihm gehört. Aber er stellte sich vor, daß George Brockenshaw ein alter Mann gewesen war, als er starb. Alt, nicht mehr so beweglich, vielleicht behindert, aber bestimmt an einer Krankheit leidend, mit der er sehr vorsichtig umgehen mußte. Bei seinem Alter war es vermutlich das Herz. Zumindest hatte es mit dem Kreislauf zu tun. Und er stellte sich vor, daß George Brockenshaw diese altmodische, galante Einstellung zu Frauen hatte. Leicht gönnerhaft. Sah sie als zarte Geschöpfe an, die beschützt werden mußten. Hatte eine Schwäche für junge Frauen gehabt, der alte George. Eine große Schwäche. Nein, das nicht. Jedenfalls nicht so *direkt.* Aber man kennt doch das liebenswerte, bewußte unterkühlte, nur leicht sexuell gefärbte Verhalten, wie es manche ältere Männer bei jungen Frauen an den Tag legen. Was noch? Nun, der alte George liebte altmodische, traditionelle Ausdrücke. *Altes Mädchen. Liebes Kind. Formidabel.* Und auch beim

Schreiben war sein Stil traditionell. Abgerundet, edwardianisch. Nicht, daß er *so* alt gewesen wäre. Aber das war sein blaublütiges Erbe. Zum Beispiel verwendete er nie Mundart oder Umgangssprache. Immer vornehm. Anglo-irischer Stammbaum natürlich. Hatte vermutlich in der britischen Armee gedient. Ja…

«George Brockenshaw», sagte McCadden. «G. B. George Brockenshaw.»

Erstaunlich, was man sich alles über einen Mann zusammenreimen konnte, den man nie gesehen, von dem man nicht einmal gehört hatte.

Und wenn sein Reim stimmte, war es vielleicht doch nicht das Ende der Straße für McCadden.

«George Brockenshaw.»

Immer noch vor sich hin murmelnd, zog sich McCadden an und ging hinunter in die Küche, um Frühstück zu machen. Er war wie im Fieber, biß sich an irgendeinem Thema fest und wechselte dann sprunghaft zu etwas anderem.

Er überlegte, was er um sechs Uhr morgens zu dem Kaffee essen sollte. Zumal er tags zuvor tatsächlich nichts weiter als eine halbe Portion chinesischen Reis gegessen hatte. In Waterford backten die meisten Bäckereien ein spezielles rundes Brötchen, das die Einheimischen *blaas* nannten, eine Art französisches Weißbrot, das die Hugenotten eingeführt hatten. Schmeckte phantastisch zu Kaffee.

Dann vergaß er plötzlich für eine Weile die Brötchen und dachte statt dessen an die Hugenotten. Wann waren sie nach Waterford gekommen? 1682 mußte es gewesen sein. Fünfzig Jahre bevor sie den Straßenräuber William Crotty hängten und ihm den Kopf absäbelten.

Er schenkte sich einen Becher Kaffee ein aus der Kanne, die er aufgebrüht hatte, und da es keine Brötchen gab, begnügte er sich mit Mischbrot und Schinken und Blutwurst.

Während er die Zutaten grillte, dachte er an William Crottys Dolch. Dann versuchte er sich zu erinnern, wo er kürzlich Crottys Namen gelesen hatte. In einem Volkslied? Möglich. In den letzten Tagen hatte er Hunderte Titel und Texte gelesen, zahllose andere waren ihm genannt oder rezitiert worden, und darunter *hatte* sich eine Ballade mit dem Titel «Wehklage für William Crotty» befunden, angeblich von der Frau des Straßenräubers verfaßt.

Er leerte den ersten Becher Kaffee und wendete den Schinken und die Blutwurst im Grill und entschied dann für sich, daß es nicht die Ballade oder der Titel gewesen war – obwohl er beides in einer von Peter Clarkes Kladden gelesen hatte –, sondern etwas anderes, Komplizierteres, Versteckteres; es war nicht so offensichtlich, war nicht auf den ersten Blick erkennbar...

Um halb sieben rief er Liam de Burgh an. De Burgh nahm sofort ab und hörte aufmerksam zu. Offenbar war er schon wach gewesen.

«Liam? Hier ist Carl. Kannst du heute wieder etwas für mich erledigen? Ich kann mich nicht selbst darum kümmern, ich muß gleich weg.»

«Was?» fragte de Burgh. «Jetzt gleich?»

«Ja, ich muß jetzt weg.»

«Ich meine, was soll ich für dich tun?»

«Du? Nein, das hat Zeit. Du kannst das jetzt noch nicht machen.»

«Um was geht's?»

«Der Bursche heißt George Brockenshaw», sagte McCadden. «Lord Clonea. Schon mal was von ihm gehört?»

«Nein.»

«Das Dinner gestern abend...»

«Ach ja», unterbrach ihn de Burgh. «Brockenshaw. Die Freunde der Brockenshaw-Sammlung. Wie ist es übrigens gelaufen?»

«Es hat zu dem Anruf bei dir geführt. Wohin das führt, weiß ich nicht.»

«Okay, weiter. George Brockenshaw, sagtest du?»

«Also, er scheint ziemlich zurückgezogen gelebt zu haben. Ist vor vier Jahren gestorben. Davor lebte er auf dem Familiensitz in Woodstown, oder dem, was davon übriggeblieben ist. Wahrscheinlich solltest du dort anfangen, Liam. Du kennst den Ort. Eine kleine Gemeinde. Der Strand, ein Pub, ein paar Häuser. Er hat vermutlich ein paar von den Einheimischen beschäftigt. Putzfrau, Gärtner. Mit ihnen solltest du dich als erstes unterhalten.»

«Was willst du wissen?»

«Alles, was du herausfinden kannst. Aber vor allem interessiert mich, welche Besucher er in seinem letzten Lebensjahr hatte. Finde außerdem heraus, wie er gestorben ist, die genauen Todesumstände. Und sieh dir sein Testament an.»

De Burgh sog scharf die Luft ein. «Es ist Sonntag, Carl».

«Was?»

«Heute ist Sonntag. Da kann ich das Testament nicht einsehen.»

«Ja, richtig, habe ich ganz vergessen. Den Rest also. Kannst du das machen?»

«Dafür brauche ich fast den ganzen Tag.»

«Ich weiß, ich weiß.»

«Geht's wieder um Peter Clarke?»

«Ja.»

«Ach, was soll's», meinte de Burgh ergeben. «Notfalls komme ich bei der Wach- und Schließgesellschaft unter. Du weißt, daß Cody drauf und dran ist, dich abzuschießen? Hast du handfestes Material?»

«Hängt von dir ab.»

«Und wohin gehst *du* um halb sieben in der Früh?»

«Ich werde unsere alten Bekannten in John's Park besuchen, Henry Barry und Martin O'Shea. Ich will sie abfangen, bevor sie zur Arbeit gehen.»

De Burgh seufzte. «Carl, es ist Sonntag. Sonntag! Sie arbeiten sonntags nicht.»

«Richtig», sagte McCadden. «Hab ich ganz vergessen. Ach, zum Teufel. Ich fahre trotzdem früh hin. Vielleicht warte ich noch eine Stunde oder so.»

Um Viertel nach acht erwachte Henry Barrys Haushalt gerade. Barry, mit nackten Füßen und offenstehendem Pyjama, war in der Küche, machte sich eine Schüssel Porridge und wartete auf den Rest des Frühstücks. Seine Frau hatte das jüngste Kind noch auf dem Arm und machte sich mit der anderen Hand an der Bratpfanne und am Elektrokocher zu schaffen. Es herrschte eine warme, schläfrige Atmosphäre. Nicht die Art von Wärme, die McCadden gefiel. Zu viele Menschen auf zu engem Raum. Aber es war eine entspannte Atmosphäre, entspannter als in den meisten anderen Häusern um diese Zeit.

Barrys Frau hatte die Haustür geöffnet und ohne eine Spur von Überraschung gerufen: «Es ist wieder der Inspector, Harry.»

Als McCadden in die Küche geführt wurde, gähnte Barry, kratzte sich am Bauch und sagte: «Sie sind früh auf, Inspector.»

Was konnte man darauf antworten? In der bevölkerten Küche jedenfalls nichts. Ohne auf eine Einladung zu warten, drehte sich McCadden um und marschierte in das Vorderzimmer. Barry folgte widerstrebend, wollte das Frühstück nicht zurücklassen. Nachdem er auf dem Sofa Platz genommen hatte, einen Ausdruck freundlicher Neugier auf dem Gesicht, nahm McCadden das italienische Aquarell von der Wand und legte es Barry auf den Schoß.

«Ich weiß, was du getrieben hast, Henry. Ich weiß es ganz *genau*. Ich weiß nur nicht, ob *du* wußtest, um was es ging. Verstehst du, was ich meine?»

«Nein.»

«Sei still, Henry.»

«Ich dachte, Sie wollten...»

«Halt den Mund, Henry.»

«Okay, okay.»

McCadden sagte: «Ich meine, ich weiß nicht, ob du einem Kumpel einen Gefallen getan, weggesehen und keine Fragen gestellt hast, du weißt schon, und dein hübsches Schmiergeld dafür bekamst, daß du die Augen geschlossen und den Mund gehalten hast. Oder ob du direkt daran beteiligt warst, von Anfang an dabei warst. Im ersten Fall passiert dir nicht viel. Du warst zwar nicht der Hellste, aber du bist einigermaßen sicher. Im zweiten Fall wirst du deine Familie und deine Kinder ein paar Jahre lang nicht mehr sehen. Ich bin doch wirklich sehr verständnisvoll, Henry.»

«Klar, das weiß ich, Inspector.»

«Ich denke eigentlich eher, daß du benutzt worden bist», sagte McCadden. «Das Problem ist nur, wenn du mir nicht *bestätigst*, daß du benutzt worden bist, muß ich annehmen, daß ihr beide, du und O'Shea, Kriminelle seid. Kannst du mir folgen?»

«Also, um die Wahrheit zu sagen...»

«Gut», unterbrach ihn McCadden, «dann sag die Wahrheit. Ich will nur wissen, ob du gewußt hast, was du tust, oder nicht, ob du *jetzt* überhaupt weißt, was du getan hast.»

Henry Barry lächelte ein wenig, machte dann ein ratloses Gesicht und zuckte die Achseln. «Da komme ich nicht mehr mit, Inspector, um die Wahrheit zu sagen.»

McCadden seufzte. «Henry», sagte er, «ich will dich nicht durch die Mangel drehen, aber glaub mir, daß ich es tun werde, wenn du nicht kooperierst.»

«Aber Sie haben mir nicht mal gesagt, was ich verbrochen haben soll. Geht es immer noch um den Tod von Billy Power oder was?»

Eine Viertelstunde später, *kaum* eine Viertelstunde später, sahen auf der anderen Straßenseite die Dinge ganz anders aus.

Evelyn O'Shea war noch im Bett, und Martin O'Shea versuchte schlechtgelaunt, in der alten Küche etwas zu essen zu finden, was er wahrscheinlich an jedem Morgen tat. Wenn es Sonntag *war*, dachte McCadden, und er hatte dafür nur de Burghs Wort, dann mußte das Haus der O'Sheas sonderbare Schlafzimmer haben, daß eine kalte Küche vor neun Uhr einladender erschien.

McCadden sprach mit O'Shea in der Küche. «Sie können das Frühstück vergessen», fuhr er ihn an. «Sie können überhaupt für die nächsten Jahre das Frühstück vergessen, wenn Sie jetzt nicht die richtigen Antworten für mich haben. Sehen Sie, ich weiß, was Sie und Bang getrieben haben. Also lassen wir die Mädchen. Jetzt ist Wahrheit angesagt. Ich habe nicht viel Zeit.»

Und es war natürlich O'Shea, der schwitzte. O'Shea, der Schwierigkeiten mit dem Schlucken hatte und der sich setzen mußte, noch bevor McCadden in die Details ging.

«Eine Frage», sagte McCadden. «Nur eine einzige. War es Ihre Idee? Denn in diesem Fall reden wir über eine Menge Jahre. Wir reden über Beihilfe zum Mord. Oder war es die Idee von jemand anderem, und Sie haben ihm nur einen Gefallen getan? Eine Frage. Eine Minute. Dann gehe ich davon aus, daß es Ihre Idee war.»

O'Shea überlegte eine Weile. Allerdings nicht lang. Viel weniger als eine Minute. Dann, nachdem er ja immer gewußt hatte, daß die Welt ihn eines Tages aufs Kreuz legen würde, hob er den Kopf und fragte: «Wer hat's Ihnen gesagt, häh? Wer hat gesungen?»

«Ist jetzt uninteressant», wehrte McCadden ab. «Fahren wir fort. Sie haben mir schon genug Zeit gestohlen. Sie haben das Zeug während Ihres Urlaubs auf dem Kontinent übergeben. Richtig?»

O'Shea nickte.

«Wo genau?»

«Ich dachte, das wüßten Sie alles schon», winselte O'Shea.

«Hören Sie zu», sagte McCadden gefährlich leise. «Was ich weiß und was ich nicht weiß, darüber sollten Sie sich keine Gedanken machen. Machen Sie sich lieber Gedanken darüber, was *Sie* wußten und was Sie nicht wußten. *Davon* hängt es nämlich ab, ob es Knast gibt. Haben Sie das kapiert? Und ich frage nicht noch einmal. Ich kann Sie auch auf dem Revier von zwei uniformierten Kleiderschränken verhören lassen!»

Evelyn O'Shea, in einem grellroten Morgenmantel und mit nackten Füßen, kam halb die Treppe herunter, nur so weit, daß sie verschlafen durch die offene Tür spähen konnte, wer so früh am Morgen in ihrer Küche herumschrie. Martin O'Shea, jetzt von zwei Seiten unter Druck, warf ihr einen mörderischen Blick zu. Sein Haß brachte sie beinahe dazu herunterzukommen. Aber wahrscheinlich war sie noch zu müde, um das Spektakel wirklich genießen zu können.

Nachdem sie wieder verschwunden war, sagte O'Shea: «Mallorca, Ibiza, Teneriffa. Sie wissen schon. Die Urlaubsorte.»

«Wer gab Ihnen die Gegenstände, die Sie nach Europa bringen sollten?»

«Es war Billy Power.»

«Immer Power?»

«Ja, es war immer Billy.»

«Hat er Ihnen auch gesagt, wohin Sie fahren sollten?»

«So ist das nicht gelaufen. Wir haben Billy gesagt, wohin wir in diesem Urlaub fahren, und dann gab er uns am Tag vor der Abreise das Zeug.»

«Haben Sie mal ein Päckchen geöffnet?»

«Nein.»

«Haben Sie sich nach dem Inhalt erkundigt?»

«Nein.»

«Kommen Sie!»

O'Shea schüttelte heftig den Kopf. «Nein, hab ich nie gemacht. Ich wollte es nicht wissen. Billy sagte, die Päckchen seien harmlos, nichts mit Drogen oder so was, nichts, wodurch ich in Schwierigkeiten geraten könnte. Das hat mir gereicht. Es ging einfach um Handelsbeschränkungen oder so was, wissen Sie.»

«Wie groß waren die Päckchen?»

«Sie waren unterschiedlich groß.»

«Was war das größte? Groß genug, um ein Buch zu enthalten? Ein dickes Buch?»

«So groß waren sie nie. Meistens bekam ich Umschläge. Diese Versandtaschen, wissen Sie. Manchmal war es eine Box, so groß wie eine Schmuckschachtel. Nichts Größeres.»

«Umschläge!» wiederholte McCadden. Er ließ sich das durch den Kopf gehen. Und dann fragte er: «Was waren Ihre Instruktionen, wenn Sie von der Polizei oder vom Zoll kontrolliert wurden?»

«Ein Umschlag ist doch nicht weiter aufgefallen.»

«Die anderen Päckchen!»

«Die waren doch viel zu klein. Und wenn, dann habe ich eben für jemand ein kleines Geschenk mitgebracht, das ist doch harmlos, oder? Das ist alles.»

«Haben Sie erwartet, daß die Zollbeamten Ihnen das abnehmen, ohne wissen zu wollen, wo Sie das Zeug gekauft haben?»

«So hat's uns Billy jedenfalls gesagt.»

«Hmm, na schön», meinte McCadden. «Wie wurden sie übergeben?»

O'Shea rieb sich das Kinn, als müsse er darüber nachdenken. «Am zweiten Tag, zwischen elf und zwölf, mußten wir das Päckchen unter ein Badetuch in unserem Apartment legen und das Apartment nicht abschließen. Wir hatten diese Badetücher mit den Farben von Waterford darauf, dem Wappen. Wenn was schiefging, wurde das Ganze am nächsten Tag wiederholt. Und am übernächsten. Es hat aber immer geklappt.»

«Erzählen Sie mir nicht, daß Sie nie einen von den Abholern gesehen hätten.»

«Na ja, ein- oder zweimal hab ich vielleicht einen flüchtigen Blick erhascht.»

«Welche Nationalität?» fragte McCadden.

«Jesus, woher soll ich das wissen? Ich kann die doch nicht auseinanderhalten.»

«Schwarz?» fragte McCadden ungeduldig. «Weiß? Braun? Gelb?»

«Araber oder so was. Henry sagte einmal, daß er sie für Araber hält.»

«Alles Männer?»

«Die ich gesehen habe, waren alles Männer.»

«Und die kleinen Geschenke, die Sie gelegentlich erhalten haben. Wie sind Sie an die gekommen?»

«Was meinen Sie?» fragte O'Shea stirnrunzelnd. «Das Geld oder was?»

McCadden deutete auf ein Aquarell. «Das hier», sagte er. «In Powers Haus hängt auch eins und ebenso in Barrys Haus.»

«Die hat uns Billy gegeben.»

«Billy Power?»

«Ganz recht.»

Ja. Ja. Wenn man es recht bedachte, trug es in der Tat Powers Handschrift. *Wenn dich jemand fragt, dann sag einfach, wir haben sie bei der Fußball-WM 1990 in Italien gekauft.* Powers Handschrift. Niemand sonst würde Kurieren Aquarelle von italienischen Universitäten schenken. Niemand sonst hätte Kurieren *überhaupt* etwas geschenkt.

Aber wie waren sie in Powers Besitz gekommen? McCadden stand auf und zog bedächtig den Reißverschluß seiner Lederjacke zu. Er stand einfach da und rührte sich nicht. Nach einer Weile blickte O'Shea auf, ein bißchen dümmlich, ein bißchen zerknirscht und ein bißchen beschämt, alles gemischt mit Feindseligkeit.

Nein, entschied McCadden, weder Barry noch O'Shea wußte, was sie da transportierten. Billy Power allerdings wußte es. Power wußte über alles Bescheid. Er wußte, wo die Päckchen herkamen, er kannte den Inhalt, und er kannte die Kontakte auf der anderen Seite. McCadden fiel plötzlich die sexuelle Nötigung an Tina Byrne ein, und nun verstand er auch, warum der Stadtrat nie etwas gegen Billy Power unternommen hatte.

O'Shea stand auf, als McCadden sich zum Gehen wandte. Verzweifelt fragte er: «Was soll ich jetzt machen?»

«Lassen Sie uns wissen, wenn Sie einen Urlaub auf dem Kontinent planen», erwiderte McCadden.

32

Sonntag morgen, zehn Uhr. Diesmal schleppte McCadden die kompletten Kartons aus Mary Butlers dunklem Dachspeicher herunter und stapelte alles auf dem Eßtisch.

«Jetzt weiß ich, wonach ich suche», erklärte er ihr. «Haben Sie mal von William Crotty gehört?»

«Der Highwayman, der Straßenräuber?»

«Genau der.»

«Klar, als ich klein war, hat mich mein Vater manchmal in die Comeragh Mountains mitgenommen und mir Crottys Höhle gezeigt. Es heißt, er hätte die Reichen beraubt, um den Armen zu helfen.»

«Es heißt auch, daß er Leute nur zum Vergnügen ermordet hat.»

«Das waren aber bestimmt Rotröcke, die er umgebracht hat, nicht wahr?»

Geschichte war tückisches Terrain in Irland, ganz egal, mit wem man sich unterhielt. Etwas für starke Nerven oder tiefe Überzeugungen. Das eine oder das andere. Zu einer anderen Zeit hätte McCadden die Ironie der Situation weidlich ausgekostet. Ein moderner Polizist diskutierte über einen Verbrecher aus dem neunzehnten Jahrhundert mit einer einheimischen Frau, die mit der traditionellen Einstellung aufgewachsen war, wenn es sich um englisches Gesetz handelte und man es brach, daß man dann ein Held war. Aber an diesem Sonntag morgen hatte er einen eher zeitgenössischen Bösewicht, einen noch dubioseren Helden.

«Vermutlich waren es Rotröcke», räumte er ein. «Hören Sie, ich könnte dieses Zeug mit nach Hause nehmen und es durcharbeiten, damit ich Ihnen hier nicht im Weg bin.»

«Aber nicht doch. Ich freue mich über Ihre Gesellschaft.»

Also holte er alle Kladden und Notizbücher aus den Kartons, stapelte sie ungeordnet auf dem Eßzimmertisch und nahm sich dann ein Buch nach dem anderen vor.

Zwei Stunden brauchte er. Zwei Stunden, in denen Mary Butler ihr Frühstück aß und in die Messe ging und dann den Sonntagsbraten – Hähnchen, Bratkartoffeln und Gemüse – aufsetzte. Im Eßzimmer, vergraben unter Kartons und Büchern, stieg McCadden genau in dem Moment der Duft von gekochten weißen Rüben in die Nase, als er das Notizbuch mit den codierten Einträgen fand, die Crottys Namen enthielten.

Die Zeile lautete: *MA2310SOP, 056JHCRAIG, MO102ESSEW-GODWIN, WA17PISHIGHCROTTY.*

Es war ein schmales DIN-A6-Notizbuch, in weiches schwarzes Kunstleder gebunden und mit dem eingestanzten Schriftzug *Universitäts-Übungsheft* auf der Vorderseite. Auf dem vergilbten Aufkleber stand mit Filzstift geschrieben *BROC088.*

McCadden schrieb den Crotty-Eintrag – *WA17PISHIGH-CROTTY* – auf ein Blatt Papier und versuchte, ihn in seine einzelnen Bestandteile zu zerlegen. *CROTTY.* Das war offensichtlich. Nun konnte er sofort die Familiennamen CRAIG und GODWIN in den beiden anderen Einträgen sehen. Genauso offensichtlich trennte die Zahl 17 die Buchstabenfolge *WA* von *PISHIGH. PIS-HIGH? PI SHIGH? PISH IGH? PIS HIGH? HIGH?* Highwayman? Crotty der Highwayman? *PIS?* Eine Pistole? Eine Pistole, die dem Highwayman William Crotty gehört hatte?

McCadden lachte. Vor Erleichterung. Als ihm aufging, wie blind er gewesen war.

Es war überhaupt kein Code, das konnte er jetzt sehen. Jedenfalls kein richtiger. Es waren lediglich Abkürzungen.

Der Titel des Notizbuchs zum Beispiel, *BROC088,* mußte demnach die Brockenshaw-Sammlung sein, Katalog- oder Listennummer 88 ...

Nein, 88 war ein Datum. Katalogisiert 1988. Die komplette Brockenshaw-Sammlung, wie sie 1988 katalogisiert worden war.

Aber das war ein Jahr vor George Brockenshaws Tod. Und vermutlich das Jahr, bevor seine Sammlung in den Besitz der Stadt Waterford überging.

McCadden wandte sich wieder dem Eintrag zu, an dem er gearbeitet hatte, *WA17PISHIGHCROTTY.*

Ein Dolch, der dem Highwayman Crotty gehörte, hatte der Vorsitzende der Freunde der Brockenshaw-Sammlung am Abend zuvor gesagt. Oder so was Ähnliches. *Wir haben in der Sammlung auch eine Pistole aus Crottys Besitz.*

Also, wenn die 17 lediglich eine Zahl in einer Auflistung war und Crottys Pistole kennzeichnen sollte, dann mußte der Dolch in Peter Clarkes Amateurkatalog auf die gleiche Weise aufgeführt sein, vielleicht mit der Nummer 16 oder 18.

Nach langem Suchen fand McCadden den Eintrag, ziemlich am Ende des Notizbuchs. Alles wie zu erwarten, nur daß die Nummer nicht 16 oder 18 lautete, sondern 74. *WA74DOLHIGHCROTTY.* WA Nummer 74, ein Dolch aus dem Besitz des Highwayman William Crotty. Aber warum solch ein großer zahlenmäßiger Abstand zwischen zwei sehr ähnlichen Stücken?

Und WA? Es mußte ein Gruppenkennzeichen für den Dolch und die Pistole sein.

Waffen? Ja, Waffen. Die vorangestellte Abkürzung WA identifizierte und klassifizierte alle Waffen in der Brockenshaw-Sammlung. Er suchte nach weiteren Einträgen. Er fand *WA39REVWK1CAPBRO*, vermutete einen Revolver aus dem Ersten Weltkrieg, der einem Captain Brockenshaw gehört hatte, und *WA49PIK1798*, vermutlich eine Pike, die aus dem Aufstand von 1798 stammte.

Obwohl das kleine schwarze Notizbuch halbleer war, handelte es sich offensichtlich nicht um Peter Clarkes einzige oder letzte Liste der Brockenshaw-Sammlung. Ähnliche Einträge fanden sich überall in anderen Kladden verstreut. Crottys Pistole und Dolch. Der Revolver und die Pike. Und der gesamte Inhalt des Notizbuchs war numerisch völlig durcheinandergewürfelt: Die Stücke waren aufgelistet worden, wie sie in einem Haus, nicht in einem Museum hingen oder standen. In einem großen, unordentlichen Haus. Eine Waffe hier, ein Gemälde dort, dann Eßbestecke, dann wieder eine Waffe. So nahm man ein Zimmer auf. Und ging dann ins nächste. Dieses kleine schwarze Notizbuch hatte jemand mitgeführt, als er in dem Haus die Stücke katalogisierte.

Was mit der geordneten Reinfassung des Katalogs passiert war, konnte man nur vermuten. Jedenfalls befand sie sich nicht in den Kartons aus dem Speicher.

McCadden wollte eigentlich eine Pause einlegen und Mary Butler fragen, ob er sich eine Kanne Kaffee aufbrühen durfte, nachdem ihr Tee ihm langsam bis zum Hals stand, doch statt dessen marschierte er auf und ab und dachte angestrengt nach.

Wenn das Kürzel WA immer für Waffen stand, überlegte er, was bedeuteten dann die anderen Kürzel? MA zum Beispiel. Marionetten? Masken? Er wußte es nicht, konnte keinen Sinn in diesem Eintrag finden. Und MO. Modell? Nein, nein. Möbel vielleicht. Ja, wahrscheinlich Möbel. Und O? O? Ölgemälde? Ja. *O56JH-CRAIG*. J. H. Craig, ein irischer Landschaftsmaler, hatte wo gelebt...? McCadden konnte sich nicht erinnern. Und da, noch einmal: *O16WORPENSELPOR*. Und *O17WORPENPOR*.

Nachdem McCadden Mary Butlers Sonntagsbraten vertilgt hatte, führte er am frühen Nachmittag von dem Telefon im Flur ein Gespräch. Das Haus erschien ihm allmählich wie sein privates Büro, nachdem er sich gewissermaßen im Exil befand. Mary Butler war ausgegangen, um eine Bekannte in der Stadt zu besuchen.

McCadden rief den Auktionator und Taxator Michael Terry an. Sie unterhielten sich eine Weile über das Dinner.

Dann sagte McCadden: «Ein Ölgemälde von J. H. Craig, Michael. Was müßte ich dafür hinlegen?»

«James Humbert Craig», sinnierte Terry, «Was ist es? Eine Landschaft, fürchte ich?»

«Ich, äh, weiß es nicht. Ich habe das Bild noch nicht gesehen.»

«Willst du mich verarschen, Carl?»

«Nein, nein. Hab Geduld, ja? Gib mir eine Preisspanne für einen typischen Craig.»

«Man kann einfach nichts anderes bekommen als einen *typischen* Craig, Carl. Aber ich würde sagen, zweieinhalb- bis fünftausend Pfund.»

«Wie wär's mit einem Selbstporträt von William Orpen?»

«Hängt von der Periode ab. Und von der Qualität.»

«Aber von was für einer Größenordnung reden wir?»

«Sagen wir vierzigtausend?»

«Und ein Porträt von Orpen?»

«Sehr, sehr unterschiedlich. Sotheby's hat kürzlich eines für siebzigtausend verkauft, aber das war ein sehr bekanntes Werk. Hängt von dem Modell ab und wiederum von der Qualität. Bis zu zwanzigtausend Pfund vielleicht. Sind diese Bilder gestohlen worden?»

«Ich weiß es nicht, Michael. Gibt es einen Möbelschreiner namens E. W. Godwin?»

«Ein Designer, mein Lieber. Edward William Godwin. Er war Engländer. Ende des neunzehnten Jahrhunderts, und heute sehr, sehr teuer. Dürfte ich fragen, um was für ein Stück es sich handelt?»

«Ein ESS.»

«Was bitte?»

«Ein ESS. Es ist eine Abkürzung... Moment. Jetzt kommt mir's. E dürfte für Eiche stehen, nicht wahr?»

«Schreibsekretär», ergänzte Terry. «Ein Schreibsekretär aus Eichenholz.»

«Sehr gut, Michael.»

«Ich hoffe, du läßt das gute Stück nicht im Regen stehen, Carl. Es ist über hunderttausend Pfund wert. In gutem Zustand natürlich.»

McCadden holte tief Atem und sagte dann: «Jetzt werde ich dir ein paar Fragen stellen, die du bis auf weiteres vergessen wirst, wenn du das Telefon auflegst. Bis du wieder von mir hörst. Okay?»

«Wie könnte ich das ablehnen, Carl? Ich sterbe fast vor Neugier.»

«Du hast die komplette Brockenshaw-Sammlung gesehen, nicht wahr? Die im Reginald's Tower gelagert ist.»

«Ich habe sogar meine Bürgerpflicht erfüllt und sie katalogisiert. Unter Mithilfe von anderen natürlich.»

«Ich weiß, daß sie einen Dolch enthält, der mutmaßlich dem Straßenräuber William Crotty gehörte. Ich habe ihn gestern abend gesehen. Gibt es auch die erwähnte Pistole?»

«Allerdings. Ziemlich häßliche Objekte, und es ist praktisch unmöglich, ihre Echtheit nachzuweisen, wie du dir vorstellen kannst.»

«Gibt es einen Dienstrevolver aus dem Ersten Weltkrieg, der einem Brockenshaw gehörte, und eine 1798er Pike?»

«Zahlreiche Piken und der Revolver des Captain, mit Gürtel und Halfter, ja.»

«Wie sieht's mit einem Porträt und einem Selbstporträt von Orpen aus?»

«Ich dachte schon, du würdest es nie erwähnen, Carl. Es gibt nichts von Orpen. Oder von J. H. Craig.»

«Was ist mit einem Eichenholzschreibsekretär von Godwin?»

«Ganz bestimmt nicht, und jetzt, Carl, wenn ich von meiner gutachterlichen Stellungnahme zu deiner Theorie kommen dürfte:

Hast du den Verdacht, daß diese Stücke ursprünglich Teil der Brockenshaw-Sammlung waren, als diese der Stadt vermacht wurde, und anschließend verschwunden sind?»

«Genau deswegen muß ich mich wieder bei dir melden, Michael.»

«Ich halte solange den Atem an, Carl.»

33

Zu ungeduldig, um auf de Burghs Bericht zu warten, fuhr McCadden von Mary Butlers Haus in der Military Road durch die Stadt und die acht Meilen hinaus zum Meer nach Woodstown.

Es war kein richtiges Dorf, Woodstown. Die wenigen Häuser lagen viel zu verstreut. Es war eigentlich nur ein Strand. Ein Strand, vier Meilen lang und eine halbe Meile breit, der Sand mit Muschelschalen übersät.

De Burghs Wagen parkte vor dem einzigen Pub, dem *Saratoga*. Es herrschte Ebbe, und de Burgh selbst stand eine halbe Meile weiter draußen am Meer, mit nackten Füßen, die schwarzen Hosen bis zum Knie hochgerollt, und sammelte mit einem fetten Mann, der sich kaum bücken konnte, Herzmuscheln aus dem nassen Sand.

McCadden stieg aus dem Wagen und schlenderte zum Strand hinunter. Auf dem trockenen Sand zog er auch die Schuhe und Socken aus und schlug die Jeans hoch.

Das Wasser war eiskalt an den Füßen, doch er gewöhnte sich bald daran. Er konnte Möwen schreien hören und dann, als der Wind auffrischte, das Lachen der beiden Männer. Ansonsten herrschte friedvolle Stille. Es war einer jener ruhigen, unberührten Orte, an denen man sich fragt, für was man sich im Leben eigentlich abhetzt.

Als de Burgh sich umdrehte und ihn sah, zeigte McCadden nach links, die Küste hinauf Richtung Passage East. Er wollte einen Spaziergang den Strand entlang machen. De Burgh lachte ein letztes Mal mit dem Dicken, warf ein paar Muscheln in dessen Sack und machte sich auf den Weg. Als er McCadden erreichte, zog er aus der Gesäßtasche seiner Hose ein Notizbuch und berichtete im Gehen.

«George Brockenshaw starb am 15. September 1989 im Alter von 85 Jahren. Er war ein Peer des Königreichs Irland, das heute nicht mehr existiert. Er hinterließ keine Angehörigen. Keine Einzelperson erbte irgend etwas, und niemand machte Ansprüche auf die Erbschaft geltend. Bist du auf dem Herweg am Kricketplatz vorbeigekommen? Seltsamer Ort für einen Kricketplatz.»

«Ein Stück die Küste hinunter», sagte McCadden und deutete nach vorn, «in Passage East, landete 1171 Henry II, König von England, mit seiner Armee und seinen Rittern, um Irland seinem Reich einzuverleiben, der erste, aber nicht der letzte englische König, der das tat.»

«Ja», antwortete de Burgh, «aber er hat keine Kricketspieler mitgebracht, oder?»

Es gab Momente, nicht viele, in denen man nicht recht wußte, ob de Burgh es ernst meinte. Seine Miene veränderte sich nicht. Sein Tonfall blieb der gleiche. Und doch grenzten seine Worte ans Absurde.

Im allgemeinen war es sicherer, solche Ausrutscher zu ignorieren.

«Seit dieser Zeit», meinte McCadden, «hat es in dieser Gegend Garnisonen gegeben. Und alle Garnisonsstädte haben eine reiche Kricket- und Fußballtradition.»

«Wie auch immer», sagte de Burgh, «der Brockenshaw-Besitz kommt direkt vor dem Kricketplatz. Das Haus und die Ländereien sind jetzt verkauft. Die Einheimischen hielten ihn für einen Sonderling. Er ließ niemanden auf das Grundstück oder in die Nähe des Hauses. Nicht einmal Kinder. Als er in jenem September starb, heißt es, sammelten die Kinder zum erstenmal seit dreißig oder vierzig Jahren die Kastanien auf seinem Grundstück. Er hatte keine Putzfrau. Keinen Gärtner. Niemanden in oder um das Haus. Aber wenn man ihn draußen traf, gab er sich freundlich und umgänglich. Scheint eine gespaltene Persönlichkeit gewesen zu sein.»

«Er wollte niemanden den wirklichen Umfang seiner Kunstsammlung im Haus sehen lassen», vermutete McCadden.

«Ja, aber hier wird erzählt, daß es sich lediglich um Familienerinnerungen gehandelt hätte, die in einem Antiquitätengeschäft vielleicht ein paar Pfund eingebracht hätten, aber mehr auch nicht, und daß er in den Sechzigern alles an ein Museum weggegeben hätte.»

«Um so mehr Grund, niemanden ins Haus zu lassen. Die Story ist falsch. Hat der Arzt übrigens Hausbesuche gemacht?»

«Dr. Raymond Kearns», berichtete de Burgh. «Brockenshaw bestand darauf, ihn in seiner Praxis aufzusuchen, bis auf das letzte Jahr, 1989, als er manchmal zu schwach dazu war. Jetzt kommt der interessante Teil. Wenn der Arzt ins Haus kam, wurde ihm jedesmal von einer schwarzhaarigen jungen Frau geöffnet. Sie war keine ausgebildete Pflegerin, schien sich aber um Brockenshaw zu kümmern. Kearns kannte sie. Hast du den Wohnwagenpark am *Saratoga* gesehen?»

«Allerdings.»

«Die meisten Wohnwagen haben dort einen Dauerplatz. Der Caravan gehörte Verwandten der jungen Frau, und so hat Brockenshaw sie wahrscheinlich kennengelernt. Du kommst nie auf den Namen.»

McCadden bückte sich und hob ein Stück Fangleine mit drei Ködern und einem Grundgewicht auf, die sich bei der Flut am Felsen verfangen hatte und gerissen war. Er wickelte die Leine sorgfältig um die linke Hand und sagte: «Theresa Cheasty.»

De Burgh seufzte und kickte mit dem Fuß eine Scheidenmuschel. «Warum mache ich mir eigentlich die Mühe.»

«Was hat Brockenshaw gefehlt? Gesundheitlich, meine ich.»

«Alterserscheinungen», erklärte de Burgh. «Das Herz. Er bekam ständig Medikamente.»

«Was war die Todesursache?»

«Herzinfarkt. Attestiert von Dr. Kearns. Lange erwartet. Noch etwas ist interessant, aber das weißt du vermutlich auch schon. Als Kearns ans Totenbett gerufen wurde, waren zwei Personen im Haus. Aber nicht Theresa Cheasty. Sie war verreist und kam gerade noch rechtzeitig zur Beerdigung zurück. Der eine war Tom Byrne. Kearns kannte ihn und hatte ihn zuvor schon mit Brockenshaw gesehen, ein- oder zweimal in den Monaten zuvor. Byrne war übrigens als Testamentsvollstrecker eingesetzt. Der andere dürfte der Beschreibung nach Peter Clarke gewesen sein.»

«Nein», sagte McCadden langsam, «das wußte ich nicht, Liam.

Warum hat Brockenshaw Theresa Cheasty in sein Haus eingeladen?»

«Die Einheimischen sagen, Brockenshaw hätte im Zweiten Weltkrieg bei einem Luftangriff in London eine Tochter verloren, ungefähr in Theresa Cheastys Alter.»

«Da hat er aber ziemlich lange gewartet, bis er versuchte, diesen Verlust zu kompensieren.»

«Schon richtig, aber wenn du so alt bist wie er, fünfundachtzig, dann kommst du schon manchmal auf wunderliche Gedanken.»

«Was haben die Einheimischen von Theresa Cheasty gehalten?»

«Sie mochten sie. Im großen und ganzen. Aber wenn sich ein begüterter alter Mann mit einer jungen Frau abgibt, macht man sich automatisch Gedanken, und darüber wurde natürlich auch geklatscht. Meinst du, daß sie eine Beziehung hatten? Würde vielleicht erklären, warum Peter Clarke sie umgebracht hat.»

«Möglich, aber ich halte es für unwahrscheinlich. Was ist mit dem Testament? Oh, es ist ja Sonntag. Habe ich schon wieder vergessen.»

«Nein, der Arzt kannte den Inhalt. Darüber weiß übrigens jeder hier Bescheid. Das Haus und die Ländereien wurden verkauft und das Geld zu gleichen Teilen an zwei gemeinnützige Einrichtungen gegeben. Saint Vincent de Paul und das Rehabilitations-Institut. Die Sammlung und das sonstige Inventar des Hauses wurden der Stadt und den Einwohnern von Waterford vermacht. Ein Sparkonto mit dreieinhalbtausend Pfund ging an eine dritte karitative Einrichtung, die Samariter. Diese karitativen Einrichtungen habe ich noch nicht überprüft.»

«Nichts für Theresa Cheasty?»

«Sie ist im Testament nicht erwähnt.»

«War das Inventar aufgelistet?»

«Meines Wissens nicht.»

McCadden hielt noch immer die Fangleine mit den Haken und dem Grundgewicht in der Hand. «Fahr zurück und sieh dir diese karitativen Einrichtungen an. Und rufe Shorty Phelan an, unseren Einbrecher. Sag ihm, er soll heute abend nicht ausgehen, ich möchte ihn sprechen. Er ist doch derzeit nicht im Knast, oder?»

«Nein. Und es läuft auch nichts gegen ihn.»

«Ich rufe dich an, wenn ich zurück bin», sagte McCadden. «Ich muß noch jemanden besuchen. Ach ja, nimm das Zeug hier mit und wirf es in eine Mülltonne.»

Nachdem de Burgh gegangen war, fand McCadden einen Felsbrocken und setzte sich hin. Auf den vier Meilen Strand, die er von hier überblicken konnte, war kein Mensch zu sehen. Der Muschelsammler, mit dem sich de Burgh unterhalten hatte, war gegangen.

McCadden schaute auf die sachte auflaufende Flut und versuchte, sich den Ablauf der Ereignisse vorzustellen, von dem Zeitpunkt, als Theresa Cheasty das erste Mal nach Woodstown gekommen war.

Eine junge unabhängige Frau, nach außen hin glücklich und lebenslustig, die aber eine tiefe Trauer in sich trug: der Verlust ihres Vaters, der von zu Hause weggelaufen war. Als älteste der drei Töchter wäre sie ihm am nächsten gestanden, hätte den Verlust schlimmer empfunden als ihre Schwestern. Margaret, ihre Schwester, hatte sich kalt und verbittert über den Vater geäußert.

Was Theresa an Woodstown gefiel, warum sie hierherkam und im Wohnwagen ihrer Tante lebte, war genau das gleiche, was McCadden, seit er diesen Ort kennengelernt hatte, auch empfand. Hier konnte man den Alltag vergessen.

Und dann traf sie eines Tages, durch Zufall, einen seltsamen und interessanten alten Herrn, der ihr zuvor nie begegnet war.

Am Anfang begegnete man sich rein zufällig. Bald jedoch nahmen diese Zufälle eine gewisse Regelmäßigkeit an. Der Strandspaziergang am Nachmittag. Der abendliche Besuch im Pub.

Und dann, eines Tages, eines Abends, kam der alte Mann nicht. Auch nicht am nächsten oder am übernächsten Tag. Bis Theresa, die mittlerweile wußte, wo er wohnte, nach ihm sah.

Danach brauchten sie nicht mehr auf Zufälle zu vertrauen.

So ähnlich. So ungefähr mußte es gewesen sein.

Hatten sie ein Verhältnis miteinander?

Nein. Nicht diese Art von Beziehung.

«Hast du keinen Freund, mein Kind? Solltest du aber. Bring ihn doch mal mit.»

Sie kamen wahrscheinlich prima miteinander aus, Peter Clarke und George Brockenshaw. Beide ein wenig zurückgezogen, beide eher Büchermenschen, interessiert an Heimatgeschichte und

Kunstgeschichte. Beide mochten Theresa Cheasty und genossen ihre Gesellschaft. Ja, sie vertrugen sich vermutlich gut, Clarke und Brockenshaw.

Es war also nichts Anrüchiges dabei, daß Clarke eine Bestandsaufnahme des Inventars machte. Es war nicht einmal ungewöhnlich. Wie McCadden jetzt wußte, bewältigte Clarke das Leben, indem er es säuberlich in seine Bestandteile zerlegte und Listen davon anfertigte.

Und danach folgten glückliche Monate.

Theresa brauchte nicht mehr im Wohnwagen ihrer Tante zu leben. Sie fühlte, daß sie ihre Familie nicht mehr brauchte, daß sie hier eine neue Familie hatte mit den beiden Männern. Clarke hatte eine Beschäftigung, die ihn ausfüllte. Brockenshaw hatte, nach Jahren des Zurückgezogenseins, lebendige und zuverlässige Gesellschaft gefunden.

Alle waren glücklich.

Bis Clarkes Mentor, Tom Byrne, ebenfalls in das Haus eingeladen wurde.

Warum wurde dieser Außenstehende eingeladen?

Nun, zuerst erschien Byrne, der Mann mit der ausgestreckten Hand, dem ehrlichen Gesicht, der Diener des Volkes, jedem als ein Segen. Brockenshaw hatte eine Stadt, die seiner Sammlung würdig war, eine Stadt, die seine Vorfahren geholfen hatten zu erbauen, und einen Testamentsvollstrecker, der seines Vertrauens würdig war. Für Clarke war es die Genugtuung, Anteil an der faszinierenden Geschichtssammlung zu haben, die er aufnahm.

Jeder war glücklich. Noch.

Aber irgend etwas veränderte sich. Zweifellos nachdem das Testament aufgesetzt worden war.

Begann sich Clarke Gedanken zu machen, wie es wohl wäre, wenn er selbst einige dieser Kostbarkeiten besäße? Steckte Byrne damals in finanziellen Schwierigkeiten?

Jedenfalls veränderte sich irgend etwas.

Und Theresa Cheasty bekam Wind davon.

Und wenn sich ein Aspekt veränderte, veränderte sich alles andere mit.

Alles wurde düsterer. Mehrdeutiger. Unsicher. Die Versprechungen des Politikers. Die endlosen Klagen des alten Mannes über seine Behandlung, wenn Theresa nicht da war. Clarkes Aufmerksamkeiten. Alles wurde durch Mißtrauen vergällt.

Und Theresas Geist eine dunkle Höhle, in der all diese Konflikte tobten.

Zu irgendeinem Zeitpunkt kommunizierten Theresa und Brockenshaw nur noch schriftlich, hatten irgendwo im Haus einen geheimen Briefkasten vereinbart. Sie konnten nicht mehr frei reden. Clarke und Byrne waren immer in der Nähe.

Doch Theresa befand sich in einem Loyalitätskonflikt. Da waren diese beiden Männer. Ihr Geliebter, Clarke, der sie inständig bat, sich nicht zu überarbeiten oder sich Sorgen zu machen, der sagte, daß der alte Mann langsam senil werde, ein bißchen paranoid, besitzergreifend, zu fordernd, zu launenhaft. Und Brockenshaw selbst, dem Tode nahe und voller Angst davor, der sich schrecklich aufregte, wenn Theresa ihn allein lassen mußte.

Theresa mußte sich zurückgehalten, mit sich gekämpft haben.

Denn eines Tages, kurz bevor sie aus irgendeinem Grund Woodstown und Waterford verlassen mußte, schrieb sie Brockenshaw einen Brief, in dem sie ihm ihren Verdacht mitteilte.

Und die Antwort, die sie als Reaktion auf ihre Warnung bekam, lautete: *Vergiß nicht, mein Kind, ich bin noch nicht tot.* Mit anderen Worten, nichts ist entschieden, ich kann immer noch das Testament ändern.

Als Beruhigung für Theresa gedacht, damit ihr die Abreise leichter fiel.

Zwei oder drei Tage später *war* Brockenshaw tot. Und das Testament nicht geändert. Und während die Leiche des alten Mannes irgendwo im Haus lag, wurde die Brockenshaw-Sammlung aufgeteilt, der kleinere Teil für die Stadt Waterford, der größere Teil für Tom Byrne und Peter Clarke. Wie lange hatten sie gebraucht, die Antiquitäten aus dem Haus in Byrnes Lager zu schaffen? fragte sich McCadden. Hatten sie vielleicht schon vor Brockenshaws Tod damit angefangen?

Theresa Cheasty litt danach monatelang an Depressionen. Ihre Freunde und Bekannten dachten, es käme daher, daß sie mit Clarke zusammenlebte. Aber das war nicht der Grund. Es waren Schuldgefühle. Sie machte sich für den Tod des alten Mannes verantwortlich, weil sie weggefahren war, als er sie brauchte.

Aber an Mord dachte sie nicht.

Weil sie sich selbst die Schuld gab.

McCadden stellte sich den alten Mann vor, bettlägerig in dem abgelegenen alten Haus, bedrängt und gequält von den zwei Ehrenmännern, dem Lokalhistoriker Peter Clarke und dem Lokalpolitiker Tom Byrne, bis er den warnenden Brief herausrückte, den Theresa ihm geschickt hatte.

Es mußte Räume in diesem Haus geben, die immer noch von seiner Angst widerhallten.

Mehr als sechs Monate lang verkroch sich Theresa Cheasty in Clarkes Haus in der Poleberry Street. Was für eine dunkle Zeit mußte sie durchgemacht haben!

Doch dann, im März 1990, mußte erneut eine Veränderung eingetreten sein. Irgend etwas riß Theresa aus ihrer Depression. Brachte Clarke ein Stück aus der Brockenshaw-Sammlung mit nach Hause, um es zu berühren, in Händen zu halten, um sich zu vergewissern, daß es ihm gehörte? Führten er und Byrne in ihrer Gegenwart eine unvorsichtige Unterhaltung? Wie auch immer. Theresa wurde sich – erneut? – der gemeinen Verschwörung gegen George Brockenshaw bewußt, und Peter Clarke brachte sie schließlich, nach einer heftigen Auseinandersetzung, nach einer ganzen Reihe von heftigen Auseinandersetzungen, angesichts einer drohenden Enthüllung und des drohenden Verlustes seines Schatzes, mit einem Rasiermesser zum Schweigen.

Warum benutzte er gerade diese Waffe? Wozu verwendete er das Rasiermesser?

«Er rasierte sich damit, McCadden», hatte Harry Boyce gesagt.

Hatte er sich wirklich mit so einem Ding rasiert? Sich als stilechter alter Proletarier gefühlt? Oder hatte er das Messer als Werkzeug benutzt, zum Schnitzen oder Schneiden?

Wie auch immer.

Während er das Rasiermesser benutzte, sagte Theresa Cheasty hinter ihm, zum xtenmal in diesem Monat: «Du hast den alten George umgebracht, stimmt's? Du und Byrne. Gib's zu.»

Clarke sagte nichts. Es war ihm nichts Neues.

Oder er sagte: «Du solltest mal zu einem Arzt gehen, Theresa.»

«Ich gehe, okay. Aber nicht zu einem Arzt!»

Clarke steht auf, dreht sich zu ihr um.

Theresa will sich an ihm vorbeidrängen. Und Clarke schlägt zu. Einmal. Zweimal. Dreimal. Hat vielleicht ganz vergessen, daß er das Rasiermesser in der Hand hält. Zum Wahnsinn getrieben durch die Bedrohung seines mühsam ergatterten Schatzes.

Und Harry Boyce, mit einem fadenscheinigen Motiv – Ehestreitigkeiten, genervter Mann und pathologisch depressive Frau –, besorgt Peter Clarke natürlich ein Lebenslänglich.

Im Sommer 1990, kurz nach Clarkes Prozeß, kam die irakische Handelsdelegation mit Sayed Salman in offizieller Mission nach Waterford. Und Sayed Salman lernte den Stadtrat Tom Byrne kennen.

Man konnte sich die Gespräche zwischen ihnen vorstellen; der wohlhabende irakische Geschäftsmann mit einer Leidenschaft für irische Kunstgegenstände, und der Einheimische mit einer privaten Sammlung, die er verkaufen wollte. Sie machten Zukunftspläne, handelten Preise aus, arrangierten den Deal, machten sich Gedanken über den Transport.

Zwei Wochen später marschierte jedoch Saddam Hussein in Kuweit ein. Die Vereinten Nationen verhängten ein Handelsembargo über den Irak. Und Sayed Salman ließ sich nicht mehr in Waterford blicken.

Also improvisierte Tom Byrne und benutzte Billy Power, Martin O'Shea und Henry Barry als Kuriere für die kleineren Stücke. Klein und leicht, aber außerordentlich wertvoll. Juwelen? Miniaturen...?

Und dann kam es McCadden plötzlich.

Was paßte in die Umschläge, wie sie Martin O'Shea beschrieben hatte? Keine Ölgemälde. Keine Eichenschreibtische. Manuskripte. Handgeschriebene heilige Texte. Der Koran. Briefe, Tagebücher, Arbeitshefte von berühmten Menschen. Solche Dinge.

McCadden erinnerte sich an einen der Einträge in Clarkes Notizbuch, die er nicht verstanden hatte. Nicht Marionetten. Nicht Masken. Beides paßte nicht in einen Umschlag. MA war die Abkürzung für *Marken. Briefmarken*.

MA2310SUD. Marke Nummer 2310... Nein, Marke Nummer 23. 10 S war die alte Währung. 10 Shilling. Und UD? Das war jetzt einfach. Überdruckt. Wahrscheinlich eine irische Briefmarke. Jahrelang nach der Unabhängigkeit im Jahre 1920 hatte der Irish Free State noch englische Marken verwendet und sie überdruckt mit... *Saorstat na hEireann*? Oder war es *Saorstat Eireann*? Eins von beiden.

Seltene Briefmarken. Antike Handschriften. Alter Schmuck.

Der Iraker war so begeistert von den Lieferungen, daß er seinen irischen Freunden kleine Geschenke machte. Als Zeichen der Dankbarkeit. Eine Serie italienischer Aquarelle. Ein Satz italienischer Figuren. Hatte er einen talentierten italienischen Schwager? Alles über Billy Power natürlich. Hatte Tom Byrne über die Geschenke gelacht und sie großzügig Power überlassen? Oder hatte Power sie einfach für sich behalten?

Wie auch immer.

Tatsache war, daß Tom Byrne clever improvisiert hatte und Power, O'Shea und Barry als Kuriere benutzte. Sayed Salman improvisierte auf seiner Seite und ließ die Sachen von irgend jemandem in den Ferienorten Südeuropas abholen.

Schön.

So weit, so gut.

Aber was passierte dann, als Sayed Salman über drei Jahre später, im Oktober 1993, wieder nach Waterford kam?

Was?

Als McCadden ein wenig später, von Nieselregen vertrieben, ins Auto stieg, nach Passage East fuhr und bei der Abzweigung zur Geneva-Kaserne an dem weißgekalkten Cottage anhielt und an die Tür klopfte, erhielt er eine Teilantwort auf diese Frage.

Durch das Klopfen ging die Tür von allein auf, nach innen, direkt in den Hauptraum des Cottage. Drinnen saßen drei alte Männer um ein qualmendes Torffeuer und rauchten Pfeife. Sie sahen McCadden erwartungsvoll an und sprachen kein Wort.

«Michael Drohan aus Waterford hat mich geschickt», sagte McCadden.

«Drohan», wiederholte einer der alten Männer.

Es klang so dumpf, daß man nicht hören konnte, ob es freundlich gemeint war oder abweisend, anerkennend oder abfällig.

McCadden, der genau wußte, wie lange diese Einführungsrituale dauern konnten, sagte hastig: «Er meinte, Sie könnten mir den Titel eines Liedes nennen, wenn ich Ihnen ein paar Zeilen daraus aufsage.»

Nach einer Zeit, einer langen Zeit, schob einer der Alten einen wackligen dreibeinigen Hocker in McCaddens Richtung. Der setzte sich und rezitierte das Fragment.

Danach gab es ein langes Schweigen.

Bis schließlich der am nächsten Sitzende seine Kappe hob, um sich am Kopf zu kratzen, sie dann wieder aufsetzte und sagte: «Was ist es, Ned?»

Ned, am Feuer sitzend und eindeutig der älteste von den dreien, nahm die Pfeife aus dem Mund, spuckte in den brennenden Torf und sang:

Mein Name ist Edward Holland, wie euch wohl bekannt.
Geboren im schönen Waterford, in Erins glücklichem Land.
In jungen Jahren war mir das Schicksal wohlgesinnt,
Meine Eltern liebten mich innig, denn ich war ihr einziges Kind.

Der alte Mann hörte auf zu singen und sagte: «Dieses Lied heißt ‹The Flying Cloud›», er hielt inne und zog bedächtig an seiner Pfeife, «weil das der Name des Clippers war, auf dem Edward Holland anheuerte, als er von zu Hause weglief. Der Captain war ein Mann namens Moore, und sie fingen Schwarze in Afrika ein und verkauften sie als Sklaven auf den Westindischen Inseln, bis Moore sprach: ‹Da gäb es Gold und Silber, wenn ihr bleibt auf meinem Schiff, / Wir hissen die Piratenflagge und plündern vor Südamerikas Riff.›»

«Aha», sagte McCadden. «Wunderbar. Wie geht der Vers weiter, den ich aufgesagt habe?»

Der alte Mann spuckte erneut aus und sang dann:

Wir beraubten und plünderten so manches Schiff,
Dort unten vor Südamerikas Riff,
Stürzten viel' Witwen und Waisen ins Unglück,
Und ließen sie trauernd zurück,

Trieben Mannschaften roh über unserer Planken Lauf
Und hängten sie an unseren Rahen auf,
Denn unser Skipper höhnte dann,
Daß ein toter Mann nichts mehr sagen kann.

Und McCadden, dem es in den letzten Tagen so oft im Nacken geprickelt hatte, lief es nun kalt den Rücken hinunter.

34

Am nächsten Morgen, nach einer regnerischen Nacht und an einem verregneten Montag, paßte plötzlich eines der letzten fehlenden Puzzlestücke.

Als McCadden seine Wohnung verlassen hatte, um den Wagen zu holen, und geduckt in dem heftigen Regen über die Straße zum Railway Square hinübersprintete, blieb er beinahe wie angewurzelt stehen, als ihm der Gedanke kam. Aber der morgendliche Berufsverkehr kannte keine Gnade, und eine erboste Autohupe trieb ihn weiter. Naß und etwas außer Atem saß er in seinem Wagen und ordnete seine Gedanken.

Am Abend der Geiselnahme in Ballybeg Estate war Tom Byrne geduckt im Regen auf das Haus zugelaufen, wo Peter Clarke die Frau als Geisel gefangenhielt. Aber er hatte auch die Hände erhoben. Eine Haltung, die man annimmt, wenn man ich ergibt und Angst hat, erschossen zu werden. Eigentlich sehr merkwürdig, wo doch alle, vom Chief Superintendent bis zum jüngsten uniformierten Polizisten, überzeugt waren, daß Peter Clarke lediglich mit einem Messer bewaffnet war.

Als er dreißig Minuten später auf dem Revier eintraf, eine Viertelstunde vor dem vereinbarten Termin um neun, sah er, wie Boyce lässig zum Zimmer des Chief Superintendent schlenderte. McCadden rief ihn, ging dann auf ihn zu, zwinkerte und schlüpfte an ihm vorbei durch die Tür mit den Worten: «Es dauert nicht lang, Harry.»

McCadden blieb zweieinhalb Stunden im Chefbüro.

Cody blickte betont langsam auf, denn er hielt nichts von Untergebenen, die ohne anzuklopfen in sein Zimmer eindrangen. Als er sah, daß es McCadden war, nahm er die Pfeife aus dem Mund und legte sie beiseite.

«Warten Sie draußen», sagte er kalt. «Ich lasse Sie rufen.»

«Guten Morgen», erwiderte McCadden. «Peter Clarke wurde nicht bei einem Handgemenge mit Stadtrat Tom Byrne mit seiner eigenen Pistole erschossen.»

Cody legte seinen Parker-Federhalter nieder und schloß die Augen, rieb sie und seufzte gottergeben.

«Meinen Sie nicht», sagte er, «daß es besser wäre, wenn Sie mir verraten würden, warum Sie seit letztem Donnerstag nicht mehr zum Dienst erschienen sind? Meinen Sie nicht, daß es besser wäre, wenn Sie mir eine Erklärung anbieten für Ihr überaus ungewöhnliches Verhalten am Wochenende? Zu Ihrem eigenen Besten.»

«Peter Clarke», sagte McCadden noch einmal, «wurde nicht bei einem Handgemenge mit Stadtrat Tom Byrne mit seiner eigenen Pistole erschossen. Er wurde von der Frau namens Vera Dunne ermordet. In Kurzfassung: Seit Jahren verkauft Tom Byrne Teile der Brockenshaw-Sammlung an Vera Dunnes Boss, den Iraker Sayed Salman. Clarke war damit nicht einverstanden und wurde deshalb umgebracht.»

Cody nahm den Parker wieder auf und klopfte damit zwanzig lange Sekunden auf den Schreibtisch. Es gab ein Ritual für diese Begegnungen zwischen Männern unterschiedlichen Dienstgrades. Und McCadden hielt sich nicht daran.

«Es ist nun meine unangenehme Pflicht, Inspector», sagte Cody steif und wie auswendig gelernt, «Sie davon in Kenntnis zu setzen, daß Sie mit sofortiger Wirkung...»

McCadden war zu müde für diese kindischen Spielchen. Er stützte die Hände auf den Schreibtisch, beugte sich vor und starrte Cody an.

«Hören Sie zu», sagte er, «Byrne hat in seiner Aussage behauptet, er hätte den Eindruck gewonnen, daß Peter Clarke und Vera Dunne einander bereits kannten. Da wir wissen, daß dies nicht stimmt und lediglich als Theorie in meinem Kopf existierte, und da Sie die einzige Person waren, der ich von dieser Theorie erzählte, muß Tom Byrne entweder meine Gedanken oder Ihre Gedanken lesen können. Und ich bin mir verdammt sicher, daß er meine nicht lesen kann.»

Cody stand auf.

«Letzte Nacht», sagte McCadden und erhob sich ebenfalls, «hat jemand, der wußte, wie man die Alarmanlage ausschaltet, bei Byrne Plastics eingebrochen und fand in einem verschlossenen Kellerraum Möbel und Silber und Gemälde, die einst George Brockenshaw gehörten. Natürlich kam er sofort mit dieser Story zu mir.»

Es war Viertel nach zwölf, als McCadden das Büro des Chief Superintendent verließ. Inzwischen hatte er zwei Durchsuchungsbefehle in der Tasche, einen für Tom Byrnes Villa und einen zweiten für Tom Byrnes Fabrik. Er rekrutierte de Burgh und sechs Uniformierte, schickte einen uniformierten Sergeant mit zwei weiteren zu Byrnes Haus und behielt die anderen bei sich, um Byrne Plastics zu durchsuchen. Er verfrachtete de Burgh auf den Beifahrersitz und setzte sich selbst ans Steuer des ersten Wagens. Und dann redete er.

«Sayed Salman kam nach Waterford zurück, weil ihm ein Weg eingefallen war, wie die größeren Stücke außer Landes geschmuggelt werden konnten.»

«Wie?» fragte de Burgh.

«Weiß ich nicht», mußte McCadden zugeben. «Noch nicht. Wir werden ihn fragen, wenn wir ihn schnappen. Bevor wir nicht sehen, was in Byrnes Lagerkeller noch alles übrig ist, weiß ich nicht einmal, ob er bei diesem Trip überhaupt etwas mitgenommen hat. Ich bezweifle es. Als Tom Byrne am Freitag aus dem Krankenhaus entlassen wurde, wollte er sich meiner Ansicht nach auf der Fähre mit Sayed Salman treffen und den Deal abschließen. Ich habe ihm das vermasselt.»

McCadden wurde auf einmal still. Dann schlug er aufs Lenkrad und rief ärgerlich: «Scheiße!»

«Was?» fragte de Burgh.

«Paul Hyland», sagte McCadden.

«Was?»

«Paul», wiederholte McCadden. «Die ganze Woche lang hat etwas im Zusammenhang mit Paul Hyland an mir genagt, und ich bin ums Verrecken nicht darauf gekommen, was es war. Paul war am Freitag abend auf dem Brockenshaw-Dinner. Hab ich dir das erzählt?»

«Nein.»

«Michael Terry kam am letzten Montag aufs Revier und suchte nach ihm. Du erinnerst dich? Hyland. Cody. Boyce. Mit Eintrittskarten für das Dinner. Das ist es allerdings nicht. Es ist etwas, was Cody wegen Paul zu mir sagte. An dem Morgen, als ich Byrne im Krankenhaus aufsuchte. Am Mittwoch. Cody hat mir die Billy Power-Sache abgenommen und mir gesagt, das gelte auch für Hyland. Er dachte, Hyland würde mit mir zusammenarbeiten. Ich habe es seinem seelischen Zustand zugeschrieben. Völlig durcheinander wegen seiner Frau, weißt du. Aber das stimmte nicht.»

McCadden schwieg erneut.

«Also was?» fragte de Burgh unsicher. «Du meinst, er ist immer noch in der Gegend?»

«Wer? Paul?»

«Nein. Der Iraker. Sayed Salman. Du meinst, er ist noch hier?»

«In Irland?» sagte McCadden. «Vermutlich. Nicht unbedingt in Waterford. Sie warten, daß sich die Lage beruhigt. Deswegen war Byrne in den letzten Tagen auch so passiv. Wenn wir uns ein bißchen auf den Hintern setzen, schnappen wir sie alle. Er hat auch wirklich Pech, unser Salman. Als er vor über einer Woche nach Waterford kam, um mit Byrne zu verhandeln, war es Peter Clarke, der ihm die Suppe versalzen hat. Wenn wir das Timing des Ausbruchs bedenken und wie Clarke sich anschließend verhalten hat, dann muß er lange vorher gewußt haben, was da geplant war. Was bedeutet, daß er in der Stadt einen Spion gehabt haben muß.»

«Wen?» fragte de Burgh.

«Ich weiß es nicht», erwiderte McCadden ein wenig irritiert. Dieser Satz ging ihm langsam auf die Nerven. «Jemand, der wußte, was Byrne vorhatte, und da fallen mir nur Power, O'Shea und Barry ein.»

«Keiner von denen», sagte de Burgh hilfsbereit.

«Nein», murmelte McCadden.

Er holte tief Atem und rief sich die angenehmeren Seiten des Falls in Erinnerung zurück, das Siegesgefühl, mit dem er heute morgen ins Büro gekommen war. Manchmal überforderte de Burghs Bierruhe seine Geduld.

McCadden fuhr fort: «Egal. Folgendermaßen ist es gelaufen. Sobald Clarke in Waterford ankam, wurde er in dem leerstehenden Haus in Ballybeg versteckt und rief Tom Byrne an. Er hatte die Absicht, den Verkauf der Brockenshaw-Sammlung zu verhindern, durch die Drohung, Byrne zu verpfeifen, oder indem er ihn tatsächlich hochgehen ließ, wenn die Drohung nicht wirkte. Notfalls hätte er sogar Byrne oder Salman umgebracht. Der Mann war besessen. Das Wissen, daß er all diese Kostbarkeiten besaß, auch wenn er im Gefängnis hockte, genügte ihm zu seinem Glück. Allerdings war er auch ziemlich naiv. Er rief Tom Byrne an und wollte sich mit ihm in dem leerstehenden Haus treffen. Du kannst dir die Instruktionen vorstellen.»

De Burgh nickte. «Komm allein. Wenn du nicht allein bist, ist der Deal gestorben.»

«Byrne schickte statt dessen Billy Power», fuhr McCadden fort. «Ich bin die ganze Zeit von der irrigen Annahme ausgegangen, daß Power und Clarke einander kannten. Sie kannten sich aber nicht. Power wollte seine Kumpels O'Shea und Barry als Bodyguards anheuern, doch die beiden zogen den Schwanz ein. Also ging Power allein in das Haus. Stolperte hinein, besser gesagt, und lief in dem finsteren Flur Clarke direkt ins Messer. Ich habe mich gefragt, ob Clarke dachte, daß es Tom Byrne sei. Oder wußte er, daß es ein anderer war? Hat er deshalb Power anschließend ein X ins Gesicht geritzt, als Verbitterung und Enttäuschung, als er feststellte, daß es nicht Byrne war?»

«Das werden wir nie erfahren», bemerkte de Burgh.

«Nein», meinte McCadden bedauernd. «Jedenfalls ist Clarke nach dem Mord abgehauen, um sich ein neues Versteck zu suchen, um den Krieg von einer neuen Basis aus fortzuführen.

Und Byrne kommt jetzt echt ins Schwitzen. Nicht nur muß er Clarke loswerden, er hat auch noch einen toten Power am Hals. Und das Geschäft mit den Irakern kann erst über die Bühne gehen, wenn er beide Probleme gelöst hat. Er kann Clarke nicht gefangennehmen lassen. Clarke würde singen. Er kann sich nicht leisten, daß Powers Leiche gefunden wird. Es würde uns nur zu Clarke führen und von Clarke zu ihm.

Byrne ist total überfordert. Das ist eine Situation, mit der er allein nicht fertig wird. Als die Iraker an diesem Freitag in Waterford ankommen, legt er ihnen deshalb das Problem auf den Tisch.

Sayed Salman reist in Begleitung, und darunter hat er zweifellos auch ein oder zwei Muskelmänner. Die Iraker transportieren Billy Powers Leiche ab, was auch erklärt, warum sie nicht wußten, daß Power im Flur umgebracht worden war. Sie beseitigten lediglich im Vorderzimmer die Spuren.

Die Iraker haben also die Muskeln und Tom Byrne das lokale Wissen. Nimm beides zusammen, und Billy Powers Leiche landet in einem Container, der am nächsten Tag nach Frankreich abgehen soll. Die Leiche wäre frühestens in zwei Wochen entdeckt worden, wenn nicht dieser Streik ausgebrochen wäre. Bis dahin wären die Iraker längst abgereist, und Clarke wäre tot, in Kleidern, die ihn mit Billy Powers Tod in Verbindung bringen würden. Sehr gut ausgedacht.

Es war übrigens nicht Clarke, der Billy Powers Klamotten an sich genommen hat. Es waren die Iraker. Sobald sie die Kleidungsstücke hatten, gingen sie auf die Suche nach Clarke, um sie ihm anzuziehen.»

«Komisch, daß die Frau Clarke fand, vor den irakischen Muskelmännern», meinte de Burgh. «Komisch, daß sie überhaupt nach ihm suchte.»

McCadden schüttelte den Kopf. «Du hast ein viel zu konventionelles Frauenbild, Liam», rügte er. «Sogar bei Mordanschlägen. Wer auch immer Vera Dunne ist, ein Callgirl ist sie nicht, auch kein Escortgirl. Ich habe keinen Zweifel, daß sie es war, die den Auftrag bekam, nach Clarke zu suchen. Sie kam am Samstag, nach den anderen. Aus England, würde ich sagen. Traf sich an diesem Abend mit Sayed Salman auf der Hunderennbahn und holte sich ihre Instruktionen. Es war ihr einziger Kontakt. Sie verließ sofort das Land nach ihrer Flucht aus dem Krankenhaus. Hätte nichts dagegen, ihr bei Gelegenheit mal wieder zu begegnen, was, Liam?»

«Hmm.»

«Jedenfalls», fuhr McCadden fort, «verriet Clarke wiederum sein Versteck, wahrscheinlich bei einem weiteren Telefongespräch mit Byrne. Er hat sich nicht besonders geschickt angestellt bei dem, was er vorhatte. Aber die Frau, Vera Dunne, sie war ein Profi. Ist es noch. Wo immer sie jetzt steckt. Aber sie hatte Pech. Sie erreichte gerade die Tür des Hauses, in dem Clarke versteckt war, als die Cops um die Ecke kamen, ebenfalls auf der Suche nach Clarke. Stell dir das Problem vor, Liam. Sie hat den Auftrag, Clarke zu liquidieren, kann ihn aber natürlich nicht vor den Augen der Polizei umbringen, ohne dabei geschnappt zu werden. Was macht sie also?»

«Na ja, sie ...»

«Es war wirklich clever, Liam», fuhr McCadden fort. «Sehr clever. Sie drückte sich an ...» McCadden stockte.

«... an Clarke vorbei», ergänzte de Burgh. «Und dann hat sie ...»

«Nein, nein, warte», unterbrach ihn McCadden. «Mir fällt gerade ein, vielleicht hat Clarke zu Tom Byrne am Telefon gesagt, keine Tricks diesmal, schick eine Frau, tagsüber, wenn es hell ist, schick eine von deinen Töchtern.»

«Byrnes Töchter sind blond», wandte de Burgh ein. «Vera Dunne ähnelte ihnen überhaupt nicht.»

«Es waren drei Jahre vergangen», bemerkte McCadden. «Tina Byrne war damals zwanzig, studierte auf dem College in Dublin. Vielleicht hat er sie seit ihrer Teenagerzeit nicht mehr gesehen.

Das würde einiges erklären, nicht? Warum Vera Dunne sich nicht tarnte. Warum sie sich nicht mit Gewalt ins Haus drängte. Clarke öffnete ihr die Tür, weil er ihre Beschreibung bekommen hatte und wußte, daß sie eine Botin war.

Sie hat sich vielleicht beeilt, ins Haus zu kommen, aber sie wurde erwartet. Sie sagt zu Clarke, hör zu, das hat nichts mit mir zu tun, sie sind mir nicht gefolgt, aber draußen stehen zwei Cops und beobachten das Haus.

Die beiden warten ab, was weiter passiert. Dummerweise tauchen immer mehr Polizisten auf, bis das Ganze in eine Belagerung ausartet.

Vera Dunne sagt dann zu Clarke, ruf Tom Byrne ins Haus, tu so, als würdest du ihn als Geisel nehmen, das ist die einzige Chance, hier rauszukommen. Clarke fragt, warum brauche ich zwei Geiseln? Sie erklärt ihm, daß man ihm wahrscheinlich in den Rücken schießt, wenn er nur mit ihr als Geisel aus dem Haus kommt. Und Clarke will ja ohnehin mit Tom Byrne sprechen.

Also kommt Byrne ins Haus. Clarke muß sich gewundert haben, warum der Stadtrat die Hände erhoben hatte. Denn zu diesem Zeitpunkt wußte nicht einmal Clarke, daß sich eine Schußwaffe im Haus befand.

Der einzig mögliche Weg für Vera Dunne, Clarke zu ermorden, während hundert Polizisten sie belagerten, war, einen über jeden Verdacht erhabenen Dritten ins Haus zu lassen, der dann den Ablauf so schilderte, wie sie es haben wollte. Und genau das hat sie getan.

Sie redeten eine Zeitlang, Clarke, Vera Dunne und Tom Byrne. Das mußten sie. Sie mußten den Eindruck erwecken, daß Byrne am Verhandeln war.

Und dann dirigierte sie Clarke in die Nähe von Byrne. Sie zog die Beretta, setzte sie Clarke direkt auf die Brust und drückte ab. Dann trat sie hinter Clarke und schoß von da, wo er gestanden hatte, in die Wand, wobei Byrne die Hand um den Lauf legen mußte.

Das war's, was unsere Experten durcheinanderbrachte, Liam. Es sah so aus, als hätte Byrne bei dem tödlichen Schuß auf Clarke den Lauf der Pistole gepackt. Aber der etwas gedämpfte Schuß muß vor dem lauten erfolgt sein. War es so, Liam? Ich hab leider geschlafen.

Vera Dunne wischte die Beretta ab. Sie müssen Kontakte in Italien haben. Italienische Aquarelle, italienische Waffen. Wie auch immer. Sie sorgte dafür, daß überall auf der Beretta Clarkes und Byrnes Fingerabdrücke waren. Sie sorgte dafür, daß Byrne die Waffe zu Boden fallen ließ, während sie die ganze Zeit auf ihn einredete und ihm die entsprechende Story eintrichterte. Sie kam in vermeintlich hysterischem Zustand aus dem Haus. Sie wurde ins Krankenhaus gebracht. Sie erholte sich verblüffend schnell. Und verschwand. Eine phantastische Leistung, was, Liam?»

Doch de Burgh blieb den Rest der Fahrt über ziemlich schweigsam.

Als sie Byrne Plastics erreichten, ging McCadden mit de Burgh hinein und ließ die uniformierten Polizisten im Streifenwagen. Auf der Treppe zu Tom Byrnes glasverkleidetem Büro warf er einen Blick auf die Fabrikhalle und sah mehr als zwanzig Augenpaare, die zu ihm hinaufstarrten, während ein Augenpaar gesenkt blieb. Er stutzte, stolperte beinahe und nahm dann zwei Stufen auf einmal, um de Burgh einzuholen.

Mit der alten Selbstsicherheit, ohne die Angst der letzten Tage, aber auch ohne die Großspurigkeit kam Tom Byrne hinter seinem Schreibtisch hervor, um sie zu begrüßen. Er grinste mit ausgestreckter Hand, die Hand des Siegers, die er versöhnlich dem Unterlegenen hinhält.

De Burgh blinzelte verwirrt, als McCadden die Hand ergriff.

Und dann machte er große Augen, als McCadden sagte: «Eddie Hayes. Ist er heute hier?»

«Ja, ist er», erwiderte Byrne. «Ich habe ihn fest eingestellt, wissen Sie.»

«Es ist immer besser, jemanden zu nehmen, der einem empfohlen worden ist», sagte McCadden leichthin.

Byrne nickte. «Ja, das finde ich auch.»

«Kann ich Ihr Büro benutzen, um mich kurz mit ihm zu unterhalten?»

«Aber sicher. Doch nichts Ernstes?»

«Nur noch ein paar Fragen, damit ich den Fall Billy Power abschließen kann», sagte McCadden. «Und wenn ich alles sauber abgeschlossen habe, werden Sie mich übrigens für eine ganze Weile nicht mehr zu Gesicht bekommen.»

Byrne, auf dem Weg zur Tür, drehte sich um und gab sich keine große Mühe, das triumphierende Grinsen auf seinem Gesicht zu verbergen. «Tut mir leid, das zu hören, Inspector. Sie sind versetzt worden, nicht wahr?»

McCadden zuckte die Achseln. «Da müssen Sie Chief Superintendent Cody fragen.»

Als sie wieder allein waren, flüsterte de Burgh drängend: «Ich dachte, wir wollen den Laden durchsuchen?»

«Werden wir, Liam», beruhigte ihn McCadden. «Werden wir.»

«Warum willst du mit Hayes sprechen?»

«Ist mir gerade auf der Treppe eingefallen. Das hätte ich schon viel früher sehen müssen.»

«Was?» fragte de Burgh.

«Ich habe die Verbindung nicht hergestellt», sagte McCadden. «Ich war nie dort. Was hätte ich mir doch an Ärger ersparen können, wenn ich es früher gesehen hätte.»

«Was?» wollte de Burgh wissen. «Was denn?»

McCadden trat an die Glaswand und blickte in die Fabrikhalle hinunter. Eddie Hayes kam langsam die Treppe hinauf, wie ein Verurteilter, der zum Galgen hochsteigt. Tom Byrne stand unten in der Halle und lächelte McCadden zu.

McCadden zog den Durchsuchungsbefehl aus der Innentasche seiner Jacke und winkte damit, wobei er mit zusammengebissenen Zähnen lächelte.

Hinter ihm sagte plötzlich de Burgh: «Warum hat er es gemacht, frage ich mich.»

«Wer?»

«Tom Byrne. Warum hat er die Sammlung geklaut, warum diese obskuren Geschäfte mit dem Iraker? Ist sein Laden nicht gut gelaufen oder was?»

«Ich weiß es nicht», mußte McCadden wieder einmal zugeben. «Aber wir werden es herausfinden. Ich habe diese ständigen Rätsel satt, diese unerklärlichen …»

Er brach ab, als Eddie Hayes ohne anzuklopfen zur Tür hereinkam. Seine Beine und Hände zitterten, und er schien kurz vor einem Tränenausbruch.

«Setz dich, Junge», sagte McCadden zu ihm. «Setz dich.»

Doch dann, als er noch einmal zu Byrne hinuntersah, der wie ein Gockel durch seine Fabrikhalle stolzierte, kam ihm eine noch bessere Idee.

«Hol mir Byrne», sagte er zu de Burgh. «Bist du so gut?»

Und als Byrne mit fragender Miene ins Büro kam, deutete McCadden auf seinen Schreibtisch und seinen Schreibtischsessel und sagte: «Ich dachte, Sie sollten sich das auch anhören. Als sein Arbeitgeber.»

Byrne setzte sich. «Selbstverständlich», sagte er in ernstem Ton. «Ja. Selbstverständlich.»

McCadden blieb an der Glaswand stehen, ohne ein weiteres Wort zu sagen. In dem Schweigen versuchte Eddie Hayes, der mit gesenktem Kopf auf der Besucherseite des Schreibtischs saß, krampfhaft, sein Zittern unter Kontrolle zu bringen. Und Byrne war nicht mehr ganz so selbstsicher. In seinen Augen, hinter dem offiziellen Interesse und der väterlichen Sorge des Arbeitgebers, waren Anflüge von Zweifel, von Irritation zu erkennen.

McCadden wandte sich Byrne zu. «Sie sagten mir gerade, daß Hayes Ihnen von jemand empfohlen wurde.»

Byrne, der Hayes angesehen und damit gerechnet hatte, daß die Fragen in dessen Richtung zielten, schrak ein wenig zusammen. «Habe ich das gesagt?»

«Haben Sie das nicht gesagt?» fragte McCadden.

Offenbar war er bereit, diese gegenseitige Fragerei den ganzen Tag lang durchzuhalten.

«Na ja, ich ...», stotterte Byrne.

«Wer war's? Wer hat Ihnen Hayes empfohlen?»

Byrne lachte nervös. «Um ehrlich zu sein, ich weiß es nicht mehr. Steht vielleicht in der Personalakte. Ich kann mich im Moment nicht erinnern.»

Aber er konnte sich erinnern. Sehr genau sogar. Man konnte es seinem aschfahlen Gesicht ansehen, noch grauer, als es vergangene Woche im Krankenhaus gewesen war. Man konnte es seinem hastigen Atmen anhören. Und man konnte es seinen Händen ansehen, die er auf der Schreibtischplatte verschränkt hatte und die trotzdem ein wenig zitterten.

Er erinnerte sich. Und beim Erinnern sah er gefährliche Verbindungen, verfiel in wilde Spekulationen, verstrickte sich in seine Ängste. All das hatte McCaddens Frage ausgelöst.

«Ich würde das an Ihrer Stelle nicht alles zu ergründen versuchen, Tom», riet ihm McCadden. «Sie kommen viel schneller ans Ziel, wenn Sie sich meine Fragen anhören.»

Er wandte sich an Hayes. «Eddie, du wohnst in der Poleberry Street, nicht wahr?»

Hayes nickte, ohne aufzublicken.

«Und, wollen mal sehen, zwei, drei, vier, fünf Häuser weiter, auf der anderen Seite der Poleberry Street. Ist das richtig, Eddie?»

«Ja», murmelte Hayes, beinahe unhörbar.

«Sie wissen, wer dort wohnt, Tom?» fragte McCadden Byrne.

«Vielmehr gewohnt hat. Fünf Häuser von Eddie, auf der anderen Straßenseite.»

Byrne starrte ihn an, versuchte den Kloß in seinem Hals hinunterzuschlucken. Was sollte er tun? Was sollte er sagen? Wohin würde es führen, wenn er einräumte, daß er es wußte? Was war, wenn er es abstritt? Was war die Falle, was der Ausweg?

Schließlich räusperte er sich zweimal. «Peter Clarke.»

«Ganz recht», sagte McCadden. «Peter Clarke. Und wer hat Ihnen Eddie empfohlen?»

«Peter Clarke», murmelte Byrne.

«*Jetzt* erinnern Sie sich», lobte McCadden. «War das, als Eddie dieses Jahr von der Schule abging?»

«Ja.»

«Und Sie konnten Peter Clarke die Bitte nicht abschlagen, richtig?»

«Er war ein alter Freund. Natürlich nicht.»

«Ja», sagte McCadden ironisch. «Ein alter Freund. Richtig. Haben Sie sich nie Gedanken gemacht, Tom, warum Peter Clarke ausgerechnet zu diesem Zeitpunkt ausgebrochen ist? Was für Informationen hatte er? Wer lieferte ihm diese Informationen? Wer war in der Lage, hier in Waterford diese Informationen zu sammeln? Wer suchte Verstecke aus, als Clarke auf der Flucht war? Wer hielt andere Kleider für ihn bereit? Wer hat bewußt Unfrieden gestiftet durch Stories über die Belästigung Ihrer Tochter Tina durch Billy Power?»

McCadden wandte sich Hayes zu. «Eddie?»

Und Hayes, der jetzt offen heulte, hob endlich den Kopf.

Es waren jedoch nicht die Tränen des Jungen, die McCadden sehen wollte. Er bedeutete de Burgh, Hayes wegzubringen, und wandte sich wieder Byrne zu, während die beiden hinter ihm das Büro verließen.

Byrne hatte den Telefonhörer in der Hand, sein Zeigefinger schwebte über den Wahltasten.

McCadden sagte: «Diese Ballade, die ich am Freitag in dem Pub rezitiert habe. Die letzte Zeile. *Denn unser Skipper höhnte dann, daß ein toter Mann nichts mehr sagen kann.* Sie dachten, ich kenne diese Zeile, nicht wahr? Ich kannte sie nicht. Sie dachten eine Zeitlang, daß ich Sie nervös machen wollte. Stimmt nicht. Aber jetzt will ich es. Also, dann erzählen Sie mal. Was gedenken Sie zu unternehmen, Tom? Wollen Sie Eddie Hayes genauso elegant beseitigen lassen wie Peter Clarke?»

Byrne hatte seine Nummer gewählt und starrte McCadden an, während er auf die Verbindung wartete. Der Blick warnte McCadden, daß er zu weit gegangen sei. Der Blick versprach eine Versetzung irgendwo ans Ende der Welt. Der Blick versicherte ihm, daß sein Besitzer kein Schnulli war, der sich so leicht einschüchtern ließ. Doch die Hand, die den Hörer hielt, war nicht ganz so ruhig und fest wie der Blick.

Byrne wandte dann den Blick ab und sagte unvermittelt in den Hörer: «Chief Superintendent Cody, bitte.»

Er wartete.

Dann: «Ja, ich weiß, ich weiß. Sagen Sie ihm, daß es Tom Byrne ist.» Und wieder wartete er.

Und dann wurde er ärgerlich. «Hören Sie, meine Liebe! Hier ist Stadtrat Tom Byrne...»

McCadden trat an den Schreibtisch und nahm Byrne den Hörer aus der zittrigen Hand.

«Hier spricht Inspector McCadden.» Und dann: «Hallo, Rose. Wie geht's, wie steht's? Stell mich doch bitte zum Chief durch.»

Mit einiger Mühe erwischte er Byrnes ziellos umherirrende Hand und legte den Hörer hinein.

«Dan? Tom hier. Hör mal...» Weiter kam Byrne nicht.

Was Cody ihm zu sagen hatte, drang nicht bis zu McCadden. Es wurde geflüstert. Es war kurz und dauerte nicht einmal dreißig Sekunden. Aber es vernichtete Tom Byrne, machte ihn erneut zu dem gebrochenen Mann, der aus dem Haus gestolpert kam, wo Peter Clarke vor seinen Augen umgebracht worden war.

Mord. Er hatte es so gewollt. Aber er konnte es nicht mit ansehen.

Und es war nicht Reue, die ihn jetzt plagte, soviel wußte McCadden. Es war nur Selbstmitleid.

McCadden zog erneut den Durchsuchungsbefehl aus der Tasche, entfaltete ihn und sagte: «Das ist erst der Anfang, Tom. Thomas. Also, setz deinen Arsch in Bewegung.»

35

Um achtzehn Uhr an diesem Montag erfuhr McCadden, daß die Iraker offenbar entwischt waren.

Es schien ihn nicht zu berühren. Und seine Antwort schien zusammenhanglos.

«Ist Paul Hyland da?» fragte er.

«Nein», hieß es. «Er ist noch krank geschrieben.»

«*Immer* noch krank geschrieben?»

«Er schätzt, daß er Mittwoch wieder kommt, spätestens am Donnerstag.»

«Hast du eine Telefonnummer?»

«Na ja, seine Wohnung.»

«Keine andere Nummer?»

«Ich glaube nicht. Nein, keine andere Nummer.»

«Hmm. Okay.»

McCadden hatte herumgeschnüffelt. Und beinahe die Iraker in Passage East erwischt. Doch denen war offenbar der Boden unter den Füßen zu heiß geworden, und sie hatten auf den Deal verzichtet. Zumindest im Augenblick. Vielleicht wollten sie später zurückkommen. Aber der Grund, warum die Iraker so überstürzt abgereist waren, am Samstag abend per Flugzeug von Dublin nach London, ungefähr fünf Stunden, nachdem McCadden Tom Byrne zu der Autofähre verfolgt hatte, hatte genausoviel mit Paul Hyland zu tun wie mit McCadden.

Zumindest erklärte es, warum Byrne auf dem Dinner so entspannt, so selbstsicher gewesen war. Er dachte, er hätte nichts mehr zu befürchten. Keine riskanten Anrufe mehr. Keine gewagten Treffs mehr zu organisieren. Keine Warenübergabe, die zu einer Durchsuchung führen mochte. Er dachte, es gäbe für McCadden nichts mehr zu sehen.

Wenn Byrne clever gewesen wäre, hätte er McCadden in den letzten Tagen durch unerwartete, undurchsichtige, aber sinnlose Aktionen auf Trab gehalten, ihn eine Menge Zeit und Energie verschwenden lassen. Aber Byrne war nicht clever. Jedenfalls nicht intelligent clever. Byrne war kein Stratege. Von dem Zeitpunkt an, als Peter Clarke ausgebrochen war, über Billy Powers Tod bis zu der Geiselnahme und Clarkes Tod, hatte er im Grunde genommen nur auf die Ereignisse reagiert.

Was steckte also dahinter? War er einfach nur habgierig? Frönte er kostspieligen Lastern? Steckte er in geschäftlichen Schwierigkeiten?

McCadden brauchte drei Tage, um die Antwort darauf zu finden.

Sofort, nachdem Byrne Plastics durchsucht und Byrne in Haft genommen worden war, engagierte er einen teuren Anwalt, dessen Talent vor allem darin bestand, ständig Fragen zu stellen, statt Fragen zu beantworten. Man konnte Byrnes Standpunkt verstehen. Okay, sein Keller war vollgestopft mit Kunstschätzen und Antiquitäten, deren legale Herkunft er nicht nachweisen konnte. Aber es gab niemanden mehr, der bezeugen konnte, daß er sie gestohlen hatte. George Brockenshaw war tot. Theresa Cheasty war tot. Peter Clarke war tot. Sogar Billy Power war tot. Und die Iraker würden kaum nach Irland zurückkehren und sich selbst belasten. Die Staatsanwaltschaft war ein bißchen knapp dran mit Belastungszeugen. Deshalb versuchten McCadden und ein Team von Kriminalbeamten am Dienstag, diese Lücke zu schließen, indem sie jeden befragten, der jemals in George Brockenshaws Haus gewesen war. Den alten Mann, dem McCadden auf dem Dinner einen Scotch spendiert hatte. Ein oder zwei Altersgenossen von ihm. Dr. Kearns in Woodstown.

Selbst da wollte Byrne nicht reden.

Am Mittwoch vernahm McCadden noch einmal Byrnes Familienangehörige.

Byrnes Frau Georgina war zu beschämt, zu erschüttert von all dem, als daß sie überhaupt zugehört hätte. Wie konnte sie sich an Ereignisse vom Herbst 1989 erinnern? Seit nahezu dreißig Jahren war ihr Leben friedlich und gleichförmig und komfortabel und unangefochten verlaufen. Ein Sommer war so lebhaft gewesen wie der andere, ein Winter so warm und kuschelig wie der folgende. Nun war das alles zerplatzt wie eine Seifenblase, und sie konnte einfach die Welt nicht mehr verstehen. Für sie war 1969 nicht viel anders als 1979, einfach ein anderer Abschnitt einer sorg- und achtloser Vergangenheit, die jetzt verloren war für sie.

Tina Byrne war ebenfalls wie betäubt, verwirrt und fassungslos. Die Quelle all ihrer Selbstzweifel und ihres Mangels an Selbstvertrauen war gerade als Betrüger entlarvt worden. Jetzt konnte sie sich nicht mal mehr an ihren Neurosen festklammern.

Catherine Hearne blickte charakteristischerweise ihren Mann an, auf der Suche nach einer Antwort. Irgendeiner Antwort. Ohne zu wissen, daß er die richtige Antwort parat hatte.

Am Mittwoch nachmittag, kaum eine Stunde nach McCaddens Besuch bei den Hearnes in Glenview, kam Robbie Hearne ins Polizeirevier.

«Sie sprechen vom Herbst 1989, richtig?» sagte Hearne zu McCadden. «Da hat Byrne angefangen, ja?»

McCadden nickte. «Nach dem September dieses Jahres.»

Hearne senkte den Kopf. «Ich habe dies noch niemandem erzählt. Nicht einmal Catherine. Besonders nicht Catherine. Ich muß ein bißchen ausholen. Damals, als wir heirateten, Catherine und ich, arbeitete ich als Vertreter für Byrne Plastics. Ich war ein Dummkopf. Genau das wollte Byrne, uns unter Kontrolle haben, mich so besitzen, wie er glaubte, daß ich Catherine besaß, um sie auf diese Weise weiterhin im Besitz zu haben. Sie erinnern sich, daß ich Ihnen erzählte, wie er es fertigbrachte, einen niederzumachen, ohne daß man den Finger darauf legen konnte? Er tat das mit unserer Beziehung, unterminierte sie. Ich mußte da raus. Aber ich verließ Byrne Plastics zu einem ungünstigen Zeitpunkt. Catherine war schwanger mit unserem ersten Kind. Und mein neuer Arbeitgeber ging nach sechs Monaten pleite. Ich mußte also entweder zu Tom Byrne zurückkriechen oder es alleine versuchen. Es gab damals nicht viele Jobs, und bei den wenigen, die in Frage kamen, sorgte Tom Byrne dafür, daß ich keine Chance hatte. Aber, ganz im Vertrauen, ich hatte mich schon immer für einen Unternehmertyp gehalten. Also borgte ich mir ein bißchen Geld, nahm unsere Ersparnisse und eröffnete ein kleines Café im Stadtzentrum. Das war im Mai 1989. Sie kennen doch den Laden? Es war vor allem für die jungen Leute gedacht, ein Ort, wo sie abends hingehen konnten. Aber richtig gelaufen ist es erst, als mehr und mehr Büroangestellte aus dem Stadtzentrum zum Mittagessen gekommen sind. Und da hat auch der Ärger angefangen. An jedem zweiten Abend war die

Polizei da, hat nach Drogen gesucht, nach Diebesgut, oder es lag angeblich eine Beschwerde aus der Nachbarschaft vor. Jeder Vorwand war ihnen recht. Tom Byrne muß ein paar Freunde unter Ihren Kollegen haben, oder?»

«Könnte sein», sagte McCadden.

«Nur ist dieser Schuß nach hinten losgegangen. Dieses ganze Bullentheater hat den Laden für die Kids nur noch interessanter gemacht. Im Oktober des gleichen Jahres eröffnete nur ein paar Häuser weiter ein zweites Café. Das Angebot war genau das gleiche wie bei uns, nur billiger. Es lief natürlich nicht auf Tom Byrnes Namen, aber sein Geld steckte dahinter. Ich habe mich oft gefragt, woher er das viele Geld hatte, das er damals hinauspulverte. Jetzt weiß ich's. Es war ein bitterer Kampf.»

«Aber Sie haben gewonnen», sagte McCadden. «Ihr Lokal existiert immer noch. Das andere nicht.»

«Ich hatte eine gute Köchin», erklärte Hearne. «Es spielt keine so große Rolle, ob Sie billiger sind, wenn das Essen nicht schmeckt, kommen die Leute eben nicht. Wissen Sie, wer die Köchin war?»

«Wer?»

Hearne lachte. «Es war Catherine.» Dann wurde er wieder ernst. «Aber das war keineswegs das Ende. Als ich den ersten Mini-Markt eröffnete, vor achtzehn Monaten, hat Byrne wirklich jeden Trick, jede Fiesheit probiert. Dazu müssen Sie verstehen, wie er vorgegangen ist. Offiziell konnte man ihm nie etwas am Zeug flicken. Er hat nicht gesagt: Ich möchte nicht, daß Sie diesen Burschen beliefern. Statt dessen sagte er: Hören Sie, mein Schwiegersohn Robbie hat einen Mini-Markt eröffnet. Liefern Sie ihm alles, was er haben möchte. Mir zuliebe. Ich bürge für ihn, wenn's Probleme mit der Zahlung gibt. Wenn der Laden pleite gehen sollte, sorge ich dafür, daß Sie keinen Verlust erleiden. So war Tom Byrne, Inspector. Hat sich immer hilfsbereit gegeben. Deswegen können eine ganze Menge Leute in Waterford nicht glauben, was Sie ihm vorwerfen. Ich selbst habe natürlich Mitgefühl für Catherine, denn schließlich ist er ihr Vater, ganz egal, was er verbrochen hat; aber was mich persönlich betrifft, so habe ich mich nicht mehr so frei gefühlt, seit ich ein Kind war.»

McCadden blieb noch gut zehn Minuten im Vernehmungszimmer sitzen, nachdem Hearne gegangen war, bis Paul Hyland, gutgelaunt und mit einem breiten Lächeln, den Kopf durch die Tür steckte und sagte: «Ich habe gehört, du suchst nach mir.»

«Ganz recht, Paul. Ich habe dich gesucht.»

«Ich bin gerade erst zurückgekommen. Vor zwei Stunden. Was machst du denn so ganz allein im Vernehmungszimmer?»

«Unter anderem», sagte McCadden, «versuche ich mich an den Wahlkampfslogan zu erinnern, den Tom Byrnes Partei bei den letzten Wahlen hatte. Irgendwas mit Gesetz und Ordnung.»

«Wann haben Sie sich das letzte Mal zu Hause sicher gefühlt?» zitierte Paul Hyland prompt.

Er stand immer noch an der Tür, lachte und schien zu erwarten, daß McCadden es ihm gleichtat. Wenn Hyland die Ironie der Situation überhaupt spürte, ließ er sich's nicht anmerken.

McCadden sagte: «Also, wo hast du die letzten zehn Tage gesteckt? Bestimmt nicht in Liverpool, richtig? Dieses Märchen können wir uns ruhig schenken.»

«Aber Carl», lachte Hyland. «Du hast doch am letzten Samstag auf dem Dinner meine Reiseveranstalterin kennengelernt. Benutz deine Phantasie.»

«Okay», sagte McCadden. «Okay. Nur geht manchmal meine Phantasie mit mir durch.»

«So gefällst du mir.»

«Okay», wiederholte McCadden. «Am Samstag abend, nach einer nicht sehr ergiebigen Besprechung, hast du den Empfangschef des *Jury's Hotel* angerufen und herausgefunden, daß der Iraker, Sayed Salman, dort mit ein paar Freunden abgestiegen war. Du hast dich also entweder mit Mr. Salman unterhalten, oder du hast ihn eine Weile beschattet. Egal wie, dir war klar, daß da etwas sehr Dubioses ablief. Wieviel hat er dir gezahlt, um dich loszuwerden? Genug, um deine Schulden zu begleichen?»

Hyland lächelte. Lächelte immer noch. Bei ihm wußte man nie genau, woran man war.

«Mein Pech hat sich gewendet», sagte er. «Ich habe gerade eine Glückssträhne. Das passiert. Sogar bei Spielern.»

«Ja», sagte McCadden. «Ja, klar. Was ist am vergangenen Samstag passiert, daß sie abgehauen sind? Hast du sie erneut unter Druck gesetzt? Unter zuviel Druck? Hast du sie zu offen observiert, als sie sich mit Byrne in Passage East treffen wollten? Dachten sie, du hättest sie bei mir verpfiffen, hättest auf zwei Hochzeiten getanzt?»

«Wild», rief Hyland. «Wie du sagtest. Manchmal hast du eine wilde Phantasie.»

McCadden schüttelte den Kopf. «Nein, ganz und gar nicht. Am Mittwoch letzter Woche hat mir Cody den Fall abgenommen und zu mir gesagt, ich solle auch dich abziehen. Damals war mir das unverständlich. Aber jetzt macht es Sinn. Wenn Tom Byrne zum Beispiel von den Irakern erfahren hatte, daß du hinter ihnen her warst, und wenn Byrne das an Cody weitergab, mußte Cody annehmen, daß ich ihn irgendwie hinhalten wollte, als ich ihm sagte, daß du überhaupt nicht für mich gearbeitet hast.»

Hyland zuckte die Achseln. «Cody war vergangene Woche absolut nicht zurechnungsfähig.»

«Du Scheißkerl», sagte McCadden ruhig und ohne Feindseligkeit. «Wir hätten die ganze Bande schnappen können. Wir beide. Die Rothaarige. Du hast sie an diesem Samstag abend auf der Hunderennbahn gesehen. Wir wissen nicht einmal, wer sie ist, woher sie kam. Die Iraker. Wir hätten sie alle schnappen können.»

«He, he!» protestierte Hyland, und jetzt lächelte er nicht mehr. «An mir hat's doch nicht gelegen. Ich wollte mitmachen. Aber du warst der Meinung, daß du mich nicht brauchst.»

«Du warst nicht ehrlich zu mir.»

«Du hast gesagt, es wäre wegen meiner Spielerei.»

«Das auch.»

«Du hast de Burgh genommen.»

«Du warst doch nicht da, Mann. Am Samstag, als wir die Leiche von Billy Power in dem Container fanden, warst du nicht da. Aber Liam. Erinnerst du dich?»

«Und wie ich damals sagte, mit einer durchschnittlichen Hilfe bekommst du durchschnittliche Resultate.»

«Solide.»

«Was?»

«Solide», wiederholte McCadden. «Solide und zuverlässig. Du hast gesagt, mit soliden und zuverlässigen Leuten bekommst du solide und zuverlässige Resultate.»

Hyland zuckte die Achseln. «Solide. Durchschnittlich. Was ist der Unterschied?»

«Egal», sagte McCadden. «Wann hast *du* dich das letzte Mal zu Hause sicher gefühlt?»

Hyland runzelte die Stirn. «Was?»

McCadden stand auf, verließ das Vernehmungszimmer und setzte sich hinter seinen Schreibtisch. Er wußte selbst nicht recht, was er mit der Frage eigentlich gemeint hatte. Statt dessen dachte er daran, daß die Iraker und Vera Dunne entwischt waren, dachte an die unterschiedlichen Verdienste und Qualitäten von Hyland und de Burgh als Kriminalbeamte, als Freunde, als Ehemänner...

Colin Dexter

«Seit Sherlock Holmes gibt es in der englischen Kriminalliteratur keine interessantere Figur als Chief Inspector Morse ...»
Süddeutsche Zeitung

Der letzte Bus nach Woodstock
(thriller 3142)

... wurde sie zuletzt gesehen
(thriller 3156)

Die schweigende Welt des Nicholas Quinn
(thriller-Dreierband 3102 und Neuausgabe Februar 97, thriller 3263)

Eine Messe für all die Toten
(thriller 3173)
In der kleinen Gemeinde von St. Frideswide's kursieren wilde Gerüchte: Jemand stiehlt Beträge aus der Kollekte, der Pfarrer soll sich den Chorknaben zu sehr nähern, der Organist hat ein Verhältnis mit der Frau des Kirchenältesten.
Alles sehr unerfreuliche, aber nicht gerade außergewöhnliche Dinge: Doch dann geschieht etwas Ungeheuerliches: Während des Gottesdienstes wird der Kirchenälteste umgebracht ...
Ausgezeichnet mit dem Silver Dagger der britischen Crime Writers' Association.

Die Toten von Jericho
(Neuausgabe Oktober 96, thriller 3242)
Ausgezeichnet mit dem Silver Dagger der britischen Crime Writers' Association.

rororo thriller

Das Rätsel der dritten Meile
(thriller 2806)
«... brillant, komisch, bizarr und glänzend geschrieben.»
Südwestpresse

rororo thriller werden herausgegeben von Bernd Jost. Ein Gesamtverzeichnis der Reihe finden Sie in der *Rowohlt Revue*. Jedes Vierteljahr neu. Kostenlos in Ihrer Buchhandlung.

Colin Dexter

«Dexter ist allen anderen Autoren meilenweit voraus.»
The Literary Review

Hüte dich vor Maskeraden
(Neuausgabe August 96, thriller 3239)
«Ein intelligenter Krimi zum Mit-Denken. So etwas ist selten.»
Frankfurter Rundschau

Mord am Oxford-Kanal
(thriller 2960)
Ausgezeichnet mit dem Gold Dagger der britischen Crime Writers' Association.

Tod für Don Juan
(thriller 3041)
Kaum sind die amerikanischen Touristen in Oxford eingetroffen, da wird Chief Inspector Morse zu einer Toten gerufen. Die Touristin ist offensichtlich an Herzversagen gestorben, als sie den Diebstahl einer wertvollen antiken Brosche entdeckte. Klarer Fall, meint Sergeant Lewis. Ein plötzlicher Tod ist immer mysteriös, sagt Morse. Erst recht, wenn kurz darauf noch ein Toter gefunden wird.

Finstere Gründe
(thriller 3100)
Ausgezeichnet mit dem Gold Dagger der britischen Crime Writers' Association.

Die Leiche am Fluß
(thriller 3189)

rororo thriller

Ihr Fall, Inspector Morse
Stories
(thriller 3148)
«Seit Sherlock Holmes gibt es in der englischen Kriminalliteratur keine interessantere Figur als Chief Inspector Morse», schrieb die *Süddeutsche Zeitung*. In diesem Storyband treten beide auf: Morse löst – wie immer – brillant fünf knifflige Fälle, und Sherlock Holmes verblüfft wieder einmal Dr. Watson – auf sehr ungewöhnliche Art. Auch die übrigen Geschichten beweisen durch die Raffinesse ihrer Konstruktion, die überraschenden Wendungen und die total unvorhersehbaren Lösungen Dexters Meisterschaft.

rororo thriller werden herausgegeben von Bernd Jost. Ein Gesamtverzeichnis der Reihe finden Sie in der *Rowohlt Revue*. Jedes Vierteljahr neu. Kostenlos in Ihrer Buchhandlung.

3006/5

Sjöwall/Wahlöö

«Man konnte zwar schon 1963 die zunehmende Versumpfung der schwedischen Sozialdemokratie voraussehen, aber andere Dinge waren völlig unvorhersehbar: die Entwicklung der Polizei in Richtung auf eine paramilitärische Organisation, ihr verstärkter Schußwaffengebrauch, ihre groß angelegten und zentral gesteuerten Operationen und Manöver... Auch den Verbrechertyp mußten wir ändern, da die Gesellschaft und damit die Kriminalität sich geändert hatten: Sie waren brutaler und schneller geworden.»
Maj Sjöwall

Die Tote im Götakanal
(thriller 2139)
Nackte tragen keine Papiere. Niemand kannte die Tote, niemand vermißte sie. Schweden hatte seine Sensation...

Der Mann, der sich in Luft auflöste
(thriller 2159)
Kommissar Beck findet die Lösung in Budapest...

Der Mann auf dem Balkon
(thriller 2186)
Die Stockholmer Polizei jagt ein Phantom: einen Sexualverbrecher, von dem sie nur weiß, daß er ein Mann ist...

Endstation für neun
(thriller 2214)

Alarm in Sköldgatan
(thriller 2235)
Eine Explosion, ein Brand – und dann entdeckt die Polizei einen Zeitzünder...

rororo thriller

Und die Großen läßt man laufen
(thriller 2264)

Das Ekel aus Säffle
(thriller 2294)
Ein Polizistenschinder bekommt die Quittung...

Verschlossen und verriegelt
(thriller 2345)

Der Polizistenmörder
(thriller 2390)

Die Terroristen
(thriller 2312)
Ihre Opfer waren Konservative, Liberale, Linke – wer aber die Auftraggeber der Terrorgruppe ULAG waren, blieb immer im dunkeln. Jetzt plant ULAG ein Attentat in Stockholm...

Die zehn Romane mit Kommissar Martin Beck
10 Bände in einer Kassette
(thriller 3177)

«**Sjöwall/Wahlöös** Romane gehören zu den stärksten Werken des Genres seit Raymond Chandler.»
Zürcher Tagesanzeiger

3019/2

Per Wahlöö

«Der Schwede **Per Wahlöö** hat sich mit einem umfangreichen Werk als einer der markantesten europäischen Erzähler des dritten Viertels unseres Jahrhunderts profiliert.» *Jörg Fauser*

Per Wahlöö (1926–1975) studierte Germanistik, arbeitete als Korrespondent in Spanien. 1956 von Franco ausgewiesen, reiste er durch die halbe Welt, lernte 1962 Maj Sjöwall kennen und begann mit ihr gemeinsam, den Kommissar-Beck-Zyklus zu schreiben.

Foul Play
(thriller 2588)
«Der Blick, den Wahlöö auf die schweißgetränkte, dreckige Fußballposse in dieser hinterletzten Weltgegend wirft, ist so ungetrübt , daß wir uns alle in ihm spiegeln können.» *tip*

Unternehmen Stahlsprung
(thriller 2539)
«... die Horrorvision einer Gesellschaft, die selbst zum Verbrechen wurde und schließlich untergeht. Per Wahlöö war vielleicht noch nie so gut.» *Norddeutscher Rundfunk*

Libertád!
(thriller 2521)
«Der beste Polit-Thriller zum Thema Südamerika ist bereits vor 25 Jahren geschrieben worden: Libertád!» *taz*

Das Lastauto
(thriller 2513)
Spanien zur Zeit der Franco-Diktatur.

rororo thriller

Mord im 31. Stock
(thriller 2424)
«Dieses Buch ist eines der seltenen Fälle, in denen ein Kriminalroman weit über sich hinauswächst.» *Frankfurter Allgemeine Zeitung*
Wolf Gremm drehte mit Rainer Werner Fassbinder in der Hauptrolle nach diesem Buch seinen Film «Kamikaze 1989».

Von Schiffen und Menschen
Stories
(thriller 2889)
«... eignet sich wunderbar zum Lesen an Bord.» *Segeln*

Das Lastauto. Libertád! Die Generale
(thriller 3222)

rororo thriller werden herausgegeben von Bernd Jost. Ein Gesamtverzeichnis der Reihe finden Sie in der *Rowohlt Revue*. Jedes Vierteljahr neu. Kostenlos in Ihrer Buchhandlung.

3020/3

3026/3

-ky

«Die besten Krimis von **-ky** schildern unsere Gegenwart mit Scharfsinn, Witz und Hintergründigkeit.»
FAZ

-ky, mit richtigem Namen Dr. Horst Bosetzky, ist Professor für Soziologie in Berlin. Er gehört zu den wichtigsten deutschen Kriminalromanautoren. In seinen Büchern verbindet er eine spannende Handlung mit einer genauen Beschreibung der deutschen Wirklichkeit.

Da hilft nur noch Beten
(thriller 2883)

Blut will der Dämon
(thriller 3091)

Feuer für den Großen Drachen
(thriller 2672)
Kreuzberger Nächte: Liebe, Ku-Klux-Klan und Graue Wölfe...

Unfaßbar für uns alle
(thriller 3174)
Kommissar Mannhardt ist der organisierten Kriminalität auf der Spur.

Friedrich der Große rettet Oberkommissar Mannhardt
(thriller 2725)

Ich wollte, es wäre Nacht
(thriller 2951)

Mitunter mörderisch
Kriminalstories
(thriller 2383)

Ein Toter führt Regie
(thriller 2312)
Ein Selbstmörder rächt sich an den Lebenden, die ihn gequält haben...

rororo thriller

-ky/-ky & Co.
Zu einem Mord gehören zwei. Es reicht doch, wenn einer stirbt. Die Klette
(thriller 3157)

«-ky ist die Nummer eins unter Deutschlands Krimischreibern.»
NDR

rororo thriller werden herausgegeben von Bernd Jost.
Ein Gesamtverzeichnis der Reihe finden Sie in der *Rowohlt Revue*. Jedes Vierteljahr neu. Kostenlos in Ihrer Buchhandlung.

3014/3